안득장자언 安得長者言

안득장자언 安得長者言

어떻게
장자의 말을
얻었는가

진계유 지음
박세욱 역주

연암서가

지은이 진계유(陳繼儒, 1558~1639)

자는 중순(仲醇), 호는 미공(眉公 또는 麋公). 송강부(松江府) 화정(華亭: 지금의 상하이 쏭쟝) 사람으로 명말 청초의 문학자, 서법가, 화가로 활동하였다. 한미한 사대부 집안에서 태어난 그는 남다른 능력을 가지고 있었음에도 과거시험에 좌절할 수밖에 없었다. 과장의 부패한 현실과 경제적 여건은 생계를 위한 문화 사업으로 그를 내몰았다. 그렇지만 그는 당시 문단의 영수였던 왕세정(王世貞)으로부터 문학적 재능을 인정을 받았으며, 동향의 벗인 동기창(董其昌)과 교유하며 당시 예술세계를 이끌었다. 세속과 절연하지 않는 담담한 그의 한거는 말 그대로 중용적 삶의 전형을 이루었다. 그가 수집한 귀중한 책과 저술들은 『보안당비급(寶顔堂秘笈)』(48책)으로 남아 전한다.

옮긴이 박세욱

프랑스 E.P.H.E. IV(파리 소르본)에서 둔황 문학과 예술로 박사학위(2001)를 받고, 귀국하여 동서양 문화교류를 중심으로 연구하고 소개하는 일에 전념하는 독서인이다. 역서로는 『고문진보후집』(공역), 『돈황 이야기』(공역), 『조자건집』(공역), 『실크로드』, 『중국의 시와 그림 그리고 정치』(공역) 등이 있다.

안득장자언 安得長者言

2019년 4월 20일 초판 1쇄 인쇄
2019년 4월 25일 초판 1쇄 발행

지은이 | 진계유
옮긴이 | 박세욱
펴낸이 | 권오상
펴낸곳 | 연암서가

등록 | 2007년 10월 8일(제396-2007-00107호)
주소 | 경기도 고양시 일산서구 호수로 896, 402-1101
전화 | 031-907-3010
팩스 | 031-912-3012
이메일 | yeonamseoga@naver.com

ISBN 979-11-6087-046-6 03820
값 17,000원

역자의 말

*

『안득장자언』은 중국 명나라 때 문인이었던 진계유(陳繼儒, 1558~1639)가 후세를 위해 가훈 형식으로 쓴 일종의 격언집입니다. "어떻게 장자(長者), 즉 유덕하고 현명한 사람들의 말을 얻었는가?"라는 이 의문형 책 이름은, 반고의 『한서』「공수전(龔遂傳)」에 나오는 고사에서 따온 것으로 보입니다. 말하자면 이러한 훌륭한 말을 해준 공이 자신보다는 선배들에게 있다는 말을 에둘러 표현하고 있다고 생각합니다. 총 121개의 격언으로 구성되어 있고, 자신의 서문과 심덕선(沈德先)의 발문이 앞뒤로 붙어 있습니다. 이러한 격언집을 중국에서는 '청언소품(淸言小品)'으로 분류합니다.

글자 그대로 '맑은 말', '청언'이란 원래 고아한 담론이나 위진 시기에 유행한 현담(玄談)이나 청담(淸談)을 가리켰습니다. 명나라 말기에 이르면서 이러한 말들은 간략하고 명쾌한 격언 형식을 갖추면서 크게 유행하게 됩니다. 하나의 모음집으로 '청언'이란 말을 처음으로 사용한 것은 도융(屠隆, 1543~1605)의 『사라관청언(娑羅館清言)』으로 추정됩니다. '격언'이란 사전적 의미로 "사리에 맞아 교훈이 될 만한 짧은 어구나 문장"을 말합니다. 비슷한 말로 잠언(箴言), 경구(警句), 금언(金言)이 있습니다. 이러한 청언집에는 우리에게도 잘 알려진 홍자성(洪自誠)의 『채근담(菜根譚)』, 여곤(呂坤)의 『신음어(呻吟語)』, 신흠(申欽)의 『야언(野言)』 등등을 들 수 있겠습니다. 이들 책명을 보면, '담', '어', '언' 모두 말이라는 공통점을 가지고 있습니다. 말하자면, '청언'이란 지혜를 일깨워 주는 몇 마디의 간략한 말로, 오래전부터 입과 입을 통해 전승되는 것이라는 의미를 함축하고 있습니다.

한편 이러한 격언집들에는 아주 짧은 수필 형식으로, 자신이 수양한 경험이나 독서 또는 종교적 활동을 통해 터득한 담담하면서도 여운이 크게 남는 글들도 포함되어 있습니다. 이런 유의 작품들은 격언 또는 청언의 범주에 넣기에 어색했던 것이지요. 이를 지칭하기 위해 덧붙인 말이 바로 '소품(小品)'이란 표현입니다. 따라서 청언은 말에 중점을, 소품은 글에 방점을 두고 있는 것입니다. 다른 각도에서 말하자면, 청언은 내용상 분류이고 소품은 문체상의 분류라고 할 수 있습니다.

진계유의 청언 소품집은 『안득장자언』 이외에도, 『암서유사(巖栖幽事)』, 『태평청화(太平清話)』, 『광부지언(狂夫之言)』 등이 있습니다. 이들은 대체로 연보나 그 내용을 통해 그 작성 시기를 추정해 볼 수 있습니다. 그러나 『안득장자언』은 그 사정이 좀 다릅니다. 책의 서문과 발문에는 연대를 추정할 수 있는 근거가 전혀 없습니다. 그러나 우리는 몇몇 간접적인 실마리를 찾아볼 수 있습니다. 먼저 이 책 21번의 격언은 고헌성(顧憲成, 1550~1612)의 문집인 『경고장고(涇皐藏稿)』권6에도 실려 있습니다. 연보에 따르면, 고헌성과의 교유는 1589년(진계유 32세)부터 시작됩니다. 그렇다면 누가 누구의 말을 인용한 것인지는 확인할 수 없지만 어쨌든 1589년 이후라는 것은 분명합니다. 둘째로, 47번의 문장에서는 이정(李鼎)의 『송하관우담(松霞館偶譚)』을 인용하고 있는 것으로 추정됩니다. 이정의 문집인 『이장경집(李長卿集)』이 1612년에 간행되었으므로, 진계유보다는 조금 앞선 사람임을 알 수 있지요. 셋째로, 이 책의 23, 61번의 격언은 허균(許筠, 1569~1618)의 『성소부부고(惺所覆瓿藁)』권5에 수록된 「한정록」에서 다시 확인할 수 있습니다. 이「한정록」은 1610년에 1차로 완성되었다가 1618년에 증보한 것으로 확인됩니다. 따라서 『안득장자언』은 적어도 1618년 이전에 세상에 나와 있어야 합니다.

종합해 보면 1589년~1610년 사이에 『안득장자언』이 편집된 것으로 추정해 볼 수 있습니다. 진계유의 나이로 따져보면, 32세부터 53세 사이입니다. 38세(1595년)에 『태평청화』 4권을 완성했고, 41세(1598년)에는 『견문록(見聞錄)』을 완성하며, 43세(1600년)에는 『독서경(讀書鏡)』 10권을 완성하는데 이때 진계유는 고헌성의 동림서원으로부터 초빙을 받습니다. 1922년 상하이 문명서국에서 영인한 『보안당비급(寶顔堂秘笈)』 45책에는 『태평청화』 4권이 수록되어 있고, 46책에는 『서초(書

蕉)』상하권, 『필기(筆記)』2권, 『서화사(書畵史)』1권, 『안득장자언』1권이 수록되어 있으며, 48책에는 『독서경(讀書鏡)』이 수록되어 있습니다. 또한, 진계유가 50세가 되던 해는 직예순안(直隸巡按) 양정균(楊廷筠, 1562~1627)의 천거를 받을 정도로 유명세를 달리고 있었습니다. 말하자면 이러한 청언 소품류의 책을 간행하여 영리를 추구할 필요성이 상대적으로 줄어든 시기입니다. 그렇다면 『안득장자언』은 진계유가 문화적 사업을 통해 경제활동을 가장 왕성하게 펼쳤던 삼십대 후반과 사십대 초반에 만들어졌을 가능성이 가장 크다고 생각합니다.

　『안득장자언』은 121개의 격언으로 이루어져 있는데, 대부분이 '청언'류이고, 33개 정도가 '소품'류에 해당합니다. 청언들은 주로 전해지는 격언들을 자기 식대로 옮겨 놓은 것이 대부분을 차지하며, 내용은 유불도가 융합된 모습을 보여 주는데, 그래도 유가사상(송나라의 성리학)을 토대로 이루어진 것들이 많이 보입니다. 소품 중에서도 진계유만의 탁월한 비유를 통해, '중용'의 이치를 재현한 것들은 미공의 삶과 사고를 잘 보여 줍니다.

**

　진계유는 거의 동시대에 우리나라에서도 알려진 것을 보면 그의 명성을 충분히 짐작하고도 남습니다. 벼슬길에 오른 고향 친구 동기창(董其昌, 1555~1636), 당시 문단의 영수였던 왕세정(王世貞, 1520~1590)과의 인연은 진계유의 명성을 높여 주는 데 크게 기여했고, 그의 치우침 없는 학문적 성취와 성실한 자세는 당시의 많은 명사들과의 교유를 이끌어 주었습니다. 그 결과 진계유의 자취는 문예(시·서·화)의 모든 방면에서 두드러졌습니다. 그뿐만 아니라 총서(叢書)를 구성함으로써 도서의 보급과 보전에서도 큰 공헌을 이루었다고 할 수 있습니다. 하지만 우리나라에서 그에 대한 연구나 번역 소개는 많이 부족한 형편입니다. 『안득장자언』은 비록 청언 소품의 소책자지만, 이를 통해 조금이나 그를 연구하는 계기가 되기를 바랄 뿐입니다.

진계유의 전기는 『명사(明史)』 「은일전」에 들어 있습니다. 일반적으로 '은거'란 사회생활을 최소한으로 줄이는 것을 말합니다. 그러므로 은거란 단어는 진계유와 어울리지 않습니다. 굳이 말하자면 한거(閑居)라고 표현할 수 있을 것입니다. 진계유는 산속과 세속(사회)을 있는 그대로 살고자 한 철학자이자 예술가로 생각됩니다. 산속이 저쪽 끝이라면, 세속은 이쪽 끝에 있습니다. 저쪽도 아니요, 이쪽도 아닌, 가운데에서 하나의 '문(門)'처럼 살았습니다. 미공(眉公)에게는 승려, 도사, 학자, 시인, 예술가, 사업가, 감식가…… 아버지로서, 자식으로서, 할아버지로서, 남편으로서, 친구로서, 스승으로, 제자로…… 미공은 자신을 하나로 한정하지 않고, 모두에게 열어 두었습니다. 이처럼 우리의 삶과 너무 가깝고 하나의 모습으로만 남지 않아, 그의 청언들은 우리에게 더 큰 공감을 주는지도 모르겠습니다.

이 책에서 진계유는 끊임없이 말조심을 언급하고 있습니다. 그럼에도 역자는 해설을 명분으로 말들을 많이 늘어놓았습니다. 독자 스스로

가 읽고 느끼고 깨닫도록 도움을 주면 그만일 것을 부질없이 각 격언의 출처를 거슬러 올라가려고 애쓴 것은 아닌지 조심스럽습니다. 다만 이러한 추적들을 통해 생각을 두루 펼쳐보라는 역자의 지나친 '친절'로 받아 주시기 바랍니다. 여기에 인용된 원문들의 번역은 선배들의 훌륭한 역주 작업에 힘입은 바가 큽니다. 형편상 일일이 밝히지는 못했지만 이렇게라도 감사의 마음을 전합니다.

　마지막으로 역자는 몇 년 전에 실크로드를 공부하다가 『영애승람(瀛涯勝覽)』과 『동서양고(東西洋攷)』를 『보안당비급』에서 찾게 되면서 진계유의 이 책을 만나게 되었습니다. 그 때나 지금이나 신선함은 여전하나 제대로 음미했는지는 아직도 의문이 듭니다. "사서를 읽을 때 잘못된 글자를 감내해야 한다. 마치 산에 오를 때 험한 길을 감내하고, 눈을 밟으며 갈 때 위험한 다리를 감내하며, 조용하게 지낼 때 속인들을 감내하는 것처럼."이라고 한 진계유의 말에 용기를 얻었습니다. 독자 여러분과 함께 진계유의 정원에서 노닐고자 합니다.

2019년 1월 메토도스 인문과학연구소에서
박세욱 씀

·

서문

나는 젊어서부터 사방의 이름난 현인들을 따라 배우며 들을 때마
다 곧바로 손바닥에 적어 마음에 새겨 두었다. 나의 띠집에 서리
가 내려 물이 떨어질 때, 한두 마디씩 골라 종이에 써서 병풍에 붙
여 두었다. 그 말씀에 감히 보태 쓰지 못했으니, 훗날 자손들이 밭
을 가는 틈에, 몇 줄의 글자라도 대충 아는 자가 있다면 이를 분명
하게 읽어 주기 바란다. "어떻게 장자(長者)의 말을 얻었는가?"라
고 한다면, 내 어찌 [그 물음을] 감당할 수 있으리오?

余少從四方名賢游, 有聞輒掌錄之, 已復死心. 茅茨之下, 霜降水落時, 弋
一二言拈題紙屛上, 語不敢文, 庶使異日, 子孫躬耕之暇, 若粗識數行字者,
讀之了了也. 如云安得長者之言而稱之, 則吾豈敢.

왜 책 이름을 "안득장자언"이라고 했을까요? 반고의 『한서』에는 한
나라 선제(宣帝)가 사신을 보내, 진심으로 백성을 사랑하며 훌륭한 통

치를 한 태수 공수(龔遂)를 불러오게 한 일화가 실려 있습니다. "태수의 의조(議曹: 기획부) 소속의 왕생(王生)이 따라가고자 했다. 그러나 공조(功曹: 인사부)는 왕생이 평소 술을 좋아하여 절도를 잃으므로 딸려보낼 수 없다고 판단했지만 공수는 [왕생의 청을] 차마 거스르지 못하고 황도로 데리고 올라왔다. 왕생은 매일 술을 마시며 태수를 만나 보지도 않았다. 마침내 공수가 입궁하게 되자, 왕생이 취한 채로 뒤에서 부르며 말하기를, '태수님 멈춰 보세요. 드릴 말이 있습니다.'라고 하였다. 공수가 그 이유를 물으니 왕생이 말하기를, '천자께서 어떻게 발해를 다스렸소?'라고 물으시면, 태수님께서는 있는 그대로 아뢰어서는 안 됩니다. 모두 임금님의 덕이지 태수님의 힘이 아니라고 말씀드리시오.'라고 하였다. 공수는 그 말을 받아들였다. 임금의 앞에 나아가자, 임금이 다스린 것에 대해 물었다. 공수는 왕생의 말대로 대답하니, 천자는 그의 겸손함에 흡족하여 웃으면서 말하기를, '그대는 어떻게 그런 장자(長者)의 말을 얻어 이르는 것인가'라고 하였다. 공수는 앞서 왕생이 일러준 대로 '신이 이를 안 것이 아니오라, 바로 의조(議曹)가 신에게 일러준 것입니다.'라고 하였다."¹ 아마도 여기에서 책의 제목을 따왔을 것으로 생각합니다.

---

1 『漢書』卷89, 「龔遂傳」: 議曹王生願從. 功曹以爲王生素嗜酒, 亡節度, 不可使. 遂不忍逆, 從至京師. 王生日飮酒, 不視太守. 會遂引入宮, 王生醉, 從後呼曰, 明府且止, 願有所白. 遂還問其故, 王生曰, 天子卽問君何以治渤海, 君不可有所陳對, 宜曰, 皆聖主之德, 非小臣之力也. 遂受其言. 旣至前, 上果問以治狀, 遂對如王生言. 天子說其有讓, 笑曰, 君安得長者言而稱之. 遂因前曰, '臣非知此, 乃臣議曹敎戒臣也'.

역사 기록에 따르면 미공 진계유는 나이 29세에 의관을 불태우고 은 거하며, 유학자, 승려, 도사들과 교유하고, 독서하며, 그 흔적들을 시서화로 그려내는 삶을 선택한 것으로 보입니다. 그러한 과정에서 자기 자신을 비롯하여 후세인들에게 해주고 싶은 말들이 많았을 것입니다. 그중에는 덕을 갖춘 현자들의 말들, '장자(長者)의 말씀[言]'들을 그대로 옮긴 경우도 있었지만, 자신이 꾸준한 독서를 통해 터득한 이치를 자신만의 독특한 비유법으로 제련해낸 문장들도 많이 보입니다. 서문에서는 이러한 말들이 모두 현인들의 말에서 가져왔다는 것을 밝히고, 공을 '장자'들에게 돌리면서 겸손해 하지만, 그것은 미공 자신의 사유와 실제 환경 속에서 재해석되고, 다시 주조된 결과라고 생각합니다. 말들을 주워 모아, 체득하여 다시 써낸 것이므로 누군가 "그대는 어떻게 장자들의 말을 얻었는가?"라고 묻는다면, 꼬집어 대답할 수 없는 성격의 질문이었던 것입니다. 이러한 작자의 편집 취지와 태도를 "안득장자언"이라는 독특한 책이름으로 단도직입적으로 압축하고 있다고 풀어 봅니다.

일러두기

○ 이 역주서는 상무인서관(商務印書館), 『총서집성초편(叢書集成初編)』[0375]과
   상하이 문명서국(文明書局)의 석인본(石印本, 1922), 『보안당비급』 45책에
   수록된 것을 저본으로 삼았습니다.
○ 순번과 표제는 역자가 편의상 보충한 것입니다.
○ 인용 자료는 그 출처를 간략히 하고 주에서 원문을 참조하도록 하였으며,
   책명은 '『 』'로 편명은 '「 」'으로 표기하였습니다.

차례

역자의 말...5

서문...11

1. 복과 덕...17

2. 선을 의심함...22

3. 조용히 앉아본 뒤에야...24

4. 높이 오를 때...27

5. 덕과 재능...30

6. 천명을 세움...32

7. 나아가고 물러날 때...35

8. 명예를 너무 좋아하면...38

9. 맛없음...40

10. 공론이란?...43

11. 청고(淸苦)...47

12. 귀신을 부리는 법...51

13. 뒤돌아보기...54

14. 나라 걱정은 마음으로...56

15. 탐욕으로 청렴을 논함...59

16. 다 갖춘 사람은 없어...62

17. 수재에서 은퇴까지...64

18. 돈으로 글을 쓰려는가?...67

19. 남을 탓할 때...70

20. 한가할 때 바쁘게...72

21. 호걸을 살필 때...75

22. 발산보다는 수렴...78

23. 즐거운 마음을 길러라!...80

24. 선비를 뽑을 때...83

25. 탕진...87

26. 기심(機心)...90

27. 세속을 벗어난 사람인가?...93

28. 독서...96

29. 꽃이 피면 진다...99

30. 수재...102

31. 마음은 유혹되기 쉬우니...105

32. 규탄하는 자의 약석...109

33. 스스로 만든 번뇌...112

34. 용병과 용기...115

35. 묘책...120

36. 말을 다 하는 것...124

37. 선악...127

38. 배우고 나누기...130

39. 기계...134

40. 태화(太和)...137

41. 입으로 나가는 것...140

42. 신문...145

43. 부귀공명을 누리려면...148

44. 방종하는 군자...151

45. 혼돈...154

46. 뜻을 세우면...158

47. 정신의 기호(嗜好)...163

48. 가요...165

49. 객기(客氣)...168

50. 극과 극이 마주치지 않게...171

51. 공부...173

52. 응보...176

53. 감춤과 드러남...180

54. 정을 다함...184

55. 말과 복...186

56. 취미(趣味)...189

57. 순응...192

58. 자성(自省)...195

59. 주고받음... 198

60. 곧음과 굽음... 201

61. 수도거성... 204

62. 사람을 살리는 무기... 207

63. 누구를 위하여... 210

64. 말은 줄일수록... 213

65. 사람을 살필 때... 216

66. 교우... 219

67. 흰 옷... 222

68. 도서(圖書)... 225

69. 바보처럼... 228

70. 좋은 일... 231

71. 먹고 입는 것... 234

72. 도야(陶冶)... 236

73. 원기(元氣)... 239

74. 민(民)... 241

75. 중후함... 244

76. 늙음... 247

77. 한마디의 말... 250

78. 하루라도... 253

79. 세 가지 일... 255

80. 주인... 257

81. 조화... 260

82. 고삐 뚫린 사람 ... 264

83. 군자... 268

84. 용서... 273

85. 권선... 276

86. 정신 수습... 279

87. 호연지기... 282

88. 군자를 만나고도... 285

89. 마음 손님... 288

90. 거친 마음... 292

91. 즐거움은 함께... 295

92. 공과 덕... 297

93. 용병... 300

94. 대인(大人)... 303

95. 식견... 305

96. 각박함... 307

97. 마주 오는 배... 309

98. 사람 알기... 312

99. 좋은 말하기... 315

100. 덕불고(德不孤)... 318

101. 재물과 사랑... 320

102. 감정에 따른 말... 323

103. 그래도 군자... 326

104. 청렴하면서 유능함... 329

105. 명예와 절개... 332

106. 청복(淸福)... 336

107. 자기 용서... 339

108. 정치가 혼탁하면... 342

109. 소소익선... 345

110. 세상과 함께... 349

111. 미오(迷悟)... 352

112. 유불(儒佛)... 355

113. 교우와 독서... 358

114. 공사(公事)... 361

115. 생명 존중... 364

116. 중용(中庸)... 367

117. 예(禮)... 371

118. 인재(人才)... 373

119. 정토(淨土)... 376

120. 한거(閑居)... 379

121. 글공부... 382

발문 · 심덕선... 385

부록 ·『열조시집소전(列朝詩集小傳)』「진계유(陳繼儒)」... 388

· 『명사』「은일열전(隱逸列傳)」... 391

진계유 연보... 394

나는 본디 박복한 사람이니, 덕을 두텁게 하는 일을 해야 하고, 나
는 본디 박덕한 사람이니, 복을 아끼는 일을 해야 한다.

吾本薄福人, 宜行厚德事. 吾本薄德人, 宜行惜福事.[1]

　주어인 '나'는 미공 자신일 수도 있겠지만, 후세들에게 들려주고 싶
은 말을 기록해 놓는 것이 미공의 취지이므로, 우리 모두를 지칭하는
것으로 보는 것이 좋겠습니다.

──────────

1 진계유와 동시대인 육소형(陸紹珩)이 편집한 『취고당검소(醉古堂劍掃)』 권5에는 "나
는 본디 박복한 사람이니 복을 아끼는 일을 해야 하고, 나는 본디 박덕한 사람이니
덕을 도탑게 하는 일을 해야 한다(吾本薄福人, 宜行惜福事, 吾本薄德人, 宜行厚德事.)"로
되어 있습니다. 육소형의 이 문장은 너무 직설적이고 단순하게 보입니다. 『안득장
자언』의 문장이 복과 덕을 연관 지어 복을 받고 싶으면 덕을 쌓으라는 수양론적 측
면에서 더 설득력이 있습니다.

『서경(書經)』, 「홍범(洪範)」을 보면 오복(五福)이란 말이 처음으로 보이는데, 장수[壽], 부유함[富], 편안함[康寧], 호덕함[攸好德], 바른 죽음[考終命]이라고 하였습니다. 대체로 고대 사람들은 복을 어떻게 생각했는지 구체적인 의미를 헤아려 볼 수 있습니다. 사전적인 의미대로 모든 것이 순조롭게 풀리거나, 행운을 뜻하는 것이라고 한다면, 복은 누구에게나 찾아오는 것이 아닌 특별한 것임을 알 수 있습니다. 물론 아무에게나 찾아온다고 하면 복을 특별히 말할 필요도 없을 테니 말이죠. 오복 중에 장수함, 부유함, 편안함, 바른 죽음을 맞이하는 것이 누구나 자신의 의지로 할 수 없는 것이라는 점에는 이견이 없을 것입니다. 그런데 '호덕'은 다른 복과는 별도로 살펴보아야 할 것입니다. 만약 악덕의 상대어로 생각해 보면, 덕이라 해서 다 좋은 것은 아닌 말이 됩니다. '악덕'은 도덕에 어긋나는 나쁜 마음이나 행동을 의미하는데, 그렇다면 여기의 덕은 도덕을 말하는 것일까요? 복은 행운이고 좋은 운수입니다.

그런데 도덕은 사회적으로 마땅히 지켜야 하는 행위를 의미합니다. 즉 도덕은 사회적 관습에 따른 것입니다. 마땅히 지켜야만 하는 이 사회적 도덕에 행운과 운수가 개입할 수 있겠습니까? 그러므로 "복 많이 받으세요!"라고 말한다면 그것은 어폐가 일어납니다. '호덕'을 만약 "덕을 좋아하다"라는 의미로 새긴다면, 사람들은 일반적으로 덕을 좋아하지 않는다는 말이 됩니다. 그래야 덕을 좋아하는 것이 오복 중의 하나가 될 테니 말이죠.

좋은 덕을 지니는 것이 일종의 복이 된다고 한다면, 그 좋은 덕이 바로 복입니다. 그러므로 덕이 있으면 복이 있게 된다는 말이 있습니다. 따라서 '박복'한 사람은 '박덕'한 것이고 '후덕'한 사람은 복이 많다는 말이 됩니다. 이에 진계유는 자신이 만약 박복한 사람이라면 덕을 도탑게 할 수 있는 일을 하면 유복해질 수 있고, 덕이 없는 사람이라면 박복하니 자신에게 그나마 남아 있는 복을 아끼거나 소중하게 여기라는 말을 하는 것입니다. '장수', '부유함', '편안함', '바른 죽음'은 천부적인 성격이 강하다면, 좋은 덕은 물론 선천적으로 유덕할 수도 있겠지만, 대체로 후천적인 노력으로 이루어질 수 있다는 것입니다. 그러므로 박복하다 탓하지 말고 자기 자신을 수양함으로써 덕을 도탑게 하는 것이 복을 짓는 방법이라고 말을 시작하고 있습니다.

2

선을
의심함

남이 좋다는 소리를 듣고 그것을 의심하며, 남이 나쁘다는 것을
듣고 그 말을 믿는 것은 뱃속에 살기가 가득하기 때문이다.

聞人善, 則疑之, 聞人惡, 則信之, 此滿腔殺機也.[1]

『논어』를 보면, '선(善)'이란 글자가 42차례 사용되었습니다. 대체
로 인간의 본성이나 도덕을 의미하는 것과 어떠한 능력을 의미하는
것으로 크게 나눌 수 있습니다. 즉 선이란 글자는 본성이나 도덕이 좋
거나 어떠한 능력이 훌륭하거나 뛰어난 것을 지칭할 때 쓰였다는 것
입니다. 순자(荀子)는 "천하에 선이라고 하는 것은 이치에 맞고[正理],
평화로운 다스림[平治]에 이르고, 반대로 악(惡)이란 편협하고[偏險],
어그러지고, 어지러움[悖亂]이다."[2]라고 하였습니다. 역시 『논어』에서

---

1 『취고당검소』 권4에도 수록되어 있습니다.

말하는 범주를 크게 벗어나지 않는 것을 알 수 있습니다.

좋은 소식을 들으면 좋아해야 하고, 나쁜 소식을 들으면 적어도 기뻐하지 않는 것이 순리이며 인정입니다. 사촌이 논을 사면 배가 아프다는 '못된' 속담처럼 좋음을 들었을 때 의심하고, 나쁨을 들었을 때 믿는 것은 이치를 거스르는 것입니다. 이러한 배 아픔에는 어떠한 저의가 있기 때문일 것입니다. 그 불편한 마음을 진계유는 '살기(殺機)'라고 표현하고 있습니다. 이와 비슷한 표현으로 '살기(殺氣)'가 있는데, 후자는 마음속에만 있던 기미[機]가 밖으로 표출된 것을 의미합니다. '살(殺)'이란 어떠한 도구(무기)로 생명을 빼앗는 것을 말합니다. 위의 격언에 맞추어 보면, 남의 좋은 것을 의심하고 남의 나쁜 것을 믿는 것은 '죽임'과 같다는 것입니다.

조선 후기의 실학자 이덕무(李德懋, 1741~1793)도 이와 비슷한 격언을 전하고 있습니다. "다른 사람의 재능과 학식을 듣고, 잠시라도 안으로 시기와 의심이 생기거나, 밖으로 조소와 책망을 드러낸다면 이 어찌 예삿일이겠는가? 크게 보면 죽이고자 하는 마음이다. 그 마음의 실마리를 찾아보면, 이미 사형 집행자의 수단이 싹튼 것이니 스스로 경계하고 경계해야 한다."[3]

---

2 『荀子』,「性惡」: 凡古今天下之所謂善者, 正理平治也. 所謂惡者, 偏險悖亂也.

3 『靑莊館全書』, 卷50「耳目口心書」3: 凡聞人之才學, 假使忽漫之間, 內生猜疑, 外發嘲誚, 此豈尋常事也. 大是殺機. 究其心頭, 已萌劊子手段, 自警自警.

3

조용히
앉아 본
뒤에야

조용히 앉아 본 뒤에야 평소 기운이 경박했음을 알았네.

침묵을 지켜본 뒤에야 평소 언행이 성급했음을 알았네.

일을 줄여 본 뒤에야 평소 한가로이 낭비했음을 알았네.

문을 닫고 난 뒤에야 평소 교제가 지나쳤음을 알았네.

욕심을 줄인 뒤에야 평소 병통이 많았음을 알았네.

정리에 맞추어 본 뒤에야 평소 생각이 각박했음을 알았네.

靜坐然後知平日之氣浮.

守默然後知平日之言躁.

省事然後知平日之費閒.

閉戶然後知平日之交濫.

寡欲然後知平日之病多.

近情然後知平日之念刻.[1]

이 여섯 문장은 우리에게 진계유란 문인의 존재를 알려주는 계기가 되었습니다. 그뿐만 아니라 이 격언집에서 말하고 있는 전체 대의를 충분히 담고 있다고 볼 수 있습니다. 조용하게 앉아서 생각하는 것과 들떠 있는 기분, 침묵과 언행의 성급함, 일을 줄이는 것과 시간의 낭비, 방문을 닫고 조용히 들어앉음과 빈번한 교제, 욕심을 줄이는 것과 병통이 많음, 정리에 부합하는 것과 생각의 각박함, 이들 모두 상반된 것들입니다. 6구의 문장은 각기 상반되는 양극단이 마치 음양처럼 서로 소통하고 있음을 보여 줍니다. 즉 사람이 살아가는 데 있어서 들뜰 수도, 말이 많을 수도, 시간을 낭비할 수도, 교제가 빈번할 수도, 하자가 많을 수도, 생각이 각박할 수도 있습니다. 이들이 절대적으로 부정적인 것임을 말하는 것이 아니라, 각각의 극점에 있는 것과 함께 상생하고 소통하는 지혜를 가지라는 말입니다. 저기 저 달이 우리에게 실제로 어떤 이익을 주는지를 따지는 것은 무의미합니다. 왜냐하면, 달이 있으므로 태양이 있는 것이기 때문입니다. '천릿길도 한 걸음부터'라는 속담에서 보듯이 천 리와 한 걸음은 대척점에 있습니다. 한 걸음이 없으면 천 리도 없는 것이지요. 들뜬 기운이 없으면 정좌할 필요가 없으며, 말이 많지 않으면 침묵할 필요가 있을까요? 하나에 치우침 없이 삶을 도모하며 살라는 지혜를 주고 있는 것이 아닐까요?

『채근담』에서도 이와 비슷한 격언을 찾아볼 수 있습니다. "낮은 자리에 살아 본 후에야 높이 오르면 위험해 진다는 것을 알 것이고, 어

---

1 『취고당검소』권11에도 그대로 수록되어 있는데, 세 번째 문장의 비(費)자가 귀(貴)자로 되어 있습니다. 문맥으로 볼 때, 비(費)자의 오자로 보입니다.

두운 곳에 처해 본 후에야 밝은 곳으로 향하면 너무 드러나게 된다는 것을 알 것이며, 고요함을 지켜본 후에야 움직임을 좋아하면 너무 수고롭더라는 것을 알 것이요, 침묵을 길러 본 뒤에야 말이 많으면 시끄러웠음을 알 것이다."[2]

2 『菜根譚』: 居卑而後知登高之爲危, 處晦而後知向明之太露, 守靜而後知好動之過勞, 養默而後知多言之爲躁.

4

높이
오를
때

우연히 친구들과 탑에 올랐는데, 꼭대기에 올라 말했다. 대저 위로 향해 가는 사람은 반드시 사군자들처럼 서로를 고무해야 하오. 이렇게 탑은 매우 높은데, 여러분들과 함께 흥을 내어 둘러보는 것이 아니라면 굳이 혼자 오를 이유가 있겠소. 너덧 층을 올라 안일한 마음이 생겨나면, 또 여기서부터 꼭대기가 멀지 않다는 여러분들의 종용에 힘입어야 하오. 꼭대기에 이르러서 시야는 커지고 지위가 높아지면, 또 조금이라도 발걸음을 옮기면 뒤집혀 넘어지기 쉽다는 여러분들의 각성시키는 말에 의지해야 하오. 이것이 바로 일등으로 오르는 사람의 전형적인 모습이라오.

偶與諸友登塔, 絕頂謂云, 大抵做向上人, 決要士君子鼓舞. 只如此塔甚高, 非與諸君乘輿覽眺, 必無獨登之理. 既上四五級, 若有倦意又須賴諸君慫恿, 此去絕頂不遠. 既到絕頂, 眼界大, 地位高, 又須賴諸君提撕警惺, 跬步少差, 易至傾跌. 只此便是做向上一等人榜樣也.

이 유가풍의 이야기는 상부상조의 진리를 가르쳐 주고 있습니다. 사람은 무엇인가를 혼자 이뤘다고 생각하기 쉽고, 그에 따라 독선에 빠지는 경향이 많습니다. 자신의 성취는 누군가의 이루지 못함에 근거한 것이므로 그것은 결국 타인과 함께 이루어낸 것입니다. '도'라는 음은 다른 일곱의 음이 침묵했기에 소리를 내는 것입니다. 그러므로 침묵한 일곱 음과 소리를 낸 하나의 음은 결국 함께 연출에 참여한 것입니다. 따라서 일등으로 오른 사람에게는 전형적으로 친구들의 격려와 충고라는 밑거름이 있었다는 말입니다.

『논어』에는 "자기보다 못한 자를 벗 삼지 말라!"[1]고 하였고, 또 "보탬이 되는 친구 셋과 손해가 되는 친구 셋이 있는데, 정직하고, 믿음직스럽고, 들은 것이 많으면 보탬이 된다."[2]고 하였습니다. 또 『예기』에서는 "홀로 배워가며 친구가 없으면 고루해지고 들은 것이 적어진다."[3]고 하였습니다. 이처럼 친구를 사귀는 것은 자신의 덕과 인(仁)을 함양하는 중요한 수단이 되므로, "군자는 서로 고무하여" 나아가야 한다고 말하는 것입니다.

유가 학문에서 군자는 배움에 대한 열정과 항상심(꾸준한 마음)으로 피어나는 내적 희열을 만끽하면서 나아가고 또 나아가야 합니다. 이러한 나아감에 부모·형제와 친구는 그 자체로 장점이자 단점이 될

---

1 『論語』「學而」: 無友不如己者.
2 『論語』「季氏」: 益者三友, 損者三友. 友直, 友諒, 友多聞, 益矣.
3 『禮記』「學記」: 獨學而無友, 則孤陋而寡聞.

수도 있습니다. 부모·형제는 천륜이니 어찌할 수 없겠지만, 친구는 자신의 선택에 달려 있습니다. 그러므로 나아감을 지향한다면 친구를 잘 골라야 할 것입니다. 물론 친구를 고른다는 것이 오만한 것이기는 하지만 말이지만, 물리적인 소리를 내야만 하는 연주자는 음을 선택할 수밖에 없습니다. 열여덟 번째 격언을 이어 읽기를 권합니다.

5

덕과
재능

남자에게 덕이 있으면 재능이지만, 여자에게는 재능이 없는 것이
바로 덕이다.

男子有德便是才, 女子無才便是德.[1]

요즘 이런 말을 할 수는 없을 것입니다. 옛날에는 남자의 할 일과
여자의 할 일이 구분되어 있었습니다. 음과 양, 들숨과 날숨, 낮과 밤
처럼 각기 양극을 이루고 있는 것들이 각자의 본분에서 벗어나지 않
게 자활하면서 다시 함께 어울려 살듯이 말입니다. 남자는 바깥일을
해야 했고, 여자는 안의 일을 해야 했습니다. 안 일이 어긋나면 바깥
일이 풀릴 이유가 없습니다. 그래서 "먼저 몸과 마음을 닦아 수양하
여 집안을 안정시킨 후에 나라를 다스리고 천하를 평정하라"라는 말

---

1 『취고당검소』 권11에도 그대로 실려 있습니다.

을 하지 않았을까요? 안팎의 일은 우열의 문제가 아니라 상생과 소통의 문제입니다. 해만 좋고 달은 나쁜 것이냐고 하는 이분법적 사고가 아닙니다.

재주는 능력입니다. 바깥일에 필요한 유능한 것을 말합니다. 이처럼 재주는 바깥일에 필요하므로 안일을 담당해야 했던 여자에게는 없어야 한다는 것이겠지요. 만약 여자에게 그러한 재주가 있다면 안일은 허물어질 것이므로 재주가 없는 것이 덕이라는 전통사회의 관념인 것입니다.

어쨌든 현대인들에게 당황스러운 말임은 분명합니다. 가정을 이룬 두 사람이 모두 바깥일을 하면 물질적인 삶은 풍요로워지겠지만 가정일은 남의 손을 빌리지 않으면 안 될 것입니다. 또한, 두 사람 모두 안일을 하면 생계를 꾸려갈 수 없습니다. 당연히 "여자에게 덕이 있으면 재주요, 남자에게는 재주가 없는 것이 덕이다."라고 해도 안 될 것은 없습니다. 이처럼 성별이 문제가 되는 것은 아닙니다. 조화의 조건은 다름이지요. 다르므로 조화를 추구하는 것입니다. 남과 여 그 기능이 다르므로 함께 하고자 서로 노력하는 것입니다. 결국, 드러내 보이지 못하는 재능은 재능이 아닙니다. 재주는 드러내는 속성을 지닙니다. 오로지 자신만을 위해 연습하고 연주하는 사람이 있을까요?

6

천명을
세움

사군자가 마음을 다해 세상을 구제하여, 온 나라 사람들이 얻지 못할
것이 없도록 하면, 하늘 또한 자연히 그가 얻지 못할 것이 없도록 해줄
것이다. 이것이 바로 천명을 세우는 것이다.

士君子盡心利濟, 使海內人少他不得, 則天亦自然少他不得. 即此便是立命.[1]

　이 격언은 「중용」에 "성(誠)은 자신을 이룰 뿐만 아니라 만물을 이
루어 주는 것이니, 자기를 이루는 것은 인(仁)이요, 만물을 이루어 주
는 것은 지혜이니, 본성의 덕이요 안팎을 합친 도이므로 때에 따라 행
하면 어디에나 마땅하다."[2]고 한 것을 구체적으로 설명해 주는 것으
로 생각됩니다.

────────

1　『취고당검소』 권4에도 수록되어 있는데, 둘째 구에 '인(人)'자가 빠져 있을 뿐입니다.
2　『禮記』「中庸」: 誠者非自成己而已也, 所以成物也. 成己, 仁也. 成物, 知也. 性之德
　　也, 合外內之道也, 故時措之宜也.

『맹자』「진심상」은 천명(天命)을 세우는 방법으로 시작합니다. "그 마음을 다하는 것이 그 본성을 아는 것이다. 그 본성을 알면 하늘을 알 수 있을 것이다. 그 마음을 살피고 그 본성을 유지하는 것이 하늘을 섬기는 방법이다. 요절과 장수를 의심하지 않고, 몸을 닦아 천명(天命)을 기다리는 것이 바로 천명을 세우는 방법이다."[3]라고 하였습니다.

남에게 베풀어 버렸으니 분명히 무엇인가 나로부터 나갔습니다. 그러나 그 나감은 바로 들어옴이라는 역설을 풀어 놓고 있습니다. 하늘이 부여한 선한 본성을 지키고 그에 따라 행동하면 자연과 일치하게 될 것입니다. 그것은 바로 하늘의 운행이 되고 우주의 구성일 것입니다. 결국, 하늘을 얻었으니 다 얻은 것이나 마찬가지겠지요. 물론 그러한 경지야 성인의 영역이겠지만, 타인의 불행을 자기만족의 근간으로 삼을 수는 없습니다. 마음을 다한다는 말이 성(誠)입니다. 이 진실함이 없으면 사물도 없다고 합니다. 인간은 이기적 동물이라는 말을 많이 들어봤을 것입니다. 곰곰이 따져보면 여기서 말하는 이기적이라는 말은 이타적인 말과도 같습니다. 팔을 뻗었으면 거두어들임이 있기 마련인즉 타인에게 베풂은 결국 자기에게 베푸는 것이 됩니다.

어떻게 재산을 이루었든지 그 재산을 영원히 무덤까지 가져갈 수는 없습니다. 그렇다고 소중한 자식들 또한 그것을 물려받을 자격이

---

3 『孟子』「盡心上」: 孟子曰, 盡其心者, 知其性也. 知其性, 則知天矣. 存其心, 養其性, 所以事天也. 夭壽不貳, 修身以俟之, 所以立命也.

없습니다. 왜냐하면, 소중한 자식들을 상대로 하여 재산을 형성한 것이 아니기 때문입니다. 성장하여 정점에 달했다면, 그 이상 성장은 불가능합니다. 이제 유지하든가 아니면 내려올 수밖에 없습니다. 물론 오래 지속시킬 수도 없습니다. 마치 중천에 뜬 해처럼 말입니다. 박수칠 때 떠나라는 말처럼 아무리 멋진 자리라도 비워 줘야 합니다. 구차스럽게 내몰리기 전에 비워 주는 것이 미덕이요 이치입니다. 강을 건넌 사람은 반드시 배를 돌려줘야 합니다.

7

나아가고
물러날
때

오불이 "백성에게 죄를 짓는 것보다는 차라리 상관에게 죄를 짓는 것이 낫다."고 하였다. 이형이 말하기를 "나아가 임금을 배신하느니 차라리 물러나 도에 맞게 사는 것이 낫다."고 하였다. 이 두 사람은 남송 시대 사람으로 이들의 말을 합하면, 나아가고 머무름에 좌우명으로 삼을 만하다.

吳芾云, 與其得罪於百姓, 不如得罪於上官. 李衡云, 與其進而負於君, 不若退而合於道. 二公南宋人也, 合之可作出處銘.

남송 시대에 활약했던 문인 관료인 오불(吳芾, 1132 진사)의 말은 『송사』에 실려 있는데, "관청의 물건 보기를 자기 물건 보듯이 하고, 공적인 일을 함에 자기 일하는 것처럼 해야 한다. 백성에게 죄를 얻는 것보다는 차라리 상관에게 죄를 얻는 것이 낫다."[1]고 전하고 있습니다. 진계유가 매우 정확하게 옛 전적을 옮겨 쓰고 있다는 것을 볼 수 있습니다.

이형(李衡, 1145 진사)도 남송 소흥(紹興) 연간의 문인 관료로 지기(志氣)가 탁월했고 학문은 성리(性理)에 능통했다고 합니다. 『송사』에 보이는 그의 전기에 따르면, 외척 장열(張說)이 절도사로서 병권을 장악하자 이형이 그 일을 상소하며 "모후(母后)의 폐부(肺腑)로 된 위인을 관리로 선발해서는 안 됩니다."라고 하면서 조정의 다툼이 한동안 계속되었습니다. 이후 기거랑(起居郞)이 되어서 이르기를 "(벼슬에) 나아가 임금을 배신하는 것보다 물러나 도에 부합하는 것이 어찌 낫지 않겠는가."²라며 자신의 뜻을 굽히지 않았다고 합니다.

상관에게 욕먹을까 두려워 자기보다 약한 사람을 윽박지르고 탓합니다. 소위 말하는 '갑질'입니다. 우리는 웃을 때 웃고, 울 때 울며, 화낼 때 화내고 하는 것, 이 단순하고 쉬운 일이 가장 어려워진 사회를 살고 있습니다. 조직 사회에서 계급은 나이, 학벌과 관계없이 필수적인 것이고 그것에 따라야 조직이 구성됩니다. 뇌의 명령에 한 장기가 말을 듣지 않으면 그것은 불구입니다. 이러한 사회조직의 바탕은 평민, 즉 백성입니다. 공권력은 백성들의 이권을 보호하기 위해 형성된 것임에도 불구하고, 그 힘의 근본이 된 사람들을 억누른다면, 무슨 죄

---

1 『宋史』卷387, 「吳芾傳」: 視官物當如己物, 視公事當如私事. 與其得罪於百姓, 寧得罪於上官.

2 『宋史』卷390, 「李衡傳」: 不當以母后肺腑爲人擇官.……與其進而負於君, 孰若退而合於道.

가 이보다 클까요? 한 마리 제비가 난다고 봄이 아니듯이 '이 정도쯤이야' 하는 안일함에 빠져 죄를 짓고, 내일이면 밝혀질 거짓말로 일관합니다.

관리들은 자신들의 힘인 백성을 섬겨야 하고 어떠한 사소한 죄도 지어서는 안 됩니다. 같은 이치로 극점에 있는 통수권자를 배신해서도 안 됩니다. 그러므로 백성과 왕은 양 극점에서 상호보완의 관계에 있으며 이 관계를 잘 유지하는 것이 관리입니다. 이 양단에 어떠한 잘못이 있다면 이미 관리로서 기본 자격을 잃은 사람일 것입니다. 그것으로써 나아가고 물러남의 기준으로 삼아야 한다고 진계유는 말하고 있습니다.

8

명예를
너무
좋아하면

명예와 이익이 사람을 망친다는 것은 삼척동자도 모두 알고 있다. 그러나 이익을 좋아하는 병폐는 사람들이 다시 명예를 돌아보지 않게 하고, 명예를 지나치게 좋아하는 것 또한 사람들이 임금과 아비를 돌아보지 않게 한다. 세상에 부모의 명령을 거스르고 몸을 말끔히 하여 조정을 비난하며 정직을 팔아버린 자가 있다면, 이를 참을 수 있을까? 누구도 참지 못할 것이다.

名利壞人, 三尺童子皆知之. 但好利之弊使人不復顧名, 而好名之過又使人不復顧君父, 世有妨親命以潔身, 訕朝庭以賣直者. 是可忍也, 孰不可忍也.

"군자는 의(義)에 밝고(깨닫고), 소인은 이(利)에 밝다."[1]고 규정한 공자의 말에 대해 주희는 그 '의'를 설명하여, "그것은 천하의 마땅한 바고, '이(利)'는 인정이 하고자 하는 바다."[2]라고 하였습니다. 즉 '이'란 사람의 마음이 추구하는 바라는 것입니다. 이 글자를 가만히 살펴보면, 칼로 벼를 벤다는 뜻으로 물질적인 이득을 취한다는 말입니다.

'명(名)'이란 명사로 쓰일 때 보통 '이름'이나 '명성'을 의미합니다. '이(利)'가 물질적인 것이라고 한다면 '명(名)'은 정신적인 이득일 것입니다. 따라서 외적인 이익에 치중하게 되면 내적인 명성이 손상될 수밖에 없다는 말입니다. 왜냐하면, 이 둘은 목적지가 다른 관계로 양립할 수 없기 때문입니다. 하지만 이 명예와 이익은 모두 이득인지라, 이것들을 추구하다 보면 천하의 마땅한 바인 '의(義)'를 잃게 된다는 것이지요. 다시 말하자면 명예와 이익은 공적인 도의와는 상반된다는 의미입니다. 각각이 자신의 명리만 챙긴다면 나라는 위험에 처할 것이라고 맹자는 자신의 책 첫머리에서 역설하고 있습니다. 진계유의 말도 이렇게 공의(公義)를 경시하는 태도를 경계하는 말로 이해하고자 합니다.

이익은 또 다른 이익을 낳는 것이므로 그것을 좇아가다 보면 결국 부모의 말씀조차도 듣지 않고(수신과 제가도 하지 못하고), 어떠한 위선을 행하여 조정으로 나아가게 되어서도(명예를 얻음) 다시 이익에 빠져 정직하고 바른 태도를 팔아버릴 것입니다. 그것은 근본을 배신하는 행위이므로 용서받을 수 없다는 경고로 읽힙니다,

---

1 『論語』「里仁」: 君子喩於義, 小人喩於利.
2 『四書集註』: 義者, 天理之所宜. 利者, 人情之所欲.

9

맛없음

벼슬살이하는 마음이 너무 짙으면, 돌아올 때가 지나도 돌아올 수 없고, 삶의 맛이 너무 짙으면, 죽을 때가 지나도 죽을 수 없다. 깊어라! 싱거움에 맛이 있다.

宦情太濃, 歸時過不得. 生趣太濃, 死時過不得. 甚矣. 有味於淡也.

유가에서 말하는 '중용'이란 표현은 도가에서 말하는 '담(淡)' 또는 '막(漠)'에 해당합니다. 이 격언은 두 사유의 맛을 잘 살린 문장이라고 할 수 있습니다. 편애와 총애는 한편으로의 치우침입니다. 치우침은 언제나 불화를 낳기 마련입니다. 그러나 하늘은 그렇지 않습니다. 내가 슬프다고 해서 비를 내리는 것도 아니요, 내가 기쁘다고 하여 햇살이 비추는 것도 아닙니다. "하늘이 무슨 말을 하던가? 사계절은 운행되고 만물이 생겨나는데 하늘이 무슨 말을 하던가?"[1]라는 공자의 말에서 자연의 명백하고 공평함을 엿볼 수 있습니다. 또 공자는 궁벽한 이치를 찾거나 괴이한 행동을 해서 다른 사람의 이목을 끌면 후세 사람들에게 뭔가 전할 것이 있겠지만 그렇게 하지 않겠다고 하면서 중용과 함께 나아감을 그만두지 않겠다고 하였습니다.

  한편 노자는 "일을 이루었으면 뽐내지 말고, 일을 이루었으면 자랑하지 말며, 일을 이루었으면 교만하지 말고, 일을 이루었으면 어쩔 수 없이 이룬 것처럼 생각하며, 일을 이루었으면 강하다 여기지 말라."[2]고 하였고, 또한 "말이 많으면 자주 궁하게 되니 '중(中)'을 지킴만 못하다."[3]고 하였습니다. 그러니 "회오리바람도 아침 내내 몰아치지 못하고 소나기도 온종일 쏟아 부을 수 없는"[4] 이치입니다.

  '담(淡)'이란 문(門)과 같아 들어감과 나아감이 함께 있어 분별되지 않습니다. 아무리 맛좋은 탄산수라 할지라도 맹물처럼 마실 수는 없습니다. 그 이치는 서양의 속담처럼 "무엇인가 결정된 것은 부정적이다(Omnis determinatio est negatio)"라는 것과 같습니다. 항상 열려 있는 자세 그것이 바로 중용이요 담입니다. 연인을 만난 사람들에게 남아 있는 일은 헤어지는 일뿐이요, 취직한 사람에게 남아 있는 것은 실직뿐입니다. 해도 달에 자리를 내어주건만, 어찌 사람이 자리를 영원히 보전할 수 있겠습니까? 공자와 제자들의 대화를 모아 놓은 책이 『논어』

---

1 『論語』「陽貨」: 天何言哉. 四時行焉, 百物生焉, 天何言哉.

2 『道德經』30: 果而勿矜, 果而勿伐, 果而勿驕, 果而不得已, 果而勿強.

3 『道德經』5: 多言數窮, 不如守中.

4 『道德經』23: 故飄風不終朝, 驟雨不終日.

입니다. 이 '재미없는' 책이 아직도 만인의 사랑을 받는 그 힘에 대해
생각해 보면, 이 이치를 알 수 있을 것입니다.

10

공론이란?

현인 군자는 오로지 공론에 의지해야 한다. 그것이 바로 『주역』
에서 말하는 양기를 세우는 것이다.

賢人君子專要扶公論, 正易之所謂扶陽也.

　이 격언을 정확히 이해하기 위해서는 사전지식이 좀 필요합니다.
먼저, '공론'이 무엇이지 살펴보겠습니다. 회남왕(淮南王) 유안(劉安, 기
원전 179~기원전 122)은 "소위 말이란 것은 여러 사람과 일치하며 풍속
과 같다. 구천의 꼭대기를 말할 때, 황천의 바닥을 말한다면, 이는 양
끝의 극단적 논의이므로 어찌 공론이라 할 수 있겠는가?"[1]라고 하였
습니다. 또 『논어』를 보면, "자공이 '고을 사람들이 모두 그를 좋아하

---

1 『淮南子』「脩務訓」: 所謂言者, 齊於眾而同於俗. 今不稱九天之頂, 則言黃泉之底,
　是兩末之端議, 何可以公論乎."

면 어떻습니까?'라고 물으니, 선생님께서 '미흡하다'고 하자, '고을 사람들이 모두 그를 좋아하면 어떻습니까?'라고 물으니, 선생님께서 '미흡하다. 고을 사람 중에서 선한 사람이 그를 좋아하고, 선하지 않은 사람이 그를 싫어함만 못하다.'고 하였다."[2]라는 대화가 실려 있습니다. 이에 대해 주희는 "한 고을의 사람들에게는 마땅히 공론이 있다. 그러나 그중에는 각기 부류에 따라 좋아하기도 하고 싫어하기도 하는 것이 당연하다. 그러므로 선한 자가 그를 좋아하고 악한 자가 싫어하지 않는다면, 반드시 구차하게 영합하는 행위가 있을 것이다. 악한 자가 싫어하고 선한 자도 좋아하지 않는다면 반드시 좋아할 만한 실상이 없을 것이다."[3]라고 하였습니다.

이상에서 볼 때, 공론이란 극단적 양 끝을 배제한 치우침 없는 공평한 의론을 말한다고 볼 수 있습니다. 이 공론은 여론과는 그 의미가 조금 다릅니다. 『조선왕조실록』에서 「대간이 정세호의 귀양과 김명윤 등의 도하 출입 금지를 건의하다」란 기사를 보면, "조계상 또한 어찌 그 말의 유래를 모르겠습니까. 여론이 흉흉하여 아직 안정되지 못하였으니 이는 바로 공론을 지지하고 좋고 싫음을 밝혀 국시를 정할 시기입니다."[4]라고 한 것을 근거로 그 차이를 파악해 볼 수 있을 것입니다.

---

2 『論語』「子路」: 子貢問曰, 鄕人皆好之, 何如. 子曰, 未可也. 鄕人皆惡之, 何如. 子曰, 未可也. 不如鄕人之善者好之, 其不善者惡之.

3 『四書集註』: 一鄕之人, 宜有公論矣, 然其間亦各以類自爲好惡也. 故善者好之而惡者不惡, 則必其有苟合之行. 惡者惡之而善者不好, 則必其無可好之實.

'부양(扶陽)'이란 표현은 『주역』에 보이지 않습니다. 아마도 주희의 부양억음(扶陽抑陰)설을 말하는 것으로 생각됩니다. 「태괘」 단전(彖傳)에 "'작은 것이 가고 큰 것이 와서 길하고 형통하다'라고 하는 것은 하늘과 땅이 교통하여 만물이 통하는 것이고, 위아래가 교통하여 그 뜻이 같아지는 것이다. 안은 양이고 밖은 음이며, 안은 강하고 밖은 순하며, 안은 군자요 밖은 소인이니, 군자의 도는 길어지고 소인의 도는 사그라진다."[5]고 하였고, 「비괘」 단전에 "'비(否)는 사람이 아니니, 군자의 곧음에 이롭지 못하니 큰 것이 가고 작은 것이 온다.'라는 것은 천지가 교통하지 못해 만물이 통하지 않으며, 위아래가 교통하지 못해 천하에 나라가 없다. 안은 음이요 밖은 양이고, 안은 유하고 밖은 강하며, 안은 소인이요 밖은 군자이니, 소인의 도가 자라나고 군자의 도는 사그라진다."[6]고 하여, 양을 군자에 음을 소인에 비유하기도 하였지만, '선악'의 개념으로 구분한 것은 송대 성리학에 이르러서입니다. 정이(程頤, 1032~1107)는 "양은 크고, 음은 작으므로, 음은 반드시 양을 따라야 한다."[7]고 하며 선천적인 차별을 당연하게 여기고 있으며, 심지어 음이 양을 해롭게 하는 것으로 중국을 양에, 이적(夷狄)을 음

---

4 『中宗實錄』卷81, 中宗 31年 3月 2日: 繼商亦豈不知此言之所由哉. 物論洶洶, 尙猶未定, 此正極扶公論, 明好惡, 以定國是之時也.

5 「兌卦·象傳」: 小往大來, 吉亨. 則是天地交, 而萬物通也. 上下交, 而其志同也. 內陽而外陰, 內健而外順, 內君子而外小人, 君子道長, 小人道消也.

6 「否卦·象傳」: 否之匪人, 不利君子貞. 大往小來, 則是天地不交, 而萬物不通也. 上下不交, 而天下无邦也. 內陰而外陽, 內柔而外剛, 內小人而外君子. 小人道長, 君子道消也.

7 程頤, 『伊川易傳』卷1: 陽大陰小, 陰必從陽.

에 비유하면서 좋고 나쁨의 개념을 세웠다고 할 수 있습니다.

이어서 주희는 "대저 음양은 조화의 근본이니 상대를 없앨 수 없지만 사라짐과 자라남은 항상 있으며, 또한 사람이 덜거나 보탤 수 있는 것이 아니다. 그러나 양은 생겨남을 주로 하고 음은 없어짐을 주로 하니 그 부류에 선악의 분별이 있다. 그러므로 성인이 『역』을 지을 때, 서로를 없앨 수 없는 것에는 이미 건(健)이나 순(順) 그리고 인(仁)이나 의(義)와 같은 것으로 밝혀서 치우치게 중심이 되도록 한 것이 없게 하였고, 사라지고 자라나는 때와 맑고 사특한 구분에 이르러서는 양을 북돋고 음을 억제하는[扶陽抑陰] 뜻을 이루지 않을 수 없었으니, 대개 이로써 화육(化育)을 돕고 천지에 참여하려는 까닭이므로 그 뜻이 깊다."[8]고 하였습니다. 음양 그 어느 쪽에도 치우침이 없도록 하고, 사특한 구분에는 양을 북돋우고 음을 억제하여 만물의 화육을 돕고 천지에 참여하라는 깊은 뜻을 말하고 있습니다. 따라서 진계유가 말한 '공론'은 양극단으로 치우침이 없는 의론을 말하고, 그러한 의론이야말로, 천지 화육의 과정에 참여한다는 것을 역설하고 있다고 이해할 수 있을 것입니다.

---

8 『周易本義』卷1,「坤卦」, 初六 注: 夫陰陽者, 造化之本, 不能相無, 而消長有常, 亦非人所能損益也, 然陽主生, 陰主殺, 則其類有淑慝之分焉. 故聖人作易, 於其不能相無者, 旣以健順仁義之屬明之, 而無所偏主, 至其消長之際, 淑慝之分, 則未嘗不致其扶陽抑陰之意焉. 蓋所以贊化育而參天地者, 其旨深矣.

11

청고
清苦

가난 속에서 애써 노력하는 것은 아름다운 일이다. 그렇다고 하더라도……, 세상에 어찌 자신을 대함에 각박하고 타인을 대함에 너그러운 자가 있겠는가?

清苦是佳事. 雖然, 天下豈有薄於自待而能厚於待人者乎.

먼저 문장에서 약간의 탈루가 있는 것으로 생각됩니다. 바로 '수연(雖然: 그렇다고 할지라도)' 뒤의 문장이 없습니다. 청나라 말의 증국번(曾國藩, 1811~1872)도 비슷한 말을 남기고 있는데, "가난 속에서 애써 노력하는 것은 본시 아름다운 일이다. 그러나 지나쳐서는 안 된다. 세상에 어찌 자신을 대함에 박하고 타인을 대함에 후한 자가 있겠는가?"[1]라고 되어 있는 것을 참고해 볼 만합니다.

---

1 『曾文正公家訓』: 清苦固是佳事, 然亦不可過, 天下豈有薄於待自而能厚於待人者乎.

이와 비슷한 말이 진계유와 동시대에 편집된 『채근담』에도 보이는데, 어느 것이 먼저인지는 중요하지 않습니다. "생각이 심후한 사람은 자기를 대함에 후하고 남을 대함에도 후하여 어디에도 심후하다. 생각이 엷은 사람은 자신을 대함에 야박하고 남을 대함에도 야박하여 하는 일마다 모두 엷다. 그러므로 군자는 평소 살면서 기호가 너무 뚜렷해도 안 되고 너무 적막 무료해도 안 된다."[2]고 하였습니다.

위의 두 격언은 모두 공자가 "자기 자신을 깊이 책망하고 다른 사람을 적게 책망하면 원망을 멀리할 수 있다."[3]라는 말에서 비롯된 것으로 보입니다. 이 말의 대의를 그대로 계승하고 있는 것이 바로 당나라 중기에 유가의 맥을 이은 한유(韓愈)의 「원훼(原毀)」일 것입니다. "옛날의 군자는 자신을 책망함에 엄중하고 주도면밀하게 했으며, 타인을 대함에 가볍고 소략하게 하였다. 엄중하고 주도면밀하여 태만하지 않았고 가볍고 소략하기 때문에 사람들이 즐겨 선을 행한다."[4]고 했습니다. 분명 『논어』의 말을 염두에 두고 한 표현임이 틀림없습니다.

과연 '나에게는 각박하게 남에게는 너그럽게'라는 말은 어떤 의미

---

2 『菜根譚』: 念頭濃者, 自待厚, 待人亦厚, 處處皆濃. 念頭淡者, 自待薄, 待人亦薄, 事事皆淡. 故君子居常嗜好不可太濃艶, 亦不宜太枯寂.

3 『論語』「衛靈公」: 子曰, 躬自厚而薄責於人, 則遠怨矣.

4 韓愈, 「原毀」: 古之君子, 其責己也重以周, 其待人也輕以約. 重以周, 故不怠, 輕以約, 故人樂爲善.

로 새겨야 할까요? 한유의 「원훼」를 조금 더 읽어 보겠습니다. "옛날 사람 중에 주공이란 분이 있었는데, 그분의 사람됨이 재능이 많고 육예(六藝)에 노니는 사람이었다는 것을 듣고, 그가 주공이 될 수 있었던 원인을 찾아 자신을 책망하며 '그도 사람이고 나도 사람인데, 저 사람은 될 수 있고 나는 될 수 없는 것인가?'라고 한다. 아침저녁으로 주공보다 못한 점을 없애고 주공과 같은 것을 취하려고 노심초사한다. 순임금은 대성인으로 후세에 비길 만한 자가 없고, 주공도 대성인이라 후세에 미칠 자가 없는데도, 이 사람은 '순임금보다 못하고, 주공보다도 못하니 나의 병통이로다.'라고 한다. 이 또한 자신에 대해 엄중하고 주도면밀한 것이 아니겠는가? 다른 사람에 대해서, '저 사람은 이것을 능히 갖추었으니 좋은 사람이 되기에 족하고, 이것을 잘하니 육예의 사람이 되기에 족하다'라고 한다. 하나를 취하고 그 둘을 나무라지 않으며, 새것만 일컫고, 옛것은 따지지 않는다. 다만 그 사람이 뛰어난 것을 행한 이익을 받지 못할까 전전긍긍한다."[5]

한유에 따르면, 옛 군자들은 자신을 엄격한 기준으로 채찍질하고 남에게는 그 기준을 관대하게 적용했지만, 한유 당시의 '군자'들은 거꾸로 행동하고 있다는 말입니다. 그러므로 자신에게 각박하다고 하

---

5 「原毁」: 聞古之人有周公者, 其爲人也, 多才與藝人也. 求其所以爲周公者, 責於己曰, 彼人也, 予人也, 彼能是, 而我乃不能是. 早夜以思, 去其不如周公者, 就其如周公者. 舜, 大聖人也, 後世無及焉. 周公, 大聖人也, 後世無及焉. 是人也, 乃曰, 不如舜, 不如周公, 吾之病也. 是不亦責於身者重以周乎! 其於人也, 曰, 彼人也, 能有是, 是足爲良人矣. 能善是, 是足爲藝人矣. 取其一, 不責其二, 即其新, 不究其舊, 恐恐然惟懼其人之不得爲善之利.

는 것은 자신의 모자람에 대해 매우 엄중하고 주도면밀하게 자책하는 것을 말하고, 남에게 너그럽다고 하는 것은 상대방이 최소한의 기준만 갖추었다면 그것으로 충분하다 여기며 다른 것을 요구하거나 약점을 탓하지 않는다는 것임을 알 수 있습니다. 그런데 공자와 한유의 말은 오해의 소지가 있습니다. 왜냐하면, 남이야 어찌 되든 자신만 수신하여 목표에 이르면 된다는 말처럼 들리기 때문입니다. 그러나 남을 탓하기 전에 자신을 돌아다보며 수양하게 되면, 그는 틀림없이 군자 나아가 성인이 될 것이므로, 그의 교화력은 하늘에 떠 있는 해처럼 아무런 인위적 행위가 없어도 그의 덕에 자연스럽게 감화되고 교화된다는 말일 것입니다.

'청고(淸苦)'란 표현은 가난을 감내하면서 노력하는 것을 뜻합니다. 『취고당검소』권4에는 청(淸)의 다섯 가지 등급을 설명하고 있는데, 그중에 청고란 "종이 뭉치 속에서 돈을 생각하고, 항아리에 곡식을 담아 황야에서 가난하게 살며, 혈족이 다 죽고 혼자 내버려진 것"[6]이라고 하였습니다. 요컨대 혈혈단신으로 벼슬에 나아가지도 않고, 끼니를 때울 양식만 가지고, 책을 보며 초야에서 궁핍하게 사는 것을 '청고'라고 하는 것입니다.

---

6 『醉古堂劍掃』卷4: 紙裹中窺錢, 瓦瓶中藏粟, 困頓於荒野, 擯棄乎血屬, 名曰淸苦.

12

귀신을
부리는
법

생각마다 선하면 길한 신이 그를 따르고, 생각마다 악하면 악귀가
그를 따른다. 이를 알면 귀신을 부릴 수 있다.

一念之善, 吉神隨之. 一念之惡, 厲鬼隨之. 知此可以役使鬼神.[1]

    결국, 좋은 것을 꿈꾸라는 말로, 긍정적인 사고는 긍정적인 결과를
낳을 수밖에 없다는 뜻이지요. 이 말은 중국과 동남아시아에서 크게
유행한『태상감응편』에 잘 설명되어 있습니다. "무릇 마음에 선한 생
각이 일면 그 선이 행해지지 않았더라도 이미 길한 신이 따라오고, 혹
마음에 악한 생각이 일면 비록 악이 행해지지 않았더라도 흉한 신이
이미 따라온다."[2]고 한 것에서 따온 것은 아닌지 모르겠습니다.

---

1 『취고당검소』권1에서도 동일하게 수록되어 있습니다.
2 『太上感應篇』: 夫心起於善, 善雖未爲, 而吉神已隨之. 或心起於惡, 惡雖未爲, 而凶
　神已隨之.

말하자면 밤에 귀신 생각을 하면 썰렁해지는 이치와 같은 것은 것입니다. 한순간의 생각만으로 자신의 몸이 경직되고 모골이 송연해짐을 느껴보았을 것입니다. 불안하고 불길한 생각이 들 때마다, 주변을 정리하고 좋은 기운이 감돌게 해야 하는데, 그것은 좋은 생각을 하려고 노력하는 것이 중요합니다. 김칫국도 많이 마시면 배부를 것이고, 작심삼일 하더라도 일 년 동안 꾸준히만 이어간다면 365일 공부하는 것이 되는 이치입니다. 백만장자도 꾸준히 갈망해야 얻어질 수 있습니다. 통계로 보는 것처럼 부지런히 복권 집에 드나든 사람이 당첨되기 마련이지요. 사람에게 어찌 욕심이 없을 수 있겠습니까? 과욕이 화근이겠지요.

　　귀신은 무엇일까요? 사마천은 "무릇 사람이 태어나게 하는 것은 신(神)이요, 그것이 의탁한 것이 형(形: 몸)이다. 신(神)을 지나치게 쓰면 고갈되고, 형(形)을 심하게 수고롭게 하면 피폐해진다. 형과 신이 떨어지면 죽고, 죽은 사람은 다시 살아날 수 없으며, 분리된 것을 다시 되돌릴 수도 없다. 그러므로 성인들은 신(神)을 중시한다."[3]고 하면서 신(神)을 설명하고 있습니다. 귀(鬼)에 대하여 『조선왕조실록』, 정종 2년 10월 3일에는 동지사(同知事) 이첨(李詹, 1345~405)이 경연(經筵)에 나가 정종과 나눈 문답이 실려 있는데, 그중에서 귀신에 관한 대목을 보면, 진계유의 문장을 보는 데 도움이 될 것입니다. 임금이 묻기

---

3 『史記』「太史公自序」: 凡人所生者神也, 所託者形也. 神大用則竭, 形大勞則敝, 形神離則死. 死者不可復生, 離者不可復反, 故聖人重之. 由是觀之, 神者生之本也, 形者生之具也.

를, "유가에서 '사람은 음양 두 기(氣)를 받아 태어난다.'라고 들었는데, 그렇다면 신선술, 노장, 붓다의 설과 유가의 설중에서 누가 맞는가?"라고 하자, 이첨은 "우리의 도는(유가의 도) 어둡고 아득하며, 허무하고 적막한 것에 있는 것이 아니라 사물에 있습니다. 이는 옛날의 성현들이 일찍이 논한 적이 있습니다. 사람은 천지의 음양을 받아서 태어나고, 음양이 바로 귀신입니다. 산 것이 '신'이고 죽은 것이 '귀'입니다. 사람의 동정(動靜), 호흡(呼吸), 해와 달이 차고 기우는 것, 초목이 피고 지는 것이 귀신의 이치가 아닌 것이 없습니다."[4]라고 귀와 신에 관하여 일목요연한 설명을 하고 있습니다.

　　다시 진계유의 문장으로 돌아와 보면, '신'과 '귀'를 따로 말하고 있습니다. 신(神)은 길함에 귀(鬼)는 악함에 붙여 부정과 긍정의 의미를 살려놓고 있습니다. 바로 이첨의 답변과 같은 맥락임을 볼 수 있을 것입니다. 그렇지만 조심해야 할 것은 귀와 신은 음과 양처럼 원래 선악의 개념이 없다는 점입니다. 동(動)과 정(靜), 호(呼)와 흡(吸)과 같은 것이라고 이첨은 분명하게 밝히고 있습니다. 어쨌든 신은 삶과 짝을 맺고 있고, 귀는 죽음과 짝을 맺고 있음은 틀림없습니다.

---

4 『朝鮮王朝實錄』, 正宗 2年 10月 3日: 上曰, 嘗聞儒道以爲, 人受陰陽二氣以生. 然則仙老釋之說, 與儒家孰是. 詹曰, 吾道不在於杳冥昏默, 在乎事物上, 古之聖賢, 蓋嘗論之矣. 人受天地陰陽以生, 陰陽卽鬼神. 其生者神也, 其死者鬼也. 人之動靜呼吸, 日月盈虧, 草木開落, 莫非鬼神之理.

13

뒤돌아
보기

황제(黃帝)가 말하기를 "말을 타고 가면서 되돌아보지 않으면 신 (神)이 떠나간다."고 했다. 사람이 부귀공명만을 되돌아본다면 그 떠나가는 신이 어찌 적겠는가?"

黃帝云, 行及乘馬, 不用迴顧則神去. 令人迴顧功名富貴, 而去其神者, 豈少哉.

당나라 도사이자 의사였던 손사막(孫思邈, 581?~682)은 "노한 눈으로 일월을 보지 마라. 사람이 실명하기 쉽다. 말을 타고 감에 돌아보지 않으면 신이 떠나간다."[1]고 했습니다. 우리에게 잘 알려진 인디언의 말 타는 이야기, 인디언들은 급히 말을 타고 가다가도 내려 뒤를 돌아다보며 영혼이 따라오는 시간을 준다고 한 지혜와 일치합니다. 진계유는 이 말을 뒤돌아볼 생각은 않고, 부귀공명만 좇아 앞만 보고 내달

---

[1] 孫思邈,『備急千金要方』卷82,「黃帝雜忌法第七」: 勿怒目視日月, 喜令人失明. 行及乘馬, 不用迴顧則神去.

리는 우리를 겨냥하여 경계하고 있는 것 같습니다.

 개구리가 움츠리는 이유는 멀리 뛰기 위해서이고, 뱀이 몸을 구부리는 것은 나아가기 위함입니다. 오늘날 우리의 사회는 부지런히 나아가지 않으면 도태되어 뒷전으로 물러나야 합니다. 그 부지런한 노력에도 불구하고 너무나도 허망하게 말입니다. 그러나 밤이 있어야 우리가 눈을 감고 쉴 수가 있듯이 계속 나아갈 수는 결코 없습니다. 세상 연극에 어찌 배우가 한 사람만 있을까요? 각박한 경쟁의 시대를 살아가는 우리에게 진계유의 이 말은 울림이 큽니다.

 분노에 찬 눈으로 하늘을 바라보며 한탄해 봐야 몸만 다칠 뿐입니다. "오 하늘이시여! 어찌 나에게 이리 혹독하십니까!"라고 절규할지라도 태양은 나를 위해 뜨지 않습니다. 하늘은 그래왔고 앞으로도 계속 그럴 것입니다. 아버지는 하늘이요, 어머니는 땅이라고 합니다(바뀌어도 아무런 상관은 없음). 하늘과 땅이 공평하니 그로부터 태어난 나 또한 공평해야겠지요. 어떠한 치우침은 없었는지, 과욕을 부린 것은 아닌지 생각해 보는 것만으로도 노한 눈을 풀기에는 충분할 것입니다. 우리가 역사를 돌아보는 것처럼 돌아봄은 나아감의 전제조건으로, 지치고 힘들 때, 그저 자신의 숨소리만 살펴보아도 분한 감정이 조금이라도 누그러들지 않을까요?

14

나라
걱정은
마음으로

사대부는 나라를 걱정하는 마음을 마땅히 지녀야 하지만, 나라를 걱정하는 말은 하지 말아야 한다.

士大夫當有憂國之心, 不當有憂國之語.

실천 없이 말만 앞세우지 말라는 격언입니다. 『예기』에 "조문을 할 때 부의를 할 수 없으면 비용이 얼마나 드는지 묻지 않는다. 남의 질병을 물을 때 물품을 보내 줄 수 없으면 하고 싶은 바를 물어서는 안 되며, 사람을 만나서 잘 수 있는 곳을 제공할 수 없으면 어디에서 묵을 곳을 묻지 않는다. 또한, 남에게 무엇인가를 내려줄 때는 와서 가져가라고 말하지 않으며, 무엇인가를 줄 때는 무엇에 쓸 것인지 묻지 않는다."[1]는 말이 있습니다. 즉 실질적인 보탬이 되지 않는다면 남의

---

1 『禮記』「曲禮上」: 吊喪弗能賻, 不問其所費. 問疾弗能遺, 不問其所欲. 見人弗能館, 不問其所舍. 賜人者不曰來取, 與人者不問其所欲.

흉사에 입으로 생색내지 말라는 말입니다.

다시 『채근담』을 보면, 진계유의 말을 더욱 정확히 이해할 수 있습니다. "사군자는 사람을 구제하고 만물을 이롭게 함에 그 알맹이에 살아야지 그 이름에 살아서는 안 된다. 그 이름에 살면 덕이 상한다. 마찬가지로 사대부가 나라를 걱정하고 백성을 위한 것은 응당 마음이 이어야지 그 말이 있어서는 안 된다. 그 말을 하면 망가져 버린다."[2]고 했습니다.

타인의 안 좋은 일에 실질적인 도움이 되지 않으면서 말로만 하는 것은 오해받을 소지가 큽니다. 말보다는 행동이 우선되어야 한다는 말이지요. 마찬가지로 나라를 걱정하는 마음은 마음일 뿐이어야 한다는 것입니다. 실천하지 않는 선은 선일 수 없듯이, 행동하지 않는 애국은 매국이나 다름없지요. 말뿐인 사랑이 부질없는 욕망인 것처럼 말이죠.

세상살이에 종교와 정치 이야기를 하지 않으면 다툴 일이 없다고 할 정도로 '애국'이란 이름 아래 쟁론하느라 하루도 조용한 날이 없습니다. 진계유의 시대 역시 후금이란 나라의 침입으로 혼란했을 것입니다. 오랑캐의 말굽 아래 짓밟히는 것을 보고서도 우국충정을 입으로만 운운하고 있었으니, 얼마나 안타까운 일이었겠습니까? 진계

---

2 『菜根譚』: 士君子濟人利物, 宜居其實, 不宜居其名, 居其名則德損. 士大夫憂國爲民, 當有其心, 不當有其語, 有其語則毀來.

유의 말은 나서 행동하지 않을 것이면 말하지 말라는 절규일 것입니다. 방관자들은 말이 많은 법이지요. 진계유에게 애국과 우국은 방관할 사안이 아니라 덕의 발현이자 정의였던 것입니다. 그러므로 말로만 하는 것은 결국 자기 덕의 치명적 손상으로 귀결될 뿐이라는 것이지요.

탐욕으로
청렴을
논함

아래 관리가 상사를 탄핵하면 여론은 통쾌해한다. 그러나 일단 그
실마리가 열리면, 그 시작은 청렴으로 탐욕을 논하지만, 그 끝은
반드시 탐욕으로 탐욕을 논할 것이며 또한 그 끝은 탐욕으로 청렴
을 논할 것이다. 임금은 대신들을 천시할 수 있을지라도 중앙 감
찰 기관의 수장과 지방 관리들이 한통속이 되어 버리니 위정자들
이 두려워할 만하다.

屬官論劾上司時論以爲快. 但此端一開, 其始則以廉論貪, 其究必以貪論
貪矣. 又其究必以貪論廉矣. 使主上得以賤視大臣, 而憲長與郡縣和同, 爲
政可畏也.

　사회에서 계급은 필수불가결하고 존중되어야 그 조직이 조직다워
진다는 것이 맹자의 생각입니다. 그는 "천하에는 사람들이 존중하는
세 가지가 있소. 작위가 하나요, 나이가 하나요, 덕이 그 하나이다. 조

정에서는 작위만 한 것이 없고, 향당에서는 나이만 한 것이 없으며, 군주를 보좌하고 백성을 다스림에 덕만 한 것이 없소. 어찌 그 하나를 가지고서 그 둘을 소홀히 할 수 있소?"[1]라며 동네에서는 연장자가 우선이요, 조직 사회에서는 서열을 우선으로 고려해야 한다고 주장합니다.

아랫사람이 윗사람을 탄핵하는 것은 겉으로 보기에 민주적인 것 같지만, 결국 그 조직은 결속력을 잃게 마련입니다. 그뿐만 아니라 그 어떤 선의의 하극상도 초심을 관철하기는 쉽지 않았다는 것을 우리는 역사를 통해 증명해 볼 수 있습니다. 그렇듯이 윗사람을 비판할 때에는 매우 신중해야 함을 경계하는 말입니다. 하극상에는 저마다 타당한 명분이 있습니다. 은나라의 마지막을 장식한 주왕(紂王)이 무도했던 것은 잘 알려져 있습니다. 그러나 고대 왕들은 하늘의 명을 받아 땅의 생물들에게 그 명을 전하는 하늘의 아들이었습니다. 어찌 한 인간이 하늘의 뜻을 거역하고 하극상을 벌일 수 있을까요? 그렇게 세워진 주나라는 또한 춘추전국시대라는 분열을 초래하고 말았습니다. 아랫사람은 청렴함으로 윗사람의 탐욕을 통렬하게 처단하지만, 일단 그들의 목표가 제거되면 견제의 대상이 없으므로 안일한 생각에 빠질 수밖에 없습니다.

---

1 『孟子』「公孫丑下」: 天下有達尊三, 爵一, 齒一, 德一. 朝廷莫如爵, 鄉黨莫如齒, 輔世長民莫如德. 惡得有其一, 以慢其二哉.

따라서 강압적인 방법으로 임금이 조정의 대신들을 억누를 수는 있겠지만, 그렇게 되면 조정의 관리들과 지방의 관리들을 통제하는 감사기관의 수장들이 한통속이 되어 버리면 허수아비로 전락해 버리지요. 공자는 이에 대해 이렇게 경고합니다. "군자는 조화로움을 추구하나 같게는 하지 않고, 소인은 같음을 추구하며 조화하지 않는다."[2] 공자의 말에서처럼 '화이부동(和而不同)'해야 하지만, 화(和)하며 동(同)해 버린다는 것입니다. 그 결과는 하극상으로 이어지고 그 청렴함과 정의는 무너져 버리겠지요.

---

2 『論語』「子路」: 君子和而不同, 小人同而不和.

15

다 갖춘
사람은
없어

현자에게 모든 것을 다 갖추도록 요구하는 것은 결코 유덕한 자의
말이 아니다.

責備賢者, 畢竟非長者言.

이 말은 이익(李瀷, 1681~1764)의 『성호사설』 권25에도 인용되어 있
을 정도로 조선 사대부 사회에서도 상당히 많이 알려진 것으로 보입
니다. 그 근거를 거슬러 올라가 보면, 『신당서』에서 "그러나 『춘추』의
법에 따르면 현자에게 항상 다 갖출 것을 요구한다고 하였는데 이 때
문에 후세의 군자들이 사람의 아름다움을 이루고자 해도 이에 탄식
하지 않음이 없었다."[1]고 한 기록에서 찾아볼 수 있을 것입니다.

---

1 『新唐書』「太宗紀」: 然春秋之法, 常責備於賢者, 是以後世君子之欲成人之美者, 莫
不歎息於斯焉.

공자의 일생은 배움의 연속이었다면 알고 태어나지 않았다는 것이며, 배우고 익히고 실천했기에 우리는 그를 성인이라고 할 것입니다. 공자라고 다 알고 매사에 완벽했을 리는 없지요. 그는 사람다웠기 때문에 오늘날까지도 그의 어록은 애독되고 있겠지요. 우리는 사회 지도층에 있는 사람들에 대한 기대가 너무 큽니다. 그들 역시 하늘 아래 욕망을 가진 인간에 불과하고, 털어 먼지 안 나는 사람이 있을까요? 안팎의 아름다움을 두루 갖춘 사람이 있을 수 있을까요? 있다면 그 사람은 결코 오늘을 위해 나서지 않을 것입니다. 자본주의 사회에서 능력은 경쟁의 도구이자 힘입니다. 언제나 나아가고 올라야 하는 사회구조 속에서 양보와 나눔을 실천했다면 아마도 그는 정상에 오르지 못했을 것입니다.

내외의 모든 아름다움을 두루 갖춘 사람을 찾는 것이 이상이라면, 먼저 그런 사람들이 등장할 수 있는 사회가 조성되어야 할 것입니다. 한유(韓愈)는 말에 빗대어 이렇게 말합니다. "세상에 말을 잘 알아봤던 백락(伯樂)이 있고 난 뒤에야 천리마가 있게 된다. 천리마는 늘 있지만, 백락은 늘 있지 않다…… 아! 정말로 말이 없는가? 정말로 말을 알아보지 못하는 것인가?"[2] 인재가 없는 것이 아니라 알아보지 못할 뿐입니다. 덕이 없는 사람의 눈에, 덕 있는 사람이 보일 수가 없지요.

---

2 韓愈,「雜說」: 世有伯樂, 然後有千里馬. 千里馬常有, 而伯樂不常有.……嗚呼. 其眞無馬邪. 其眞不知馬也.

17

수재에서
은퇴까지

수재가 되어서는 처사처럼 사람들을 두려워해야 하고, 벼슬길에
들어서는 며느리처럼 사람을 봉양해야 하며, 은퇴하여서는 할머
니처럼 사람을 가르쳐야 한다.

做秀才, 如處子, 要怕人. 旣入仕, 如媳婦, 要養人. 歸林下, 如阿婆, 要教人.

동시대인 정선(鄭瑄)의 독후감과 격언집인『작비암일찬(昨非庵日
纂)』에도 이 말이 실려 있습니다. 여기에서 말하는 '수재(秀才)'란 학
문에 뜻을 두고 책을 읽는 서생을 지칭하는 말이고 '처사(處士)'란 덕
을 갖추고 조용히 물러나 은거하는 사람을 말합니다. 즉 조용히 학문
에 일념으로 정진하라는 뜻이지요. 이렇게 마음을 다하여 학문하다
가 우연히 벼슬길을 가게 될 때는 며느리가 집안사람들을 모시는 것
처럼 백성들을 봉양해야 한다는 것입니다. 벼슬이야 가는 길에 우연
히 마주치는 것이므로 그 길을 계속 고집할 필요도 없겠지요. 그렇게

세월이 흘러 은퇴해서는 할머니가 손자들에게 책을 읽어주는 것처럼 자상하게 사람들을 가르쳐야 한다고 권유하고 있습니다. 이것이 바로 격대교육(Grandparentage)의 가장 빠른 언급이 아닐까 합니다. 한편 진계유는 이 『작비암일찬』에 서문을 썼으니, 이 말은 정선의 책에서 가져왔을 가능성이 큽니다.

수재에서 관리로, 다시 관리에서 평민으로 돌아가는 것은 자연스러운 순환의 운행으로 자명한 이치입니다. 이를 거스르는 것은 과욕이 자리하기 때문입니다. 처음부터 끝까지 배움과 그 배움으로부터 나오는 희열을 만끽하며 삶을 살아가는 것이 학자의 길입니다. 이러한 학자들에게 지식으로 오는 오만함에 빠지지 말고, 겸손과 교육의 중요성을 일깨워주는 말로 들립니다.

타인보다 먼저 좀 더 많이 배우고 익혔다면 선생님이 되어 타인을 가르치고 싶은 것은 인지상정일 것입니다. 하지만 보통 누군가 배움을 청해 와도 가르칠 만한 스승이 못 된다고 은근히 거절하며 고상한 척 하는 것이 예나 지금이나 마찬가지였나 봅니다. 한유(韓愈, 768~824)가 죽은 지 1100년 이상이 지난 요즘도 상황은 전혀 호전된 것 같지 않습니다. 아무런 대가도 없이 어리석은 한유는 나이 40이 되기 전에 문하생들을 모아 가르쳤습니다. 이 용기에 대해 유종원(柳宗元, 773~819)은 「위중립에게 스승을 따라 배우는 도리를 논하여 준 편지에 답함」에서 다음과 같이 말하고 있습니다.

"맹자는 사람의 환난(患難)은 타인의 스승이 되기를 좋아하는 데 있다고 하였다. 따라서 위진(魏晉)시대 이후부터는 사람들이 더욱 스승을 섬기지 않았다. 요즘 세상에 스승이 있다는 소리를 듣지 못했다. 만약 있다고 한다면 그를 비웃고 미친 사람이라 여길 것이다. 그러나 오직 한유만은 떨치고 일어나 세속을 돌아보지 않고 비웃음과 모욕에 아랑곳하지 않고 후학들을 불러 모으고 「사설(師說)」을 지어 그에 따라 얼굴을 반듯하게 하고 스승이 되었다. 세상 사람들은 역시 무리를 지어 괴이하게 여기고 욕하며, 지목하고 견제하며 말만 더 늘어놓았다고 하였다. 한유는 이 때문에 미치광이란 이름을 얻었다. 장안에 살다가 밥이 익을 겨를도 없이 황급히 동쪽으로 떠났으니, 이렇게 한 것이 여러 차례다."[1]

1 柳宗元,「答韋中立論師道書」: 孟子稱, 人之患在好爲人師. 由魏晉氏以下, 人益不事師. 今之世不聞有師, 有輒嘩笑之, 以爲狂人. 獨韓愈奮不顧流俗, 犯笑侮, 收召後學, 作師說, 因抗顔而爲師. 世果群怪聚罵, 指目牽引, 而增與爲言辭. 愈以是得狂名, 居長安, 炊不暇熟, 又挈挈而東, 如是者數矣.

18

돈으로
글을
쓰려는가?

광대한 뜻과 원대한 바람을 가지고 기이함과 교묘함을 만들려 계
획하면, 손상이 극에 달하고 극에 달하면 일찍 죽는다. 어찌 돈과
전답으로만 글을 쓰려 하는가? 그로써 사람들의 폐와 간에 새겨
지도록 불후하기를 바라는 것은 아마도 기이함, 교묘함을 추구하
는 것이니 마음은 점점 커지고 화는 점점 빨라진다.

廣志遠願, 規造巧異, 積傷至盡, 盡則早亡. 豈惟刀錢田宅, 若乃組織文字.
以冀不朽至於鏤肺鐫肝, 其爲廣遠巧異, 心滋甚, 禍滋速.

동진(東晉) 시대 신선의 도를 추구한 문학자 갈홍(葛洪, 283~343?)은
재주가 없으면서 지나치게 고민하는 것, 역량이 부족하면서 억지로
하는 것, 과도한 근심과 분노, 비애와 초췌함, 과도한 쾌락, 욕망으로
인한 급박한 추구, 불행을 만나 근심하는 것, 긴 시간의 담소, 때때로
수면이나 휴식을 못 하는 것, 활쏘기, 술에 취해 구토하는 것, 많이 먹

고 잠자는 것, 극렬한 달리기나 기침, 환호와 통곡 이 모든 것은 장생의 도에 저해가 된다고 주장합니다. 따라서 이러한 손상이 누적되면 일찍 죽을 수밖에 없으며, 일찍 죽는 것은 도에 부합하지 않는다는 것입니다. 이에 대해 『포박자』는 다음과 같은 양생법을 일러줍니다.

"침을 멀리 뱉지 말고 빠르게 달리지 말며, 귀로 과도하게 듣지 말고, 눈으로 오래 보지 말라. 오래 앉아 있지 말고 꼼짝없이 누워만 있어도 안 되며, 추위에는 옷을 입고 더위에는 옷을 줄여라. 극도로 굶주렸으면 먹으려 하지 말고, 먹어도 포만하게 먹지 말라. 극도로 목이 말랐다면 마시려 하지 말고, 마시더라도 너무 많이 마시지 말라. 음식을 많이 먹으면 맺혀 쌓이고, 물을 많이 먹으면 담증이 된다. 너무 몸을 혹사하거나 한가롭게 하지 말고 늦게 일어나려 하지 말라. 땀을 흘리지 말고 많이 자려 하지 말라. 말이나 수레를 타고 빨리 달리려 하지 말고 눈을 들어 멀리 바라보려 하지 말라. 찬 것과 날것을 많이 먹으려 하지 말고, 바람을 맞거나 술을 마시려 하지 말며 자주 목욕하려 하지 말라. 마음에 뜻을 멀리 두려 하지 말고 신기한 물건을 추구하려 하지 말라. 겨울에 너무 따뜻하게 하려 하지 말고 여름에 너무 시원하게 하려 하지 말라. 노지에 드러내어 자지 말고, 잘 때는 어깨를 드러내지 말며, 무더위, 한파, 큰바람, 짙은 안개를 무릅쓰려 하지 말라. 다섯 가지 맛을 봄에 너무 치우치게 하려 하지 말라. 왜냐하면, 신 것은 비장을 훼손하고, 쓴맛은 폐를 훼손하며 매운 것은 간을 훼손하고, 짠 것은 심장을 손상하며, 단 것은 신장을 훼손한다. 이것이 오미(五味)가 오장(五臟)을 자극하는 것이니 바로 오행이 운행되는 자연의 섭리이다. 이러한 손상들은 즉각 드러나지 않지만, 시간이 오래되면 사람의 목숨을 훼손한다."[1]

진계유는 이러한 포박자의 말을 활용하여 학자들의 욕심을 경계하고 있습니다. 바로 공자가 "궁벽한 이치를 찾고 괴이한 일을 하는 것은 후세사람들에게 기술될 것이 있겠지만 나는 그리하지 않겠다. 군자가 도를 따라가면서 중도에 그만두는데 나는 그칠 수가 없다. 군자는 중용에 의거하여 세상에 몸을 숨겨 드러나지 않더라도 후회하지 않는다고 하는데 오로지 성인만이 그렇게 할 수 있다."[2]고 한 말과 일맥상통합니다. 금전으로 학문할 수 없으며, 그것으로 좋은 글을 쓸 수도 없습니다. 왜냐하면, 뜻하는 바가 글의 내용에 있는 것이 아니라 드러나는 것을 통해 이득을 꾀하기 때문입니다.

---

1 『抱朴子』「極言」: 唾不及遠, 行不疾步, 耳不極聽, 目不久視, 坐不至久, 臥不及疲, 先寒而衣, 先熱而解. 不欲極飢而食, 食不過飽, 不欲極渴而飲, 飲不過多. 凡食過則結積聚, 飲過則成痰癖. 不欲甚勞甚逸, 不欲起晚, 不欲汗流, 不欲多睡, 不欲奔車走馬, 不欲極目遠望, 不欲多啖生冷, 不欲飲酒當風, 不欲數數沐浴, 不欲廣志遠願, 不欲規造異巧. 冬不欲極溫, 夏不欲窮涼, 不露臥星下, 不眠中見肩, 大寒大熱, 大風大霧, 皆不欲冒之. 五味入口, 不欲偏多, 故酸多傷脾, 苦多傷肺, 辛多傷肝, 鹹多則傷心, 甘多則傷腎, 此五行自然之理也. 凡言傷者, 亦不便覺也, 謂久則壽損耳.

2 『禮記』「中庸」: 子曰, 素隱行怪, 後世有述焉, 吾弗爲之矣. 君子遵道而行, 半途而廢, 吾弗能已矣. 君子依乎中庸, 遁世不見知而不悔, 唯聖者能之.

19

남을
탓할
때

대저 고금의 인물들을 평론함에 "죽음으로 남을 책망한다."는 말
을 가벼이 여기지 말라.

大約評論古今人物, 不可便輕責人以死.

조씨(曹氏)의 위(魏)나라를 뒤집고 들어선(266년) 사마씨(司馬氏)의
서진(西晉)이란 나라는 팔왕의 난이라는 여파로 316년 막을 내리게 됩
니다. 이 혼란한 시기를 온몸으로 겪다가 304년 죽은 '배중사영(杯中蛇
影: 잔속의 뱀 그림자)'의 주인공 악광(樂廣)이란 사람을 기억하실 것입니
다. 어려서 아버지를 잃고 빈한했던 악광은 서진시기 중요한 역할을
한 정치가 배해(裴楷, 237~291)를 통해 벼슬길에 올라, 가는 곳마다 능
력을 인정받았지만, 팔왕의 난의 소용돌이 속에서 성도왕(成都王)의
아내가 된 딸 때문에, 장사왕(長沙王) 사마예(司馬乂)의 의심을 받아 다
섯 아들을 잃은 충격으로 죽게 됩니다. 『진서』에서는 그를 이렇게 평

가하고 있습니다. "악광이 정치를 행함에 당시 명성은 없었지만, 관직을 떠날 때마다 덕을 남겨 사람들이 그리워하였다. 무릇 사람을 논평함에 반드시 먼저 그의 장점을 이르고 약점을 말하지 않고 혼자만 알았다. 남에게 허물이 있으면 먼저 너그럽게 용서한 다음에 선악이 저절로 드러나게 했다. 악광과 왕연(王衍)은 모두 마음으로 바깥일을 처리하여 명성이 두터웠다. 그러므로 천하에서 풍류(風流)를 말하는 자들은 왕·악(王·樂)이 으뜸이라는 말이 떠돌았다."[1]

조선 후기 서자 출신의 실학자 이덕무(李德懋)도 옛사람들의 말을 인용하면서 "역사를 읽고 논함에 반드시 그 장점을 먼저 말해야지 결코 죽음으로 남을 비난한다는 말을 가벼이 여기지 말라."[2]고 하였는데, 동일한 출처에서 온 것으로 보입니다.

우리에게 옳았던 것이 언제나 옳았던 것은 아닌 것처럼 우리에게 틀린 것이 언제나 틀린 것은 아닙니다. 타인의 약점을 들추어내는 것은 자기방어적인 것이어서 결국은 자신의 약점을 드러내기 마련이죠. 타인의 장점을 먼저 말한다면 결국 좋은 기운이 자신에게 맴돌게 되고 자신의 장점만이 드러나는 것은 당연한 이치입니다. 고무줄을 양손에 잡고 당겨보면 힘이 들어가지 않는 손은 없지요.

---

1 『晉書』「樂廣列傳」: 廣所在爲政, 無當時功譽, 然每去職, 遺愛爲人所思. 凡所論人, 必先稱其所長, 則所短不言而自見矣. 人有過, 先盡弘恕, 然後善惡自彰矣. 廣與王衍 俱宅心事外, 名重於時. 故天下言風流者, 謂王樂爲稱首焉.

2 『靑莊館全書』「耳目口心書」: 讀史論事, 必先稱其所長, 幷不輕責人以死.

20

한가할
때
바쁘게

국가를 다스리는 데 두 마디 말이 있다. "바쁠 때 한가로이 하고, 한가할 때 바쁘게 하라." 기질을 바꾸는 데 두 마디 말이 있다. "생소한 것은 점차 익숙해지고, 익숙한 것은 점차 새로워진다."

治國家有二言, 曰, 忙時閒做, 閒時忙做. 變氣質有二言, 曰, 生處漸熟, 熟處漸生.

치국과 수신의 방법을 비교하여 말하고 있는 격언으로, 치국에서 하는 말은 '거안사위(居安思危)', 즉 편안하게 살고 있을 때 위기를 생각해 두라는 것입니다. 『좌전』에서는 『서경』의 말을 인용하여 "편안할 때 위기를 생각해 두고, 그것을 생각하면 준비가 된 것이며, 준비되었으면 우환이 없다."[1]고 하였습니다. 바로 유비무환의 출처로 위

---

1 『左傳』, 襄公11年: 居安思危, 思則有備, 有備無患.

의 격언은 이와 같은 말이지요. 다시 진계유와 동시대 사람인 풍몽룡(馮夢龍, 1574~1646)이 "두서없는 사람은 일할 줄 모르고 일머리를 아는 사람은 서두르지 않는다."²고 언급한 것을 보면, 이러한 말이 매우 널리 민간에 전해지고 있었음을 알 수 있습니다.

한편 중국 정토종 9대조인 지욱(智旭, 1599~1655) 스님은 호가 우익(蕅益)으로 절강성 항현(杭縣)에 있는 영봉(靈峰)에 살았기 때문에 세인들은 그를 존칭하여 '영봉우익대사(靈峰蕅益大師)'라고 불렀다고 합니다. 그는 다음과 같이 말했습니다. "잘못을 뉘우치는 것은 잘못을 미연에 방지하는 것만 못하며, 복을 아끼기보다는 복을 쌓아야 한다. 불법은 깊고 오묘하며 무궁하니 절대로 자신을 포기하거나 자신을 핍박하지 말라. 익숙한 곳이 점차 생소해지려면, 먼저 생소한 곳이 점차 익숙해져야 한다."³

생몰 연대를 고려해 볼 때 영봉우익대사의 이 격언은 진계유의 말에서 비롯한 것으로 보입니다. 다시 좀 더 거슬러 올라가 구양수(歐陽修, 1007~1072)가 만년에 관직을 사양하고 한거하며 지은 『귀전록(歸田錄)』을 보면, 북송시대 "진요자(陳堯咨)는 활을 잘 쏘아 당시 견줄 만한 사람이 없었고 이를 자랑스럽게 여기고 있었다. 하루는 텃밭에서 활쏘기를 연습하고 있었는데 기름 파는 노인이 짐을 내려놓고 서서 한

---

2 馮夢龍, 『東周列國志』 51回: 忙者不会, 会者不忙.

3 『靈峰蕅益大師宗論卷』, 卷92: 悔過不如防過, 惜福尤宜積福. 佛法深妙無窮, 切勿自棄自局. 若要熟處漸生, 先須生處漸熟.

참을 바라보며 떠나지 않았다. 화살이 십중팔구 명중인 것을 보면서도 미소만 지을 뿐이었다. 이에 진요자는 '당신도 활을 쏠 줄 아시오? 내가 쏘는 것이 그다지 정확하지 않소?'라고 묻자, 노인은 간단하게 '별것 없소. 손에 익었을 뿐이오.'라고 하였다. 이에 진요자가 화를 내며 '당신은 어찌 내 활쏘기를 무시할 수 있소!'라고 했다. 노인은 '내가 기름 따르는 것으로 알려주겠소.'라고 하며 호로병을 땅에 놓고 동전으로 그 입구를 덮고는 서서히 한 국자를 떠서 동전 구멍으로 따르자 동전이 젖지 않았다. 이내 이르기를 "나 역시 별것이 없소. 다만 손에 익었을 따름이오."[4]라는 고사를 기록하고 있습니다. 이는 장자의 '해우(解牛)'와 같은 이치로, 이 이야기가 바로 "능숙함은 기묘함을 낳을 수 있다(熟能生巧)"란 성어를 만들어낸 것으로 생각합니다. 생소한 것은 익숙해지는 것이고, 익숙해지면 그 분야의 독보적인 무엇인가가 생겨나기 마련입니다. 처음부터 잘하는 사람은 없습니다. 독창적인 것은 꾸준한 숙련에서 비롯된다는 말이 될 것이고, 그렇다면 모방 없는 창조는 없다는 말로 귀결됩니다.

---

4 歐陽修,『歸田錄』上: 陳康肅公堯咨善射, 當世無雙, 公亦以此自矜. 嘗射於家圃, 有賣油翁釋擔而立, 睨之, 久而不去. 見其發矢十中八九, 但微頷之. 康肅問曰, 汝亦知射乎. 吾射不亦精乎. 翁曰, 無他. 但手熟爾. 康肅忿然曰, 爾安敢輕吾射. 翁曰, 以我酌油知之. 乃取一葫蘆置於地, 以錢覆其口, 徐以杓酌油瀝之, 自錢孔入, 而錢不濕. 因曰, 我亦無他, 惟手熟爾.

21

호걸을
살필
때

보통 사람을 살필 때는 큰 대목에서 법도에 어긋나지 않는지를 보고, 호걸을 살필 때는 작은 대목에서 빠뜨림은 없는지를 보라.

看中人, 看其大處不走作, 看豪傑, 看其小處不滲漏.[1]

진계유보다 8년 선배이자 1604년 동림서원(東林書院)을 세워 강학했던 고헌성(顧憲成, 1550~1612)은 "또 말하기를, 호걸이면서 성현답지 않은 자는 있으나 성현이면서 호걸답지 않은 자는 없었다. 그러므로 호걸은 큰 대목에서 정도를 벗어나지 않고 성현은 작은 대목에서 빠뜨리지 않는다."[2]고 하였습니다. 두 사람은 상당히 긴밀한 교유관계

---

1 『취고당검소』권1에는 "보통 사람에게서는 큰 곳에서 어긋나지 않는지를 보고, 호걸에게는 작은 곳에서 빠뜨리지 않는지를 보라(看中人, 在大處不走作, 看豪傑, 在小處不滲漏.)"고 되어 있습니다. 『안득장자언』의 문장 구성이 훨씬 분명하다고 생각합니다.

2 『涇皐藏稿』卷6, 「中丞脩吾李公漕撫小草序」: 又言, 豪傑而不聖賢者有之, 未有聖賢而不豪傑者也. 是故豪傑大處不走作, 聖賢小處不滲漏.

를 유지합니다. 그래서 말의 선후를 단정하기는 어렵습니다만, 이 책의 이름을 생각해 보면, 진계유가 고헌성의 말에서 호걸(豪傑)을 '중인(中人)'으로 바꾸고, 다시 성현(聖賢)을 '호걸'로 바꾸어, 보통 사람과 호걸에게서 배울 점을 설명하고 있는 것으로 추정할 수 있을 것입니다.

한편 조선 중기의 저명한 문인이자 정치가였던 신흠(申欽, 1566~1628)은 「야언(野言)」에서 "중인(中人)을 살핌에 큰 대목에서 법도를 벗어지지 않는가에 있고, 호걸을 살핌에 작은 대목에서 빠뜨림은 없는지에 있다."[3]고 하였는데, 내용은 진계유의 말과 큰 차이가 없습니다. 그런데 원문은 『취고당검소』의 문장에다 '요(要)'자가 더 들어가 있습니다. 이는 『취고당검소』의 문장이 해석하기에 매끄럽지 않았던 것으로 추측해 볼 수 있습니다. 그렇다면 상촌이 참고한 것은 『취고당검소』, 즉 진계유의 이름을 빌린 다른 판본인 『소창유기(小窗幽記)』였다고 추정할 수 있을 것입니다.

한편 상촌(象村)은 이 격언에 이어서 줄을 바꾸지 않고 "가무와 여색을 너무 좋아하면 몸이 허약해져 까닭 없이 무서움을 느끼는 병[虛怯病]이 생기고, 재물과 이득을 탐하다 보면 재물이나 음식을 지나치게 탐하는 병[貪饕病]에 걸리며, 큰 공로만을 추구하다 보면 마구 치달려 정도를 벗어나는 병[走作病]이 생기고, 명예만 추구하다 보면 일을

---

3 『象村稿』卷48, 「野言」: 看中人, 要在大處不走作. 看豪傑, 要在小處不滲漏.

급하게 처리하는 병[矯激病]에 걸리며, 옛것을 배움에 지나치면 호로만 그리는 병[畫葫蘆病]이 생겨난다."⁴는 말을 연이어 쓰고 있습니다. 이는 편집상으로 오류로 생각됩니다.

　대체로 일에는 큰일과 작은 일이 있습니다. 또한, 일을 처리함에 큰 틀에서 추진해 나아가는 사람이 있지만 세밀하게 작은 일을 해가는 사람도 있지요. 크게 움직이는 사람은 숲은 보겠지만 나무는 보지 못하고, 반대로 세세한 일들에 종사하다 보면 숲을 보지 못하는 경우가 다반사입니다. 큰 곳에 나가면 모습을 드러내기 위해서 늘 나대는 사람이 있습니다. 나대는 것은 명예나 이익을 위해서 움직이는 경우가 많으므로 이 점을 보아야 하고, 영웅적인 모습과 행동을 드러내다 보면 세세한 것을 놓치는 경향이 있으니 사람을 살필 때 이 점에 유의하라는 말입니다. 사물에 진실한 사람은 큰 것과 작은 것을 다 챙길 수밖에 없습니다. 말 그대로 성(誠)하기 때문입니다.

4　『象村稿』卷48,「野言」: 濃於聲色生虛怯病, 濃於貨利生貪饕病, 濃於功業生走作病, 濃於名譽生矯激病, 濃於學古生畫葫蘆病.

22

발산보다는
수렴

불은 나무에서 붙어 있고, 돌에 붙어 있다. 바야흐로 나무나 돌에 들어 있을 때 나무와 돌을 가져가 물에 던져 버리면 되는데, 물이 불을 이기지 못하고 사물에 붙더라도 아이들이 주워 꺼버리면 그만이다. 그러므로 군자는 수렴을 귀히 여기지 발산을 귀히 여기지 않는다.

火麗于木麗于石者也. 方其藏於木石之時, 取木石而投之水, 水不能克火也, 一付於物, 卽童子得而撲滅之矣. 故君子貴翕聚而不貴發散.

『주역(周易)』 이괘(離卦)의 설명들을 보면 '이(離)'는 일반적으로 우리가 알고 있는 뜻인 '이별하다'는 의미와는 정반대인 '여(麗)', 즉 '부착'의 뜻을 가집니다. "해와 달은 하늘에 붙어 있고 온갖 곡식과 초목은 땅에 붙어 있다."[1]고 했습니다. 불은 형체가 없어 무엇인가에 붙어

---

[1] 『周易』「離卦」: 日月麗乎天, 百穀草木麗乎土.

서 모습을 드러냅니다. 결국 이괘(離卦)의 상징인 불은 제아무리 화려하고 강렬할지라도 다른 것에 의지해야 한다는 것입니다. 하지만 물은 형체를 가지며 다른 무엇에 의존하지 않고, 위에서 아래로 흘러 모든 물줄기를 수용하며, 항상 낮은 곳에 임하면서 생명을 잉태합니다.

물에 빠지면 지푸라기라도 잡는다지요. 그 누구도 혼자 살아갈 수는 없습니다. 그래서 우리는 흔히 더불어 사는 세상이란 말을 자주 듣습니다. 아무리 다급하더라도 인륜을 저버린 짓으로 이득을 취할 수는 없고, 물에 빠진 사람이 지푸라기를 잡아봐야 익사하는 것은 당연합니다. 타자의 힘에 의존하는 것은 그의 힘을 빌리는 것이기도 하지만 힘을 합치는 것이기도 합니다. 그러므로 살아감에 무엇을 선택하여 의지하느냐 하는 것은 매우 중요한 문제입니다. 아무리 목이 말라도 바닷물을 들이킬 수는 없지요.

불은 발산이요, 물은 수렴입니다. 그러므로 군자는 불의 발산보다는 물의 수용을 귀하게 여깁니다. 양명학의 창시자이자 심학(心學)의 대가였던 왕양명(王陽明, 1472~1529)이 "좋은 바탕을 가지고 태어난 젊은이는 반드시 재능을 감추고 그것을 두텁게 해야 한다. 하늘의 도는 수렴하지 않으면 발산할 수 없으니, 천 개의 꽃을 피우는 나무에 열매가 없으면 그 화려함만 지나치게 드러날 뿐이다."[2]라고 한 것을 참고할 만합니다.

---

2 『王文成全書』卷8,「寄諸用明」: 凡後生美質, 須令晦養厚積. 天道不翕聚, 則不能發散. 花之千葉者無實, 爲其英華太露耳.

23

즐거운
마음을
길러라!

담담자는 매번 사람이 즐거운 정신을 기르도록 가르쳤고, 지암자
는 매번 사람들에게 살기(殺機)를 버리라고 가르쳤다. 이 두 마디
말은 나의 스승이다.

飯飯子每教人養喜神, 止菴子每教人去殺機. 是二言, 吾之師也.

'담담자'와 '지암자'는 사실성과 현장성을 부여하기 위해 진계유가
설정하여 넣은 것으로 보입니다. '자(子)'자는 존칭을 뜻하지만 담담
자는 '담담(淡淡)'과 발음이 같아 도가의 사람들을 말하는 것으로 보
이고, 지암은 말 그대로 암자에서 선을 닦는 선승들로 생각됩니다. 담
담자는 긍정적인 생각을 기르고, 지암자는 부정적인 기운을 버리라
고 하였으니 여기서는 둘 다 같은 말인 셈입니다. 허균(許筠, 1569~1618)
은 『성소부부고(惺所覆瓿藁)』「한정록(閑情錄)」에 이 말을 베껴 두었지
만, 다른 명훈(明訓)들과는 달리 출처를 명시하지 않았습니다.

『채근담』전집에 보면 "복이란 구할 수 없고, 즐거운 생각을 기르는 것으로 복을 부르는 근본으로 삼고, 화는 피할 수 없으니, 살기를 없애는 것으로 화를 멀리하는 방편으로 삼아라."[1]라고 하였습니다. 진계유와 같은 말입니다. 다만 진계유는 담담자와 지암자로 나누어 현실감 있게 말한 것뿐입니다. 『채근담』의 "복이란 구할 수 없고, 화는 피할 수 없다"는 말은, 『갈관자』 「근질」의 "하늘은 높되 알기 어렵고, 복은 요청할 수 없으며, 화는 피할 수 없으니, 하늘을 본받으면 어그러진다. 땅은 광대하고 깊고 두터워 이익이 많으나 위세가 없으니 땅을 본받으면 욕된다."[2]고 한 것에서 나온 것이 분명합니다. 이 말을 빼고 나면, 진계유의 격언과 『채근담』은 "희신(喜神)을 기르고", "살기를 없애는" 것이 공통의 키워드로 나타나고 있습니다.

'희신(喜神)'이란 미신으로 길상의 신을 말하기도 합니다만, 여기서 '희'자는 '즐겁다'는 의미로 보아야 할 것입니다. 왜냐하면, '양(養)'이란 동사는 목적어가 있어야 하는데, '살기를 없앤다'라는 표현과 짝을 이루고 있으므로, 모두 한 인간의 정신자세를 말하고 있는 것으로 보아야 하기 때문입니다. 여기의 '살기(殺機)'는 일반적으로 우리가 사용하는 살기(殺氣)와는 조금 다른 의미입니다. '기(機)'는 밖으로 표출되지 않은 상태를 말하고 '기(氣)'는 밖으로 드러난 것을 말합니다. '노기(怒氣)가 충천한다.'라는 표현도 같은 맥락입니다.

---

1 『菜根譚』: 福不可徼, 養喜神以爲招福之本. 禍不可避, 去殺機以爲遠禍之方.
2 『鶡冠子』 「近迭」: 天高而難知, 有福不可請, 有禍不可避, 法天則戾. 地廣大深厚, 多利而鮮威, 法地則辱.

결국, 복이란 구한다고 구해지는 것도 아니고, 화 역시 피한다고 해도 피할 수 없는 것이라고 합니다. 피할 수 없으므로 전화위복이란 성어도 생기게 된 것이 아닐까요? 이러한 화복(禍福)은 인간의 힘으로 조정될 수 없는 것입니다. 그러므로 사람이 할 수 있는 것은 즐거운 정신, 긍정적인 생각을 하여, 좋은 기운을 자신의 주위에 맴돌게 함으로써 복을 불러오는 것, 그것뿐입니다. 화를 피할 수 없듯이 생기는 복도 받지 않으려 해도 받지 않을 수 없겠지요. 또한, 생명을 죽이는 부정적인 기운, 즉 살기는 자신과 타자를 모두 죽이게 되므로 그로 인해 닥쳐오는 화를 피할 수 없게 되는 것입니다. 따라서 그러한 살기를 자신의 몸에서 없애는 노력이 결국은 복을 불러오게 된다는 말입니다. 그렇다면 화복은 음양이 위치를 바꾸는 것처럼 뒤바뀔 수 있고, 인간이 어떻게 받아들이고 해석하느냐에 달렸다는 말일 것입니다.

24

선비를
뽑을
때

조정에서 과거로 선비를 뽑으니 군자는 부득이 소인이 될 수밖에 없다. 만약 덕으로 선비를 뽑는다면 소인도 군자가 될 수밖에 없다.

朝廷以科擧取士, 使君子不得已而爲小人也. 若以德行取士, 使小人不得已而爲君子也.

당나라 시기의 산문을 모아 놓은 책에 실려 있는 유요(劉嶢)의 「선비를 뽑음에 덕행을 앞세우고 재능과 기예를 뒤로하라는 상소문」의 첫머리는 이렇게 시작합니다. "국가가 예부(禮部)를 효와 수재의 문으로 삼고 문장으로 우열을 시험하니 천하의 사람들이 호응하여 재주와 예능을 경쟁하면서 덕행에는 힘쓰지 않습니다. 무릇 덕행은 사람을 교화하여 풍속을 이룰 수 있지만, 재주와 예능은 간단한 법령으로 이름을 세울 뿐입니다. 아침에 과거에 합격했다가 저녁에 형법에 빠지게 되는 것은 법도를 준수하는 것이 그렇게 만든 것입니다. 폐하께

서 어찌 고쳐서 펼치지 않을 수 있겠습니까?"[1] 유가에 따르면, 덕은
본(本)이요 문은 말(末)이라고 하였습니다. 그렇지만 시대적 상황은
이러한 본과 말이 전도되어 오로지 말(末)로써 선비들을 뽑으니 결과
는 뻔한 일임을 경고하는 말입니다.

조선 후기 실학자 이규경(李圭景, 1788~1863)은 과거제도의 취지와
폐단을 언급하면서 진계유의 이 격언을 인용하고 있습니다. 그 대목
을 살펴보면 이 격언을 이해하는 데 도움이 될 것입니다. "시권(試卷:
시험의 답안지)도 살펴보지 않을 수 없다. 예를 들어 한창려(韓昌黎: 한유)
가 응시했을 때, 시험 제목은 '노여움을 남에게 옮겨 잘못을 두 번 저
지르지 않는다[不遷怒貳過]'라는 것이었다. 그러나 한유의 답지는 육
선공(陸宣公)에게 내쳐졌다. 다음 해 육선공이 다시 시험관이 되었는
데, 그대로 이 문제가 나왔다. 한유는 옛날 지은 것을 한 글자도 바꾸
지 않고 썼다. 그러자 육선공은 크게 칭찬하며 장원으로 뽑았다. 육선
공이 한유의 글을 본 것으로, 어째서 처음은 떨어졌고, 어째서 다음은
발탁되었는가? 게다가 한유의 글을 본 것은 똑같은 육선공이 아닌가.
이 때문에 멍청하여 붉게 칠해 버렸다는 비난이 있었고, 점점 화씨(和
氏)가 옥을 안고 울며, 나라가 구슬을 버린다는 탄식을 불러왔다. 우
리나라는 과거의 폐단이 심해져 조정에는 문벌가의 어린 자제들이
치는 시험[紅粉榜]이라는 비난이 있다. 국조(國朝)에 들어서도 연자과

---

1 劉嶠,「取士先德行而後才藝疏」: 國家以禮部爲孝秀之門, 考文章於甲乙, 故天下響
應, 驅馳於才藝, 不務於德行. 夫德行者, 可以化人成俗, 才藝者, 可以約法立名. 致有
朝登科甲, 而夕陷刑辟, 制法守度, 使之然也. 陛下焉得不改而張之.

(燕子科: 문벌귀족의 어린 자식들이 미리 짜고 치는 시험)는 칠대문(七大文: 사서 삼경의 대문)이라는 말이 있으니 탄식을 이길 수 없다. 진계유는 『장자 언(長者言)』에서 '조정이 과거로 선비를 뽑으니 군자는 소인이 될 수 밖에 없고, 만약 덕으로 선비를 뽑는다면 소인도 군자가 될 수밖에 없다.'라고 하였는데, 어찌 이 격언이 아니겠는가?"라고 고발하고 있습니다.[2]

비판적 유가 사상가였던 왕충(王充, 27~97)은 그의 저서 『논형(論衡)』에서 다음과 같이 이야기하고 있습니다. "누군가 공자에게 묻기를 '안연은 어떤 사람입니까'라고 묻자, 공자는 '어진 사람이다. 나는 그만 못하다.'고 하였다. 다시 '자공은 어떤 사람입니까'라고 묻자, 공자는 '말을 잘하는 사람이다. 나는 그만 못하다.'고 하였다. 다시 '자로는 어떤 사람입니까'라고 묻자, 공자는 '용감한 사람이다. 나는 그만 못하다.'고 하였다. 이에 '세 사람 모두 선생님보다 어진데, 선생님을 모시는 까닭은 무엇입니까'라고 묻자 공자는 '나는 어질면서 잔혹하고, 말을 잘하면서 어눌하며, 용감하면서 겁이 많다. 세 사람의 능력으로 나의 도를 바꾸겠지만 그렇게 하지 않는다.'고 하였다."[3] 결국, 시험이

---

2 李圭景, 『五洲衍文長箋散稿』 「人事篇 · 科擧」: 考卷亦不可不審, 如唐韓昌黎應試. 不遷怒貳過題, 見黜於陸宣公. 翌歲, 宣公復爲試官, 仍命此題. 昌黎復書舊作, 一字不易, 而宣公大加稱賞, 擢爲第一. 以宣公之鑑昌黎之文, 初何見落, 後何見擢, 而況不如宣公之鑑昌黎之文者乎. 以此有冬烘紅勒帛之譏, 馴致泣玉遺珠之歎矣. 我東則科弊自勝朝有紅粉榜之譏, 入國朝, 有燕子科之稱七大文之號, 可勝歎哉. 陳繼儒長者言朝廷以科擧取士, 使君子不得已而爲小人, 若以德行取士, 使小人不得已而爲君子. 豈非格言乎.

란 하나에 두드러지는 사람을 선발하는 것입니다. 두루 성심을 다하는 사람[군자]은 두드러지지 않고, 덕은 꾸준한 실천을 전제하고 있으므로, 과거시험과는 다른 궤도에 있지요. 그러므로 덕을 선발 기준으로 삼는다면 소인들이 군자가 될 것이라는 것입니다.

---

3 『論衡』「定賢」: 或問於孔子曰, 顏淵何人也. 曰, 仁人也, 丘不如也. 子貢何人也. 曰, 辯人也, 丘弗如也. 子路何人也. 曰, 勇人也, 丘弗如也. 客曰, 三子者皆賢於夫子, 而爲夫子服役, 何也. 孔子曰, 丘能仁且忍, 辯且訥, 勇且怯. 以三子之能, 易丘之道, 弗爲也.

25

탕진

'사(奢)'라는 것은 지나치게 많이 쓰는 것만을 이르지 않는다. 무릇 많이 보고, 많이 듣고, 많이 말하며, 많이 움직이는 것도 모두 하늘이 낸 사물을 함부로 탕진하는 것이다.

奢者不特用度過侈之謂. 凡多視, 多聽, 多言, 多動皆是暴殄天物.

 '사(奢)'에 관하여 공자는 "사치하면 불손하고 검소하면 고루하다. 불손한 것보다는 차라리 고루한 것이 낫다."[1]고 했습니다. 이에 대해 조선 후기 실학사상의 기초를 다진 박세당(朴世堂, 1629~1703)은 사서(四書)의 해설에 반주자학적 사고를 기록한 『사변록(思辯錄)』에서 이렇게 풀이하였습니다. "사(奢)는 분수를 넘는 것이므로 불손한 것이고 검(儉)은 지나치게 스스로 줄이므로 고루해진다."[2] 그러므로 이러

---

1 『論語』「述而」: 奢則不孫, 儉則固. 與其不孫也, 寧固.
2 朴世堂, 『思辯錄』: 奢者常踰分, 所以爲不遜, 儉者過自約, 所以爲固.

한 검소함에 대해, 『채근담』에서 "검소함이란 재물의 이익에 담담한 것이지만 세상 사람들은 검소함을 빌려 자신의 인색함을 핑계로 삼으려 한다."[3]고 하며 그 위험성을 경계했던 것입니다. 결과적으로 사(奢)도 검(儉)도 모두 중도를 잃은 것이지만 사치의 해로움이 더 크다는 말입니다.

'사(奢)'는 "지나치게 많다고 여기며 방종하다(侈靡放縱)"는 의미이고, '치(侈)'의 본래 뜻은 자신을 많다고 여기며 타인을 무시하는 것을 말합니다. 따라서 '사치'의 의미는 많다고 여기며 지나치게 낭비하는 것을 말하지요. 보는 것, 말하는 것, 행동하는 것 등은 우리의 일상에서 헤아릴 수 없이 많아 써도 고갈되지 않는 것처럼 마구 절제 없이 쓰면서 살고 있습니다. 써도 고갈되지 않는 것이 있겠습니까? 이를 진계유는 경고하고 있는 것이지요.

『상서(尙書)』에서는 "지금 상왕 수는 무도하여 천물(하늘이 낸 사물)을 포진(함부로 낭비하며 아까운 것을 모르는 것)하며 백성들을 해치고 학대한다."[4]고 하였습니다. 진계유의 '포진천물'이란 표현은 바로 『상서』에서 나온 것임을 알 수 있습니다. 이러한 중도를 넘는 행위에 대해 두보(杜甫)는 「또 물고기 잡는 것을 바라보며(又觀打魚)」란 시에서, 어민들이 새벽 강가에서 모여 물고기를 잡는 광경을 보면서 그물에 걸

---

3 『菜根譚』: 儉者, 淡於貨利, 而世人假儉以飾其吝.

4 『尙書』 「武成」: 今商王受无道, 暴殄天物, 害虐烝民.

리거나 작살에 죽은 물고기들에게 시선을 돌리며 다음과 같이 자신의 마음을 갈무리합니다.

간과 병혁(전쟁)이 그치지 않았으니,	干戈兵革鬪未止,
봉황 기린이 어찌 있겠는가?	鳳凰麒麟安在哉.
우리가 어떻게 이런 즐거움에 방종하게 되었나?	吾徒胡爲縱此樂,
천물을 마구 죽이는 것은 하늘도 슬퍼하는 것이거늘.	暴殄天物聖所哀.

26

기심
機心

곤과 붕은 여섯 달을 쉬므로 구만 리를 날아갈 수 있다. 벼슬살이에 기심을 내려놓지 않으면, 엎어지지 않으면 넘어진다. 그러므로 "족함을 알면 욕되지 않고, 그침을 알면 위태롭지 않다."고 했다.

鯤鵬六月息, 故其飛也能九萬里. 仕宦無息機, 不仆則蹶. 故曰, 知足不辱, 知止不殆.

이 격언은 『장자』와 「노자」의 말을 하나로 묶어낸 글입니다. 먼저 장자는 "붕이란 새가 남극의 바다로 옮겨갈 때 (날개로) 물을 치면 3천 리(의 물결이) 일게 하고 회오리바람을 타고 구만 리를 올라가고 6개월을 가서야 쉰다."[1]고 하였는데, 진계유의 해석은 6개월을 쉬었기 때문에 이러한 구만 리의 여행을 할 수 있다는 것입니다. 어쨌든 그것이

---

[1] 『莊子』「逍遙遊」: 鵬之徙於南冥也, 水擊三千里, 搏扶搖而上者九萬里, 去以六月息者也.

여섯 달이든 하루이든 관계없이 엄청난 힘을 소유한 붕이란 새도 쉬어야 다시 날 수 있다는 말임에는 변함없습니다. 쉬지 않고 나아감은 육체에 손상을 입히며, 돌아보는 시간이 없어져 한 곳에 치우치게 마련이지요. 이 붕새의 쉼을 진계유는 벼슬살이에 비유하여 다시 『도덕경』의 말로 경계하고 있는 것입니다.

'식기(息機)'란 표현은 어떤 일을 자신에게 유리하게 도모하는 기심(機心)을 내려놓는다는 말입니다. 벼슬살이에 이러한 마음을 내려놓지 않으면 엎어진다는 말입니다. "세상 속에서 살거나 세상을 초탈하려면, 기미를 예측해야 하고, 기심을 내려놓아야 한다."[2]고 하는 말도 비슷한 뜻을 담고 있다고 하겠습니다.

노자는 "명예와 자신의 몸 중에서 어느 것이 귀한가? 몸과 재물 중에 무엇이 소중한가? 얻음과 잃음 중에 어느 것이 병인가? 그러므로 지나친 사랑에는 소모되는 바가 크고, 많이 가지면 반드시 잃음도 많아진다. 족함을 알면 욕되지 않고 그침을 알면 위태롭지 않으니 그래야 오래 갈 수 있다."[3]고 하였습니다.

욕망은 부단한 노력으로 절제하지 않으면 끊임없습니다. 부, 명예, 친구, 음식, 여행 등을 추구하다 보면 언제나 불만족과 좌절로 허덕이

---

2 『醉古堂劍掃』卷1: 欲住世出世, 須知機息機.

3 『道德經』44: 名與身孰親? 身與貨孰多? 得與亡孰病? 是故甚愛必大費, 多藏必厚亡. 知足不辱, 知止不殆, 可以長久.

게 되지요. 좋아서 시작한 것이 자신을 가두는 감옥이 되어 자신을 스스로 가두고 살아갑니다. 노자가 묻고 있는 것처럼 얻는 것과 잃는 것 중에 과연 어느 것이 자신에게 폐해가 될까요? 진계유와 동시대 불교계를 대표했던 선지식 감산(憨山, 1546~1623)은 노자의 이 말에 대해 "아! 노씨의 이 말은 천고의 무거운 어둠을 깨뜨렸고, 오랜 병통을 치유하는 묘약이라 할만하다. 찬란하여 저 하늘에 걸린 일월 같지만, 세상 사람들은 이를 살피지 않으니, 애석하도다!"[4]라고 하며 그 명징함을 강조했다지요.

---

4 憨山, 『老子道德經憨山解』: 噫. 老氏此言, 可謂破千古之重昏, 啟膏肓之妙藥, 昭然如揭日月於中天也. 而人不察乎此, 惜哉.

27

세속을
벗어난
사람인가?

사람 중에 말없이 홀로 앉아 유유자적하는 사람이 있다면 이 세상
밖의 사람이 아니라면 세상에 쓰일 마음을 가진 사람이다.

人有嘿坐獨宿, 悠悠忽忽者, 非出世人, 則有心用世人也.

　중국 서안(옛 장안)에서 남쪽으로 20킬로미터쯤에 종남산(終南山)이
있습니다. 수많은 문인 관료들이 은거한 곳으로도 유명하지만, 불교
의 요람이기도 하지요. 워낙 수도 장안과 가까웠기 때문에 그 은거는
진정한 은거가 아니었고, 정치에 마음을 비웠다고 하는 그 마음은 진
정한 비움은 아니었습니다. 노장용(盧藏用, 664~713)은 진사가 되어서
는 종남산에 은거를 선언하고 도술을 수련하다가 그만 중종(中宗) 조
정의 부름을 받아 관직에 나아가 요직을 두루 역임했다고 합니다. 그
래서 사람들의 눈에는 종남산에 은거하는 것은 다시 정계로 나아가
는 지름길처럼 간주되었습니다[終南捷徑]. 당나라 인사들의 다양한 이

야기를 기록하고 있는 유숙(留宿)의 『대당신어』를 보면 다음과 같은
고사가 실려 있습니다.

"도사 사마승정(司馬承禎, 647~735)이 예종(睿宗, 684~690 재위)을 따라
수도에 내려왔으나 관직을 내어놓고 다시 돌아가려 하였다. 이에 노
장용이 종남산을 가리키며 '여기에도 정말 멋진 곳이 있는데, 하필
그리 멀리 떠나시려 하시오.'라고 하자 사마승정은 '내가 보기에 이
곳은 벼슬길의 첩경인 것 같소.'라고 했다. 노장용은 부끄러운 얼굴
을 했다."[1]

우리가 기억하는 이백(李白)이란 시인도 청년 시절 도술에 심취했
으며 정치적 욕망을 죽을 때까지 포기하지 못했습니다. 수많은 문인
이 정치에 빠져들었지만, 그 결과는 치명적이었던 사례들이 많았습
니다. 문인 관료들은 끊임없이 지병이나, 부모봉양을 핑계로 관직을
사양하고 은퇴했으나 순수하게 거기서 끝난 경우는 거의 없었습니
다. 유배를 당한 사람이 조정으로의 복귀를 오매불망 열망하듯이 그
들의 은퇴는 은퇴가 아니었고 은거는 은거가 아니었습니다. 그러므
로 진계유는 만약 물러나 초연하게 살 수 있는 사람이 있다면 그는 이
미 이 세상 사람이 아닌 것이 아니라면 세상에 마음을 버리지 못한 사
람이라고 간파한 것일 겁니다.

---

1 『大唐新語』「隱逸」: 有道士司馬承禎者, 睿宗迎至京, 將還, 藏用指終南山謂之曰,
此中大有佳處, 何必在遠. 承禎徐答曰, 以僕所觀, 乃仕宦捷徑耳. 藏用有慚色.

짐을 지고 있다가 내려놓으면 순간은 시원하고 편안하겠지만 곧바로 허전함이 찾아옵니다. 그 허전함이 다시 채워짐인 것은 까마득히 잊고서, 그 허전함만 바라보고 괴로워하곤 합니다. 내려놓는 덕분에 느껴 보았던 편안함은 짐을 지고 있었던 동안 한순간도 느껴 보지 못한 감정이었을 것입니다. 그러나 그 편안함은 그 짐의 무게를 감당하지 못하는 욕망의 굴레에서 헤어 나오지 못합니다. 초연하게 그 허전함을 만끽할 자신이 없다면 은퇴나 은거를 자신의 고상함을 드러내는 구실로 삼지 말아야 함을 경계하는 말일 것입니다.

28

독서

독서가 사람의 기질을 변화시킬 뿐만 아니라 사람의 정신을 함양
할 수 있는 것은 대저 공리와 정의를 수렴하기 때문이다.

讀書不獨變人氣質, 且能養人精神, 蓋理義收攝故也.[1]

조선 후기의 성리학자 홍직필(洪直弼, 1776~1852)은 소휘면(蘇輝冕,
1814~1889)의 할아버지인 소수구(蘇洙榘)에게 답하는 편지에서 "독서
만이 이로움만 있고 해로움이 없으며, 계곡과 산을 좋아하며 풍월을
완상하는 것만이 이로움만 있고 해로움이 없으며, 정신을 고정하고
조용히 앉아 하늘의 뜻을 체득하는 것만이 이로움만 있고 해로움이
없다. 이것이 지극한 즐거움이다."[2]라고 하며 독서를 최우선으로 삼

---

1 『醉古堂劍掃』卷4: 讀書不獨變氣質, 且能養精神, 蓋理義收緝故也. 청나라 주소(周
召)의 『쌍교수필(雙橋隨筆)』권3에도 출처를 밝히지 않고 수록되어 있습니다.

았다고 합니다. 일찍이 두보는 "책을 읽음에 만 권을 독파하니 글쓰기에 귀신이 있는 것 같다."[3]고 표현한 바가 있습니다. 바로 많은 독서를 하는 것은 신비한 마력을 자신에게 부여한다는 말입니다. 양의 축적이 질적 비약을 가져온 것이지요.

순자는 기질과 정신을 함양하는 것에 관하여 "그러므로 높은 산에 오르지 않으면 하늘이 높다는 것을 알지 못하고, 깊은 계곡에 이르지 않고서는 땅의 두터움을 알지 못하며, 이전 왕들이 남긴 말을 듣지 않으면 학문이 크다는 것을 알지 못한다. 간·월·이·맥과 같은 오랑캐의 자식들도 태어나서는 같은 소리를 내지만 자라면서 풍속을 달리하는 것은 교육이 그렇게 한 것이다."[4]라고 설파했습니다. 교육하고, 선현들의 글을 읽게 하는 것은 기질과 정신을 함양한다는 말이고, 비록 오랑캐일지라도 이를 행한다면 오랑캐가 이미 아니라는 말입니다. 물론 배움과 교육의 중요성을 강조한 말이겠지만, 문화적 배경은 예나 지금이나 인격 형성에 크게 작용했던 것을 알 수 있습니다.

맹자는 먹고, 듣고, 보는 것에 있어 사람마다 기호는 있지만, 공통점이 있는 것처럼 마음 또한 비슷한 것이 있다고 합니다. 그것이 무엇

---

2 『梅山集』卷18, 「答蘇伯淵」: 而惟讀書, 有利而無害, 惟愛溪山玩風月, 有利而無害, 惟凝神靜坐, 體認天理, 有利而無害. 是爲至樂.

3 杜甫, 「奉贈韋左丞丈二十二韻」: 讀書破萬卷, 下筆如有神.

4 『荀子』 「勸學」: 故不登高山, 不知天之高也, 不臨深谿, 不知地之厚也, 不聞先王之遺言, 不知學問之大也. 干越夷貉之子, 生而同聲, 長而異俗, 敎使之然也.

이냐에 대하여, "이(理)와 의(義)이다. 성인은 먼저 우리 마음에 같은 바를 아셨다. 그러므로 가축들이 우리의 입맛을 즐겁게 하는 것처럼 이와 의가 우리의 마음을 기쁘게 하는 것이다."[5]라고 하였습니다. 따라서 진계유의 말은 독서가 우리 마음에 공통으로 들어 있다는 이의(理義)라는 것을 확인할 수 있도록 해주며, 그로 인한 통제를 받게 되므로 군자가 될 수 있다는 말로 이해할 수 있을 것입니다.

---

5 『孟子』「告子上」: 謂理也, 義也. 聖人先得我心之所同然耳. 故理義之悅我心, 猶芻豢之悅我口.

29

꽃이
피면
진다

초여름 다섯 양이 작용하면 건에서 비룡이 되니, 초목이 이에 이르
면 벌써 크게 자라난다. 왕성해지면 반드시 극에 달하고, 극에 달해
거두어들이기 시작하면 이미 늦게 된다. 그러므로 강절은 이르기를,
"모란이 꽃을 머금으면 성해지고, 꽃이 피어나면 쇠한다."고 하였다.
달이 차고 해가 중천인 곳에 도가 있는 선비는 거처하지 않는다.

初夏五陽用事, 于乾爲飛龍. 草木至此已爲長旺. 然旺則必極, 至極而始收
斂, 則已晩矣. 故康節云, 牡丹含蕤爲盛, 爛熳爲衰, 蓋月盈日午, 有道之士
所不處焉.

　'오양(五陽)'이란 『주역』 결괘(夬卦) 중 다섯 개의 양효를 말하는 것
으로, 양이 성해진 것입니다. 또 『주역(周易)』 건괘(乾卦)를 보면, "구
오는 나는 용이 하늘에 있으니 대인을 보면 이로울 것이다."[1]라고 하

---

1 『周易』 「乾卦」: 九五, 飛龍在天, 利見大人.

였는데 공영달(孔穎達)의 소(疏)에 "구오는 양기가 하늘에서 지극히 성해지므로 비룡이 하늘에 있다고 하는 것임을 말한다."[2]고 하며 결괘에서 건괘로 가면서 비룡이 등장하는 모습을 언급하고 있습니다.

다시 『도덕경』 24장을 보면 "발돋움을 한 사람은 제대로 서지 못하고 큰 걸음으로 걷는 사람은 오래가지 못한다. 자신을 드러내려는 자는 밝지 못하고, 자신을 옳다 하는 사람은 어두우며, 자신을 뽐내는 자는 공이 없어지고 자신을 과시하는 자는 오래가지 못한다. 도에 있어서 (그것들은) 남은 음식이요 군더더기 행동이다. 골라내거나 싫어하므로 도가 있는 사람은 자리하지 않는다."[3]고 하였지요.

여기 유가와 도가의 두 경전에서 하는 말은 모두 극에 달하면 변화할 수밖에 없고 가득 찬 것은 비워질 수밖에 없음을, 그러므로 현명한 사람은 그 끝에 자리하지 않는다는 말입니다. 순자는 이 가득 참을 경계하며 이렇게 말합니다.

"공자가 노나라 환공(桓公)의 사당을 살펴보다가 의기(欹器, 한쪽으로 기울어진 그릇)를 보고는 사당을 지키는 사람에게 묻기를, '이것은 무슨 그릇인가?' 그러자 대답하여, '항상 곁에 놓아두는 그릇(宥坐之器)입니다.'라고 하자, 공자는 '내가 듣기에 유좌지기란 비면 기울고, 중간쯤

---

2 『周易正義』 「乾卦」: 言九五, 陽氣盛至於天, 故云飛龍在天.
3 『道德經』 24: 企者不立, 跨者不行. 自見者不明, 自是者不彰, 自伐者無功, 自矜者不長. 其在道也, 曰餘食贅行. 物或惡之, 故有道者不處.

차면 바르게 서고, 가득 차면 엎어진다.'고 말해 주었다. 공자는 돌아보며 제자에게 '물을 부어 보아라.'라고 하자, 제자는 물을 길어와 부었다. 중간쯤 차자 바르고 가득 차니 엎어졌으며 비워두자 기울었다. 이에 공자는 탄식하며 '아! 가득 차면 엎어지지 않는 것이 있겠는가?' 라고 하였다. 자로가 '감히 묻사온데 가득 참을 유지하는[持滿] 방법이 있습니까?'라고 묻자, 대답하여 '총명한 성현의 지혜는 어리석음을 지키고, 천하를 덮을 공은 사양으로 지키며, 세상을 뒤엎는 용력은 무서워함으로 지키고, 사해를 가진 부유함은 겸손으로 지킨다. 이것이 바로 물을 길어 붓고 덜어내는 이치다.'라고 하였다."[4]

'강절(康節)'은 북송오자(北宋五子) 중 한 사람인 소옹(邵雍, 1011~1077)의 시호입니다.

진계유가 인용한 말은 『주자어류』에서 찾아볼 수 있는데, "또 한 떨기 꽃처럼, 봉우리를 머금었을 때는 피어나려 하지만 얼추 다 피었을 때가 가장 성하고, 다 피어 넘칠 때는 시들어 버린다. 사람을 보는 것도 이와 같으니, 그 기의 성쇠로 그 생사를 알 수 있다."[5]고 한 것을 진계유가 자신의 말로 재구성한 것으로 보입니다.

---

4 『荀子』「宥坐」: 孔子觀於魯桓公之廟, 有欹器焉, 孔子問於守廟者曰, 此爲何器. 守廟者曰, 此蓋爲宥坐之器. 孔子曰, 吾聞宥坐之器者, 虛則欹, 中則正, 滿則覆. 孔子顧謂弟子曰, 注水焉. 弟子挹水而注之, 中而正, 滿而覆, 虛而欹. 孔子喟然而歎曰, 吁惡有滿而不覆者哉. 子路曰, 敢問持滿有道乎. 孔子曰, 聰明聖知, 守之以愚, 功被天下, 守之以讓, 勇力撫世, 守之以怯, 富有四海, 守之以謙. 此所謂挹而損之之道也.

5 『朱子語類』卷100, 「邵子之書」: 且如一朵花, 含長時是將開, 略放時是正盛, 爛熳時是衰謝. 又如看人, 即其氣之盛衰, 便可以知其生死.

30

수재

의학서적에 이르기를 "어미의 뱃속에 있을 때 어미가 놀라면, 태어난 자식이 자랄 때 간질을 일으킨다."고 했다. 요즘 사람들이 관직에 나아가 세상을 겪으며 종종 실성하는 모습을 짓는 것은 분명 평소에 태질(胎疾, 타고난 병증)을 가진 것이니, 수재는 바로 어미 태(胎)에 있을 때이다.

醫書云, 居母腹中, 母有所驚, 則生子長大時發顚癎. 今人出官涉世, 往往作風狂態者, 畢竟平日帶胎疾耳, 秀才正是母胎時也.

'전간(癲癎)'이란 임신 중에 얻은 병[태병(胎病)]의 하나로 간질(癎疾)을 말합니다. 중국 가장 오래된 의서로 알려진 『소문』에 따르면, "사람이 나면서부터 전질(巓疾)을 앓는 자가 있는데, 그 병명은 무엇이며 어찌 그러한 병을 얻는 것입니까? 기백(岐伯)이 이르기를 '병명은 태병(胎病)이라 하는데, 이는 어머니 배 속에 있을 때 그 병을 얻은 것이니, 아마도 어머니가 매우 놀란 일이 있어서, 기가 상승하여 내려오지 못하고 정기(精氣)가 나란히 있으니 자식이 발병(發病)하여 전질(巔疾)이 생기게 된 것입니다.'라고 하였다."[1]는 문답이 보입니다. 또한 『의부전록』에서 "전(巔)은 마땅히 전(癲)으로 써야 하니, 갓난아기의 전간(癲癎)을 가리킨다."[2]고 설명하고 있습니다.

태아는 어머니의 각별한 보호를 받는 뱃속에 웅크리고 있지만, 어떠한 정신적, 또는 물리적 자극을 받게 되면, 세상에 나와 그 자극에 상응하는 병증으로 나타나게 되어 있다는 의학적 설명입니다. 수재(秀才)란 남다른 재능을 갖춘 사람을 말하지만, 명나라 시기에는 서생(書生) 또는 독서인을 지칭하는 말로도 쓰였습니다. 진계유는 장차 훌륭한 인재가 될 젊은이, 즉 수재 시절을 어머니의 태에 들어 있는 시기에 비유하였습니다. 수재는 마음의 변화가 심하므로, 보고 듣는 것, 느끼고 행동하는 것, 책을 선택하는 것, 스승을 고르는 것, 교유관계 등등, 조금이라도 잘못된 무엇인가는 이후 어떠한 형태로든 나타나게 되어 있음을 말하고 있는 것입니다.

조급하고 불안한 마음에서 학문을 닦는 것은 잘 될 리도 만무할 뿐만 아니라, 가까스로 성공하더라도 그의 토대는 불안정할 수밖에 없습니다. 반면 학문 정진에 장애가 없는 것도 성공을 보장하지는 못하

---

1 『素問』「奇病論」: 人生而有病巔疾者, 病名曰何, 安所得之. 岐伯曰, 病名爲胎病, 此得之在母腹中時, 其母有所大驚, 氣上而不, 精氣幷居, 故令子發爲巔疾也.
2 『醫部全錄』: 巔當作癲, 指嬰兒癲癎.

지요. 따라서 수재는 드러나는 빛을 감추고 성실하고 겸손한 자세를 갖추는 것이 중요합니다. 매는 쉬고 있을 때 졸고 있는 듯하고, 호랑이는 걸을 때 지친 모습을 보인다고 하였습니다. 자식을 열 달 동안 배에 넣어두고 조심조심 태교하는 어머니의 몸가짐처럼 수재 또한 그리해야 한다는 말입니다.

31

마음은
유혹되기
쉬우니

사대부의 기는 움직이기 쉽고 마음은 미혹되기 쉬우니, 오로지 "구분 짓는 담장을 세우고 체면을 온전히 한다."는 여섯 글자로 일생을 보내야 한다. 무릇 큰 방의 깊은 자리를 말하지 않고 경계의 담장을 말하며, 속마음을 말하지 않고 체면을 말하는 것은 모두 바깥일에 대한 것이다.

士大夫氣易動心易迷, 專爲立界墻, 全體面, 六字斷送一生. 夫不言堂奧而言界墻, 不言腹心而言體面, 皆是向外事也.

이 격언은 여불위(呂不韋)의 『여씨춘추』「중춘기·정욕」에서 시작합니다. "속된 군주들은 정이 어그러져 툭하면 패망한다. 귀는 여유롭지 못하고 눈도 충족시키지 못하며 입도 채우지 못하니 몸은 모두 부스럼과 종기가 생기고, 근골은 침체하며, 혈맥은 막히고, 아홉 구멍이 텅 비어 구석마다 그 마땅함을 잃으니, 비록 팽조(彭祖)가 있더라도 살 수 없다. 사물에도 얻을 수 없는 것을 욕심내고, 만족할 수 없는 것을 추구하니 삶의 본질을 크게 잃는다. 백성들은 원망하고 비방하면서 철천지원수가 된다. 의기(意氣)를 쉬 움직이니 교만하여 안정되지 않는다. 권세를 자랑하고 지략을 좋아하지만, 가슴에는 거짓과 사기로 가득 차 있다. 덕과 의로움을 느슨하게 하고, 삿된 이익에 급급하다. 몸이 곤궁해져서 뒤늦게 후회하더라도 어찌 되돌릴 수 있겠는가. 공교로움과 아첨을 가까이하고, 단정함과 솔직함을 멀리하니 국가는 매우 위태로워진다. 이전의 잘못을 뉘우쳐도 되돌릴 수 없다. [흉흉한] 소문을 듣고 놀라지만 연유한 바를 알지 못한다. 온갖 병증이 노한 듯 생겨나고 혼란과 어려움이 그 때마다 닥친다. 이 때문에 군주는 몸에 큰 우환이 발생한다. 귀는 소리를 즐기지 못하고 눈은 색을 즐기지 못하며 입은 맛을 느끼지 못하니 죽은 사람과 함께 있어도 가려낼 수 없다."고 하였습니다.

조선 후기 김조순(金祖淳, 1765~1832)은 마음의 기(氣)는 쉬 움직이는 것을 등불에 비유하고 있습니다. 『풍고집』「답광산(答匡山)」에서 "무릇 마음은 불에 속하는 것이라, 그 신(神)이 항상 밝지만, 그 기(氣)는 움직이기 쉽다. 밝기 때문에 사물과 닿아서도 미혹되지 않고 바람 없

---

1 『呂氏春秋』「仲春紀·情欲」: 俗主虧情, 故每動爲亡敗. 耳不可贍, 目不可厭, 口不可滿, 身盡府種, 筋骨沈滯, 血脈壅塞, 九竅寥寥, 曲失其宜, 雖有彭祖, 猶不能爲也. 其於物也, 不可得之爲欲, 不可足之爲求, 大失生本. 民人怨謗, 又樹大讎. 意氣易動, 蹻然不固. 矜勢好智, 胸中欺詐. 德義之緩, 邪利之急. 身以困窮, 雖後悔之, 尚將奚及. 巧佞之近, 端直之遠, 國家大危, 悔前之過, 猶不可反. 聞言而驚, 不得所由. 百病怒起, 亂難時至. 以此君人, 爲身大憂. 耳不樂聲, 目不樂色, 口不甘味, 與死無擇.

는 등불처럼, 비추지 않는 곳이 없으니 안정되면 안정될수록 더욱 밝다. 움직이기 때문에, 그 밝음이 뒤집혀 저절로 어두워지기도 하고, 바람을 만난 등불처럼 오롯이 비추지 못하고 심지어 꺼져버린다. 오롯이 비출 수 없다는 것은 움직여서 완전히 어둠에 이르지 않는 것으로 비유하자면 중인(中人)의 분수이다. 저절로 꺼짐에 이른 것은 움직임이 극에 달해 그 바탕을 잃은 것으로, 미치광이와 아주 어리석은 사람의 분수이다. 고요할 때가 많고 움직일 때가 적은 것은 어진 사람의 분수이다. 항상 고요하고 움직이지 않는 것은 성인의 마음으로 하늘과 상통하는 자이다."[2]

'단송(斷送)'이란 원래는 매장하여 영결하는 것을 말하는데, 시간을 보낸다는 뜻으로도 썼습니다. 가장 빠른 표현은 한유(韓愈) 「성남(城南)에 노닐며」 칠언절구 16수 중 마지막 시 「흥이 나는 대로(遣興)」에서 보입니다.

일생을 보내는데 술만 한 것이 있으랴!	斷送一生唯有酒,
온갖 방법을 다 찾아봐도 한적함만 못하리.	尋思百計不如閒.
세상사건 신변사건 걱정하지 말게.	莫憂世事兼身事,
인간사 꿈속에 비유해야 할 걸세.	須著人間比夢間.

---

2 『楓皐集』「答匡山」: 蓋心是火之屬, 故其神常明, 而其氣易動. 明也故能燭物而不迷, 如燈火無風, 則無所不照, 愈定而愈明. 動也故其明反或自晦, 如燈火遇風, 則不能專照, 而甚至於澌滅也. 不能專照者, 動而不至於全晦者也, 譬則中人之分也. 至於自滅者, 動之極而並喪其質者也, 狂與下愚之分也. 靜時多而動時少者, 賢者之分也. 常靜而不動者, 聖人之心與天相通者也.

황정견(黃庭堅)이 1099년 검주(黔州)로 폄적되어 지은 「서강월(西江月)」이란 사(詞)에서, 한유의 시구를 원용하여 다음과 같이 노래하며 그 표현을 이어갑니다.

일생을 보내는데 그래도 있다면,	斷送一生猶有
만사를 없애는데 그만한 것이 없네.	破除萬事無過.
먼 산처럼 가로지른 눈썹에 눈주름 잠겼는데,	遠山橫黛蘸秋波,
마시지 않으니 옆 사람들 나를 비웃네.	不飮旁人笑我.
꽃은 병들어 무단히 쇠약해지니,	花病等閒瘦弱,
봄 시름을 풀어버릴 곳에 없네.	春愁無處遮攔.
술잔 돌아 손에 오거든 남김없이 마시리니	盃行到手莫留殘.
달 기울어 사람들 떠난다고 하지 마오.	不道月斜人散.

　'향외사(向外事)'란 표현은 바깥일을 뜻합니다. 권구(權榘, 1672~1741), 『병곡선생문집(屛谷先生文集)』「안희로에게 답함(答安希老)」이란 편지에서는 다음과 같이 쓰고 있습니다. "바깥일(세상사)은 근거 없이 떠돎이 너무 심하니, 자기를 위하고 마음을 지키는 도가 아닌 것 같다. 지금 이렇게 보여 주신 것은 이와 다르기는 하지만, 이러한 축에서 허깨비처럼 바뀌어 나오네. 실로 작은 병통이 아니니 경계하는 것이 어떻겠소…… '향외사(向外事)'라고 한 것은 마치 실체는 버리고 이름만 취한 것처럼 입과 귀에 의지하기 때문이오."[3]

---

3 『屛谷集』「答安希老」: 向外事, 浮泛太甚, 似非吾儕爲己存心之道也. 今此所示, 雖與此有異, 亦從此機軸中幻化出來. 實非小病, 切須戒之如何.……所謂向外事, 如遺實取名, 以資人口耳.

32

규탄하는
자의
약석

일을 맡은 사람은 자신의 몸을 이해득실의 밖에 두어야 하고, 의
견을 세우려는 사람은 자신의 몸을 이해득실의 가운데 두어야 한
다. 이 두 마디 말은 재상과 대간의 약석이 아니겠는가?

任事者, 當置身利害之外. 建言者, 當設身利害之中. 此二語其宰相臺諫之
藥石乎.

'대간(臺諫)'이란 규탄(糾彈)을 하는 대관(臺官)과 의견을 말하는 간
관(諫官)을 합하여 이르는 표현입니다. 『취고당검소』와 『채근담』을
참고해 보면, "일을 논하는 자는 몸을 일 밖에 두고 이해의 정황을 살
펴야 하며, 일을 맡은 사람은 몸을 그 일 가운데 두고 이해에 대한 생
각을 잊어야 한다."[1]고 하였습니다. 대동소이한 의미지만 진계유는

---

1 『菜根譚』: 議事者身在事外, 宜悉利害之情, 任事者身居事中, 當忘利害之慮.

재상과 대간(臺諫)을 예로 들어 대상을 명확히 했습니다. 일을 맡아 실행하는 사람은 그 일에 전념하여 추진해야지, 그 일의 득실을 따지게 되면 일은 이루어지지 않습니다. 그러나 일을 의논할 때에는 그 일 밖에서 객관적으로 득실의 이해를 따져야 합니다. 마찬가지로 어떠한 주장을 할 때는 이해를 분명하게 따져야 합니다. 그렇지 않다면 주장은 성립되지 않는 경우가 많습니다.

수험을 준비함에 성실하고 묵묵하게 나아가는 사람은 성공할 가능성이 크지만, 그 준비의 과정에서 득실을 따지게 되면 시험을 치르기전에 포기하거나, 치를 수 있다고 하더라도 결과는 보장할 수 없는 것과 마찬가지 이치입니다. 또한, 토론하는 사람이 객관적인 정황을 근거로 논의하지 않는다면 그 토론의 목소리는 커지고, 논리는 거칠어질 뿐입니다. 그뿐만 아니라 그에 해당하는 약점을 상대방에게 노출하기 때문에 성공적인 토론이 될 수도 없습니다.

일을 맡은 재상은 이것저것의 이해득실을 따진다면 그 재상은 어떠한 일도 추진하지 못할 것입니다. 공과나 상벌 등의 평가에 개의치 않고 정확하게 일을 처리하면, 자신의 본분을 다한 셈입니다. 한편 다른 사람을 규탄하는 것은 자신의 몸을 밖에 두고 객관적으로(이해관계를 떠나) 공평하게 이루어져야지, 편파적이라면 그것은 단순한 중상모략이 될 수밖에 없겠지요. 임금이나 상관에게 의견을 말하는 사람이 방관자처럼 행하게 되면 설득력을 잃게 됩니다. 그러므로 이해득실의 한 가운데 자신의 몸을 두어야 한다는 것이지요. 어떤 때는 자신의 몸을 안에 두고 어떤 때는 자신의 몸을 밖에 두어야 하니, 어려운 것 같지만 그것은 아주 단순하고 쉬운 것입니다. 다만 종종 본분을 잊고 살기 때문에 어렵게만 느껴지는 것일 뿐입니다.

33

스스로
만든
번뇌

배를 타고 가다가 역풍을 만났을 때, 돛을 펴는 사람을 보면 부러워하는 마음이 없지 않다. 저 사람이 저절로 순풍을 만난 것이 나와 무슨 상관이 있겠는가? 내가 저절로 역풍을 만난 것이 저 사람과 무슨 관계가 있겠는가? 곰곰이 생각해 보면 모두 자신이 낳은 번뇌이다. 천하의 일들이 대개 이와 같다.

乘舟而遇逆風, 見揚帆者不無妬念. 彼自處順, 於我何關. 我自處逆, 於彼何與. 究竟思之, 都是自生煩惱. 天下事大率類此.

이 격언에서의 키워드는 분명 '투(妬)'자입니다. 시샘한다는 의미의 글자는 종종 '질(嫉)'자와 조합되는데, 질투란 표현은 굴원의 「이소」에서 처음으로 보이는 것 같습니다. "안으로 자기 마음을 미루어 타인을 계량하고, 각자 사심을 일으켜서 질투하네."[1]라고 한 것을 말합니다. 그런데 왕일(王逸)의 주에 따르면, 어진 사람을 해치는 것을 질

(嫉)이라 하고, 미모를 해치는 것을 투(妬)라고 한다고 하였고, 한나라 추양(鄒陽)의 「옥중에서 스스로 해명하는 글을 올림(獄中上書自明)」이란 글에서 "그러므로 여자는 미추(美醜)를 막론하고 궁에 들어가면 강샘을 받고, 선비는 어질든 불초하든 조정에 들어가면 시기를 받는다."[2]고 하였습니다. 이로써 보면 질과 투는 구분되어 사용된 것으로 보입니다. 그렇지만 '투'자는 또한 타인의 장점이나 잘된 일을 시기할 때도 사용합니다. 그러므로 '질'과 '투'자는 서로를 설명하고 있는 글자입니다. 이 격언은 진계유의 입에서 나온 것으로 보입니다. 여기서는 '투'자만 사용하고 있다는 점에 주목할 필요가 있습니다.

길을 가다 보면, 비가 오기도 하고, 눈이 내리기도 하며, 바람도 불고, 돌부리도 채이고, 아름다운 꽃도 만나고 모든 자연을 다 접하게 됩니다. 배를 타고 가면 역풍을 만날 수도 있고 순풍을 만날 수도 있습니다. 그 확률은 시공간에 따라 다르게 보이지만 전체적으로는 누구에게나 마찬가지입니다. 그러므로 자연은 누구에게나 공평한 것이지요. 비슷한 여건을 가지고도, 자신도 누군가에게는 부러움을 받고 있음에도 불구하고, 다른 사람의 행운이 눈에 드러나기 마련입니다. 결국, 삶과 죽음, 나아가고 들어감, 수축과 팽창, 가난과 부유함 이 모든 일이 우열의 문제가 아니라는 것만은 틀림없습니다. 아무리 곱던 피부라도 늙으면 주름이 찾아들고, 검버섯이 피어날 수밖에 없지요.

---

1 屈原, 「離騷」: 內恕己以量人兮 各興心而嫉妬.
2 鄒陽, 「獄中上書自明」: 故女無美惡, 入宮見妒, 士無賢不肖, 入朝見嫉.

모든 일이 노력의 여부에 따라 달라질 수 있습니다. 그러나 노력해서 이루어지는 것이 있고 이루어지지 않는 것이 있습니다. 범람을 대비해 만들어 둔 제방이 그 자체로 물을 가두고 있는 역할을 하는 경우도 보았을 것입니다. 일이 순리대로 풀리지 않은 때 마음은 슬픔과 좌절로 가득하고, 일이 뜻대로 잘 이루어지면 날아갈 듯 기쁜 것이 인정입니다. 이러한 같은 뿌리의 상반된 일상사에서 지혜로운 자는 스스로 그 즐거움을 체득하고, 어리석은 자는 스스로 번뇌 거리를 찾아내곤 합니다. 입구가 출구가 되고 하늘이 땅이 될 수도 있습니다. 그러므로 중국의 사유들을 이쪽저쪽으로 구분할 수가 없는지도 모르겠습니다.

34

용병과
용기

군사를 부리는 자가 어질고 의로우면 왕이 될 수 있고, 나라를 다
스리면 패자가 될 수 있으며 기율을 세우면 싸울 수 있고, 전략을
지혜롭게 하면 승부가 함께하지만, 용기만 믿으면 망한다.

用兵者仁義可以王, 治國可以霸, 紀律可以戰, 智謀則勝負共之, 恃勇則亡.

미공의 이 격언은 기원전 6~5세기 활동한 것으로 추정되는 사마양
저(司馬穰苴)가 지었다고 추정되는 『사마법(司馬法)』, 『순자』, 『한비자』
를 읽고 통합하여 정리해 둔 것으로 보입니다. 『사마법』의 첫 번째 편
인 「인본(仁本)」, 첫 번째 문장은 이렇게 시작합니다. "옛사람들은 인
(仁)을 근본으로 삼고 의(義)로써 다스리는 것을 정(正)이라 보았다. 정
(正)으로 다스려 뜻을 얻지 못하면 방편을 쓴다. 방편은 전쟁에서 나
오고 보통 이하의 사람에게서는 나오지 않는다. 이 때문에 사람을 죽
여서 사람을 편안히 할 수 있으면 사람을 죽여도 되고, 그 나라를 공

격하여 그 백성을 사랑할 수 있으면 공격해도 되며, 전쟁으로써 전쟁을 그치게 할 수 있으면 전쟁을 해도 된다. 그러므로 인(仁)하면 사람들이 보고서 친애하고, 의(義)하면 사람들이 보고서 기뻐하고, 지혜가 있으면 보고서 믿고, 용기가 있으면 보고서 사방에서 귀의하고, 믿음이 있으면 보고서 믿는다. 안으로 백성의 사랑을 받기 때문에 지킬 수 있고, 밖으로 위엄을 얻었기 때문에 전쟁을 할 수 있다."[1] 한 걸음 더 들어가서, 마지막 문장 아래 붙어 있는 주석에 이 말을 풀어, "밖에 있는 병사들이 그 위엄을 두려워하면 그 때문에 전쟁을 할 수 있다. 이는 국가의 법령이 평소에 행해졌기 때문이다."[2]라고 하였습니다.

순자는 패자(霸者)의 군대와 왕자(王者)의 군대에 관하여, "제나라의 전단, 초나라의 장교, 진(秦)나라의 위앙, 초나라의 유기는 모두 세간에서 용병에 뛰었다고 하는 사람들이다. 이들의 우열과 강약은 서로 같지 않았다. 이들의 도는 하나지만 조화롭고 정제되지는 않았다. 밀고 당기고, 속이며, 권모술수로 뒤집어엎는 식으로 도적의 군대임을 면치 못했다. 제나라 환공, 진(晉)나라 문공, 초나라 장왕, 오나라 합려, 월나라 구천은 모두 조화롭고 정제된 군대를 가지고 있어, 왕의 군대라는 범위에 들 수 있지만, 근본적인 법도[仁義]가 없어 패자는 될 수 있었지만, 왕자는 될 수 없었다. 이것이 강한 군대와 약한 군대

---

1 『司馬法』「仁本」: 古者, 以仁爲本以義治之之爲正. 正不獲意則權. 權出於戰, 不出於中人, 是故, 殺人安人, 殺之可也. 攻其國愛其民, 攻之可也. 以戰止戰, 雖戰可也. 故仁見親, 義見說, 智見恃, 勇見方, 信見信. 內得愛焉, 所以守也. 外得威焉, 所以戰也.
2 在外之兵, 畏其威嚴, 所以能戰, 是國家法令素行也.

의 증험이다."[3]라고 밝히고 있습니다.

　한비(韓非)는 인의(仁義)만으로 나라를 다스릴 수 없다는 것을 다음과 같이 역설하고 있습니다. "공자는 천하의 성인으로, 수행하고 도를 밝혀 천하를 주유했고, 온 나라의 사람들이 그의 인(仁)을 좋아했으며, 그 뜻을 찬미했으나 따르는 자는 70명이었다. 그중에 인(仁)을 귀중히 여긴 사람은 적었고, 능히 의로운 사람은 찾기 어려웠다. 그러므로 천하는 넓었지만, 따르는 자는 불과 70명이었고, 어질고 의로운 자는 단 한 명이었다. 노나라 애공(哀公)은 썩 좋지 않은 군주였으나 백성들은 힘에 눌려 복종했다. 이처럼 힘은 사람을 굴복시키기 쉽다고 한다. 그래서 인의를 실천한 공자는 신하가 되었고 힘을 차지한 애공은 왕이 되었다. 그런데도 인의를 힘써 행하면 왕이 될 수 있다고 가르치고 있는데, 이는 임금이 중니가 되고 백성들이 공자의 제자가 되기를 바라는 것이니 불가능한 것이라고 하였다. 군주가 된 뒤로 경내의 백성들이 감히 신하가 되지 않으려는 자가 없었다. 백성이란 본디 권세에 복종하니 참으로 사람을 복종시키기 쉽다. 그래서 공자도 오히려 그의 신하가 되었으니 애공이 그의 군주인 셈이다. 공자는 애공의 의(義)를 품은 것이 아니라 그 권세에 복종한 것이다. 그러므로 의로는 공자가 애공에게 복종한 것이 아니고, 권세를 이용하여 애공

---

3 『荀子』「議兵」: 故齊之田單, 楚之莊蹻, 秦之衛鞅, 燕之繆蟣, 是皆世俗所謂善用兵者也, 是其巧拙強弱, 則未有以相君 [若]也. 若其道一也, 未及和齊也, 掎契司詐, 權謀傾覆, 未免盜兵也. 齊桓晉文楚莊吳闔閭越勾踐是皆和齊之兵也, 可謂入其域矣, 然而未有本統也, 故可以霸而不可以王. 是強弱之效也.

은 공자를 신하로 삼은 것이다. 오늘날 학자들이 군주들에게 유세하면서, 필승의 권세를 이용하지 말고 인의를 행하는 데 힘쓰면 왕이 될 수 있다고 하는데, 이는 군주가 공자[의 수준]에 미치기를, 그리고 세상의 백성들이 모두 그의 제자들 같기를 요구하는 것이니, 이는 결코 될 수 없는 일이다."⁴라고 하였습니다. 아마도 이 때문에 진계유는 주어로 "군사를 부리는 자"를 선택한 것으로 생각합니다. 요컨대, 군주가 행하는 인의만으로는 왕이 되는 것이 불가능하고, 기본적으로 권력(군사력)을 갖춘 사람이 인의를 행한다면 충분히 왕이 될 수 있음을 말하고 있는 것입니다.

다시 순자는 "그러므로 군주는 조정에 도타운 정치를 세우되 마땅하게 하고, 온갖 일을 시키는 사람이 성실하고 어진 사람이면 몸은 안 일해도 나라가 다스려지며, 공은 커지고 명성은 훌륭해지니, 잘되면 왕이 될 수 있고 못돼도 패자가 될 수 있다."⁵고 하였습니다. 즉 인의로써 다스리는 것이 왕도(王道)요, 신의로써 다스리는 것은 차선으로 패도(覇道)라는 것입니다. 물론 여기에 전제되어야 하는 것은 바로 권

---

4 『韓非子』「五蠹」: 仲尼, 天下聖人也, 修行明道以遊海內, 海內說其仁, 美其義, 而爲服役者七十人, 蓋貴仁者寡, 能義者難也. 故以天下之大, 而爲服役者七十人, 而仁義者一人. 魯哀公, 下主也, 南面君國, 境內之民莫敢不臣. 民者固服於勢, 誠易以服人, 故仲尼反爲臣, 而哀公顧爲君. 仲尼非懷其義, 服其勢也. 故以義則仲尼不服於哀公, 乘勢則哀公臣仲尼. 今學者之說人主也, 不乘必勝之勢, 而務行仁義則可以王, 是求人主之必及仲尼, 而以世之凡民皆如列徒, 此必不得之數也.

5 『荀子』「王覇」: 故君人者, 立隆政本朝而當, 所使要百事者誠仁人也, 則身佚而國治, 功大而名美, 上可以王, 下可以霸.

세지요. 이 격언에서는 순자의 순서를 따르고 있는 것입니다.

　『삼국지(三國志)』에서 조조는 하후연(夏侯淵)에게 "장수가 되어 마땅히 겁을 내고 나약해지는 때가 있는 법이니, 그렇더라도 항상 용맹에만 의지해서는 안 되오. 장수는 본래 용맹을 근본으로 삼으나, 그것을 행함에는 지모와 계책을 써야 하는데, 단지 용맹만을 알고 의지한다면 일개 필부에 대적할 수 있을 뿐이오."[6]라고 충고하였으나 하후연은 용감함만을 내세워 촉나라 군대를 얕보다가 결국 패전하여 죽었다고 합니다.

---

6 『三國志』卷9「魏志」: 爲將當有怯弱時, 不可但恃勇也. 將當以勇爲本, 行之以智計, 但知任勇, 一匹夫敵耳.

35

묘책

원기를 상실한 진사를 내는 것은 음덕을 쌓은 평민을 내는 것만
못하다. 기근을 구제함에 묘책이 없음을 걱정하지 말고 단지 진심
이 없음을 걱정하라. 진심이 바로 묘책이다.

出一箇喪元氣進士, 不若出一箇積陰德平民. 救荒不患無奇策, 只患無眞心.
眞心即奇策也.[1]

사마광(司馬光, 1019~1086)은 재주와 덕을 구분하여 다음과 같이 말
했습니다. "지백(智伯)이 망한 것은 재주가 덕을 앞섰기 때문입니다.
재주와 덕은 다른데 세상 사람들이 잘 분별하지 않고 뭉뚱그려 '현
(賢)'이라고 하니 이 때문에 사람을 잃게 되는 것입니다. 무릇 잘 듣고
잘 살피며 강하고 군센 것을 재주라고 하고 정직하고 중화(中和)하는

---

1 『醉古堂劍掃』卷1: 出一個喪元氣進士, 不若出一個積陰德平民.

것을 덕이라고 합니다. 재주는 덕의 바탕이요, 덕은 재주의 장수입니다. 운몽(雲夢)의 대나무는 천하에 강한 것이나 구부렸다 펴고 깃털과 촉을 달지 않으면 단단한 것으로 들어갈 수 없고, 당계(棠溪)의 무쇠는 천하에 날카로운 것이지만 거푸집에 넣고 연마하지 않으면 강한 것을 칠 수 없습니다. 이러한 까닭으로 재주와 덕이 완전한 사람을 일러 성인이라 하고 재주와 덕이 둘 다 없는 사람을 우인(愚人)이라 하며, 덕이 재주보다 나은 자를 군자라 하고 재주가 덕보다 나은 사람을 소인이라 합니다. 무릇 사람을 뽑는 기술은 정말로 성인을 얻을 수 없다면 군자와 더불어 하고 소인을 얻어 함께하는 것은 우인을 얻는 것만 못합니다. 어찌 그렇겠습니까? 군자는 재주를 끼고 선을 행하고 소인은 재주를 끼고 악을 행합니다. 재주를 끼고 선을 행하는 경우 선이 이르지 않음이 없을 것이고 재주를 끼고 악을 행하는 경우 악은 이르지 않음이 없습니다. 어리석은 자는 선하지 못한 짓을 하고자 하여도 지혜가 두루 미칠 수 없고 힘이 감당할 수 없어 비유하자면 강아지가 사람을 잡으려고 해도 사람이 제지할 수 있는 것과 같습니다. 소인의 지혜는 족히 그 간사함에 적합하고 용맹함은 족히 흉포함으로 결정 나니 이는 호랑이에 날개를 달아주는 격으로 그 위해가 어찌 많지 않겠습니까? 무릇 덕은 사람이 엄중히 하는 바요, 재주는 사람이 좋아하는 것입니다. 좋아하면 쉬이 친해지고 엄중하면 쉬이 멀어지니 이로써 살펴보면 대부분이 재주에 가려져 덕을 잃는 것입니다. 예로부터 나라의 난신(亂臣)과 집안의 패자(敗子)들은 재주는 남아도는데 덕이 부족하여 전복되는 지경에 이르는 경우가 많았습니다. 어찌 지백뿐이겠습니까? 고로 나라를 위하고 집안을 위하는 사람은 진실로 재주와 덕을 분별함에 잘 살펴서 선후를 안다면 어찌 다시 사람을 잃는 것이 걱정거리가 되겠습니까."[2]

격언에서 말하고 있는 '원기(元氣)'는 바로 덕입니다. 그러므로 보이지 않는 덕을 쌓아온 백성을 낳는 것이 원기 없는 진사보다 낫다는 것이지요. 조정에서는 위급한 때를 만나면 타개할 묘한 방법만을 찾게 되는데, 그것은 해결사를 찾는 것과 같다는 것입니다. 사마광의 말대로라면 그는 덕이 없이 재주만 있는 사람이 되므로 힘든 국면을 헤쳐 나갈 수 없습니다. 다행히 극복하더라도 오래 유지될 수는 없는 것입니다. 따라서 진심, 즉 덕이 바로 묘책이라고 하였습니다. 윗사람이 진심으로 아랫사람을 대하면 아랫사람 또한 진심으로 윗사람을 대하게 되므로 극복되지 않을 환란은 없다는 말입니다.

동한(東漢)의 경엄(耿弇, 3~58)이 장보(張步)와 싸우며 다치고 중과부

---

2 『資治通鑑』卷1: 智伯之亡也, 才勝德也. 夫才與德異, 而世俗莫之能辨, 通謂之賢, 此其所以失人也. 夫聰察强毅之謂才, 正直中和之謂德. 才者, 德之資也, 德者, 才之帥也. 雲夢之竹, 天下之勁也, 然而不矯揉, 不羽括, 則不能以入堅. 棠溪之金, 天下之利也, 然而不熔范, 不砥礪, 則不能以擊强. 是故才德全盡謂之聖人, 才德兼亡謂之愚人, 德勝才謂之君子, 才勝德謂之小人. 凡取人之術, 苟不得聖人君子而與之, 與其得小人, 不若得愚人. 何則. 君子挾才以爲善, 小人挾才以爲惡. 挾才以爲善者, 善無不至矣. 挾才以爲惡者, 惡亦無不至矣. 愚者雖欲爲不善, 智不能周, 力不能勝, 譬之乳狗搏人, 人得而制之. 小人智足以遂其奸, 勇足以決其暴, 是虎而翼者也, 其爲害豈不多哉. 夫德者人之所嚴, 而才者人之所愛. 愛者易親, 嚴者易疏, 是以察者多蔽于才而遺于德. 自古昔以來, 國之亂臣, 家之敗子, 才有餘而德不足, 以至于顚覆者多矣, 豈特智伯哉. 故爲國爲家者, 苟能審于才德之分而知所先後, 又何失人之足患哉.

적이었지만 뜻을 두고 끝까지 싸워 대파했을 때, 도착한 유수(劉秀, 기원전 5~기원후 57)는 "뜻을 가진 자는 일이 이루어진다."[3]는 모범을 보여준 것이라고 경엄을 칭찬했었습니다. 원기가 없는 관리는 그저 녹봉만 축내며 개인의 안위만을 돌보게 되지만, 뜻을 가진 사람은 어떠한 역경 속에서도 일을 이루어 내니, 음덕을 쌓은 백성들과 함께하는 것은 위기를 극복할 수 있는 충분한 바탕이 됩니다. 이러한 소통의 관건이 바로 진심이라는 것입니다.

---

3 『後漢書』「耿弇列傳」: 有志者, 事竟成.

36

말을
다
하는 것

무릇 의론의 요긴함과 투명함 모두 좋지만, 말을 다 하는 것은 타
인의 잘못을 말하는 것만이 아니다.

凡議論要透, 皆是好, 盡言也, 不獨言人之過.

당송 팔대가의 한사람이자 소식(蘇軾)과 소철(蘇轍)의 아버지인 소
순(蘇洵, 1009~1066)은 「원려(遠慮)」라는 글에서 위아래의 소통 부재가
사직을 위태롭게 한다는 주장을 편 뒤에, "성인은 일을 맡긴 심복의
신하를 아버지와 스승처럼 존중하고, 형제처럼 사랑하며, 손잡고 침
실로 들어가 함께 자고 먹고, 아는 것을 말하지 않음이 없고 말함에
다하지 않음이 없으며, 모든 사람이 그를 칭송해도 더 친밀해지지 않
고, 모든 사람이 그를 비방해도 더 멀어지지 않으며, 그의 관작을 높
이고 그 녹봉을 후하게 하며, 그의 권위를 무겁게 한 후에 천하의 중
대사를 의론하고 천하의 변화를 걱정할 수 있다."[1]고 하며 어진 신하

를 존중해야 할 필요성을 성인의 예를 들어 설명하였습니다.

　　과연 소순이 말하는 것처럼 이러한 군신의 관계가 있을까요? 사람들이 모두 칭송해도 더 친해질 것도 없고, 사람들이 모두 비방해도 더 소원해질 것도 없는 관계 말입니다. '말을 다한다[盡言]'는 것은 실제로 이러한 이상적인 관계를 금세 깨뜨리고 말 것입니다. 말은 말을 낳고 일은 일을 낳습니다. 특히 말을 많이 하는 것은 25번 격언에서 말한 '포진천물(暴殄天物)'에 해당하는 것으로, 진계유가 이 격언집에서 가장 경계하는 항목입니다. 소리는 표출되는 순간 조화는 무너집니다. 특히 의론은 우열을 따지는 것이므로 부조화의 실마리일 것입니다. 도드라지는 소리는 다른 소리를 억제하기 때문이지요. 게다가 타인의 허물을 끄집어내면서 자신의 허물도 드러내게 되므로 말은 줄여서 해로울 것이 하나도 없습니다.

　　『채근담』에서도 "말과 의론을 덜면 허물이 적어진다."고 하였고, "한마디 말이 천지의 조화를 해치고"라고 하였으며, "타인의 속임을 알고서도 말로 표현하지 말라."[2]고도 하였습니다. 그래서 "미추를 너무 분명하게 하지 말고, 의론을 다 펼치려 힘쓰지 말며, 정세를 남김없이 다 밝혀서도 안 되고, 싫고 좋은 감정을 자주 드러내서도 안 된

---

1 蘇洵, 「遠慮」: 聖人之任腹心之臣也, 尊之如父師, 愛之如兄弟, 握手入臥內, 同起居寢食, 知無不言, 言無不盡, 百人譽之不加密, 百人毀之不加疏, 尊其爵, 厚其祿, 重其權, 而後可以議天下之機, 慮天下之變.

2 『菜根譚』: 言語減, 便寡愆尤; 一言而傷天地之和; 覺人之詐, 不形於言.

다."³는 말이 있게 된 것입니다. 따라서 가장 훌륭한 소리는 돈을 세는 소리가 아니라 침묵이 되는 것입니다. 그것은 언제나 중(中)에 처하기 때문입니다. 공자가 "군자는 말에는 어눌하게 하고 행동에는 민첩하게 하려 한다."⁴고 말한 것도 같은 선상에 있습니다.

---

3 『醉古堂劍掃』卷11: 好醜不可太明, 議論不可務盡, 情勢不可殫竭, 好惡不可驟施.
4 『論語』「里仁」: 君子欲訥於言, 而敏於行.

37

선악

나는 선하다고 하는 바를 알지 못하지만, 사람에게 감동을 주는 것은 바로 선이다. 내가 악이라고 하는 바를 알지는 못하지만, 사람을 원망하게 하는 것은 바로 악이다.

吾不知所謂善, 但使人感者卽惡也. 吾不知所謂惡, 但使人恨者卽惡也.

선이란 무엇일까요. 현철 아리스토텔레스도 "좋음은 모든 것이 추구하는 것이다."라고 하면서 최상의 선, 즉 아리스톤(ariston)은 "모든 행위 될 수 있는 것들은" 목표를 가지는데 "이것은 그 자체로서 원하고, 다른 것이 이것 때문에 원하는 것", 바로 행복이라고 하였습니다. 최상의 선이 행복이라 했지만, 그냥 선은 좋음입니다. 선에 최상 최하가 어디 있겠습니까.

다산 정약용 선생은 선이 무엇인지 정확히 말하지는 않았지만, 선악을 구별하는 방법을 다음과 같이 설명합니다. "옹기그릇이 하나 있으면 전체로 볼 때 다 좋으나 단 한 군데 구멍이 있어 물이 샌다면 결국 깨진 옹기이다. 마찬가지로 여기 어떤 사람이 있다고 하면, 전체로 볼 때는 좋으나 단 하나의 악이 남아있다면 결국 악한 사람이다."[1]라고 하였습니다. 결국, 조금 선하고 많이 선하고는 없고 완벽한 선 그 것 외에는 모두 악이라는 말입니다.

노자는 "천하 사람들이 모두 아름다운 것은 아름답다고 생각하지만, 이는 추함이요, 모두 선한 것은 선하다고 생각하지만, 이는 불선한 것이다."[2]라고 하였습니다. 결국, 노자의 말은 아름다움은 추함이요, 선함은 불선함이라는 말로 상대되는 것들이 서로 보완하여 주는 관계이므로 절대적인 선도 미도 없다는 뜻입니다. 노자는 다시 최상의 선은 물과 같다고 하면서 "물은 만물을 능히 이롭게 하지만 다투지 않고 사람들이 싫어하는 곳에 머무니 그러므로 도에 가깝다."[3]고 했습니다. 다시 말하면 최상의 선은 도이고 도는 물과 비슷한 성향을 지닌다는 것입니다.

이 말을 한 사람도 시인하고 있는 것처럼 선이란 무엇인지 규정하기 쉽지 않았던 모양입니다. 하지만 위의 격언을 통해 알 수 있는 분

---

1 『論語古今註』卷1: 有甕焉, 全體皆好, 惟一孔有漏, 終是破甕. 有人焉, 全體皆好, 惟一惡未去, 終是惡人.

2 『道德經』2: 天下皆知美之爲美, 斯惡已. 皆知善之爲善, 斯不善已.

3 『道德經』8: 上善若水. 水善利萬物而不爭, 處衆人之所惡, 故幾於道.

명한 것은 선은 남을 감동하게 하지만 악은 남을 원망하게 한다는 점입니다. 즉 타인의 원망을 사는 행위가 악한 것이 된다. 따라서 그 상대적인 경우가 선한 것입니다. 장자는 "세속이 그렇다고 하면 그렇게 여기고, 선하다고 하면 선하게 여긴다면, 그를 아첨하는 사람이라고 말하지는 않을 것이다."[4]라고 선을 사람과의 관계를 통해 규정되는 것이라고 말하고 있습니다.

---

4 『莊子』「天地」: 世俗之所謂然而然之, 所謂善而善之, 則不謂之道諛之人也.

38

배우고
나누기

도학을 공부하는 자가 그 찌꺼기를 얻으면(깨달으면), 분명 천하를
다스릴 수 있다. 그러나 오로지 도학의 문호만 세워 사람들이 바
라보고 경외하게 해서는 안 된다. 엄군평이 점괘를 팔며, 자식에
게는 효에 따라 말했고, 신하에게는 충에 따라 말했으며, 나이 어
린 사람에게는 공경심에 따라 말했다. 종일토록 배움을 말할지라
도 강학한다는 말은 없으니, 오늘날의 사대부들이 이 뜻을 음미하
지 않으면 안 될 것이다.

講道學者得其土苴, 眞可以治天下, 但不可專立道學門户, 使人望而畏焉. 嚴
君平賣卜, 與子言依于孝, 與臣言依于忠, 與弟言依于弟. 雖終日譚學, 而無
講學之名, 今之士大夫恐不可不味此意也.[1]

---

1 이 말은 유종주(劉宗周, 1578~1645)의 『인보류기(人譜類記)』 권하에도 그대로 실려 있
  습니다. 다만 해당 단락의 끝에는 "이상 독서를 하나 실천에 힘쓰지 않는 것을 경계
  하는 말들을 기록함"이라는 원주가 보입니다(以上記警讀書不務實).

'토저(土苴)'란 찌꺼기 또는 쓰레기를 뜻하는 말로, 장자의 책에서 처음으로 보이는 것 같습니다. 노(魯)나라 군주는 시골 누추한 곳에서 소를 먹이며 안분지족하며 사는 안합(顔闔)이 득도했다는 말을 듣고 사신들을 보내어 초빙하려 했습니다. 안합은 잘못 찾아왔다고 시치미를 떼며 사신들이 확인하는 사이 사라져 버렸지요. 이 이야기를 듣고 장자는 "도의 진실함으로 몸을 다스리고, 그 나머지로 국가를 다스리며, 그 찌꺼기로 천하를 다스린다."[2]는 말을 인용하여 제왕의 공이란 것이 성인들의 나머지 일이며, 자신을 양생하는 방법이 아님을 밝혔습니다. 진계유의 첫 두 문장은 이를 말하고 있는 것입니다.

한나라 성제(成帝, 기원전 32~기원전 7년 재위) 때의 엄군평(嚴君平)이란 도학자는 수신(修身)하며 스스로 삶을 영위하며 살았다고 합니다. 역사가 반고는 『한서』에서 "점복이란 것이 천한 직업이나 여러 사람에게 은혜를 베풀 수 있었다. 누군가가 사악하고 옳지 않은 지경에 있으면 점복에 따라 이해를 말해 주었다. 자식 된 사람들에게는 효에 따라 말해 주었고, 동생 된 사람들에게는 순종함에 따라 말해 주었으며 신하 된 사람에게는 충에 따라 말하며, 각기 형세에 따라 선으로서 이끄니 나의 말을 따르는 자가 절반이 넘었다."[3]는 말을 인용하고 있습니다.

---

2 『莊子』「讓王」: 道之眞以治身, 其緖餘以爲國家, 其土苴以治天下.

3 『漢書』「王貢兩龔鮑傳」: 卜筮者賤業, 而可以惠衆人. 有邪惡非正之問, 則依蓍龜爲言利害. 與人子言依於孝, 與人弟言依於順, 與人臣言依於忠, 各因勢導之以善, 從吾言者, 已過半矣.

『예기』에 인정은 성왕의 밭이므로 "예(禮)를 닦아 밭을 갈고 의(義)를 펼쳐 씨를 뿌리며, 강학하여 북돋우고, 인(仁)을 본으로 삼아 모으며, 악(樂)을 베풀어 안정시킨다."[4]고 하였습니다. 주희는 "효(孝)와 제(悌)가 인을 실천하는 근본이므로 배우는 자가 효제(孝悌)에 힘쓰면 인(仁)의 도(道)가 그로부터 생겨난다."[5]고 설명했습니다. 위의 격언에는 타인보다 먼저 좀 더 많이 배우고 익혔다면 선생님이 되어 타인을 가르치고 싶은 것은 인지상정일 것입니다. 원문에서 '담(譚)'자는 담(談)의 뜻으로 가볍게 이야기한다는 뜻이 강합니다. 반면 '강(講)'자는 일정한 주제를 가지고 집중적으로 말하는 것을 의미합니다. 진계유는 엄군평의 고사를 끌어와, 배움과 학문을 실천하는 행위인 진정한 강학은 이루어지지 않고, 강학을 하나의 출세와 명망의 수단으로 삼는 세태를 고발한 것입니다.

강학의 이름만 걸고 학자인체하며 행세하는 세태는 조선에서도 마찬가지였습니다. 퇴계 선생의 학문을 이은 이상정(李象靖, 1710~1781)의 「행장(行狀)」에 "공은 찬술한다고 자처하지 않았으며, 경서의 의리(義理) 같은 것은 결정된 선배들의 의론을 신중하게 지켰다. 세상의 학자들이 실제로 터득하는 데 힘쓰지 않고 단지 글 뜻을 변론함으로써 강학(講學)한다는 이름만을 거는 것을 병통으로 여겼다. 그래서 일찍이 '학문이란 집에서 생활하고 어버이를 섬기고 어른

---

4 『禮記』「禮運」: 修禮以耕之, 陳義以種之, 講學以耨之, 本仁以聚之, 播樂以安之.
5 『四書集註』: 所謂孝弟, 乃是爲仁之本, 學者務此, 則仁道自此而生也.

을 공경하는 데 있으므로, 이로부터 나라에까지 미루어 가는 것이 좋다. 『소학』이란 한 권의 책이 바로 그 근본이니, 마음대로 뛰어넘어 성(性)과 명(命)을 고상하게 말하는 것은 몸을 다스리는 급선무가 아니다.'라고 하였다."[6]

---

6 『大山集』卷50,「行狀」: 公不以撰述自居, 如經書義理, 謹守先輩已定之論. 病世之學者不務實得而徒以辨論文義, 賭得講學之名, 故嘗曰, 學在居家事親敬長之間, 由是推諸家國可也. 小學一書, 卽其本原. 馳心超躐, 高談性命. 非治身之急務也.

39

기계

천리는 사람을 살아가게 하는 바이고, 기계는 사람을 초조하게 하는 것이다. 그것이 익숙해져서 내가 그로써 살아가면, 바로 "헤아릴 수 없는 경지에 서는" 것이다.

天理, 凡人之所生, 機械, 凡人之所熱. 彼以熟而我以生, 便是立乎不測也.

여기서 '피(彼)'자가 가리키는 것은 천리(天理)라고 생각합니다. 천리와 기계가 짝을 이루고 있으므로 하나를 알면 다른 것을 반대로 새겨 보면 될 것입니다. 두 단어 모두 익숙하게 사용하는 것들입니다. 천리는 천지 만물이 생성되고 운행하는 이치를 말하고, 기계는 장치의 '기'와 기구의 '계'가 합해서 이루어진 용어로 어떠한 작용을 위해 인위적으로 만들어진 것을 기계라고 할 수 있습니다. 그러므로 여기의 '천리'는 순자가 말하는 것처럼 나면서부터 가지게 되는 천성이어도, 장자가 말하는 자연의 법칙이어도, 주희가 말하는 도덕규범이라고 해도 좋습니다. 그렇지만 이 격언의 사고구조는 『장자』에 있어 보이므로, "천지 만물이 운행하는 이치"로 보는 것이 좋겠습니다.

『장자』에는 양자거(陽子居)란 사람이 노담(老聃)을 만나 밝은 군주의 다스림에 관해 묻는 이야기가 실려 있습니다. 노담은 "밝은 군주의 다스림은 공이 천하를 덮을 만하여도 자신의 이루어졌음을 드러내지 않고, 교화가 만물에 미쳐도 백성들이 알지 못하게 하며, 훌륭한 정치를 행해도 형용할 수 없고, 만물이 기뻐하게 한다. 헤아릴 수 없는 경지에 서서 유(有)가 없는 곳에 노닌다."[1]고 하였습니다. 또 장자는 "대자연은 나를 실어 형체를 주었고 삶을 주어 수고롭게 하였으며 늙음으로써 나를 편안하게 하였고, 죽음으로써 우리를 나를 쉬게 하였으니 내 삶이 좋은 것은 내 죽음이 좋은 까닭이다."[2]라고 하였습니다. 바로 기심(機心: 간교하게 책략을 꾸미는 마음)에 의존하지 말고 대자연의 운행을 잘 알고 따른다면 '헤아릴 수 없는 경지'에 서서 노닐 수 있다는 말입니다. 그러므로 도는 멀리 있는 것이 아니라 가장 단순하고 가장 평범하고 명명백백한 천리에 있다고 하겠습니다.

마지막으로 '열(熱)'자와 '숙(熟)'자에 주목할 필요가 있습니다. 자형이 보는 바와 같이 거의 비슷합니다. 두 글자 모두 『장자』에서 종종

---

1 『莊子』「應帝王」: 明王之治, 功蓋天下而似不自己, 化貸萬物而民弗恃, 有莫擧名, 使物自喜, 立乎不測, 而遊於無有者也.

2 『莊子』「大宗師」: 夫大塊載我以形, 勞我以生, 佚我以老, 息我以死. 故善吾生者, 乃所以善吾死也.

마주치는 술어들입니다. "오늘 나는 아침에 왕명을 받고 저녁에 얼음 물을 마셨습니다. 안에서 열이 났기 때문입니다."[3]라고 하는 표현이 보입니다. 속에서 열이 나는 이유는 왕명을 받았기 때문입니다. 그 때문에 마음이 초조하고 번뇌가 생긴 것이지요. 그러므로 열(熱)자를 번(煩)자로 풀기도 합니다. 기계가 있어야 기심이 생겨나므로 속에는 초조함으로 열이 납니다. 기계가 없으면 순리대로 살 수밖에 없지요. 그 이치를 푹 익히라는 조언입니다. 그래서 기심에는 '열'자를 천리에는 '숙'자를 달리 쓰고 있는 것입니다.

---

3 『莊子』「人間世」: 今吾朝受命而夕飮冰, 我其內熱與.

40

태화
太和

파란 하늘 밝은 태양, 온화한 바람과 오색구름은 사람들에게 기쁜 얼굴빛이 많게 할 뿐만 아니라 새들도 좋은 소리를 내게 한다. 폭풍과 폭우, 우레와 번개에는 새들도 숲으로 들어가고 사람들 역시 문을 닫는다. 뭔가 어긋날 듯한 느낌이 이 지경에 이르게 한 것이 아니겠는가? 그러므로 군자는 태화와 원기를 중심으로 삼는다.

靑天白日, 和風慶雲, 不特人多喜色, 卽鳥鵲且有好音. 若暴風怒雨, 疾雷閃雷, 鳥亦投林, 人亦閉戶. 乖戾之感, 至于此乎, 故君子以太和元氣爲主.[1]

　'태화(太和)'란 큰 조화란 뜻으로 대화(大和)라고도 합니다. 이 표현은 『주역(周易)』에 처음으로 보이는데, "건(乾)의 도가 변하여 각각 성명(性命)을 바르게 하고 큰 조화를 보합(保合)하니 이에 바름이 이롭

---

1 원문에는 승려(乘戾)로 되어 있으나 문맥상 승(乘)자를 괴(乖)자로 고칩니다.

다."[2]고 하였습니다. 이에 대해 주희는 "태화란 음양이 회합하여 가득히 조화를 이룬 기"[3]라고 설명했습니다.

'원기(元氣)'란 천지가 나뉘기 전의 혼돈한 기를 말합니다. "태극의 원기는 원둘레의 3분의 1이다."[4] 다시 말하면 태극에서 S자형의 중앙 곡선을 말합니다. 이는 한쪽은 내려오고 한쪽은 올라간 형태로 되어 있어 힘의 균형을 나타내고 있습니다. 그러므로 이는 강하면서도 약한, 이것도 아니고 저것도 아닌 유동적인 모습을 취합니다. 따라서 앞서 본 '태화'와 같은 의미라고 볼 수 있지요. 그렇다면 왜 진계유는 '태화'와 '원기'를 별개의 것처럼 등위접속사로 연결하였을까요? 이에 접근하는 학파들의(또는 종교들의) 명칭이 서로 달랐기 때문으로 보입니다.

이 문장은 『취고당검소』 11권에도 수록되었는데, 글자의 출입이 많습니다. "파란 하늘 밝은 태양, 온화한 바람과 오색구름은 사람들에게 기쁜 얼굴빛이 많게 할 뿐만 아니라 새들도 좋은 소리를 내게 한다. 폭풍과 폭우, 우레와 번개[幽電]에는 새들도 숲으로 들어가고, 사람들 모두[皆] 문을 닫는다. 그러므로 군자는 태화와 원기를 중심으로 삼는다."[5]고 하였는데, 우선 '섬전(閃電)'이 '유전(幽電)'으로 되어 있습

---

2 『周易』「乾卦」: 乾道變化, 各正性命, 保合大和, 乃利貞.
3 『周易本義』卷1: 太和, 陰陽會合, 沖和之氣也.
4 『漢書』「律歷志」: 太極元氣, 函三爲一.
5 『醉古堂劍掃』卷11: 靑天白日, 和風慶雲, 不特人多喜色, 即鳥鵲且有好音. 若暴風怒雨, 疾雷幽電, 鳥亦投林, 人皆閉戶. 故君子以太和元氣爲主.

니다. 분명히 유(幽)자는 문맥상, 글자의 조합에도 부적절한 것이 틀림없지요. 그렇지만 음성적으로나 서체의 측면에서나 잘못 쓸 만한 개연성을 찾아보기 힘듭니다. 둘째로 "뭔가 어긋날 듯한 느낌이 이 지경에 이르게 한 것이 아니겠는가?"라는 문장이 완전히 생략되었습니다. 이 문장은 "그러므로 군자는 태화와 원기를 중심으로 삼는다."는 마지막 결론을 도출하는 중요한 역할을 하고 있음에도 생략되었습니다. 만약 두 책이 동일인의 편집이라면, 이러한 오류는 어떻게 설명할 수 있을까요? 유일한 출구는 『소창유기(小窗幽記)』가 먼저 편집되었고, 나중에 오류를 교정하여 『안득장자언』으로 나오게 되었다는 것뿐입니다. 따라서 진계유가 『소창유기』를 편찬했다는 설은 성립할 수 없습니다.

41

입으로
나가는
것

이괘는 "말을 삼가고 음식을 절제한다."라고 한다. 그러나 입으로 들이는 것은 그 화가 적으나, 입으로 나가는 것은 그 죄가 크다. 그러므로 귀곡자는 이르기를 "입으로 마실 수는 있어도 말할 수는 없다."고 하였다.

頤卦, 愼言語節飮食. 然口之所入者, 其禍小. 口之所出者, 其罪多. 故鬼谷子云, 口可以飮, 不可以言.

「단전」에서 "천지가 만물을 기르고 성인은 현자를 길러 만민에게 (덕화를) 미치니 '이'의 때가 크다."[1]라고 하였고, 「대상전(大象傳)」에서 "산 아래에 우뢰가 있는 것이 이괘이니, 군자가(이괘의 상을) 본받아 말을 삼가고 음식을 절제한다."[2]라고 하였습니다. 그러므로 위의 인용

---

1 『周易』「象傳」: 天地養萬物, 聖人養賢, 以及萬民, 頤之時大矣哉.
2 『周易』「象傳」: 山下有雷, 頤. 君子以愼言語, 節飮食.

은 「상전」에서 나왔음을 확인할 수 있습니다. 이어서 말을 풀어보면, "스스로 입안에 채울 음식물을 구하여(自求口實)" 먹는 것은 화가 적게 마련이지만, 입에서 나가는 것은 음식이나 언어에 있어서 죄가 크다는 말입니다. 이를 입증하기 위해 『귀곡자』를 인용합니다.

첫 편인 「패합(捭闔)」에 "입은 마음의 문이요 마음은 정신의 주인이다. 지의(志意), 희욕(喜欲), 사려(思慮), 지모(智謀) 이 모두 문에서 들어오고 나아간다. 그러므로 마음을 여닫음으로써 입을 가두고, 들이고 내고 함으로서 입을 제어한다. '패'라고 하는 것은 염이요, 말이요, 양이다. '합'이란 것은 닫힘이요, 침묵이요, 양이다. 음양이 조화로워야 시작과 끝이 의롭다."[3]고 설명한 것이 그 근거입니다.

또 「권편(權篇)」을 보면, "그러므로 입은 하나의 장치이다. 감정을 여닫기 때문이다. 귀와 눈은 마음을 보조하는 것이다. 간사한 것을 간파해 볼 수 있기 때문이다. 그러므로 말한다. 서로 어울려 사물에 응하고 도에 유리하게 행동해야 한다. 그러므로 말을 많이 해도 어지럽지 않고, 빙빙 돌아도 길을 잃지 않으며, 변화하고 바뀌어도 위태롭지 않은 것은 요체를 보고 이치를 알았기 때문이다. 그러므로 눈이 없는 사람에게는 오색을 보여 줄 수 없고, 귀가 없는 자에게는 오음을 알려 줄 수 없다. 그러므로 갈 수 없는 자는 펼칠 것이 없고, 올 수 없는 자

---

3 『鬼谷子』「捭闔」: 口者, 心之門戶也, 心者, 神之主也. 志意喜欲思慮智謀, 此皆由門戶出入. 故關之以捭闔, 制之以出入. 捭之者, 開也, 言也, 陽也. 闔之者, 閉也, 默也, 陰也. 陰陽其和, 終始其義.

는 받을 것이 없다. 그러므로 사물에 상통하지 않는 것을 성인은 일삼지 않는다. 옛사람들 하는 말에 '입으로 먹을 수는 있어도 말할 수는 없다'라는 말이 있다. 말이란 것에는 피하고 금해야 할 것이 있다. 여러 사람의 입은 쇠를 녹인다는 것은 말에는 교묘한 속임수가 있기 때문이다."[4]라고 하였습니다.

또 『주역』「계사전」에는 "공자께서 '군자가 집에 거처할 때, 하는 말이 선하면, 천 리 밖에서도 호응하니 하물며 그 가까운 곳에서는 말할 필요도 없다. 집에 거처하면서 하는 말이 선하지 않으면, 천 리 밖에서도 어긋나니, 하물며 그 가까운 곳에서는 말할 필요도 없다. 말은 몸에서 나와 다른 사람에게 미치고, 행실은 가까운 곳에서 시작되어 먼 곳에서 드러난다. 언행은 군자의 지도리요, 영욕의 중심이다. 언행은 군자가 천지를 움직이는 근거이니 어찌 조심하지 않겠는가?"[5]라고 언행의 중요성을 역설하는 대목을 읽을 수 있습니다.

이 밖에도 말을 경계하는 것은 여러 고전에 실려 있습니다. 더 살펴

---

4 『鬼谷子』「權篇」: 故口者, 機關也, 所以開閉情意也. 耳目者, 心之佐助也, 所以窺見姦邪. 故曰, 參調而應, 利道而動. 故繁言而不亂, 翱翔而不迷, 變易而不危者, 睹要得理. 故無目者不可示以五色, 無耳者不可告以五音. 故不可以往者, 無所開之也. 不可以來者, 無所受之也. 物有不通者, 聖人故不事也. 古人有言曰, 口可以食, 不可以言. 言者, 有諱忌也. 衆口爍金, 言有曲故也.

5 『周易』「繫辭傳」: 子曰, 君子居其室, 出其言, 善則千里之外應之, 況其邇者乎. 居其室, 出其言不善, 則千里之外違之, 況其邇者乎. 言出乎身, 加乎民, 行發乎邇, 見乎遠. 言行君子之樞機, 樞機之發, 榮辱之主也. 言行, 君子之所以動天地也, 可不愼乎.

보자면, 유향(劉向)은 『설원』에서, "입은 빗장이요, 혀는 문지방이다. 꺼낸 말이 부당하면 네 필이 끄는 수레도 따라잡을 수 없다. 입은 무덤으로 들어가는 문이요, 혀는 병장기이다. 꺼낸 말이 부당하면 되레 자신을 해친다."[6]고 하였고, 또 "공자가 주나라에 가서 태묘를 살폈다. 왼쪽 계단 앞에 금인(金人)이 있었다. 입을 세 번이나 꿰매어 두었는데 그 뒤에는 다음과 같은 글이 새겨져 있었다. '옛날 말을 삼갔던 사람이다. 경계하고 경계하라! 말을 많이 하지 말라! 말이 많으면 실패함이 많다. 일을 많이 하지 말라! 일이 많으면 우환도 많다.'"[7]는 이야기를 싣고 있습니다.

이상의 말들을 가장 잘 종합하고 있는 것은 당나라의 저명한 시인 유우석(劉禹錫, 772~842)입니다. 그는 「구병계(口兵誡)」를 지어 "내가 입을 조심하고 삼가는 것은 마음의 문이기 때문이다. 나의 무기가 되게 하지 말고 나의 울타리가 되게 해야 한다. 삼감을 비녀장으로 삼고, 참음을 문지기로 삼아라. 많이 먹는 것은 괜찮아도 말을 많이 하지는 말라."[8]고 한 것을 들 수 있습니다.

한편 조선 후기 실학자인 안정복(安鼎福, 1712~1791)은 마음, 눈, 귀,

---

6 『說苑』「談叢」: 口者, 關也, 舌者, 機也. 出言不當, 四馬不能追也. 口者, 關也, 舌者, 兵也. 出言不當, 反自傷也.

7 『說苑』「경신(敬愼)」: 孔子之周, 觀於太廟. 左陛之前, 有金人焉. 三緘其口, 而銘其背曰, 古之愼言人也, 戒之哉. 戒之哉. 無多言, 多言多敗. 無多事, 多事多患.

8 劉禹錫, 「口兵誡」: 我誡於口, 惟心之門. 毋爲我兵, 當爲我藩. 以愼爲鍵, 以忍爲闇. 可以多食, 勿以多言.

손, 발, 입에 관한 잠언을 지어 「육잠(六箴)」이라 하였는데, 그 마지막
인 입을 이렇게 경계하고 있습니다.

말은 마음을 드러내는 것이니,	言以宣心,
길흉과 선악이 여기에서 드러나네.	吉凶善惡斯見.
음식은 몸을 기르는 것이니,	食以養體,
장수, 요절, 죽고 삶이 달렸네.	壽夭死生所托.
그러므로 성인은	是以聖人,
말을 삼가고 음식을 절제했네.	愼言語節飮食.

42

신문

오나라 습속에 앉자마자 새 소식을 묻는다. 새 소식은 한가로운 소인이 입문하는 조짐이지, 죄를 짓거나 서로 무엇인가를 꾸미는 단초는 아니다. 지방에 새로운 소식이 없다면 이는 좋은 풍속이요 좋은 세상이라 말할 수 있다. 대저 거짓으로 떠도는 말을 뜻하는 와언(訛言)의 '와(訛)'자는 그 말[言]이 변한다[化]고 하여 와(訛)자가 되었다.

吳俗坐定, 輒問新聞. 此游閑小人, 入門之漸, 而是非媒孽交搆之端也. 地方無新聞, 可說此便是好風俗、好世界. 蓋訛言之訛字, 化其言而爲訛也.

'매얼(媒孽)'의 '매'자는 술밑, 즉 누룩을 섞어 버무린 지에밥을 말하고 '얼'은 술을 양조하는 곡(曲), 주모(酒母) 바로 누룩을 지칭합니다. 같은 의미의 두 글자를 써서 술을 양조하는 것처럼 죄를 키워 해침을 계획하거나 죄에 빠뜨리는 것을 비유하기도 합니다. 여기서는 파생

된 후자의 의미로 쓰였습니다. '교구(交搆)'는 '구(構)' 또는 '구(媾)'자와도 결합하여 쓰이는 데, 우선 교구(交媾)라고 하면 음양의 교합 즉 성교를 의미하고, 본문에서처럼 교구(交搆) 또는 교구(交遘)는 "서로를 모함하다" 또는 "결탁 공모하다"라는 의미로 사용합니다. 그러므로 여기서는 역시 후자의 의미로 사용되었습니다. 새로운 소식에 관심을 가지는 것은 바로 죄를 온양하거나 서로를 모함하려는 조짐은 아니라는 의미입니다.

우리는 안부를 물을 때 종종 별일 없었느냐는 인사를 자주 던집니다. 당연히 별일 없었음을 확인하는 인사말일 것입니다. 반면 호기심 많은 사람은 종종 새로운 소문을 묻고 다니는 경우가 있습니다. 소위 유언비어, 즉 떠도는 잘못된 말을 만드는 실마리가 여기에서 비롯되는 것이지요. 말은 나오면 흘러 본의와는 다른 의미로 해석되는 경우가 무척이나 많습니다. 무소식이 희소식이란 말은 참으로 맞는 말인 것 같습니다. 그러므로 사는 마을에 오늘이 어제처럼 무탈하게 변함이 없다면 그 동네는 살기 좋은 곳임이 틀림없습니다. 오늘날 신문을 보더라도 얼마나 많은 추측성 기사들이 난무하는지 잘 알고 계실 것입니다. 하물며 옛날에는 그 말의 퍼짐이 어떠했겠으며, 게다가 중국처럼 넓은 땅에서는 두말할 필요도 없을 것입니다. 이에 진계유는 특별히 '와(訛)'자를 풀이하여 말이 변화하는 것이라고 설명하고 있는 것입니다. 여기에 보이는 '화(化)'자도 사람이 거꾸로 등만 돌리고 있는 것이 아니라 방향까지 완전히 바뀐 모양입니다. 바로 질적인 변질이 이루어졌다는 말이지요. 또한 '신문(新聞)'이란 단어를 처음으로 사용하면서 그 의미를 규정하기를 한가한 소인들이 세상살이에 입문하는 단초라고 하였고, 그러한 새로운 소문을 좇는 행위에 대해서 별다른 악의가 없이 습관처럼 시작하지만, 그 결과는 예측할 수 없는 부정적인 결말을 낳을 것이라고 경고하고 있습니다. 따라서 이 격언대로라면 "별일 없죠?"라고 묻는 안부보다는 "여전하시죠?"라는 말이 어폐가 적을 것 같습니다.

43

부귀공명을
누리려면

부귀와 공명, 그 최선은 도와 덕으로써 그것을 누리는 것이요, 그
다음은 이룬 것으로써 그것을 받아들이는 것이며, 그다음은 학문
과 식견으로써 그것을 제어하는 것인데, 그 아래는 욕을 당하지
않으면 화를 얻는다.

富貴功名, 上者以道德享之, 其次以功業當之, 又其次以學問識見駕馭之, 其
下不取辱則取禍.

수많은 동양의 선현들은 한결같이 부귀와 공명은 부질없는 것으로
경계해 왔습니다. 당나라 심기제(沈旣濟)의 「침중기」라는 전기소설의
중심 내용은 노생(盧生)이 도사 여옹(呂翁)의 베개를 빌려 잤더니, 메
조 밥을 한 번 짓는 동안에 꾼 꿈에서 온갖 부귀공명을 다 누렸다는
이야기가 있습니다. 이것이 바로 "황량 밥이 될 시간의 꿈[黃粱一夢]"
이라는 표현으로, 부귀와 공명이 한갓 꿈에 지나지 않음을 비유하며,

"부귀공명을 누리려 하면 영욕의 피해가 심해진다."고 경계했습니다.

유난히 부귀공명을 경계하는 데 초점 맞춘 것 같은 『채근담』의 격언들에 따르면, "공명과 부귀는 세상 추이에 따라 변한다."[1] 그러므로 추구할 것이 못 된다고 하였고, 또 "부귀와 명예는 도덕으로부터 나온 것이라면 숲속에 핀 꽃처럼 편안히 번성하지만, 이룬 업적에서 나온 것은 화분 속의 꽃처럼 옮겨지며 흥폐(興廢)가 있고, 권력에서 나온 것은 꽃병 속의 꽃처럼 뿌리를 내리지 않아 그 시듦을 서서 기다려도 된다."[2]라고 하면서 부귀와 공명은 도덕에서 나온 것이어야만 오래 간다는 것을 말하고 있습니다. 그렇다면 어떤 도덕을 말할까요? "부귀한 집안은 너그럽고 두터워야 함에도 시샘하고 각박한 것은 바로 부귀하면서도 [그 마음이] 빈천(貧賤)한 것이니 어찌 그 부귀를 누릴 수 있겠는가."[3]라고 하였습니다. 요컨대 부귀한 자는 너그러이 베푸는 것을 도덕적인 것으로 제시하고 있습니다.

공자는 "부가 구한다고 되는 것이라면, 채찍을 들고 있는 졸(卒)이라도 나 또한 할 것이다. 구한다고 되는 것이 아니라면 내가 좋아하는 것을 따르겠다."[4]고 하면서 부귀란 하늘에 달려 있다는 것을 확인해 주고 있습니다. 그런데 정현(鄭玄)은 "부귀는 구하여 얻을 수 없으므

---

1 『菜根譚』: 功名富貴逐世轉移.

2 『菜根譚』: 富貴名譽自道德來者, 如山林中花, 自是舒徐繁衍. 自功業來者, 如盆檻中花, 便有遷徙廢興. 若以權力得者, 其根不植, 其萎可立而待矣.

3 『菜根譚』: 富貴家宜寬厚而反忌刻, 是富貴而貧賤, 其行如何能享.

4 『論語』「述而」: 富而可求也, 雖執鞭之士, 吾亦爲之. 如不可求, 從吾所好.

로, 덕을 닦아서 얻어야 한다. 만약 도[의 범위]에서 구할 수 있는 것이라면 채찍을 잡는 천한 직업이라도 나 또한 할 것이다."[5]라고 설명합니다. 여기서 말하는 도란 바로 도덕으로 그 범주 안에서 용납되는 것이라면 부귀를 추구할 수 있다는 말일 것입니다.

사대부들이 부귀공명을 추구한 끝에 나타나는 폐단에 관한 일례로, 『일성록(日省錄)』에 실린 장령 조정상(趙貞相)의 상소문 내용을 들어 볼 수 있겠습니다. "지금은 위로 서울에서부터 먼 시골구석에 이르기까지 아이를 교육하는 방도가 사계절의 풍경에 불과하고, 아이를 가르치는 말은 거의 모두 부귀공명입니다. 어린 시절에 듣고 보는 것이 이와 같을진대, 성장한 후에 수립된 것을 어떻게 탓하겠습니까. 이 때문에 예법으로써 중정(中正)을 잃지 않도록 예방하는 것이 뒤집히고, 조급하게 벼슬길에 나아가는 것이 관습이 되어, 안으로는 승상(陞庠) 시험부터 밖으로는 고을 시험에 이르기까지 수많은 허위가 진실을 가리고 청탁이 공공연히 행해지고 있습니다."[6]라고 하였습니다. 하지만 인간인 이상 부귀공명을 추구하지 않을 수는 없습니다. 그러나 그 중정을 잃으면, 즉 "학문과 식견으로 제어하지 않으면 욕을 당하지 않으면 화를 얻게 된다는" 것입니다.

---

5 『四書集註』: 富貴不可求而得之, 當修德以得之. 若於道可求者, 雖執鞭之賤職, 我亦 爲之.
6 『日省錄』, 正祖 12年 11月 6日: 上自國都以及遐陬, 敎兒之方, 不過風花雪月, 訓子之 語, 擧皆當貴功名. 蒙駿之時, 聞見如是, 成長之後, 樹立何責. 是以廉防倒置, 躁進成 習, 內而陞庠, 外而州試, 衆僞冒眞, 請托公行.

44

방종하는 군자

천하에 혹 소심한 소인은 있어도 방종 하는 군자는 단연코 없다.

天下容有曲謹之小人, 必無放肆之君子.

　'곡근(曲謹)'이란 매사에 너무 신중하여 소심한 것을 뜻합니다. 공자는 "단속함으로써 잃는 것은 적다."[1]라고 하였는데, 북송의 사양좌(謝良佐, 1050~1103)는 "오만스럽고 스스로 방자하지 않은 것을 '약(約)'이라고 한다."[2]고 풀이하였고, 윤돈(尹焞, 1061~1132)은 "무릇 일이 소략하면, 잃는 것도 드무니 검약에만 그치는 것이 아니다."[3]라고 하였으며, 다산 정약용 선생은 "조심스럽게 몸을 단속하여 감히 방자하지 않은 것"[4]이라고 설명했습니다. 이로써 공자가 말한 '약(約)'이란 모

---

1 『論語』,「里仁」: 以約失之者, 鮮矣.

2 『四書集註』: 不侈然以自放之謂約.

3 『四書集註』: 凡事約則鮮失, 非止謂儉約也.

든 일에서 근검하고 절약하는 것을 말한다고 할 수 있습니다. 위의 격언에 맞추어, 보다 구체적으로 꼬집어 말한다면 말 단속을 의미한 것으로 보입니다. 그러므로 방종 하는 군자는 있을 수 없지요. 마을에서 행색은 근엄하고 중후하지만, 실제는 더러운 것과 야합하는 위선자를 '향원(鄕愿)'이라고 하는데, 여기서 말하는 신중하고 소심한 소인을 이르는 말입니다.

정이천(程伊川)은 "남에게 베푸는 것을 즐거워할지라도, 옳게 여겨지지 않아도 번민함이 없어야 이른바 군자다."[5]라고 하였고, 주희는 "덕을 이루는 방법은 배움을 바르게 하고, 익힌 것을 익숙하게 하며, 희열을 심화시켜 그치지 않는 것일 뿐이다."[6]라고 하였습니다. 또한, 『채근담』에 "군자로서 위선을 저지르는 것은 소인이 악을 거침없이 행하는 것과 같다. 군자로서 지조를 꺾는 것은 소인이 잘못을 뉘우치는 것만도 못한다."[7]고 하였습니다. 임의대로 행동하며 제약받지 않는 것을 뜻하는 '방사(放肆)'와 같은 그 어떠한 느슨함도 군자에게는 용납될 수 없는 태도라는 것이지요.

『홍재전서』에 들어 있는 『일득록』에는 "천하에 혹 사리에 어두운 군자는 있을지라도, 어리석은 소인은 분명코 없다. 사람들은 소인만

---

4 『論語古今註』卷2: 竦然束躬, 不敢放肆, 謂之約.
5 『四書集註』: 雖樂於及人, 不見是而無悶, 乃所謂君子.
6 『四書集註』: 然德之所以成, 亦曰學之正, 習之熟, 說之深, 而不已焉耳.
7 『菜根譚』: 君子而詐善, 無異小人之肆惡, 君子而改節, 不若小人之自新.

이 나라를 그르칠 수 있다는 것을 알지만, 군자들도 많이 나라를 병들게 하는 것은 모른다. 소인이 나라를 그르치는 것은 오히려 해결할 수 있지만, 만약 군자가 재주도 덕도 없고 때에 따라 처치하는 마땅함에 어둡다면 나라를 병들게 하는 것이 쉽게 알 수 있는 소인의 병폐보다 심하다."[8]고 하였는데, 진계유가 전하는 격언을 거꾸로 말하고 있지만, 훈계의 효과를 놓고 보면, 정조의 격언이 훨씬 더 이해하기 쉬워 보입니다.

---

8 『弘齋全書』卷172,『日得錄』12: 天下容有糊塗之君子, 必無儱侗之小人. 人但知小人能誤國, 不知君子亦多病國. 小人誤國, 猶可解救, 若君子而無之才之德, 昧於時措之宜, 其病國甚於小人之易知.

45

혼돈

사람 중에 깨끗한 모습 짓기를 좋아하면서도 오히려 탁한 자가 있고, 잘사는 모습 짓기를 좋아하면서도 오히려 가난한 자가 있으며, 교양 있는 모습 짓기를 좋아하면서도 오히려 속된 자가 있고, 고상한 모습 짓기를 좋아하면서도 오히려 비천한 자가 있으며, 옅은 모습 짓기를 좋아하면서도 오히려 진한 사람이 있고, 고전적 모습 짓기를 좋아하면서도 오히려 현세적인 사람이 있으며, 기이한 모습 짓기를 좋아하면서도 오히려 평범한 사람이 있다. 나는 혼돈을 좋다고 하는 것만 못하다고 생각한다.

人有好爲清態而反濁者, 有好爲富態而反貧者, 有好爲文態而反俗者, 有好爲高態而反卑者, 有好爲淡態而反濃者, 有好爲古態而反今者, 有好爲奇態而反平者, 吾以爲不如混沌爲佳.

『채근담』을 보면 "인간의 삶에서 한 푼을 감하고 줄이면 곧바로 한

푼을 초탈한다. 가령 교유(交遊)를 줄이면 곧 어지러움과 소란을 면하고, 말을 줄이면 곧 허물과 탓이 적어지고, 생각하는 것을 줄이면 정신이 소모되지 않고, 총명(잘 듣고 잘 봄)을 줄이면 혼돈을 온전하게 할 수 있다. 저들은 나날이 줄이려 하지 않고, 나날이 더하려 하는 자들이니, 참으로 이 삶을 질곡 속에 넣는 것이다."[1]라는 말이 보입니다. 잘 듣고 잘 보는 것, 말하자면 분별하는 능력이 도리어 혼돈을 죽이는 꼴이 될 수 있음을 말하는 것입니다.

장자는 도(道)에 대하여, "태극의 위에 있으면서 높다 여기지 않고, 육극의 아래에 있으면서 깊다 여기지 않으며, 천지보다 먼저 생겨났음에도 오래되었다고 여기지 않고, 상고보다 오래면서도 늙었다 여기지 않는다."[2]고 하였습니다. 도는 언제나 자연처럼 두드러짐 없이 중(中), 음과 양이 분화되지 않은 무한한 가능태임을 보여 주고 있습니다. 태초에 음양이 있었던 것처럼 만물은 양면을 가지기 마련이죠. 한쪽으로 치우친 것들, 예컨대 두드러짐, 뛰어남, 훌륭함 등은 모두 장자가 말하는 자연을 거스르는 것들입니다.

장자는 또한 "남해의 임금을 숙(儵, 빠르다)이라 하고, 북해의 임금을 홀(忽, 갑자기)이라 하며, 중앙의 제왕을 혼돈(渾沌)이라 한다. 숙과 홀

---

1 『菜根譚』: 人生減省一分, 便超脫一分. 如交遊減, 便免紛擾. 言語減, 便寡衍尤. 思慮減, 則精神不耗. 聰明減, 則混沌可完. 彼不求日減而求日增者, 眞桎梏此生哉.

2 『莊子』「大宗師」: 在太極之先而不爲高, 在六極之下而不爲深, 先天地生而不爲久, 長於上古而不爲老.

이 때마침 혼돈의 땅에서 만났다. 혼돈이 매우 융숭하게 그들을 대접하자, 숙과 홀은 혼돈의 덕(德)에 보답할 것을 상의하면서, '사람들은 모두 7규(七竅: 일곱 개의 구멍 즉 눈, 귀, 입, 코)가 있어서 그것으로 보고 듣고 먹고 숨 쉬는데, 유독 이 혼돈에게는 없으니 그 구멍들을 한번 뚫어줍시다.'라고 했다. 날마다 한 구멍씩 뚫어, 7일이 지나자 혼돈이 죽어버렸다."[3]는 혼돈에 관한 우화를 소개하고 있습니다. 남해와 북해는 양과 음으로 밝음과 어둠을 상징하며, 숙(儵)은 '빠르게 나타나는 것'을, 홀(忽)은 '갑자기 사라지는 것'을, 다시 말하자면 유(有)와 무(無)를 의미합니다. 혼돈(混沌)이란 그야말로 이러한 양극들이 구별되지 않고 혼재된 무한한 가능태의 중(中)을 말합니다. 이러한 혼돈의 상태에 이목구비를 결정지었더니 죽었다는 이야기를 근거로 "혼돈을 가(佳)라고 하는 것보다 못하다."는 말을 이해할 수 있을 것입니다.

조선 중기의 문신 조찬한(趙纘韓, 1572~1631)은 「혼돈가(混沌歌)」에서 이렇게 노래합니다.

아! 천도가 여기에서	嗚呼天道至于此,
변하고 바뀜이 다함이 없어 현묘하고 신령스럽네.	變易無窮玄且靈.
현묘하고 신령스럽다고 하지만,	雖云玄且靈,
혼돈을 경영하지 않음만 못했네.	不如混沌初無營.

---

3 『莊子』「應帝王」: 南海之帝爲儵, 北海之帝爲忽, 中央之帝爲渾沌. 儵與忽時相與遇於渾沌之地, 渾沌待之甚善. 儵與忽謀報渾沌之德, 曰, 人皆有七竅, 以視聽食息, 此獨無有, 嘗試鑿之. 日鑿一竅, 七日而渾沌死.

혼돈이 오래 살아있었다면,　　　　　　　　　混沌若長在,

하늘이 쪼개져 푸르지 않았을 텐데.　　　　　天不剖而靑.

하늘이 푸르지 않으면 땅도 누렇지 않았을 테니,　天不靑地不黃,

내 어찌 태어났겠는가?　　　　　　　　　　我何爲而生.

나도 태어나지 못하고 너도 태어나지 못했으니,　我無生爾無生,

무슨 시비할 것이 있어 서로 다투겠는가?　　何有是非交相爭.

차라리, 나, 너, 하늘이 모두 태어나지 않고,　寧吾爾天俱無生,

혼돈이 애초 죽지 않은 것만 못하네.　　　　不如混沌未始亡.

혼혼돈돈 넓고 어두워　　　　　　　　　　混混沌沌溠溠昧昧,

둥글지도 모나지도 않고 마음도 눈도 몸도 없을 테니

　　　　　　　　　　　　　　　　　　不圓不方無心無目身.

생각해도 알지 못해 나는 눈물만 공연히 흘리네. 思之不見我涕空浪浪.[4]

---

4 趙纘韓, 『玄洲集』卷二, 「混沌歌」

46

뜻을
세우면

사람들이 결정하면 하늘을 이기고, 뜻이 하나 되면 기를 움직이니, 운명과 운수는 헤아릴 수 없다.

人定勝天, 志一動氣, 則命與數爲無權.

『일주서(逸周書)』에는 문왕(文王)이 태자에게 왕의 도리와 치국에 관한 방법들을 전하는 편이 있는데, "병사들이 강하면 다른 사람을 이길 수 있고, 사람들이 강하면 하늘(자연)을 이길 수 있다."[1]고 하였습니다. 여기서 하늘은 바로 자연을 의미한다고 보는 것이 좋겠습니다. 즉 인간이 자연을 극복할 수 있음을 말하는 것이다. 또 사람들이 강하다 함은 사람들의 의지와 행위가 강한 것을 말한다. 즉 사람들이 의지와 행동이 굳건하면 자연을 극복할 수 있다는 말입니다.

---

1 『逸周書』「文傳」: 兵強勝人, 人強勝天.

사마천의 『사기』에는 다음과 같은 오자서(伍子胥)가 죽은 아비의 복수를 하는 이야기가 실려 있습니다. 오자서는 아버지와 형을 죽인 초(楚)나라를 떠나면서 친구 신포서(申包胥)에게 초나라에 대한 복수를 맹세했고 신포서는 그의 복수로부터 초나라를 지킬 것을 약속합니다. 이후 과연 오자서는 군대를 이끌고 초나라 수도 영(郢)에 입성하여 소왕(昭王)을 잡으려 했으나 놓치자, 평왕(平王)을 무덤에서 파내어 복수하지요. 그러자 산중으로 도망간 신포서는 사람을 시켜 "그대의 복수가 너무 심하오. 내가 듣기로는 '사람이 많으면 하늘(자연)을 이기지만 하늘(자연)이 정해지면 사람을 무찌를 수 있다.'고 들었소. 지금 그대는 옛날 평왕의 신하가 되어 그를 섬겼으면서도, 이제 죽은 사람을 욕되게 하였으니 어찌 이보다 하늘 의 도리를 저버리는 일이 있겠소."[2]라고 말을 전했다고 합니다. 이에 뉘우친 오자서는 미안한 뜻을 전하게 하고 "해는 저물고 길은 멀어 내가 어긋난 일을 하였소."[3]라고 했다고 합니다.

한편 『시경』에는 "지금 백성들은 위태로운데, 하늘을 보니 어둡기만 하네. 나라를 안정시키려 한다면 누가 막을 수 있겠는가?"[4]라고 노래한 대목이 있습니다. 이에 대해 주희는 "저 숲을 보면 땔나무들을

---

2 『史記』「伍子胥列傳」: 子之報讎, 其以甚乎. 吾聞之, 人眾者勝天, 天定亦能破人. 今子故平王之臣, 親北面而事之, 今至於僇死人, 此豈其無天道之極乎.

3 『史記』「伍子胥列傳」: 伍子胥曰, 爲我謝申包胥曰, 吾日莫途遠, 吾故倒行而逆施之.

4 『詩經』「小雅·正月」: 民今方殆, 視天夢夢. 既克有定, 靡人弗勝.

분명하게 볼 수 있다. 그러나 지금 백성들은 위태로움 속에서 하늘에 고통을 호소하고 있는데 하늘을 보니 도리어 밝지 않고 선악을 분별할 뜻이 없는 것 같다. 이는 단지 정해지지 않은 때이기 때문이다. 정해지면 하늘이 이기지 않은 적이 없었다. 어찌 하늘에 미워하고 화를 내림이 있겠는가? 복(福), 선(善), 화(禍), 음(淫)은 자연의 이치일 따름이다. 신포서(申包胥)가 '사람이 많으면 하늘을 이기고 하늘이 정해지면 또한 사람을 이긴다.'고 한 것은 여기에서 나온 것 같다."[5]고 하였습니다. 이처럼 "사람이 많으면 하늘을 이긴다."는 말은 이미 고대로부터 잘 알려진 말이었지만, 그 하늘을 극복의 대상으로 논하기 시작한 것은 순자(荀子)의 책에서 비롯되었다고 생각합니다.

'명(命)'이 태어나면서부터 거부할 수 없이 주어지는 것을 말한다면 [天命], '수(數)'는 후천적으로 가지게 되는 인간의 능력을 초월하는 기운 같은 것으로 보입니다. 이러한 명과 수가 "무권(無權)"이라는 말이지요. 무권이란 『맹자』, 「진심상」에서 나오는 말로, '권(權)'은 저울을 의미하여 저울로 달아 헤아릴 수 없음을 말합니다. 요컨대 명과 수는 무엇이 더 무겁고 가벼운 것인지 알 수 없다는 말이 됩니다. 그러므로 세상사 모두가 인간의 노력 여하에 달려 있음을 역설한 말이라고 읽는 것입니다.

---

5 『詩經集傳』下: 瞻彼中林, 則維薪維蒸, 分明可見也, 民今方危殆, 疾痛號訴於天, 而視天反夢夢然, 若無意於分別善惡者. 然此特値其未定之時爾, 及其旣定, 則未有不爲天所勝者也. 夫天豈有所憎而禍之乎. 福善禍淫亦自然之理而已. 申包胥曰, 人衆則勝天, 天定亦能勝人, 疑出於此.

북송시기 저명한 사(詞) 작가 진관(秦觀, 1049~1110)은 "옛날에 '사람들이 결정하면 하늘을 이기고, 하늘이 결정해도 사람을 이길 수 있다'라고 하는 말이 있는데, 바로 이 말이다."[6]라고 이 격언을 인용하고 있습니다.

또 편찬한 사람은 알려지지 않았지만, 1347년 호조(胡助, 1278~1355)의 서문이 있는 『군서회원재강망(群書會元截江網)』에 "변통하는 변화가 있으니 사람들이 결정하면 하늘을 이길 수 있고, 변역(變易)하는 변화가 있으니 하늘이 결정하면 사람을 이길 수 있다. 하늘을 두려워하는 항상심이 있고, 『역』을 체득하여 덕을 온전히 한 자는 본디 하늘의 도에 부합할 수 있으며, 하늘의 뜻을 돌리는 실질적인 효용이 있고, 『역』을 체득하여 변함없는 덕이 있는 자는 하늘의 은혜를 굳게 할 수 있다."[7]는 말도 보입니다.

소식(蘇軾)은 또 "신포서(申包胥)가 이르기를 '사람이 모이면 하늘을 이기고, 하늘이 결정하면 또한 사람을 이길 수 있다'라고 하였고, 노자(老子)는 '하늘의 그물은 넓고 넓어, 성근 것 같아도 빠뜨림이 없다.'고 하였는데, 그렇지 않다. 하늘이 어찌 미워하는 바가 있어 화를 내

---

6 秦觀, 『淮海集』「送馮梓州序」: 古語有之, 人定勝天, 天定亦能勝人, 信斯言也.

7 『群書會元截江網』, 권3: 有變通之變, 人定能勝天. 有變異之變, 天定能勝人. 有畏天之常心, 體易之全德者, 固可以合天道. 有回天之實政, 體易之常德者, 斯可以凝天眷.

리겠는가? 적당히 결정되지 않았기 때문일 뿐이다."[8]라고 하며, 하늘
을 매우 인간 중심적으로 인식하고 있습니다.

---

8 蘇軾, 『詩集傳』, 卷11: 申包胥曰, 人衆則勝天, 天定亦能勝人, 而老子以爲天網恢恢,
疎而不失, 不然. 天豈有所憎而禍之耶. 適當其未定故耳.

47

마음의
기호
嗜好

『우담』에 이르기를, "사마광의 『자치통감』! 공의 인품과 정치를 막론하더라도 이러한 시간이 어디서 온 것이냐고 했다. 소위 "군자는 그 도를 즐기니", 그러므로 늙어도 지치지 않는 것이다. 또한, 정신이 기호로 분산되지 않았을 따름이다.

偶譚, 司馬溫公資治通鑑, 且無論公之人品政事, 只此閒工夫何處得來. 所謂 君子樂得其道, 故老而不爲疲也. 亦只爲精神不在嗜好上分去耳.

'우담(偶譚)'이란 예장(豫章) 사람으로 자(字)가 장경(長卿)인 이정(李鼎)이 쓴 작은 격언집 이름입니다. 그의 문집인 『이장경집(李長卿集)』이 1612년에 간행된 것을 보면, 진계유와 동시대 사람이거나 조금 빠른 것으로 보인다. 그러나 현재 전하는 『총서집성초편(叢書集成初編)』본의 『우담』에는 이 말을 찾을 수 없습니다.

"군자는 그 도를 즐기니"라는 표현은 『예기』에 "그러므로 악은 즐기는 것이다. 군자는 그(악의) 도를 즐기고 소인은 그(악의) 욕(欲)을 즐긴다. (악의) 도로써 욕을 제어하면 즐겨도 어지럽지 않다. 욕으로 그 도를 잊으면 미혹되어 즐기지 못한다."[1]는 표현에서 찾을 수 있습니다.

한편 장자는 공자가 제자들과 함께 초나라로 가는 길에 만난 매미 잡는 꼽추에게서 배우는 우화를 들려주고 있는데, 공자가 만난 꼽추는 몸이 펴지지도 않으면서 교묘하게 매미를 잘 잡고 있었습니다. 그의 방법은 매미 알을 이용한 고도의 집중력과 집념이었습니다. 이에 공자는 제자들에게 이렇게 말합니다. "뜻을 씀이 분산되지 않고 통일되면 귀신보다 더 잘 응집한다더니 저 곱사등이 노인을 두고 이르는 말 같구나!"[2]라고 하였답니다. 자연의 이치는 그냥 저절로 터득되는 것이 아니라 끊임없는 배움과 부지런한 연습을 전제한다는 말입니다. 그러므로 사마광의 그러한 역작이 탄생할 수 있었던 것은 자연의 도에 순응하고 즐기면서, 그 도로서 자신을 제어하며 뜻을 한곳으로 모아 부지런히 노력한 결과라고 보는 것입니다. 바로 매미를 잡는 꼽추처럼 강한 집념을 높이 사고 있는 것이지요.

---

1 『禮記』「樂記」: 樂者樂也. 君子樂得其道, 小人樂得其欲. 以道制欲, 則樂而不亂, 以欲忘道, 則惑而不樂.
2 『莊子』「達生」: 用志不分, 乃凝於神, 其痀僂丈人之謂乎.

48

가요

거짓으로 꾸며진 가요는 짓지도 말아야 할 뿐만 아니라 듣지도 말아야 한다. 부질없이 내심을 손상하는 휙 지나가는 바람일 뿐이다. 한 번이라도 듣게 되면 청정한 마음 밭에 깨끗하지 않은 씨 한 톨을 뿌리는 것이리라.

捏造歌謠, 不惟不當作, 亦不當聽, 徒損心術, 長浮風耳. 若一聽之, 則清淨心田中, 亦下一不淨種子矣.

  날조된 가요는 본마음을 훼손하는 바람입니다. 사마천이 전하는 바에 따르면 공자는 3천여 편의 가요 중에서 제자들의 가르침에 유용한, 또는 백성들의 교화에 적합한 것들을 골라 지금의 3백여 편의 『시경』을 편찬했다고 합니다. 향기와 바람은 실체가 없이 어떠한 본체에 의존하여 떠돌며 자신이 본체인 것처럼 사람들을 유혹합니다. 다시 말하면, 고소한 냄새는 우리의 발길을 머물게 할 수는 있으나 주린 배를 채워 주지는 못하는 이치이지요. 날조된 가요는 바로 이러한 향기나 바람같이 현혹하고 그것을 진실로 믿게 합니다.

동서양을 막론하고 위정자들은 음악의 효용성을 중시했습니다. 특히 예와 악을 연결하여 역할을 강조해왔습니다. 서양에서 말하는 자유과(liberal arts)의 7개 학문에는 음악이 들어 있었고, 『예기』에도 악론(樂論)을 독립시켜 다루고 있습니다. 그만큼 악(樂)이 사람들의 마음에 중요한 작용을 한다는 것을 알고 있었기 때문일 것입니다. 그러한 사고의 출발은 결국 공자의 『시경』편찬으로 이어졌다고 할 수 있을 것입니다.

고대 청소년들의 교과목인 '육예(六藝)'란 바로 예(禮), 악(樂), 활쏘기, 수레 몰기, 글자 쓰기, 산술입니다. 이것의 순서는 전하는 곳마다 좀 다르지만, 예와 악이 가장 우선적인 것이었음은 틀림없습니다. 그래서 『채근담』에서 "제자(弟子)를 가르치는 것은 규방에 있는 딸을 기르는 것과 같아서, 무엇보다도 출입을 엄하게 하고 교우관계를 조심하도록 해야 한다. 만약 한번 그릇된 사람과 가까이하게 되면 청정한 밭에 부정한 씨앗을 뿌리게 되어 종신토록 좋은 곡식을 심기 어렵게 된다."[1]고 하는 것입니다. 이는 진계유와 유사한 문장구조를 보여 주고 있습니다. 다만 진계유는 교육의 핵심인 악(樂)을 구체적으로 들어

---

1 『菜根譚』: 養弟子如養閨女, 最要嚴出入, 謹交游. 若一接近匪人, 是淸淨田中下一不淨的種子, 便終身難植嘉苗矣.

설명하고 있는 것이 다를 뿐입니다.

　대덕(戴德)이 전하는 『대대례기』에 "말을 듣기 좋게 꾸미고 얼굴빛을 보기 좋게 하고 소도(小道)를 행하여 최고가 될 수는 있으나 인(仁)에 이르기는 어렵다. 술을 사 마시는 것을 좋아하고 떠도는 가요와 동네에서 빈둥거림을 좋아한다면 향리에 사는 사람이겠는가? 나는 그들에게 희망을 품지 않는다."[2]고 하였습니다. 요컨대 술집에 드나들며, 유행가를 부르며 빈둥거리는 사람들은 대체로 이방인들로, 그들에게는 어떤 바람도 가지지 않는다는 말입니다. 『춘추좌전』 양공(襄公) 29년 기사에 실린, 오나라 계찰(季札)이 노나라에 가서 각 나라의 음악을 품평하는 것을 참고하여 볼 때, 새로운 가요의 출현과 유행은 그들이 하나의 전통으로 자리 잡기까지 퇴폐적이고, 향락적이며, 불안한 사회를 조장하는 데, 적지 않은 영향을 끼쳤다는 점을 부인할 수는 없을 것 같습니다.

---

2 『大戴禮記』 「曾子立事」: 巧言令色, 能小行而篤, 難於仁矣. 嗜酤酒, 好謳歌巷遊, 而鄉居者乎. 吾無望焉耳.

```
        49
```

객기
客氣

사람들이 명예와 절조를 좋아하고, 문장을 좋아하며, 유협을 좋아
하는 것은 술을 좋아하는 것과 같다. 그러나 호기 부리기 쉬우니,
덕성으로 호기를 삭여야 한다.

人之嗜名節, 嗜文章, 嗜游俠, 如嗜酒, 然易動客氣, 當以德性消之.[1]

　명예, 명문장 그리고 유협을 좋아하는 것은 사람들이 즐겨 추구하
는 바인데, 이러한 것들은 술 때문에 본심과 다른 호기가 일어나는 것
과 마찬가지라는 말을 하고 있습니다. '객기(客氣)'란 진심에서 나온
것이 아니라 거짓으로 언행을 행하는 것을 말합니다. 이러한 의미로
사용된 것은 『좌전』에서 가장 빠르게 나타납니다. 정공(定公) 8년에
"공이 제나라를 침공했다. 늠구의 외성을 공격하자 늠구의 사람들이

---

1 『醉古堂劍掃』卷1에도 그대로 수록되어 있습니다.

[전차에] 불을 질렀다. 말 옷을 적셔 불을 끄며 외성은 무너뜨렸다. 늠
구 사람들이 성 밖으로 [싸우러] 나오자, 노나라 군대는 달아났다. 양
호는 염맹을 못 본체하며 '염맹이 이곳에 있다면 반드시 물리칠 것이
다.'라고 하자, [이 말을 들은] 염맹은 늠구 사람들을 추격했다. 그리고
뒤돌아보고 따라오는 사람이 없자 거짓으로 쓰러졌다. 그러자 양호
가 '모두가 객기로다.'라고 말했다."²고 하였습니다. 여기의 '객기'는
참된 용기의 반대의미, 진심에서 나오지 않은 기운이란 의미로 사용
된 것을 확인할 수 있습니다.

『채근담』에 "우쭐하고 오만한 것은 객기가 아님이 없다. 객기를 눌
러 이긴 뒤에야 바른 기운이 펴진다. 정욕과 의식은 다 허망한 마음
에 속하는 것이니, 이 망심을 다 소멸시킨 뒤에야 참된 마음이 드러난
다."³고 하였습니다. '망심'과 '진심'은 『능가경(楞伽經)』에 따르면 바
닷물과 파도에 비유됩니다. 바닷물을 항구 불변이나 파도는 무시로
변화합니다. 이처럼 중생의 마음도 파도처럼 수시로 변화하므로 망
심이라 하고, 금강처럼 불변하는 마음이 바로 진심으로 불심을 말합
니다. 이 문장을 더 자세히 들여다보면, '객기'에 상대되는 말은 '정기'
이고, '망심'에 대응하는 말은 '진심'입니다. 다시 객기는 망심이요, 정

---

2 『左傳』, 定公 8年: 公侵齊, 攻廩丘之郛, 主人焚衝, 或濡馬褐以救之, 遂毁之. 主
  人出, 師奔. 陽虎僞不見冉猛者, 曰, 猛在此必敗, 猛逐之, 顧而無繼, 僞顚. 虎曰,
  盡客氣也.
3 『菜根譚』: 矜高倨傲, 無非客氣. 降伏得客氣下而後正氣伸. 情欲意識, 盡屬妄心, 消
  殺得妄心盡而後眞心現.

기는 진심임을 말하고 있는 것이지요. 술이 깨어난 뒤에 제정신으로 돌아오는 것처럼, 우쭐댐이나 정욕, 더 구체적으로는 명예, 문장, 유협 등은 자신의 참된 마음에서 비롯된 것이 아니라는 것입니다. 그런데도 이러한 객기의 현상들은 우리의 삶 속에서 욕망과 어우러져 끊임없이 우리를 부추깁니다. 그러므로 이 객기를 제어해야 하고 극복하는 유일한 방법은 덕을 쌓아 그 힘으로 제압하는 수밖에 없다는 것입니다.

50

극과
극이
마주치지
않게

어떤 삼베옷, 흰 무명옷을 입은 사람들이 길에서 길상의 기쁜 일을 만나게 될 것 같으면, 서로 끌어당겨 그것을 피하여 서로 마주치게 하지 말라. 그 일은 비록 작아도 그 마음은 두텁다.

有穿麻服白衣者, 道遇吉祥善事, 相與牽而避之, 勿使相值. 其事雖小, 其心則厚.

'길상선사(吉祥善事)'란 『사기』「채택열전」에 따르면, 부귀영달하고 일체의 사물을 조절하여 그것들의 잘 안배하며, 장수하여 요절하지 않게 하고, 천하가 이러한 전통을 이어가고 명성과 실제가 완전히 일치하는 것이라고 했으니 더할 나위 없이 완벽하게 좋은 일을 말합니다. 한편 '삼베옷, 흰 무명옷을 입은 사람'은 상을 당해 상복을 입은 사람을 말합니다. 세상에서 부모·형제를 잃은 슬픔이 가장 크고 불행한 일입니다. 이 문장은 결국, 가장 불행한 사람과 가장 행복한 사람이 만나는 것을 말합니다. 무엇이든 뚫어야 하는 창과 무엇이든 막아야 하는 방패로 극과 극이 대치되는 상황이 되는 것이지요. 이 양자에게는 어떠한 양보와 이해도 개입할 수 없습니다. 그러므로 서로 맞닥뜨리지 않도록, 서로 피할 수 있도록 도와주는 선의를 베풀라는 말입니다.

물론 자연의 이치로 보면 삶과 죽음이야 동일 선상에 있지만, 감정과 이성을 가진 사람들이 모여 사는 사회에서 죽음은 가장 큰 일이므로, 상갓집에서 웃을 수 없고, 잔칫집에서 울 수는 없습니다. 그러므로 이러한 극단의 경우에 처했을 경우 서로 피하는 것이 상책이고, 또한 양단이 만나지 않도록 돕는 것이 훌륭한 배려가 된다는 것입니다. 누구나 감정이 극에 달해 이성이 통제할 수 없는 경우에 처할 수 있습니다. 그러므로 소나기는 피해가라는 말이 있습니다. 그것은 단순한 회피가 아니라 타자에 대한 배려이기도 합니다.

마지막 두 문장을 보면, 재미있는 은유가 숨어 있습니다. 그 일은 작지만, 그 마음은 두텁고 크다는 말인데, 작다고 작은 것이 아니며, 크다고 결코 큰 것이 아닌 진리를 말하고 있습니다. 진리는 가장 가까운 곳에 있으며 그것은 전혀 어렵지 않다는 것을 말이죠. 진정성은 그 평범함과 단순함으로 보장될 것입니다. 따라서 양단이 만나지 않도록 돕는 것, 그 쉬운 일이 인간사에 가장 중요한 지혜가 되는 것입니다. 지혜는 한쪽에 고착되지 않고 서로 소통할 줄 아는 것이라고 했던가요?

51

공부

들쥐가 변하여 메추라기가 되고, 참새가 바다로 들어가 대합조개로 변하며, 벌레와 물고기들도 변하거늘 사람이 늙어감에 어찌 변하지 않겠는가? 그러므로 열심히 공부하는 것도 달마다 다르고 해마다 같지 않으며, 때마다 다르고 날마다 같지 않다.

田鼠化爲駕, 雀入大海化爲蛤, 蟲魚且有變化, 而人至老不變何哉. 故善用功者, 月異而歲不同, 時異而日不同.

옛사람들의 재미있는 자연관찰을 엿볼 수 있습니다. 『예기』에 "(봄의 세 번째 달에) 오동나무가 비로소 꽃을 피우고, 들쥐가 변하여 메추라기가 된다."[1]고 하였습니다. 외형이 쥐와 비슷한 색상을 띠며, 주로 종종걸음으로 걸어 다니는 경우가 많으므로 이러한 착각을 한 것일까

---

1 『禮記』「月令」: 桐始華, 田鼠化爲駕.

요? 또한 (가을 세 번째 달에) "기러기들이 날아들고 참새는 바다로 들어가 대합조개가 된다."[2]고 하였습니다. 또한 『국어』에도 "참새는 바다로 들어가 대합조개가 되고, 꿩은 회수(淮水)로 들어가 무명조개가 된다."[3]고 하였습니다. 참새고기의 맛이 대합조개의 맛이란 말일까요, 아니면 참새가 사라질 때 대합조개가 번식한다는 말일까요? 어쨌든 "조개는 봄, 낙지는 가을"이란 말이 있습니다. 어떻게 이러한 관찰이 나오게 되었는지 도무지 알 수 없습니다.

이처럼 자연의 미물들도 변화가 있는데, 어찌 사람에게 변화가 없을 수 있느냐고 반문하는 것이 진계유의 의도입니다. 변하지 않는 것이 무엇이 있을까요? 매사 때를 놓치면 어그러지기 마련입니다. 특히 공부는 시간이 흐르면서 그 이해의 폭은 넓어질지 모르지만, 모든 면에서 더욱 힘들어지는 것은 사실입니다. 그런데도 배움은 삶의 각축장에서 '다음에', '그 다음에'라고 하면서 밀려나기에 십상입니다. 그 배움이 삶의 전부임을 모르고 오로지 돈벌이에 매달리다 보면 정작 책을 읽을 시간이 되면 이미 늦어버린다는 말입니다. 풍부한 경험을 바탕으로, 그토록 딱딱하고 펴면 잠이 왔던 그 책의 한 마디 한 구절이 비수처럼 가슴에 파고들어도, 방해할 잔가지들이 너무 많아졌을 뿐만 아니라 몸의 기관들이 그러한 집중을 허락하지 않는 것이지요.

---

2 『禮記』「月令」: 鴻雁來賓, 爵入大水爲蛤.
3 『國語』「晉語」: 雀入于海爲蛤, 雉入于淮爲蜃.

이러한 때늦은 후회에 대해 주희는 다음과 같이 경종을 울립니다 "오늘 배우지 않아도, 내일이 있다고 말하지 말라! 올해 배우지 않아도, 내년이 있다고 말하지 말라! 세월은 흘러가기만 할 뿐, 세월은 나를 기다리지 않는다. 늙었구나! 탄식하지만, 그것이 누구의 잘못이던고."[4]

---

4 朱熹,「勸學文」: 勿謂今日不學, 而有來日, 勿謂今年不學, 而有來年. 日月逝矣, 歲不我延. 嗚呼老矣. 是誰之愆.

52

응보

부녀들이 거처하는 곳을 즐겨 말하고, 음란한 것을 즐겨 말하는 자는 반드시 귀신에게 노여움을 사니 기이한 재앙 아니면 기이한 궁함이 있다.

好譚閨門, 及好談亂者, 必爲鬼神所怒, 非有奇禍則有奇窮.

여기에서 '규문(閨門)'이란 부녀자들이 거처하는 곳을 말합니다. 고대사회에는 남녀의 일이 명확하게 구분되어 있었습니다. 『대대례기』에 "여(女)는 시키는 대로 따름이요, 자(子)는 자손을 불림이다. 여자란 남자의 가르침을 따라 의리를 기르는 사람이다. 그러므로 부인(婦人)이라 한다. 부인은 다른 사람에 복종함이다. 그러므로 혼자 일을 처리할 명분이 없고 따라야 하는 세 가지 도리가 있다. 집에서는 아버지를 따르고, 시집가서는 남편을 따르고, 남편이 죽으면 아들을 따르니 감히 혼자서 이루어낼 것이 없다. 명령은 규방 문을 넘지 못하고,

일은 음식을 대접하는 것에 있을 뿐이니, 여자는 종일 규방 문 안에 있고, 백 리의 상에 가지도 못하며, 일에 자기 마음대로 할 것이 없고, 행동에는 스스로 이루는 도가 없다. 확실하게 안 뒤에 행동하고, 해본 뒤에 말하며……."[1]라고 규정하고 있습니다. 말하자면 규문 내의 일이 밖으로 나오지 않아야 하듯이, 바깥일이 규문 안으로 들어가서도 안 되는 것을 말하는 것이기도 합니다. 단순하게도 이렇게 철저히 구분해 놓고, 질서를 설정해 두면 혼란이 없을 것으로 생각했던 모양입니다. 그런데 이러한 말이 끊임없이 격언집이나, 교과서에 등장한다는 것은 남자들이 바라는 대로 되지 않았다는 말입니다. 이러한 분리주의 방침은 급기야 나라의 성쇠도 여인의 탓으로 돌리는 지경에 이르게 됩니다.

『한서』에 따르면, 곡영(谷永, 기원전 8년 죽음)은 기원전 30년 성제(成帝)에게 올리는 상소문에서 "부부의 관계, 국사의 법도와 질서, 안위의 기틀은 성왕들이 조심했던 항목이었다. 옛날 순임금은 두 여인을 바르게 단속하여 지고한 덕으로 존중받았고, 초나라 장왕은 단희와 절연하여 패업을 이루었다. (그러나) 유왕은 포사에게 홀려 주나라의 덕이 쇠망하였고, 노나라 환공은 제나라 여인에 위협받아 사직이 기울어졌다."[2]라고 하면서 규문을 잘 다스려 천하가 혼란스러워진 경우

---

1 『大戴禮記』「本命」: 女者, 如也. 子者, 孳也. 女子者, 言如男子之教而長其義理者也. 故謂之婦人. 婦人, 伏於人也. 是故無專制之義, 有三從之道. 在家從父, 適人從夫, 夫死從子, 無所敢自遂也. 教令不出閨門, 事在饋食之間而正矣, 是故女及日乎閨門之內, 不百里而奔喪, 事無擅爲, 行無獨成之道. 參知而後動, 可驗而後言,…….

는 일찍이 없었다고 단언하고 있습니다. 이는 거꾸로 생각해 보면 얼마나 남자들이 바깥일을 제대로 못 했으면 여인의 농간에 나라가 망하게 되었느냐는 말도 됩니다.

『공자가어』에 "음란함은 남녀의 구분이 없는 데서 생겨난다. 남녀의 구분이 없으면 부부가 명분을 잃는다. 혼례와 빙향례는 남녀를 구분하고 부부의 의리를 밝힌 것이다. 그러므로 남녀는 이미 구분되었고 부부는 분명해졌으므로 음란의 감옥은 있어도 형벌을 받은 백성은 없었다."[3]고 하면서, 음란이란 남녀의 구분이 없는 것을 말한다고 규정하고 있습니다. 주희는 '난(亂)'에 대하여 "패역(悖逆), 쟁투(爭鬪)의 일을 일삼는 것"이라고 정의한 바 있습니다. 사실 패역과 쟁투의 역사 속에서 여인이 빠진 경우가 있을까요? 당연히 없었지요. 남자들이 자신들의 패인을 자인하기를 회피하며 모든 권력을 쥐고, 자신들이 힘으로 쥐락펴락할 수 있는 여인들에게 그 잘못된 탓을 돌린 것은 아닐까요?

명말 여곤(呂坤, 1536~1618)이 어린이를 위한 격언집인 『속소아어(續小兒語)』에도, "네 집안만 신경 쓸 일이지 다른 집의 아녀자들을 말하

---

2 『漢書』「谷永傳」: 夫妻之際, 王事綱紀, 安危之機, 聖王所致慎也. 昔舜飭正二女, 以崇至德. 楚莊忍絶丹姬, 以成伯功. 幽王惑於褒姒, 周德降亡. 魯桓脅於齊女, 社稷以傾.

3 『孔子家語』「五刑解」: 淫亂者生於男女無別. 男女無別, 則夫婦失義. 婚姻聘享者, 所以別男女明夫婦之義也. 男女既別, 夫婦既明, 故雖有淫亂之獄, 而無陷刑之民.

지 말라. 천리를 해치는 제일은 부녀들이 사는 곳의 시비를 즐겨 말하는 것이다."[4]라고 하였습니다. 급기야 부녀자의 일에 관여하고 시비를 즐겨 입에 올리는 일을 천리를 해치는 일로 규정하여 어린아이들에게 교육하고 있는 모습을 볼 수 있습니다. 여기의 문제는 아녀자들에 한정하여 규제하고 있다는 점이지만, 사실 남의 사생활에 대한 무분별한 침해는 남녀를 구분하여 따질 문제는 아닐 것입니다.

---

4 呂坤, 『續小兒語』: 只管你家門戶, 休說別個女妻. 第一傷天害理, 好講閨門是非.

53

감춤과
드러남

세상을 구제할 재능이 있는 사람은 스스로 (그 재능을) 거두고 감추
어야 한다. 명성이 한번 알려지게 되면, 불행히도 난신적자들이 겁
내는 바가 되거나 불행히도 권력을 쥔 간신배나 아첨하는 신하들
이 밀쳐내는 대상이 되어, 명예는 손상되어 버리고 일의 기미가 억
눌리게 된다. 그러므로 『역경』에 "허물도 없고 명예도 없다"는 것
과 장주의 "재주가 있고 없고"라는 것은 정말로 명명백백히 화를
피하는 방법이다.

有濟世才者, 自宜韜斂. 若聲名一出, 不幸而爲亂臣賊子所劫, 或不幸而爲權
奸佞倖所推, 既損名譽, 復製事幾. 所以易之無咎無譽, 莊生之才與不才, 眞
明哲之三窟也.

어릴 적부터 천재라는 소리를 들으며 자란 사람 중에 지금도 천재
인 사람이 얼마나 될까요? 많다면 그 세상 사람들 모두 천재일 것입

니다. 영재란 탁월한 재주를 가진 사람을 일컫는 말입니다. 우리 사회에는 탁월한 재주를 가진 사람들이 얼마나 많기에 '영재'라는 말이 들어간 교육과정이 식상할 정도로 많은 것일까요? 어린 시절 '천재다', '영재다' 하는 소리를 듣지 않은 사람들이 있을까요? 보통 사람이 어떻게 탁월한 재주를 가진 사람을 선별해낼 수 있을까요?

이 격언의 대의는 세상을 구제할 재능을 갖춘 사람은 "도(韜, 감추다)"하고 "렴(斂, 거두다)"해야 뜻을 이룰 수 있다고 하는 말로, 당연히 그 재능을 드러내지 말고 감추고 거두어들여야 한다는 경계의 말입니다. 따라서 자신의 재능을 미리부터 드러내게 되면 뜻을 이루기도 전에 난신적자(亂臣賊子)나 권력에 아첨하는 사람들의 견제 대상이 되어 좌절될 것임을 경고하고 있는 것이지요.

'난신(亂臣)'이란 나라를 어지럽히는 신하를 말하고, '적자(賊子)'란 글자 그대로 해를 끼치는 사람, 즉 불충한 자를 말합니다. '난신적자'란 표현은 맹자가 "공자께서 『춘추』를 완성하자 난신과 적자가 두려워하였다."[1]고 한 말에서 나온 것으로, 성어처럼 나라를 어지럽히는 불충한 무리를 통칭하는 말로 사용합니다.

『사기』에는 주나라로 간 공자가 노자에게 예에 관해 물어보는 일화가 기록되어 있습니다. 노자는 공자에게 당신의 교만함과 욕심을

---

1 『孟子』「滕文公下」: 孔子成春秋, 而亂臣賊子懼.

버리라고 말하면서, "훌륭한 장사꾼은 물건을 숨겨 없는 듯이 하고, 군자는 덕이 성한 모습을 하고도 어리석은 듯이 한다."[2]는 옛말을 인용하여 공자 일행에게 일러줍니다. 역시 드러내려는 마음을 경계하는 말입니다. 주머니 속의 송곳은 튀어나오기 마련이니 일부러 튀어나오게 할 필요는 없다는 것이지요.

『주역』「곤괘」에 "육사는 주머니에 싸면 허물도 없고 명예도 없다."[3]고 하였습니다. 「상전(象傳)」에서는 이를 풀이하여 "주머니에 싸면 허물고 없고 명예도 없다는 것은 삼가면 해가 없다는 것이다."[4]라고 하였습니다. 여기에서 주머니에 싼다는 의미는 안에 든 것을 내보이지 않는다는 말로 바꾸어 생각할 수 있습니다. 속을 드러내면 그만큼 위험이 커지기 마련이니까요.

또한, 원문에서 "재목이 되고 못 되고(才與不才)"는 바로 『장자』에 나오는 이야기를 환기하고 있습니다. 목공 석(石)이 제나라로 가는 길에 사람들이 탐내는 엄청나게 큰 나무를 보고 그냥 지나친다. 언제나 도끼를 들고 따르던 제자가 그냥 지나치는 이유를 묻습니다. 그러자 석(石)은 "쓸모없는 나무이다. (그 나무로) 배를 만들면 가라앉고, 관을 짜면 바로 썩으며, 그릇을 만들면 곧 망가지고, 문을 만들면 진이 흐를 것이고, 기둥을 만들면 좀이 생길 것이니, 바로 재목이 못되는 나

---

2 『史記』「老子韓非列傳」: 良賈深藏若虛, 君子盛德容貌若愚.

3 『周易』「坤卦」: 括囊. 无咎, 无譽.

4 『周易』「象傳」: 括囊无咎, 慎不害也.

무이다. 쓰일 곳이 없었으니 이처럼 장수할 수 있었으리라."[5]고 하였습니다. 장자의 해석대로라면 보통 사람이 좋은 재목이라고 평가하는 나무는 결코 좋은 재목이 아니라는 역설적인 말입니다. 결국, 겉은 크고 멋있지만, 재목으로서는 쓰임이 없다는 말인데, 왜 그럴까요? 바로 자신의 장점을 겉으로 너무 드러냈기 때문일 것입니다. 다시 말하자면 그 큰 나무는 크게 자라 큰 그늘을 드리우는 능력 때문에 장인의 눈에 재목으로 인정받지 못했던 것입니다. 이치가 이와 같으니 어찌 큰 뜻을 둔 사람이 이를 경계하지 않을 수 있겠습니까? 토끼도 화를 피하려고 굴 세 곳을 파놓는다는 말이 있습니다. 따라서 세상을 구제할 큰 뜻을 품은 사람이 화를 피하는 방법은 단순하게도 드러남을 감추고 행위들을 거두어들이는 것임을 환기하는 격언이라 생각합니다.

---

5 『莊子』「人間世」: 散木也. 以爲舟則沈, 以爲棺槨則速腐, 以爲器則速毁, 以爲門戶則液樠, 以爲柱則蠹. 是不材之木也. 無所可用, 故能若是之壽.

54

정을
다함

사람의 정을 다하지 않고 어찌 평소에 살 수 있을까? 환난을 만났을
때 사람은 구원을 바라는 것이니, 또한 이 말을 늘 음미해야 한다.

不盡人之情, 豈特平居時. 卽患難時, 人求救援, 亦當常味此言.

　여기서 말하는 '사람의 정(人之情)'은 바로 사람의 마음 즉 인심입니
다. 더 줄이면 '마음'이지요. 곧 "타고난 본성을 다한다(盡心)"는 뜻입
니다. 물에 빠진 사람은 살려 달라는 도움을 청할 수밖에 없고, 이를
본 사람은 구제할 측은한 마음을 본성적으로 가지고 있다는 것이 맹
자의 사고입니다. 이처럼 사람이 어려움에 부닥치면 구원의 손길을
바라기 마련인 것처럼 그러한 사람의 본성을 다하지 않고는 세상을
살아갈 수 없을뿐더러, 측은한 마음을 가지지 않는다면 사람이 아니
라는 말입니다. 이러한 본래의 마음을 잘 지키며 살아야 하는 이유를
맹자는 「고자상」에서 우산(牛山)의 나무에 비유하여 설명합니다.

무성했던 우산의 나무들이 무성하게 자라고 있었지만 큰 도시에 인접한 까닭에 매일 도끼질을 당하고 가축을 방목함에 따라 민둥산으로 변하게 되었습니다. 그런데도 사람들은 우산이 원래 민둥산이었다고 생각하는 지경에 이르게 되었다는 것입니다. 우산에 나무가 무성했던 것처럼 사람에게 어떻게 인의(仁義)의 마음이 없겠는가 하고 맹자는 자신의 논의를 이렇게 펼칩니다.

"양심을 잃어버리는 것 또한 나무에 도끼질하듯이 매일 그 양심을 베어내는데 아름다워질 수 있겠는가? 주야로 자라나서 새벽 기운엔 좋아하고 싫어하는 마음이 다른 사람과 다른 바 없겠지만 낮에 행한 것이 (그 마음을) 가두고 없애버린다. 이렇게 가두고 없애버림이 반복되면 밤에 길러지는 기운이 족히 남지 못하게 되고, 밤에 길러지는 기운이 족히 남지 않으면, 짐승들과 멀지 않게 된다. 사람들은 그의 짐승 같음을 보고 일찍이 자질을 가진 적이 없었다고 생각하니, 이것이 어찌 사람의 마음(본성)이겠는가? 그러므로 잘 양육하면 자라지 않는 사물이 없고, 잘 길러내지 않으면 소멸하지 않는 사물이 없다. 공자께서 '잡으면 보존되고 놓으면 잃어버리며, 나가고 들어옴에 정해진 시간이 없고 그 향하는 바를 알 수 없다.'고 하신 것은 마음을 지칭하여서 하신 말이다."[1]라고 하였습니다.

---

1 『孟子』「告子上」: 其所以放其良心者, 亦猶斧斤之於木也, 旦旦而伐之, 可以爲美乎. 其日夜之所息, 平旦之氣, 其好惡與人相近也者幾希, 則其旦晝之所爲, 有梏亡之矣. 梏之反覆, 則其夜氣不足以存, 夜氣不足以存, 則其違禽獸不遠矣. 人見其禽獸也, 而以爲未嘗有才焉者, 是豈人之情也哉. 故苟得其養, 無物不長, 苟失其養, 無物不消. 孔子曰, 操則存, 舍則亡, 出入無時, 莫知其鄕. 惟心之謂與.

55

말과
복

속된 말은 시장 사람에 가깝고, 연약한 말은 창기에 가까우며, 우
스갯소리는 배우에 가까우니, 사군자가 여기에 하나라도 상관되
면 위엄을 훼손할 뿐만 아니라, 복을 맞이하기 어려워진다.

俗語近于市, 纖語近于娼, 諢語近于優, 士君子一涉此, 不獨損威, 亦難迓福.

'속어(俗語)'란 표현은 『사기』「골계열전」에서 처음으로 사용되었
는데, "민간에서 유전되는 말"이란 뜻이었으나 점차 광범위하게 민
간에 유행한 정형화된 어구를 지칭하는 것으로 되었습니다. '섬어(纖
語)'란 보기 드문 글자의 조합입니다. 글자 그대로 섬약한 말이겠지만
그것이 어떤 말인가 따져 묻는다면 어려워집니다. 섬인(纖人)이라는
조어가 있는데, 이 말은 약한 사람이거나 품격이 낮은 사람, 즉 소인
을 지칭하기도 합니다. 그러므로 여기에서도 대장부답지 않은 연약
한 말을 뜻하는 것으로 보입니다. '원어(諢語)'란 익살스럽고 웃기는

말을 뜻합니다. 종합하면 사군자는 민간에 유행하는 말, 대장부답지 않게 연약한 말, 우스갯소리를 하지 말라는 것이고, 바꾸어 말하자면 사군자라면, 저잣거리의 사람들, 창기(娼妓)들, 배우(俳優)들을 가까이 하는 것을 되도록 삼가는 것이 좋다는 말이기도 합니다.

오늘날에 비추어 보면, 참 고지식한 말이라고 비난받아 마땅합니다. 그러나 문장을 자세히 들여다보면, '사군자'로 한정하고 있습니다. 사군자란 고대 통치계급을 지칭하거나 학식 있고 인품과 덕이 높은 사람 또는 독서인(讀書人: 공부하는 사람)을 지칭했습니다. 그러므로 위의 글에서 의미하는 '사군자'는 학자로 보는 것이 적절할 것으로 보입니다. 배우는 사람들은 외부의 자극에 흔들리기 쉬우므로 시장 사람들, 창기나 배우들의 말들을 일삼다 보면 배우는 사람이 품은 일념의 뜻이 흐트러져 성실한 독서를 이어갈 수 없기 때문일 것입니다. 그뿐만 아니라 사군자로서의 품위가 떨어짐으로써 덕이 엷어지니 박복해지는 것은 당연한 귀결이 될 것입니다. 공자는 "군자가 무겁지 않으면 위엄이 없고, 배워도 견실하지 않다."[1]고 하였습니다. 종합해 보면, 사군자가 민간에 유행하는 말, 연약한 말, 우스갯소리를 일삼으면 중후하지 않게 되고, 그렇게 되면 위엄이 없어지니, 배움의 길을 가는 군자가 배움을 행하더라도 견고하지 못할 것이라는 말이라고 생각합니다.

---

1 『論語』「學而」: 君子不重則不威, 學則不固.

한편 이 말은 신흠(申欽, 1566~1628)의 『상촌집』에도 실려 있는데, "속된 말은 시장사람들에 가깝고, 아양 떠는 말은 창기에 가까우며, 우스갯소리는 배우에 가까우니, 사군자가 여기에 하나라도 상관되면 위중함을 잃는다."[2]고 하였습니다.

---

2 『象村集』, 卷48, 「野言」: 俗語近于市, 纖語近于娼, 諢語近于優, 士夫一涉乎此, 損威重.

56

취미
趣味

사람의 교우는 마음이 가는 것[趣]과 마음에 느끼는 멋[味], 이 두 글자에서 나오지 않는다. 취(趣)가 우세한 자가 있고, 미(味)가 우세한 자가 있으며, 취와 미가 모두 없는 자가 있고, 취와 미를 모두 갖춘 사람이 있다. 그러나 미에 넉넉할지라도 오히려 취에 넉넉하지 말라.

人之交友, 不出趣味兩字. 有以趣勝者. 有以味勝者. 有趣味俱乏者. 有趣味俱全者. 然寧饒於味, 而無寧饒於趣.[1]

'취(趣)'란 마음이 가는바, 즉 지향(志向), 흥취(興趣)를 뜻하는데, 마음이 수시로 들랑거려 쉽게 생겨나지만 쉽게 사라져 버리기도 합니

---

1 『醉古堂劍掃』卷5: 人之交友, 不出趣味兩字, 有以趣勝者, 有以味勝者. 然寧饒於味, 而無寧饒於趣.

다. 취(趣)가 이처럼 즉흥성을 띠는 반면, '미(味)'는 느껴지는 맛이란 뜻이지만 취지나 목적을 가리키기도 합니다. 다시 말해서 미(味)는 어떠한 일에 있어서 느껴지는 깊은 맛을 말하므로 지속성을 띤다는 것이지요.

청나라 저명한 시인이자 문장가로 성령(性靈)을 중심으로 시단을 이끌었던 원매(袁枚, 1716~1797)가 "사람에게 풍취가 없으면 벼슬은 더욱 고귀해진다."고 먼저 말을 꺼내자, 친구들이 순간 대꾸하지 못하고 있다가 친구인 주청원(周清原)이 대응하여 "책상에 금과 책이 있으면 집은 분명 가난하다."고 하였고, 다른 친구인 오원례(吳元禮)는 "꽃이 너무 교태롭고 붉으면, 자식은 드물 것이다."²라고 했다고 합니다. 여기 원매가 말하고 있는 풍취는 무시로 들랑거리는 일시적인 재미 있는 행위를 말합니다.

돌려 생각해 보면 무료함을 달래주고 악기와 책이 있는데 누가 나가서 돈을 벌려 하겠습니까? 그러니 집은 가난해지기 마련인 것입니다. 다시 돌려보면 춘정(여자를 탐하는 마음)이 짙으면 자식이 귀해지는 것은 당연지사입니다. 이처럼 일시적인 취(趣)보다는 차라리 미(味)가 넉넉한 것이 좋다는 말입니다. "악(樂)은 즐기는 것이다." 즐김의 대상이 한정적인 것은 쉬 물리기 마련일 테니까요.

---

2 袁枚, 『隨園詩話』卷14: 餘有句云, 人無風趣官多貴. 一時不得對, 周青原對, 案有琴書家必貧. 吳元禮對, 花太嬌紅子必稀.

전원시인 도연명(陶淵明, 365~427)은 "음률은 알지 못했어도 줄이 없는 금(琴) 하나를 두었다가, 술에 취하면 곧장 그것을 어루만지며 마음을 기탁했다."[3]고 합니다. 이 '무현금'의 뜻을 가장 잘 푼 것이 백거이(白居易)의 「금」이란 시일 것입니다. 이들은 한정되지 않은 소리, 즉 여음(餘音), 이 격언에서 말하는 미(味)를 즐기고 있는 것이지요.

굽진 책상에 금을 올려놓고,	置琴曲几上,
편하게 앉았어도 마음을 담았네.	慵坐但含情.
번거롭게 탈 것까지야 있나	何煩故揮弄,
바람 불면 절로 소리 날 것을	風弦自有聲.

---

3 蕭統, 「陶淵明傳」: 淵明不解音律, 而蓄無弦琴一張, 每酒適, 輒撫弄以寄其意.

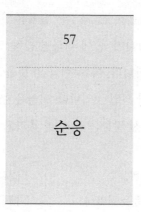

57

순응

천하에 오로지 오륜의 도덕을 시행했음에도 상응하는 결과가 없
으면, 저 사람들은 거꾸로 보태지만 나는 그대로 받아들인다. 이러
한 병증이 있으면 본디 이러한 약이 있으니 서로 잴 필요는 없다.

天下惟五倫施而不報, 彼以逆加, 吾以順受, 有此病自有此藥, 不必校量.

『맹자』, 「등문공상」에 보면 맹자와 허행(許行)의 문하생 진상(陳相)
과의 대화를 기록하고 있습니다. 진상은 스승 허행의 말에 따라 어진
사람은 손수 모든 것을 자급자족해야 한다는 완벽주의를 들고 위정
자들의 행위를 비판하고 나섭니다. 이에 대해 맹자는 각자의 맡은 바
의 직분에 따라 사는 분업의 원칙을 주장하여 대응합니다. 맹자는 은
나라의 조상인 설(契)의 예를 들어 "아버지와 아들 사이에는 사랑이
있게 하고 임금과 신하 사이에는 의리가 있게 하고, 남편과 아내 사이
에는 분별이 있게 하고, 어른과 아이 사이에는 순서가 있게 하고 친구

사이에는 믿음이 있게 하였습니다."[1]라고 했습니다. 다시 말하면 이렇게 중대한 일들이 이루어지게 하는데 어찌 직접 농사지을 시간이 있겠냐는 것이 맹자의 논리적 근거입니다. 여기에서 말하는 다섯 가지의 인륜 도덕이 바로 '오륜'이라는 것입니다.

『사기』에 "다섯 가르침을 사방에 선포하게 하였는데, 바로 아비는 의롭고, 어미는 자애로우며, 형은 우애롭고 동생은 공경하며 자식은 효성스러워야 한다는 것이다. 이것이 안이 평안하면 밖이 이루어진다는 말이다."[2]라고 하였습니다. 보는 바와 같이 부부와 붕우의 도덕이 빠지면서, 오륜은 약간 변화된 것을 볼 수 있습니다. 이는 시대적 추이에 따라 자연스럽게 변해가는 것이지만 기본적인 틀은 변함이 없음을 보여 주는 것입니다. 그러므로 "나는 그대로 순응한다."고 말하는 것입니다.

오륜처럼 근본적이면서 훌륭한 도덕임에도 불구하고 병증(부작용)이 생겨나기 마련입니다. 단순했던 법이 너무나도 세밀하고 복잡하게 보태어졌지만 좋은 사회는커녕 자유만 손상하는 결과를 초래했음을 우리는 알고 있습니다. "이 병이 있으면 그에 해당하는 약이 있다."는 말은 이러한 이치를 잘 설명하고 있습니다. 이 오륜에다 보탤 것이 무엇이 있겠는가? 보태보아야 그것은 또 다른 보탬을 예고할 뿐이므

---

1 『孟子』,「滕文公上」: 父子有親, 君臣有義, 夫婦有別, 長幼有序, 朋友有信.
2 『史記』「五帝本紀」: 使布五教於四方, 父義, 母慈, 兄友, 弟恭, 子孝. 內平外成.

로, 차라리 자연섭리의 추이에 맡겨두는 것만 못하다는 것이 진계유의 생각입니다. 아무리 좋은 약이라도 모든 시대에 적용되는 것은 아닙니다. 그것이 절대적 기준이 되지 못하므로 비교하여 따지는 것은 어리석은 행위가 아닐는지요.

맹자는 「진심상」에서 이렇게 말합니다. "운명이 아님이 없으므로 그 바른 명(命)을 순전히 받아들여야 한다. 이러한 까닭에 천명을 아는 자는 위험한 담장 아래 서지 않는다. 도를 다하고 죽는 것은 바른 운명이요, 죄를 지어 죽는 것은 바른 운명이 아니다."[3]

---

3 『孟子』「盡心上」: 莫非命也, 順受其正. 是故知命者, 不立乎巖牆之下. 盡其道而死者, 正命也. 桎梏死者, 非正命也.

58

자성
自省

나종언이 이르기를 "아들이 아비를 죽이고, 신하가 임금을 시해하는 것은 단지 임금과 아비에게 옳지 않음을 보았을 때일 뿐이다."라고 하였다. 만약 사람이 한번 옳지 않음을 맛보았다면 형제, 친구, 처자 그리고 어린 종, 개와 닭에 이르기까지 곳곳에 증오할 만한 것이고, 종일토록 노여움의 구덩이에 빠져 있으니 어떻게 땅 위로 머리를 내밀 수 있겠는가? 그러므로 "매사 스스로 반성하는 것이 진정한 한 첩의 청량산이다."라고 한다.

羅仲素云, 子弑父, 臣弑君, 只是見君父有不是處耳. 若一味見人不是, 則兄弟朋友妻子, 以及于童僕雞犬, 到處可憎, 終日落嗔火坑塹中, 如何得出頭地. 故云每事自反, 眞一帖淸涼散也.

나종언(羅從彦, 1072~1135)은 북송의 경학가로, 양시(楊時)와 정이(程頤)에게 수학하였고, 양시, 이동(李侗: 주희의 스승), 주희와 더불어 민학

사현(閩學四賢)으로 불린 학자입니다. 양시의 학문을 계승하여 이동에게 전했고 이동은 다시 주희에게 학문의 맥을 이어 주었으므로, 성리학의 완성에 중요한 위치에 있습니다. 마음을 다스리는 근본 방법으로 '정좌(靜坐)'를 주장했고, 무욕(無慾)의 중요성을 역설했다고 합니다.

아랫사람이 윗사람을 죽이거나 해치는 것을 '시해(弑害)'라고 합니다. 나종언에 따르면 아비와 임금은 그들이 옳지 않은 행동을 했을 때만 죽일 수 있다는 말입니다. 참으로 무시무시한 말임이 틀림없습니다. 아비가 자식을 죽이지 않듯이 자식도 아비를 시해하지 않습니다. 그런데 신하는 임금을 시해하지 못하지만 반대로 임금은 신하를 기분 내키는 대로 죽일 수 있습니다. 그러므로 부자와 군신의 관계는 전혀 다른 것입니다. 하나는 천륜이요 다른 하나는 강요된 천륜입니다. 진계유가 보기에도 이 점이 걸렸던 모양입니다. 인간사 모두가 마음먹기에 달렸다는 것으로 회피해 봅니다. 누군가를 밉게 보면 그의 형제, 친구, 처자, 종, 개나 닭까지도 미움의 대상이 된다는 예를 들었습니다. 그러므로 이 부정한 마음이 과연 진실한 것[誠]인지 아닌지를 반성해 보라는 말이지요. 그 돌아봄이야말로 목과 가슴을 시원하게 해주는 청량산이라는 것입니다.

맹자는 「진심상」에서 "만물이 모두 나에게 갖추어져 있다. 자신을 돌아보아 성실하다면 즐거움이 이보다 큰 것이 없다. (자신의 마음을 미루어 타인의 마음을 헤아려) 서(恕)를 힘써 행하면, 인(仁)을 구함에 이보다 가까운 것이 없다."고 하였습니다. 맹자의 "만물이 모두 나에게 갖추어져 있다."는 이 말은 모든 것이 마음에 달려 있다는 유심론이 아니 겠습니까.

  '성(誠)'이란 「중용」에서 "진실함은 저절로 이루어진 것이며, 도는 스스로 가야 하는 길이다. 진실함이란 만물의 처음과 끝이니, 진실하 지 않으면 만물이 없다."[2]고 했습니다. 그러므로 "진실함으로부터 (이 치에) 밝아지는 것을 본성의 발현이라고 하고, [이치에] 밝아짐으로부 터 진실해지는 것을 가르침의 효과라고 한다. 진실하면 밝아질 것이 고 밝아지면 진실해질 것이다."[3]라고 하는 것이 유가의 주장입니다.

---

1 『孟子』「盡心上」: 萬物皆備於我矣. 反身而誠, 樂莫大焉. 強恕而行, 求仁莫近焉.

2 『禮記』「中庸」: 誠者自成也, 而道自道也. 誠者物之終始, 不誠無物.

3 『禮記』「中庸」: 自誠明, 謂之性. 自明誠, 謂之教. 誠則明矣, 明則誠矣.

59

주고
받음

소인들은 오로지 다른 사람의 은혜만을 바라는지라, 그 은혜가 과하면 감사하게 여기지 않는다. 군자는 다른 사람에게 받은 은혜를 가벼이 여기지 않고 받으면 잊지 않는다.

小人專望人恩, 恩過不感. 君子不輕受人恩, 受則難忘.

　　공자는 "군자는 덕을 생각하고 소인은 땅을 그리워하며, 군자는 형벌을 생각하고 소인은 은혜(혜택)를 그리워한다."[1]고 하였습니다. 여기에서 동한(東漢)의 포함(包咸, 기원전 7~기원후 65)은 '혜(惠)'자를 은혜라고 설명했습니다. 즉 소인들은 재물을 좋아하기 때문에 이익이나 혜택 또는 은혜를 바란다는 말입니다. 그 베풀어지는 은혜가 많으면 당연시하며 감사하게 여기지 않는다는 말로 이어갈 수 있는 것입니다.

---

1 『論語』「里仁」: 君子懷德, 小人懷土, 君子懷刑, 小人懷惠.

남송(南宋, 960~1127)의 이창령(李昌齡)이 지은 도교의 권선 서적인 『태상감응편』에서는 이렇게 말하고 있습니다. "…… 은혜를 받고도 감사하게 여기지 않고, 원망을 품고 그치지 않으며…… 이와 같은 죄는 생명을 관장하는 신이 그 경중에 따라 살 수 있는 햇수의 산가지를 빼앗는다. 산가지가 다하면 죽고, 죽어도 남은 잘못이 있다면 재앙이 자손에게 미친다."[2]

당나라 승려 도세(道世)가 지은 일종의 불교 백과사전인 『법원주림』에는 후진(後秦) 406년 쿠마라지바(鳩摩羅什)가 한역한 『대지도론』을 인용하여, "은혜를 아는 것은 대자비를 낳는 근본이요, 좋은 업보를 여는 첫 문이니, 다른 사람들의 존경과 사랑을 받고 명예가 멀리 퍼져, 죽어도 하늘에 태어나 결국 불도(佛道)를 이루게 된다. 은혜를 모르는 자는 짐승보다 못하다."[3]고 하였습니다.

이상에서 보는 바와 같이 미공의 문장은 유불도 삼교(三敎)가 통섭되던 시기에 나온 것임을 여실히 보여 주고 있습니다. 고마움을 모르는 것, 자신이 무엇인가로부터 혜택을 받고 있다는 생각을 하지 못하는 것, 매사에 감사할 줄 모르는 것, 이로부터 교만과 오만이 움트며 불신은 쌓이고 불화가 만들어집니다. 늘 함께 하다보면 그것으

---

2 『太上感應篇』: 受恩不感, 念怨不休.……如是等罪, 司命隨其輕重, 奪其紀算, 算盡則死. 死有餘責, 乃殃及子孫.

3 『法苑珠林』卷50: 知恩者, 是大悲之本, 開善業初門, 人所愛敬, 名譽遠聞, 死則生天, 終成佛道. 不知恩人, 甚於畜生.

로부터 오는 사랑에 무뎌집니다. 사라진 뒤에야 받은 사랑을 느끼게 되지요. 있을 때 잊혔으니 없을 때도 잊혀야 하는데 그 그리움은 더 커집니다.

60

곧음과
굽음

의를 좋아하는 사람은 흔히 의로운 분노, 의로운 격정, 의로운 열사니 의로운 협객이니 한다. 적절히 맞으면 정상적인 기운으로 여기지만 너무 과하면 호기로 여긴다. 바른 기운이라면 일이 이루어지지만 호기라면 일은 어그러진다. 그러므로 "너무 큰 곧음은 굽음과 같다."고 했고, 또한 "군자는 의를 바탕으로 삼고, 예로 행동하며 겸손으로 나아간다."고 하였다.

好義者, 往往曰義憤, 曰義激, 曰義烈, 曰義俠, 得中則爲正氣, 太過則爲客氣. 正氣則事成, 客氣則事敗. 故曰大直若曲. 又曰, 君子義以爲質, 禮以行之, 遜以出之.

"군자는 합당함을 본질로 삼고, 예로써 행하며, 겸손하게 말을 내고, 신뢰로 이루니 군자로다."라고 공자는 말합니다. 여기의 '의(義)'자를 풀어 주희는 "의(義)는 합당함일 뿐이다. 의(義)에는 과감히 결단

한다는 뜻이 있지만 직접 부딪혀서는 안 된다."[2]라고 하였습니다. 이처럼 매사에 있어서 합당한 기운이 여기서 말하는 '정기(正氣)'이고, 과하게 넘치는 기운을 '객기'라고 하는 것입니다. 이러한 호기는 곧장 후회로 이어집니다.

그래서 노자는 "큰 이룸은 모자란 듯하지만, 그 쓰임은 다함이 없다. 크게 가득한 것은 텅 빈 것 같지만 그 쓰임은 끝이 없다. 큰 곧음은 굽은 듯하고, 큰 기교는 서툰 듯하며, 큰 변론은 어눌한 듯하다. 움직임은 추위를 이기고 고요함은 더위를 이기나 청정(淸淨)이 천하의 바름이다."[3]라고 설파했습니다. 모든 음이 최대한으로 표출된다고 하여 훌륭한 음악이 아니듯이, 진수성찬으로 성대하게 제수를 장만하지 않았듯이 청정함, 즉 싱겁고 고요함 그것이야말로 '합당한', 있는 그대로 충족한 조화상태입니다. 그러므로 '큰 이룸'은 모자란 듯한 것이며 '큰 곧음'은 굽은 듯한 것이 됩니다. 따라서 '큰 의리'는 객기(客氣)가 아니라 '합당한' 정기(正氣)에서 나오는 것이고 그것은 이것도 아니고 저것도 아니며 둘 다를 모두 가지고 있는 '중(中)'입니다.

앞서 본 공자의 말을 정이는 이렇게 풀어 설명합니다. "'의를 바탕으로 삼는다.'는 것은 바탕과 뼈대처럼 되는 것과 같다. 예로써 의를

---

1 『論語』「衛靈公」: 君子義以爲質, 禮以行之, 孫以出之, 信以成之, 君子哉.
2 『朱子語類』「論語27」: 義, 只是合宜. 義有剛決意思, 然不可直撞去.
3 『道德經』45: 大成若缺, 其用不弊. 大盈若沖, 其用不窮. 大直若屈, 大巧若拙, 大辯若訥. 躁勝寒靜勝熱, 淸靜爲天下正.

행하고 겸손하게 의리를 표출하고 신의로서 의리를 완성한다는 말로 이 네 마디는 한 가지 일로서 '합당함'을 근본으로 삼는 것이다."[4]따라서 진계유의 말은 매사에 의(義)를 근본으로 삼되 '합당한' 제어가 필요하다는 말일 것입니다.

---

4 『四書集註』: 義以爲質, 如質幹然. 禮行此, 孫出此, 信成此. 此四句只是一事, 以義爲本.

61

수도거성

물이 이르러야 도랑이 이루어지고, 박은 익어야 꼭지가 떨어진다.
이 여덟 글자로 한평생을 누리라.

水到渠成, 瓜熟蒂落. 此八字受用一生.

이 말은 조선 중기의 문신이자 최초의 천주교 신자였던 허균(許筠,
1569~1618)의 『성소부부고』, 권11, 『한정록』의 「명훈」에도 그대로 실
려 있습니다. 허균은 그 출처를 밝혀 『미공비급(眉公秘笈)』이라 하였
는데, 미공(眉公)은 진계유의 호입니다. 진계유가 편찬한 총서 『보안
당비급(寶顔堂秘笈)』을 말하는 것으로 보입니다. '비급'이란 말은 글자
그대로 진귀하고 비밀을 감춘 책을 말합니다. 혹 우리나라에서 진계
유의 어록을 발췌하여 선비들이 수양하는 근거로 삼은 것일 수도 있
습니다.

'수도거성'이란 말은 소식(蘇軾, 1037~1101)이 1080년 황주(黃州)로 폄적되었을 때, 소문사학사(蘇門四學士)의 한사람인 진관(秦觀, 1049~1100)에게 답하는 편지에서[答秦太虛書] "주머니 속을 헤아려 보니 그런대로 한 해 남짓은 버틸 수 있고, 때가 되면 별도로 꾸려나가면 되고 물이 이르러야 도랑이 형성되듯이 미리 걱정할 필요가 없네."[1]라고 하면서 잘 알려지게 된 것으로 보입니다.

또, 소식은 참정간의집사(參政諫議執事) 장돈(章惇, 1035~1105)에게 보내는 편지에서[與章子厚書], "몇 년 동안 걱정했는데, 마침내 굶주림과 추위의 우환이 생겼으니 조금이라도 마음 쓰지 않을 수는 없다. 그러나 속담에 말하기를 물이 이르러야 도랑이 만들어진다고 했으니 때가 되면 또한 절로 처치 방안이 있을 것인데, 어찌 그것을 미리 노심초사하겠는가."[2]라고 한 것을 보면, "물이 이르러야 도랑이 만들어진다."는 말은 속담의 형태로 전승되다가 소식의 붓에서 재탄생된 표현이라고 할 수 있습니다.

한편 북송시기 도가학자 장군방(張君房)이 편찬한 『운급칠첨』은 이렇게 말합니다. "땅을 배우고 하늘을 본받으며, 음을 지고 양을 안음은 박은 익으면 꼭지가 떨어지고 동시에 줄탁(啐啄)하는 것과 같아,

---

1 蘇軾,「答秦太虛書」: 度囊中尚可支一歲有餘, 至時, 別作經畫, 水到渠成, 不須預慮.

2 蘇軾,「與章子厚書」: 恐年載間, 遂有饑寒之憂, 不能不少念. 然俗所謂水到渠成, 至時, 亦必自有處置, 安能預爲之愁煎乎.

낳으면 아들이 되네."[3]라고 하였습니다. 결국, 여기에서의 핵심어는 '때'입니다. 만물은 영속적으로 왕복하는 운행의 움직임 속에 있습니다. 그러므로 때를 만나고 못 만나고는 처신에 있어 결정적인 역할을 합니다. 나의 뜻과 대자연의 뜻은 다를 수밖에 없습니다. 왜냐하면, 이미 '나'라고 개별화를 해버렸기 때문입니다. 따라서 내 뜻대로 되는 것은 아무것도 없다고 귀결됩니다. 나의 의지와는 아무런 상관없이 해는 뜨고 지는 것이지요. 그렇듯이 매사에는 때가 있는 것입니다. '그 때'를 감지하는 주체인 내가 자신의 뜻에 가려 '그 때'를 헤아리지 못하는 것이 아닐까요?

---

3 『雲笈七籤』卷56: 體地法天, 負陰抱陽, 喻瓜熟蔕落, 晬啄同時, 既而産生, 爲赤子焉.

62

사람을
살리는
무기

의술은 사람을 살리지만 변변치 못한 의사는 그것으로 사람을 죽인다. 병장기는 사람을 죽이지만 성현들을 그것으로 사람을 살린다.

醫以生人, 而庸工以之殺人, 兵以殺人, 而聖賢以之生人.

　사람의 생명을 다루는 의술은 그야말로 존엄한 기술입니다. 송나라 오증(吳曾)은 『능개재만록』에서 재상의 반열에 올랐던 범중엄(范仲淹, 989~1052)이 벼슬하기 전 좋은 의사가 되고 싶어 기도한 이야기를 기록하고 있습니다. 범문정공(范文正公)이 벼슬하기 전 신령님께 기도하며 재상이 될 수 있을지를 물었다. 허락지 않자 다시 기도하여 "재상이 못 된다면 좋은 의사가 되고자 합니다."라고 하였으나 역시 허락지 않았습니다. 탄식하고 있는 어느 날 "대장부가 재상이 되려 하는 것은 당연하지만 좋은 의술로 무엇을 하고자 하는가?"라고 묻자 범중엄은 옛사람이 이르기를 '사람을 잘 구하는 사람은 사람을 포기하지 않고, 사물을 잘 구하는 사람은 사물을 버리지 않는다.'고 하였소. 그리고 대장부가 뜻을 배움에 두고 신성한 군주를 만나고자 해야 그 도를 얻을 수 있소. 천하의 필부에게 그 은택이 미치지 못할 때는 자신이 구덩이에 밀어 빠지게 한 것과 같이 생각한다고 하였소. 크고 작은 백성들에게 두루 미칠 수 있는 것은 본디 재상만이 그리할 수 있소. 이왕지사 재상이 될 수 없다면 사람들을 구제하고 만물을 이롭게 하는 마음을 행할 수 있는 것은 좋은 의술만 한 것이 없소. 만약 좋은 의술을 펼 수 있다면 위로는 임금과 친속의 질병을 치료할 수 있고 아래로는 가난한 사람들의 재액을 구제할 수 있으며 가운데서는 몸을 보호하여 오래 살 수 있소. 아래에 있으면서 크고 작은 백성들에 미칠 수 있는 자이니 좋은 의사를 버리는 경우는 일찍이 없었소."[1]라고 답했다고 합니다.

　이처럼 신성하고 재상에 견줄 수 있는 직업임에도 불구하고 진실한 마음을 다하지 않는다면, 아무리 좋은 기술을 가지고 있어도 결국 사람을 죽이게 됩니다. 그 기술이 흉기와 다른 바가 없다는 말이지요. 반면에 병장기는 사람을 죽이는 도구입니다. 그런데도 그 병장기를 잘만 사용하면 사람을 살릴 수도 있다는 말이지요. 과연 그러한가

---

1 『能改齋漫錄』卷13: 不然願爲良醫……大丈夫之志於相, 理則當然, 良醫之技, 君何願焉 ……古人有云, 常善救人, 故無棄人, 常善救物, 故無棄物. 且大丈夫之於學也, 固欲遇神聖之君, 得行其道. 思天下匹夫匹婦有不被其澤者, 若已推而内之溝中. 能及小大生民者, 固惟相爲然. 既不可得矣, 夫能行救人利物之心者, 莫如良醫. 果能爲良醫也, 上以療君親之疾, 下以救貧民之厄, 中以保身長年. 在下而能及小大生民者, 捨夫良醫, 則未之有也.

요? 전국 시대 법가 사상가였던 상앙(商鞅, 기원전 390~기원전 338)은 "전쟁으로써 전쟁을 없앨 수 있으니 전쟁은 할 수 있는 것이요, 죽임으로써 죽이는 것을 없앨 수 있으니 죽이는 것도 할 수 있는 것이며, 형벌로 형벌을 없앨 수 있으므로 무거운 형벌도 할 수 있는 것이다."[2]라고 하였습니다. 지나친 비약이라고 할 수도 있겠지만, 사람을 살리는 수술용 칼이 흉기가 되듯이 흉기 또한 사람을 살리는 도구가 될 수 있음을 말합니다. 반딧불이의 새벽은 우리의 저녁일지니, 절대적이고 고정적인 위상은 있을 수 없다는 것이겠지요.

---

2 『商君書』「畫策」: 以戰去戰, 雖戰可也. 以殺去殺, 雖殺可也. 以刑去刑, 雖重刑可也.

63

누구를
위하여

사람들의 높은 집과 화려한 복장은 본디 나에게 유익할 것으로 생각하지만, 집이 높으면 높을수록 꼭대기는 점점 멀어져 가며, 의복이 화려하면 할수록 몸은 더욱 밖으로 나간다. 그렇다면 남을 위한 것인가? 자기를 위한 것인가?

人之高堂華服, 自以爲有益于我, 然堂愈高, 則去頭愈遠. 服愈華, 則去身愈外. 然則爲人乎. 爲己乎.

장자는 "무릇 땅을 가진 사람은 큰 물건을 가진 것이다. 큰 물건을 가진 자는 사물의 부림을 당해서는 안 되고, 사물을 부려도 그 물건에 구속되지 않으므로 능히 사물을 사물로 부릴 수 있다. 사물을 사물로 부림에 밝은 자는 사물에 부림을 당하지 않는데, 어찌 유독 천하 백성을 다스리는 일만 그렇겠는가?"[1]라고 하였습니다.

또한 「산목」 편에서 장자는 무성한 거목을 보고 여태까지 장수한 것을 보면 틀림없이 쓸모없는 나무일 것이라고 베지 않았고, 친구 집에서는 거위를 잡을 때 쓸모없이 잘 울지 못하는 거위를 선택해 잡게 했습니다. 이랬다저랬다 하는 스승의 행위에 대해 그 기준에 관해 묻자, 장자는 이렇게 대답합니다. "나는 재목이 되고 못되고의 사이에 있다. 재목이 되고 못 되는 사이에 있는 것은 비슷한 것 같아도 다르므로 묶임을 벗어나지 못한다. 도와 덕에 따라 떠서 노닌다면, 그렇지 않다. 명예도 비방도 없고, 한번은 용으로 한번은 뱀으로 때에 따라 갖추 변화하여 한쪽으로 치우치지 않는다. 한번은 위로 한번은 아래로 조화를 도량으로 삼으니 만물의 근원에 부유한다. 사물을 사물로 부리되 사물에 부림을 당하지 않으니 어찌 묶일 수 있겠는가?"[2]라고 하면서 사물에 얽매여 부림을 당하지 않는 경지를 언급했습니다.

사물은 사물에 지나지 않으므로 사물은 사물로 부려야지 그 사물에 만물의 영장이 구속될 수는 없는 노릇입니다. 우리 속담에 "말을 타면 종을 부리고 싶고, 앉으면 눕고 싶다"는 말이 있습니다. 사물을 사물로 보지 않으면 그것에 곧바로 구속되어 버립니다. 좋은 옷은 몸을 따뜻하게 해주고 피부를 보호해 주는 것 이외에는 아무것도 아니라고

---

1 『莊子』「在宥」: 夫有土者, 有大物也. 有大物者, 不可以物物, 而不物, 故能物物. 明乎物物者之非物也, 豈獨治天下百姓而已哉.

2 『莊子』「山木」: 周將處夫材與不材之間. 材與不材之間, 似之而非也, 故未免乎累. 若夫乘道德而浮游則不然. 無譽無訾, 一龍一蛇, 與時俱化, 而無肯專爲. 一上一下, 以和爲量, 浮游乎萬物之祖. 物物而不物於物, 則胡可得而累邪.

봐야 하는데 말입니다. 화려한 복식에 구속되면 끝없는 화려함을 추구하게 되니 결국은 자신을 위한 것이 아니라 다른 무엇인가를 위한 것이 되어 버립니다. 집은 집으로서의 좋은 기능만 하면 그뿐입니다. 최대의 음을 낸다고 좋은 음악이 아니듯이 집이 높고 화려해서 좋은 집은 아닌 이치지요. 우리는 이미 자신을 위한 영역을 넘어 다른 무엇을 위해 노예가 되어 버리는 것은 아닌지 돌아보게 하는 말입니다.

말은
줄일수록

신선의 말은 미미하고, 성인의 말은 간략하며, 현인의 말은 분명하고, 보통 사람들의 말은 많으며, 소인들의 말은 허망하다.

神人之言微, 聖人之言簡, 賢人之言明, 衆人之言多, 小人之言妄.[1]

전편에 걸쳐 진계유는 말이 많음을 매우 경계하였는데, 이 문장도 역시 마찬가지입니다. 보통 사람들의 말은 많다고 하였지만, 성인의 말 나아가 신인(神人)의 말로 올라갈수록 말은 미미해지고 무의미해짐을 알 수 있습니다. 반대로 소인들의 말은 그 필요성을 떠나 허망하기조차 하다는 말입니다. 공자는 "군자는 자신의 몸을 편안히 한 뒤에 움직이고, 자신의 마음을 평안하게 한 이후에 말하며, 사귐을 정한 뒤에 구한다. 군자는 이 세 가지를 닦으므로 완전하다. 위태로운데 움

---

1 『취고당고소』 권1에도 그대로 실려 있습니다.

직이면 백성이 함께하지 않고, 두려운데 말하면 백성이 호응하지 않으며, 사귐 없이 구하면 백성이 따르지 않고, 따르지 않으면 해치는 자가 이르니라."[2]라고 하면서 군자가 온전해지려면 필요한 세 가지 중의 하나로, 말하는 것을 들고 있습니다. 또한 "장차 배반하려는 자는 그 말은 부끄럽고, 마음에 의혹을 품은 자는 그 말이 여러 갈래로 나뉘며, 길인의 말은 적고 조급한 사람의 말은 많다. 착한 사람을 모함하는 사람의 말은 떠돌며, 지킴을 잃은 사람의 말은 굽는다."[3]고 하여 그 상통함을 만날 수 있습니다.

그래서 순자는 "믿을 만한 것을 믿는 것이 신(信)이요, 의심할 만한 것을 의심하는 것이 신(信)이다. 어진 사람을 귀히 여기는 것이 인(仁)이요, 불초한 사람을 드러내는 것 또한 인(仁)이다. 말함에 마땅함이 지(知)요, 침묵함에 마땅함도 지(知)이다. 그러므로 침묵할 줄 아는 것이 말할 줄 아는 것이다. 그러므로 말함에 유비(類比)가 많은 것은 성인이요, 말이 적으면서 법도에 맞는 것이 군자이다. 말이 많고 법도가 없으며 제멋대로라면 말을 잘하더라도 소인이다."[4]라고 하였습니다.

---

2 『周易』「繫辭傳下」: 子曰, 君子安其身而後動, 易其心而後語, 定其交而後求, 君子脩此三者, 故全也. 危以動, 則民不與也, 懼以語, 則民不應也, 无交而求, 則民不與也, 莫之與, 則傷之者至矣.

3 『周易』「繫辭傳下」: 將叛者其辭慚, 中心疑者其辭枝, 吉人之辭寡, 躁人之辭多, 誣善之人其辭游, 失其守者其辭屈.

4 『荀子』「非十二子」: 信信, 信也. 疑疑, 亦信也. 貴賢, 仁也. 賤不肖, 亦仁也. 言而當, 知也. 默而當, 亦知也. 故知默猶知言也. 故多言而類, 聖人也. 少言而法, 君子也. 多少無法, 而流湎然, 雖辯, 小人也.

『좌전』에는 숙향(叔向)이 사광(師曠)의 말을 두고 군자의 말이라고 하면서 "군자의 말은 진실하고 증거가 있어 원망이 자신에게 미치지 않지만, 소인의 말은 어긋나고 증거가 없어 원망과 허물이 미치게 된다."[5]고 한 말이 보이는데, 이로써 "소인의 말은 허망하다"는 말의 근거를 들 수 있을 것입니다.

---

5 『左傳』昭公 8年: 君子之言, 信而有徵, 故怨遠於其身, 小人之言, 僭而無徵, 故怨咎及之.

65

사람을
살필
때

옛사람들의 기상을 보려면 반드시 자기 가슴이 맑고 깨끗할 때 살펴야 한다. 그래서 "황헌을 보면 사람의 비루함과 인색함을 사라지게 한다."고 하였다. 또 "노중련, 이백을 보면 사람들이 명리(名利)를 감히 말하지 못하게 한다."고 했다. 이 두 문장을 각자 스스로 체득해야 한다.

欲見古人氣象, 須于自己胸中潔淨時觀之. 故云, 見黃叔度使人鄙吝盡消. 又云, 見魯仲連李太白使人不敢言名利事. 此二者亦須于自家體貼.

중국 남북조 시대의 송나라 출신의 유의경(劉義慶, 403~444)은 다음과 같은 일화를 소개하고 있습니다. "주자거(周子居, 이름은 승乘)가 늘 말하길 '내가 때맞추어 황숙도(黃叔度, 이름 헌憲)를 만나보지 못하면 비루하고 인색한 마음이 다시 생겨난다.'[1]고 하였습니다. 즉 주승이란 사람은 황헌의 인품을 보고 자신의 비루하고 인색한 마음을 바로잡았다는 말입니다. 하지만 아무리 훌륭한 사람을 보더라도 자신의 마음이 탁하면 그 사람의 참모습을 보지 못하고 왜곡하기에 십상입니다.

전국 시대의 인재로 노중련(魯仲連)을 제일로 삼았던 문인들이 많았습니다. 그는 진(秦)나라를 물러가게 하고도 조(趙)나라의 상(賞)을 받지 않았고, 요성(聊城)을 항복시키고도 제(齊)나라의 벼슬을 달가워하지 않았으며, 세상을 우습게보고 초연히 이 세상의 구애에서 벗어나, 자기 뜻대로 행동한 것을 높이 샀던 것으로 보입니다. 성당의 시인 이백이 유난히 노중련을 좋아했었나 봅니다. 이백은 먼저 「고풍(古風)」 제9수에서 다음과 같이 노래했습니다.

제나라에 대범한 사람 있었지만,	齊有倜儻生,
노중련이 매우 고매하였네.	魯連特高妙.
밝은 달이 바다에서 나와,	明月出海底,
하루아침에 눈부시게 빛나네.	一朝開光耀.
진나라를 물리치고 눈부신 명성을 떨치니	卻秦振英聲,
후세에도 여광을 우러러보네.	後世仰末照.
마음은 천금의 선물도 가벼이 여기고,	意輕千金贈,
고개 돌려 평원군에 미소 짓네.	顧向平原笑.
나 또한 얽매임이 없는 사람이니,	吾亦澹蕩人,
옷을 털고 함께 어울릴 만하네.	拂衣可同調.

---

1 『世說新語』「德行」: 周子居常云, 吾時月不見黃叔度, 則鄙吝之心已復生矣.

또 「별노송(別魯頌)」이란 시에서는 노중련을 향한 흠모와 동조(同調)하는 감정을 각별하게 나타나고 있습니다.

누가 태산이 높다 했나?	誰道泰山高,
노중련의 절개보다 아래로다.	下却魯連節.
누가 진나라 군사가 많다고 했나?	誰云秦軍衆,
노중련의 혀에 꺾여버렸네.	摧却魯連舌.
천지간에 우뚝 서서	獨立天地間,
맑은 바람으로 난초의 눈을 씻었네.	清風洒蘭雪.
그대는 역시 대범한 사람으로	夫子還個儻,
글을 써서 그대의 유풍을 잇네.	攻文繼前烈.
들쭉날쭉한 암석위의 소나무	錯落石上松,
가을 서리에도 꺾이지 않았네.	無爲秋霜折.
드릴 말을 보도에 새겨,	贈言鏤寶刀,
천년이 가도 없어지지 않기를.	千歲庶不滅.

66

교우

널리 사귀면 비용이 많이 들고, 비용이 많이 들면 많이 벌어야 하고, 많이 벌려면 많이 구해야하고, 많이 구하면 욕심이 많아진다. 『논어』에 이르지 않았던가? "줄여서 실수하는 경우는 드물다." 이 말을 자주 되뇌어야 한다.

泛交則多費, 多費則多營, 多營則多求, 多求則多辱, 語不云乎. 約失之者鮮矣, 當三復斯言.[1]

여기에서 인용된 공자의 말은 『논어』 「이인」에 보입니다. 문제는 '약(約)'자의 의미가 될 것입니다. 진계유의 문맥대로라면 결국 사귐을 줄이라는 말입니다. '줄이는' 대상에 대해 두 측면에서 생각해 볼 수 있습니다.

---

1 『취고당검소』 권11에는 "泛交則多費, 多費則多營, 多營則多求, 多求則多辱."로 되어 있습니다. 뒤의 『논어』를 인용한 말은 보이지 않습니다.

첫째로 물질적 측면에서 검소함을 의미하는 경우인데, 노나라 사람 임방(林放)은 예를 행하는 사람들이 번잡한 형식만을 일삼는 것을 보고 예의 근본이 여기에 있지 않을 것이라는 의구심에, 예의 근본에 관하여 묻자 공자는 "훌륭한 물음이도다! 예란 사치스럽기보다는 차라리 검소해야 하고 상례에는 잘 차리는 것보다는 차라리 슬퍼해야 한다."[2]고 하면서 검약함을 강조하고 있습니다.

둘째로 행위의 측면에서 제자 안연(顔淵)은 어떻게 인을 실천할 것인지 그 방법을 스승에게 물었습니다. 공자는 "예가 아니면 보지 말고, 예가 아니면 듣지 말며, 예가 아니면 말하지 말고, 예가 아니면 행하지 말라."[3]고 예에 의한 단속을 일러준 일이 있습니다.

같은 맥락에서 순자는 "군자의 배움은 자신의 몸을 아름답게 하지만 소인의 배움은 (자신을) 짐승으로 만든다. 그러므로 묻지도 않았는데 아뢰는 것은 오만함이라 하고, 하나를 물었는데 둘을 아뢰는 것은 말이 많은 것이다. 오만함도 아니요, 말이 많은 것도 아니니, 군자는 돌아오는 소리대로 한다…… 그러므로 더불어 말할 수 없는데 말하는 것이 오만함이요, 더불어 말할 수 있는데도 말하지 않는 것이 숨김이요, 남의 기색을 살피지 않고 말하는 것을 장님이라 한다. 그러므로 군자는 오만하지 말고, 숨기지 말며, 장님도 아니어야 하고, 오직 자

---

2 『論語』「八佾」: 大哉問. 禮, 與其奢也, 寧儉. 喪, 與其易也, 寧戚.
3 『論語』「顏淵」: 非禮勿視, 非禮勿聽, 非禮勿言, 非禮勿動.

신의 몸을 신중히 따라야 한다."⁴고 역설했습니다. 이것이 바로 행위적 '줄임'의 의미라고 생각합니다. 따라서 진계유의 말은 두 번째, 행위적 줄임을 말하고 있는 것으로 보입니다. 마지막 문장에 '삼(三)'이란 숫자는 여러 번의 의미로 새기는 것이 무난할 것입니다.

---

4 『荀子』「勸學」: 古之學者爲己, 今之學者爲人. 君子之學也, 以美其身. 小人之學也, 以爲禽犢. 故不問而告謂之傲, 問一而告二謂之囋. 傲非也, 囋非也, 君子如嚮矣. ……故君子不傲不隱不瞽, 謹順其身.

67

흰 옷

서주사는 흰 베로 만든 두루마기를 즐겨 입었다. 이르기를 "검소할 뿐만 아니라 오래 입어도 오점이 없다면 또한 내 수양을 점칠수 있다."고 하였다.

徐主事好衣白布袍, 曰, 不惟儉朴, 且久服無點汚, 亦可占養.

진(陳)나라 대부 조간자(趙簡子)가 범씨(范氏)와 중항씨(中行氏)를 공격하자, 이들의 가신으로 반란에 가담한 필힐(佛肸)이 공자를 초대합니다. 공자가 그 부름에 응하려 하자 제자 자로가 "친히 몸에 불선을행하는 자에게 군자는 가지 않는다."라 하고는 반역자에게 가려는 것은 무슨 뜻이냐고 하며 막아섰습니다. 이에 공자는 그렇지만 "이런말도 있다. 굳세다고 아니할 수 있겠는가? 갈아도 갈리지 않으니. 희다고 아니할 수 있겠는가? 물들여도 검어지지 않으니."라고 대답했습니다. 다시 말을 뒤집어 보면 가장 굳센 것은 갈아도 갈리지 않는다는 말이 되고 가장 흰 것은 물들여도 검어지지 않는다는 말이 됩니다.

서주사가 누구인지를 알 수 없지만, 그가 말하는 것처럼 "입어도 더러워지지 않으니"라는 말을 『논어』식대로 바꾸어 보면 "깨끗하다고 아니 할 수 있겠는가? 입어도 더러워지지 않으니."라는 말로 언제나 깨끗한 옷이라는 말입니다. 말하자면 가장 깨끗한 옷은 오래 입어도 더러워지지 않는다는 말이 되는 것입니다.

흰 옷을 입고 다니면 작은 오점에도 눈에 드러나기 마련이지요. 그러나 짙은 색의 옷을 입고 다니면 겉보기에는 깨끗해 보일 수 있어도 실상은 많은 오점을 가지고 있습니다. 눈에 보이는 것은 더럽고, 보이지 않는다고 더럽지 않은 것은 아닙니다. 사람의 본성도 이와 같다고 보는 것입니다. 흰옷(본성)은 사회 속에서 더럽혀질 수밖에 없습니다.

자신의 마음을 본래 그대로 깨끗하게 유지하며 자주 성찰하면, 그 오점을 바로바로 찾아내지만, 마음이 더럽혀진 데다 자주 성찰하지도 않으면, 바탕인지 오점인지 분간을 할 수 없게 됩니다. 결국, 자신도 모르게 처음 그대로인 것으로 당연시하는 오만으로, 하자 없는 사람으로 착각하고 살게 되는 것이지요.

정도의 차이는 있겠지만 옷은 입으면 더러워지는 것은 당연합니

---

1 『論語』「陽貨」: 親於其身爲不善者, 君子不入也……有是言也. 不曰堅乎, 磨而不磷, 不曰白乎, 涅而不緇.

다. 오래 입어도 더러워지지 않는 옷은 없습니다. 그렇다고 옷을 보자기에 싸서 들고 다닐 수도 없지요. 결국, 자신이 가지고 태어난 바탕(본성: 흰옷)을 원래 그대로 유지하는 것이 중요한데, 이것이 참으로 어렵습니다. 옷을 입고 많이 다니지 않으면 덜 더럽혀지듯이 마음도 사회와 접촉을 줄이면 줄일수록 오물에 더럽혀질 위험은 적어진다는 것이 진계유의 뜻일 것입니다. 그러면 어떻게 삶을 영위하고 살라는 말인가요? 여기에서 우리는 인문학이 필요한 이유를 말하곤 합니다.

68

도서
圖書

『하(河)』, 『낙(洛)』, 『괘(卦)』, 『범(範)』 모두 그림이다. 서책은 혼자서 연구해 갈 수 있지만, 그림책은 반드시 토론이 필요하다. 옛사람들이 왼쪽에 그림, 오른쪽에 책을 둔 것은 이 때문이다. 오늘날 책은 많지만 그림은 없어졌다. 그래서 배움은 있으나 물음이 없고, 서책은 말을 다 표현할 수 없으며, 말은 뜻을 다 표현하지 못하니 오직 그림을 통해서만 가능하지 않겠는가?

河洛卦範皆圖也. 書則自可鑽研, 圖則必由討論. 古人左圖右書, 此也. 今有書而廢圖, 故有學而無問, 書不盡言, 言不盡意, 其惟圖乎.

우리가 도서관(圖書館)이라고 하는 이유를 잘 설명해 주고 있는 문장입니다. 『주역』 「계사전상」에 "공자는 이르기를 '글은 말을 다 하지 못하고 말은 마음의 뜻을 다 풀어내지 못한다.'고 하셨다. 그렇다면 성인의 뜻을 볼 수 없다는 말인가? 공자께서 이르시길 '성인은 상

(象)을 세워 뜻을 다했으며 괘를 갖추어 진위를 다하고 말을 달아[繫辭] 그 말을 다 하였으며 그것을 변통하여 이로움을 다하였고 그것을 고무하여 신묘함을 다하였다.'라고 하셨다. 건과 곤은 그 역(易)의 쌓임이다. 건과 곤이 늘어섬에 역(易)이 그 안에 있으니 건곤이 무너지면 역(易)을 볼 수 없다. 역(易)을 볼 수 없으면 건곤이 거의 종식될 것이다. 그러므로 형이상을 도(道)라 하고 형이하를 기(器)라 이르고 변화하여 마름질하는 것을 변(變)이라 하고 미루어 행하는 것을 통(通)이라 이르며, 들어 천하의 백성들에게 두는 것을 사업(事業)이라 한다. 그러므로 상(象)은 성인이 천하의 혼란함을 보고 그 모양을 모방하여 그 물건에 상응한 것을 형상화한 것이기 때문에 상(象)이라 한다. 성인이 천하의 동함을 보고 그 회통(會通)을 관찰하며 그 전례(典禮)를 행하고 거기에 말을 붙여 길흉을 판단하였으므로 그것을 효(爻)라 한다. 천하의 혼란한 것을 지극히 한 것은 괘(卦)에 있고 천하의 움직임을 고무함은 효사(爻辭)에 있으며 변화하여 마름질하는 것은 변(變)에 있고 미루어 행하는 것은 통(通)에 있으며 신묘하게 하여 밝힘은 통(通)에 있다. 묵묵히 이루어 내며 말하지 않아도 믿는 것은 덕행에 있다."1고 하였습니다.

---

1 『周易』「繫辭傳上」: 子曰, 書不盡言, 言不盡意. 然則聖人之意, 其不可見乎, 子曰, 聖人立象以盡意, 設卦以盡情僞, 繫辭焉以盡其言, 變而通之以盡利, 鼓之舞之以盡神. 乾坤其易之縕邪. 乾坤成列, 而易立乎其中矣, 乾坤毁, 則无以見易. 易不可見, 則乾坤或幾乎息矣. 是故, 形而上者謂之道, 形而下者謂之器, 化而裁之謂之變, 推而行之謂之通, 擧而錯之天下之民, 謂之事業. 是故, 夫象, 聖人有以見天下之蹟, 而擬諸其形容, 象其物宜, 是故謂之象. 聖人有以見天下之動, 而觀其會通, 以行其典禮, 繫辭焉以斷其吉凶, 是故謂之爻. 極天下之蹟者存乎卦, 鼓天下之動者存乎辭, 化而裁之存乎變, 推而行之存乎通, 神而明之存乎其人. 默而成之, 不言而信, 存乎德行.

이처럼 성현들이 그림을 제시한 것은 생각한 바를 모두 말이나 글로 표현해내지 못했기 때문이라는 것입니다. 『신당서』에 양관(楊綰)은 "성정이 침착하여 홀로 한 방에만 거처하며 왼쪽에는 그림 오른쪽에는 역사책을 놓고서 먼지가 온 자리에 가득해도 개의치 않았다."[2]고 한 것을 보면, 오늘날 이미지나 문장 어느 하나에만 편중된 학습방법과는 달리 시각적 효과를 극대화한 지혜를 엿볼 수 있습니다.

---

2 『新唐書』「楊綰傳」: 性沈靖, 獨處一室, 左右圖史, 凝塵滿席, 澹如也.

69

바보처럼

(인생의) 7할은 바른길에 머물며 삶을 살아가고, 3할은 어리석음에 머물며 죽음을 방비하라.

留七分正經以度生, 留三分癡呆以防死.[1]

춘추시대 위(衛)나라 대부를 지낸 이름이 유(兪)인 영무자(甯武子)의 처세에 대해, 공자는 「공야장」에서 "영무자는 나라에 도가 있을 때(나라가 잘 다스려질 때)는 지혜로웠고, 나라에 도가 없을 때(어지러울 때)는 어리석었으니, 모름지기 지혜를 따를 수는 있겠지만 어리석음은 따를 수 없다."[2]고 하였습니다. 주희는 『춘추전』을 인용하여, "영무자가 위(衛)나라에 벼슬한 것은 문공(文公)과 성공(成公)의 시기에 해당한다. 문공은 도가 있었으나 영무자에게는 드러날 만한 일이 없었으니

---

1 『취고당검소』 권1에도 그대로 실려 있습니다.
2 『論語』 「公冶長」: 甯武子邦有道則知, 邦無道則愚. 其知可及也, 其愚不可及也.

이것이 그의 지혜에 미칠 수 있다고 하는 것이다. 성공(成公)은 무도하여 나라를 잃는 지경에 이르러 영무자가 그 시기를 주선하여 마음과 힘을 다하여 어려움과 위험한 일을 피하지 않았다. 그가 처신한 바는 지혜롭고 재바른 사람들은 몹시 피하며 하려 하지 않는 것이었으나 결국 자신의 몸을 보전하고 그의 군주를 구해내었으니 이것이 그의 어리석음에 미칠 수 없다는 것이다."³라고 설명했습니다.

이에 대해 다산 정약용선생도 "자취를 감추고 몸을 온전히 하는 것을 '지(知)'라고 하고 자신의 몸을 잊고 어려움을 무릅쓰고 행하는 것을 '우(愚)'라고 한다. 영무자는 3년 동안 자신을 돌보지 않고 어려움을 무릅쓰며 일을 감행했으니 이것이 나라에 도가 없을 때 어리석었다는 말이다. 그러나 나라의 일이 안정되자 영무자는 자취를 감추었지만 다른 위(衛)나라 대부였던 공달(孔達)은 나랏일을 돌보다가 마침내 목매어 죽었다. 이것이 나라에 도가 있을 때 지혜로웠다는 말이다."⁴라는 설명을 달고 있습니다.

일반적으로 나라가 어지러울 때는 피하는 것이고 잘 다스려질 때 나서는 것이지만 영무자라는 사람은 거꾸로 했던 것입니다. 그래서

---

3 『四書集註』: 按春秋傳, 武子仕衛, 當文公 成公之時. 文公有道, 而武子無事可見, 此其知之可及也. 成公無道, 至於失國, 而武子周旋其間, 盡心竭力, 不避艱險, 凡其所處, 皆智巧之士所深避而不肯爲者, 而卒能保其身以濟其君, 此其愚之不可及也.

4 『論語古今註』卷2: 斂跡全身曰知, 忘身冒難曰愚. 審武子於三年之間, 忘身冒難, 是邦無道而愚也. 事旣定, 武子斂跡, 孔達爲政, 卒亡其身. 而武子安然無事, 得保首領以死, 是邦有道而知也.

진계유는 7할은 잘 다스려지는 세상에서 바른 길에 머물며 삶을 살아가고 가끔은 아니 인생의 3할 정도는 어리석음으로 처신하는 것 또한 몸을 보전하는 한 방편이 된다는 말입니다. 그러므로 여기서 말하는 '치태(癡呆)'는 바로 '우(愚)'를 뜻하는 것이며, 다시 말하면 어리석음이 지혜가 된 경우입니다.

70

좋은
일

회옹이 이르기를, "천지는 행함이 전혀 없이 오로지 만물을 생육하는 것을 일로 삼는다. 사람들의 생각 생각이 만물을 이롭게 하고 구제해야 하는 것은 바로 천지의 명명백백함이다."라고 하였다. 그러므로 "재상에게는 하루하루 행할 좋은 일이 있고, 거지에게도 하루하루 행할 좋은 일이 있지만, 단지 실수를 마주하는 것일 따름이다."라고 하는 것이다.

晦翁云, 天地一無所爲, 只以生萬物爲事. 人念念在利濟, 便是天地了也. 故曰, 宰相日日有可行的善事, 乞丐亦日日有可行的善事, 只是當面蹉過耳.

'회옹(晦翁)'은 남송 성리학을 집대성한 주희(朱熹, 1130~1200)의 호입니다. 『주역』「계사전하」에서 "하늘과 땅의 큰 덕을 '나음[生]'이라 하고, 성인의 큰 보물을 '자리[位]'라고 한다. 무엇으로 '위'를 지키는가? 인(仁)이다. 무엇으로 사람을 모으는가? 재(財)이다. 재물을 잘 관리하고 언사를 바르게 하여 백성들이 옳지 않음을 행하지 않도록 하는 것이 의(義)이다."[1]라고 한 말을 찾아볼 수 있습니다.

맹자는 "사람에게는 누구나 남에게 차마 하지 못하는 마음이 있다."[2]고 하였는데, 주희는 "천지는 만물을 낳아 생장시키는 것으로 마음을 지으니 생겨난 만물들은 각기 '천지가 만물을 낳는 마음'을 얻고 그로써 마음을 짓기 때문에 사람들에게는 모두 차마 하지 못하는 마음이 있는 것이다."[3]라고 설명했고, 또 "천지는 만물을 낳는 것을 마음으로 삼는다. 대저 하늘과 땅 사이 온갖 형태의 만물들이 각기 맡은 일이 있다. 하늘은 위에서 명확히 그러하고 땅은 아래서 그러하니 아무런 행하는 것도 없이 오로지 만물을 낳는 것을 일로 삼는다. 그러므로 『주역』에서 '천지의 큰 덕은 낳음'이라고 하였다."[4]고도 말하고 있습니다. 바로 진계유는 주희의 이 말을 인용한 것입니다.

아무것도 하는 일이 없어 보이는 하늘과 땅이 만물을 낳는 막중한 일을 하고 있듯이 세상의 모든 만물은 각자 맡은 바의 일이 있습니다. 미물은 미물로서, 사람은 사람으로서 각자 맡은 바의 본분을 행해야

---

1 『周易』「繫辭傳下」: 天地之大德曰生, 聖人之大寶曰位. 何以守位曰仁, 何以聚人曰財. 理財正辭, 禁民爲非曰義.

2 『孟子』「公孫丑上」: 人皆有不忍人之心.

3 『四書集註』: 天地以生物爲心, 而所生之物因各得夫天地生物之心以爲心, 所以人皆有不忍人之心也.

4 『大學衍義補』卷1: 天地以生物爲心. 蓋天地之間, 品物萬形, 各有所事. 唯天則確然於上, 地則然於下, 一無所爲, 只以生物爲事. 故易曰天地之大德曰生.

하지요. 그러므로 성현들은 근본에 힘쓴다는 '무본(務本: 근본에 힘씀)'을 강조하고 있는 것입니다. 진계유가 속담처럼 인용하고 있는 마지막 문장에서 '선사(善事)'란 바로 자신이 맡은 바의 일을 말하는 것입니다. 세상살이가 재상은 재상으로서 거지는 거지로서 각자의 본분을 행하며 살지만, 그 과정에서 착오와 실수가 생겨나는 것일 뿐이라고 보는 것은 참으로 자연의 말입니다.

71

먹고
입는
것

무릇 의식의 근본은 본디 넓은 데 사람들이 매번 이익만을 꾀하여
그 삶을 좁게 한다. 유유자적하는 길은 매우 긴 데, 사람들이 매번
급급하게 뛰어다니면서 그 죽음을 재촉한다.

夫衣食之源本廣, 而人每營營苟苟以狹其生. 逍遙之路甚長, 而人每波波急
急以促其死.

농경사회에서 백성이 나라의 근본이듯이 백성들에게는 먹는 것이
근본이었으므로 농사는 의(衣)와 식(食)의 근본이자 나라의 우선된 일
이었습니다. 그러나 인간이 자연을 극복하면서 경작할 땅과 생산량
이 많아짐에 따라 이제 가장 근본적인 의식에 욕심이 생겨나 더 좋은
옷과 더 좋은 음식을 따지게 된 것입니다. 그래서 갈홍(葛洪)은 "옷과
음식에 관한 감정이 다만 그 마음에만 달렸다면, 다툴 것이 어찌 꼭
금과 옥뿐이겠으며, 경쟁할 것이 어찌 꼭 영예와 지위뿐이겠는가."[1]

라고 반문하고 있습니다.

'소요(逍遙)'란 '어슬렁어슬렁 노니는 모양'을 표현하기도 하지만『장자』에서 말하는 것은 자득(自得), 즉 안분지족하며 편안한 마음 상태를 말합니다. 속된 세상을 넘어 아무런 제약도 없고 있는 그대로의 자유를 누리는 것이지요. 이렇게 지극한 행복의 길은 길고도 유구하게 펼쳐져 있건만 세상 사람들은 이를 알지 못하고 다급하고 경쟁하는 소용돌이 속에서 제 죽음을 재촉한다고 말하고 있습니다.

위의 격언에서는 의식과 소요를 대비시켜 놓았습니다. 의식이 육체적 삶이라면 소요는 정신적인 삶이지요. 삶도 중요하고 죽음도 중요합니다. 의식은 삶에 연결했고, 소요는 죽음과 연결했습니다. 의식이 근본적인 것인 만큼 소요도 똑같이 필수적이란 말입니다. 건강한 육체 없이 건강한 정신이 없듯이 의식이 잘못되면 소요할 수 없습니다. 소요가 만족함을 알아 편안한 상태라면 의식 또한 그 근본에서 벗어나서는 안 됩니다. 궤도를 벗어나는 순간 행복과 조화도 사라지는 것이지요. 앞서 본 "집이 높으면 높을수록 꼭대기는 점점 멀어져 가며, 의복이 화려하면 할수록 몸은 더욱 밖으로 간다."(63)고 한 것은 바로 이를 말하는 것입니다.

---

1 『抱朴子』「詰鮑」: 衣食之情, 苟在其心, 則所爭豈必金玉, 所競豈必榮位.

72

도야
陶冶

사군자가 사람을 도야할 수 없다면, 결국 학문의 화력이 최고조에
이르지 않았기 때문이다.

士君子不能陶鎔人, 畢竟學問中火力未透.[1]

　'도(陶)'란 말은 질그릇을 만드는 것을 말하고 '용(鎔)'은 쇠를 녹여
도구를 만든다는 뜻으로, 두 글자를 합해 인재를 육성하고 활용한다
는 의미의 '도야(陶冶)'와 같은 표현입니다. 질그릇이든 쇠로 만든 것
이든 모두 장인의 정성과 불의 힘을 빌려야 단단하고 완전한 모습으
로 태어납니다. 마찬가지로 사군자도 도공이나 대장장이처럼 사람을
잘 도야할 수 있다는 것입니다. 만약 그렇게 할 수 없다면 사대부가
가지고 있는 화력이 그 사람을 녹일 수 없기 때문이라고 보는 것입니

---

1 『취고당검소』 권1에도 그대로 수록되어 있습니다.

다. 요컨대 사대부는 자신이 수양하고 공부한 것이 내면에서 최고조에 달하면, 언행으로 표출되는데, 그 힘이 타인을 감화시킬 수 있다는 것입니다. 따라서 자기의 학문이 철저하지 못해 질적 도약이 없다면 남을 감화시킬 수 없는 것은 당연한 귀결입니다.

어느 날 공자는 자로에게 "나는 이제 말을 하지 않으려 한다."고 하자, 자로는 "선생님께서 말씀하지 않으시면 저희는 무엇을 기술하여 전하겠습니까?"라고 반문합니다. 이에 공자는 "하늘이 무슨 말을 하던가? 그런데도 사계절은 운행되고, 만물은 자라지 않느냐. 하늘이 무슨 말을 하던가?"[2]라고 말해 줍니다. 사계절은 하늘과 땅이 극점에 이른 힘을 주고받으며 운행되니 그 속에서 만물도 서로 소통하며 저절로 살아간다는 것입니다. 이는 공자 자신이 말없이 운행되는 하늘과 같은 경지에 이르렀으니, 아무런 작위를 하지 않아도 만물이 저절로 순응하며 참여할 것이라는 말입니다.

정이와 주돈이에게 수학한 남송의 성리학자 주광정(朱光庭, 1037~1094)이 여(汝) 땅에서 정호(程顥)를 만나 뵙고는 돌아와 "나는 봄바람 속에서 한 달 동안 앉아 있었다."[3]고 사람들에게 말했다고 합니다. 한 주전자의 물이 끓어 증발하면 그것으로 끝나는 것이 아니라 그것은 다시 비로 내리게 되어 만물을 자라게 합니다. 자신의 철저한 수

---

2 『論語』「陽貨」: 子曰, 予欲無言. 子貢曰, 子如不言, 則小子何述焉. 子曰, 天何言哉. 四時行焉, 百物生焉, 天何言哉.

3 朱熹,『伊洛淵源錄』卷4: 光庭在春風中坐了一箇月.

양과 공부에서 나오는 힘은 바로 온화한 봄바람처럼 은연중에 타인에게 미칠 것이고, 그 미침은 또 다른 미침으로 이어지며 그 힘은 갈수록 무한히 증폭될 것입니다. 그러므로 진계유는 이 말을 통해 사군자의 쉼 없는 배움의 자세를 무엇보다 강조하고 있는 것입니다.

맹자의 말을 요약하고 있는 『채근담』에서는 "저들이 부(富)로 대하면 나는 인(仁)으로 대할 것이고, 저들이 작(爵: 관직)으로 대하면 나는 의로움으로 대할 것이라 했으니 군자는 본디 군주나 재상에게 갇히지 않네. 사람의 뜻이 정해지면 하늘을 이기고, 의지가 한결같으면 기(氣)를 움직인다 했으니 군자는 또한 조물주의 주물럭거림을 받지 않네."[4]라고 하였습니다. 이 문장에서는 '도주(陶鑄)'라는 표현을 썼고, 진계유는 '도용(陶鎔)', 저는 '도야(陶冶)'라는 한자어로 옮겼습니다.

---

4 『菜根譚』: 彼富我仁, 彼爵我義, 君子固不爲君相所牢籠. 人定勝天, 志一動氣, 君子亦不受造物之陶鑄.

73

원기
元氣

인심이 대동하는 곳에는 같고 다름이 생기지 않는다. 대동하는 곳이 바로 공론이고, 공론인 곳이 바로 천리이며, 천리인 곳이 바로 원기이다. 여기에 손을 댄 사람이라면, 노자가 말한 "용기가 무모함에 있으면 죽는다."고 하는 것이다.

人心大同處, 莫生異同. 大同處卽是公論, 公論處卽是天理, 天理處卽是元氣. 若于此處犯手者, 老氏所謂勇乎敢則殺也.

'대동(大同)'이란 천지 만물이 하나로 융합되는 것을 말합니다. 사람의 마음은 들쭉날쭉하지만, 천지 만물과 하나로 되었다면, 그 경지에서 같고 다름이 있을 수 없습니다. 그것이 바로 치우침이 없는 공평하고 바른 공론(公論)입니다. 이러한 공론이 대자연의 이치인 천리(天理)가 되고 그 천리는 '큰 조화' 바로 태화(太和)가 되는 것입니다. 이는 감히 그 누구도 '손댈 수 없는', 어떠한 침해도 받을 수 없는 완전한 상

원기
239

태, 바로 '원기(元氣)'입니다.

'용(勇)'은 이성적인 판단에 따라 두려움 없이 나아가는 것이요, '감(敢)'은 이것저것 따지지 않고 달려드는 것을 말합니다. 그러므로 '용감'이란 상반된 의미의 두 글자로 중용적 의미를 나타내고 있습니다. 그래서 노자는 "용감하며 무모하면 죽고, 용감하되 무모하지 않으면 산다."[1]고 하였던 것입니다. 따라서 원기, 천리, 공론, 대동에 손대는 자는 하늘의 이치를 거스르는 무모한 행위를 저지르는 것으로 결국 죽게 된다는 말입니다.

사람들은 누구나 남이 자기에게 동조하면 기뻐하고, 남이 자기에게 반대하면 싫어하는 마음을 갖게 마련입니다. 인간의 이기심 때문에 역사는 대동과는 평행선을 그린 것처럼 보입니다. 그렇지만 인심이 들쭉날쭉하므로 조화로움이 자리할 여지가 생깁니다. 이미 하나라면 대동이니 태화니 하는 것들은 필요가 없을 테니까요. 그러므로 조화는 다름을 전제조건으로 합니다. 서로의 다름을 인정하는 것이 바로 조화의 근본이기 때문입니다. '큰 조화'란 바로 서로의 다름을 인정하고 소통하는 공론을 이루는, 그것이 바로 대동입니다. 따라서 대동은 한결같은 같음이 아니라 서로 다름의 조화를 그 의미로 읽어야 합니다.

---

1 『道德經』 73: 勇於敢則殺, 勇於不敢則活.

74

민

民

공자께서 "이 백성들은 하·은·주 삼대의 곧은 도로 행한 사람들이
다."라고 말씀하셨다. 사대부들은 '민'이라는 한 글자를 꼬집어 말
하지 않지만, 오히려 (그글자에) 맛이 있다.

孔子曰, 斯民也, 三代之所以直道而行也. 不說士大夫獨拈民之一字, 卻有味.

공자는 "내가 사람들에 대해 누구를 헐뜯고 누구를 칭찬하겠는가?
내가 칭찬하는 사람이 있다면 견주어 시험한 바가 있기 때문이다. 이
백성은 삼대(三代: 하·은·주)의 곧은 도로써 행한 사람들이다."[1]라고 했
습니다. 이 격언의 출발점이지요. '이 백성'이라고 할 때 하·은·주 삼
대의 백성인가 아니면 공자 시대의 백성들일까요? 이 물음에 주희는

---

1 『論語』「衛靈公」: 吾之於人也, 誰毀誰譽. 如有所譽者, 其有所試矣. 斯民也, 三代之
所以直道而行也.

"'이 백성'은 지금 사람들이다…… 내가 누구를 비방하거나 칭찬하지 않는 것은 대저 지금 이 백성이 삼대의 시대처럼 그 선을 찬미하고 그 악을 싫어하여 사사로운 왜곡됨이 없는 백성이기 때문이다. 그러므로 나 또한 지금 시비의 실질을 왜곡할 수 없다."[2]고 설명했습니다.

다시 말하자면 지금의 백성들은 삼대 태평성대의 백성들처럼 정직함으로 인도하면 그대로 왜곡시킴 없이 따라왔던 그 백성들이라는 말입니다. 그렇다면 어찌 태평성대 하·은·주 시대의 백성들과 혼란한 춘추시대의 백성들을 같이 볼 수 있을까요? 당연히 그렇습니다. 예나 지금이나 백성은 같은 백성입니다. 즉 예나 지금이나 사람의 본질은 변함이 없다는 말이지요. 천리가 행해지던 그 시대에는 칭찬과 비방이 실상을 넘지 않았고 또 그럴 필요도 없었을 것입니다. 지금도 그 백성이니 정직한 도리로 행하면 순수한 백성들은 아무런 왜곡됨 없이 따르게 될 것을 말하는 것입니다.

이는 시대적 혼란의 책임이 백성에게 있는 것이 아니라 위정자에게 있음을 암시하는 말이기도 합니다. 혹시 진계유는 자신의 시대와 동일시하고 있는 것은 아닐까요? 명나라 말기의 백성들도 역시 삼대의 순수한 백성들임을 말하고 싶은 것은 아닐까요? 따라서 바른 도리, 천리(天理)로 백성들을 인도하면, 현재의 백성들이 바로 삼대의 백

---

2 『四書集註』: 斯民者, 今此之人也. ……言吾之所以無所毁譽者, 蓋以此民, 即三代之時所以善其善惡其惡而無所私曲之民. 故我今亦不得而枉其是非之實也.

성들이기 때문에 잘 따르지 않겠느냐는 뜻이 됩니다. 그래서 '민(民)'
이 한 글자를 강조하고 싶었던 것입니다. 백성의 마음이 바로 하늘의
마음인 것처럼 백성들의 대동이 바로 태화가 아니었던가요? 이들의
공평무사하고 순수한 마음에 사사로운 잣대를 댈 수 없다고 토로한
공자의 마음이 바로 미공의 '맛있음[有味]'이었습니다.

 ## 75

중후함

완상용 작은 산을 쌓는데 뾰족한 방법이 없으니 다만 그 본성의
무거움을 얻을 따름이다. 그러므로 오래되어도 기울지 않으니 이
를 보면 엄숙하고 중후한 사람이라야 스스로 설 수 있다.

沓假山無巧法, 只是得其性之重也. 故久而不傾, 觀此則嚴重者可以自立.

작은 산을 쌓는 것과 군자의 중후함을 설파하는 탁월한 비유입니
다. 요지는 '중(重)'자에 있을 것입니다. 우선 겉모양의 중후함을 말하
는 경우가 있습니다. 예컨대 맹자가 양혜왕(梁惠王)을 알현하고 나와
"멀리서 바라보니 임금 같지도 않았고, 나아가서 보니 두려워할 만한
데가 보이지 않았다."[1]고 했던 것과 또 『예기』에 "공경하지 않는 것
이 없고, 엄숙하여 생각하는 듯하며, 말을 안정되게 하면 백성들을 편

---

1 『孟子』「梁惠王上」: 望之不似人君, 就之而不見所畏焉.

안하게 할 수 있다."²고 하였는데, 이는 모두 외적 모양새를 의미하는 것입니다. 주희는 "외면이 경박한 사람은 내면이 견고할 수 없다."³고 하였습니다. 바꾸어 말하면 내면이 튼실하지 않은 사람은 외면이 중후하지 못하다는 말로서, 중후함의 외적인 의미를 담은 것입니다. 여기서는 바로 '엄(嚴)'자가 외적인 중후함을 표현하고 있습니다.

공자는 "군자가 중후하지 않으면 위엄이 없으니 배워도 견고하지 못하다."⁴고 하였습니다. 여기에서 '위(威)'는 겉으로 드러나는 것을 말하지요. 즉 위엄이 없는 것은 내면이 중후하지 않아서입니다. 이처럼 내면이 경박한 사람은 무엇을 배운들 견고하지 못하다는 말입니다. 이것이 바로 '중후함'의 내면적 의미라고 할 수 있습니다. 군자는 성실함으로 자신을 대하고 진실한 마음으로 타인을 대하니, 모든 말과 행동이 진실하며 꾸밈이 없습니다. 이러한 내적인 힘이 바로 타인에게 신뢰감과 경외심을 주는 위엄으로 나타나는 것입니다.

완상용 작은 산을 쌓더라도 거기에는 어떠한 속임수도 있을 수 없습니다. 성실하게 쌓아 올리는 길뿐입니다. 그렇지 않고 편법을 쓰면 그것은 오래 가지 못하고 무너지거나 기울어져 버립니다. 겉모양이나 속모양이나 모두 중후한[嚴重] 모습이야말로 '가산(假山)'의 위용을 갖추는 것입니다. 이처럼 사람도 타고난 본성에 따라 성실하게 내

---

2 『禮記』「曲禮」: 毋不敬, 儼若思, 安定辭, 安民哉.
3 『四書集註』: 輕乎外者, 必不能堅乎內.
4 『論語』「學而」: 君子不重則不威, 學則不固.

면을 수양하며 쌓아 올려야 외적인 위엄을 드러낼 수 있으며, 그래야
만이 안팎이 고루 중후한 모습으로 흔들림 없이 자립할 수 있다는 말
입니다.

76

늙음

후배가 선배를 가벼이 여기는 자는 종종 운명을 재촉한다. 왜 그런가? 저들은 늙음을 천시했지만, 하늘이 어찌 천시하는 사람에게 늙음을 주겠는가?

後輩輕薄前輩者, 往往促算. 何者. 彼既賤老, 天豈以賤者贈之.

젊은 사람이 늙은 사람을 천시하는 것은 어제오늘의 일이 아닌 것 같습니다. 저 당나라 대시인 두보는 안록산의 난을 피해 성도(成都)에서 겨우 고을원인 엄무(嚴武)의 도움을 받으며 살았는데 엄무가 죽고 (765년) 새 고을원 곽영예(郭英乂)가 부임했습니다. 그와의 불화로 두보는 성도를 떠나면서 「의심하지 말라는 노래(莫相疑行)」를 지어, 씁쓸한 세상인심을 이렇게 개탄하고 있습니다.

사나이 태어나 이룬 것 없이 머리만 세고,　　　　男兒生無所成頭皓白,

이빨마저 빠지려 하니 참으로 안타깝네.　　　　　牙齒欲落眞可惜.

추억하네. 세 편 부(賦)를 지어 봉래궁에 올려,　　　憶獻三賦蓬萊宮,

하루 만에 명성이 빛나 자신도 의아했었지.　　　自怪一日聲輝赫.

집현전 학사들이 담장처럼 둘러앉아서,　　　　　集賢學士如堵墻,

내가 중서당에서 글 쓰는 것 바라보았었지.　　　觀我落筆中書堂.

지난날 나의 문채가 임금님을 감동하게 했건만,　往時文彩動人主,

오늘날 굶주림과 추위 속에 길가로 내몰렸네.　　今日飢寒趨路傍.

늦게라도 교우하며 젊은 그대에게 의지하려 했으나,　晚將末契托年少,

얼굴을 대해서는 마음을 주다가 돌아서서 비웃네.　當面輸心背面笑.

세상의 수많은 젊은이에게 고하노니,　　　　　寄謝悠悠世上兒,

호오를 다투지 않으니 의심하지 말게나.　　　　不爭好惡莫相疑.

　또한 백거이(白居易)와 친구로 통속적인 시어를 많이 구사했던 유우석(劉禹錫, 772~842)은 한때 유명했던 미가영(米嘉榮)이란 가수가 나이 들어 사람들의 버림을 받게 된 것에 감정을 이입하여 「가수 미가영에게 줌(與歌者米嘉榮)」이라는 칠언의 절구를 불러줍니다.

「양주사」라는 특별한 노래를 잘 부른 사람으로,　唱得涼州意外聲,

옛사람들은 오로지 미가영을 꼽았네.　　　　　舊人唯數米嘉榮.

요즘 세상 선배를 가벼이 여기니,　　　　　　近來時世輕先輩,

수염을 잘 물들여 후배들을 모셔야겠네.　　　　好染髭須事後生.

　사람들은 늙지 않는 것을 추구하지만, 늙지 않는 것만큼 무서운 형벌이 있을까요. 연장자에 대한 대우가 얼마나 비참한 지경인지, 우리는 경로석이란 자리도 따로 마련해두고 있습니다. 그럼 젊은이들이 연장자를 가벼이 여기는 세태는 어디서 온 것일까요? "못 배워먹어서 그렇다."고 일갈합니다. 그렇다면 우리는 무엇을 가르치고 물려주었는가를 생각해야 봐야 하지 않을까요?

77

한마디의
말

한마디 말로도 천지의 조화를 상하게 하고, 한 가지 일로도 평생
의 복을 꺾을 수 있으니 반드시 절실하게 점검해야 한다.

有一言而傷天地之和, 一事而折終身之福者, 切須檢點.[1]

다시 말을 경계하고 있습니다. 『채근담』에도 이와 비슷한 문장이
보이는데, "단 하나의 생각만으로도 귀신이 금하는 것을 저지르고,
단 한마디의 말이지만 천지의 조화를 깨뜨리며, 단 한 가지 일이지만
자손의 화를 온양하는 자가 있으니 최우선으로 절실히 경계해야 한
다."[2]고 하였습니다.

---

1 『취고당검소』 권1에도 그대로 수록되어 있는데, 다만 검(檢)자가 검(撿)자로 되어 있
  습니다. 두 글자는 단속한다는 의미로 통용합니다.
2 『菜根譚』: 有一念犯鬼神之禁, 一言而傷天地之和, 一事而釀子孫之禍者, 最宜
  切戒.

『사기』에 "노나라 남궁경숙(南宮敬叔)이 노나라 군주에게 '공자와 함께 주나라에 가도록 해 주십시오.'라고 하자, 노나라 군주는 탈 수레 한 대, 말 두 필, 동복 한 명을 갖추어 주었다. 주나라에 예(禮)를 물으러 가서 노자를 만났다고 한다. 인사하고 떠나려 하자 노자는 이들을 전송하면서 '부귀한 자들은 사람을 재물을 주어 전송하고, 어진 사람은 말로서 전송한다고 하였소. 내 부귀하지 못하여 인인(仁人)이란 호칭을 절취하여 말로써 그대들을 보내고자 하오.'라고 하면서 '총명하고 통찰력 있는 사람이라도 죽음에 가까워지면 남을 논하기를 좋아하고, 달변하고 마음이 넓은 사람이라도 몸에 위험이 가해지면, 남의 나쁜 것을 발설하는 법이오. 자식 된 자는 자기가 있다고 생각해서는 안 되고, 신하 된 자는 자기가 있다고 여겨서는 안 된다.'고 하였다. 공자가 주나라에서 돌아오자 제자들이 더 많이 이르렀다."[3]고 하며 노자는 공자 일행에게 말을 경계함과 동시에 남을 깨우쳐 주는 말은 선물보다 더 가치 있는 것임을 일깨워 주고 있습니다.

무측천이 문학가들을 불러 신료들이 귀감으로 삼을 만한 말들을 모아 편찬했다고 하는 『신궤』의 서문에서 "이로써 알겠네. 사람에게 재물을 선물하는 것은 단지 현재의 즐거움을 줄 뿐이지만, 말을 선물

---

3 『史記』「孔子世家」: 魯南宮敬叔言魯君曰, 請與孔子適周. 魯君與之一乘車, 兩馬, 一豎子俱. 適周問禮. 蓋見老子云. 辭去, 而老子送之曰, 吾聞富貴者送人以財, 仁人者送人以言. 吾不能富貴, 竊仁人之號, 送子以言. 曰, 聰明深察而近於死者, 好議人者也. 博辯廣大危其身者, 發人之惡者也. 爲人子者毋以有己, 爲人臣者毋以有己. 孔子自周反于魯, 弟子稍益進焉.

하는 것은 능히 종신의 복이 될 수 있다는 것을."4이라고 하였습니다. 생각해 보면 세뱃돈도 새 지폐가 나올 때마다 올랐습니다. 덕담보다는 현물을 좋아하는 것은 사실입니다. 형편이 되면 선물도 주고 좋은 가르침도 주면 좋겠지만, 둘을 함께 주면 오감은 모두 선물에만 쏠리게 되고, 말은 쉬 잊힙니다. 그러므로 선물이면 선물만, 덕담이면 덕담만 남기는 것이 현명한 선택이 아닐까요?

---

4 『臣軌』 「序」: 是知贈人以財者, 唯申即目之歡. 贈人以言者, 能致終身之福.

78

하루라도

인생에서 하루라도, 좋은 말을 듣고, 좋은 행동을 보고, 좋은 일을 행하면 이날은 헛된 삶은 아닐 것이다.

人生一日, 或聞一善言, 見一善行, 行一善事, 此日方不虛生.

맹자는 순임금이 깊은 산중에 살던 때의 처신을 이야기하며, "나무와 돌과 더불어 살고, 사슴과 멧돼지와 놀아 깊은 산 속의 사람과 다른 것이 없지만, 선한 말을 듣고, 선한 행동을 보면, [본받아 행한 것이] 강하를 터놓은 듯 세차 막을 수 없었다."[1]고 하였는데, 위의 격언은 여기에서 만들어진 것으로 보입니다. 어느 곳 어디에서 살더라도 보고 들은 좋은 말과 행동을 본받아 행하라는 것입니다.

---

1 『孟子』「盡心上」: 舜之居深山之中, 與木石居, 與鹿豕遊, 其所以異於深山之野人者幾希. 及其聞一善言, 見一善行, 若決江河, 沛然莫之能禦也.

공자는 "아침에 도를 들으면 저녁에 죽어도 좋다."[2]고 하였습니다. 여기 공자의 말에서 '듣는다[聞]'는 것은 '깨달아 안다'는 의미입니다. 또한, 도란 인간들이 '마땅히 해야 할[當然] 실질적인 이치'를 말한다는 점에서 도가나 불가와 다르다고 합니다. 미공이 말하는 '보고', '듣고', '행하는' 바로 현실적 의미의 도를 가리킵니다.

청나라 서예가이자 저명한 고증 학자였던 하작(何焯, 1661~1722)은 자신의 독서기록인 『의문독서기』에서 정자(程子)의 말을 다음과 같이 인용하고 있습니다. "도를 들음은 사람됨의 소이(所以)를 아는 것이다. 저녁에 죽어도 헛된 삶은 아니다. 앎의 진실함은 바로 믿음의 도타움이요, 실천의 힘은 지킴의 완고함이니 이와 같다면 살아도 헛되이 사는 것이 아니요 또한 죽어도 그냥 죽는 것이 아니다."[3]

삶을 헛되이 살지 않으려면, 좋은 말을 듣고 보는 것으로 그치지 말고 그것을 그대로 실천하라는 말입니다. 예나 지금이나 배운 지식과 지혜와는 상반되게 삶을 살아가는 사람들이 많았던 모양입니다.

---

2 『論語』「里仁」: 朝聞道, 夕死可矣.

3 『義門讀書記』,「論語上」: 聞道, 知所以爲人也. 夕死可矣是不虛生也. 知之眞便信之篤, 行之力守之固, 如此則生不虛生, 亦死不徒死.

79

세 가지
일

왕소하가 이르기를 "(사람들이) 여색을 좋아하고, 싸움을 좋아하며, 사냥을 좋아함은 별달리 기를 만한 것이 못 되거늘 단지 이 세 가지 일을 기르니, 군자는 그것을 경계한다."고 하였다.

王少河云 : 好色好鬪好得禽獸, 別無所長, 只長此三件, 所以君子戒之.

공자는 "군자에게는 세 가지 경계할 것이 있다. 젊었을 때는 혈기가 불안정하므로 경계할 것이 색(色)에 있고, 장성하여서는 혈기가 바야흐로 왕성해지므로 경계할 것은 투(鬪)에 있으며, 늙음에 이르러서는 혈기가 이미 쇠퇴했으므로 경계할 것은 득(得)에 있다."[1]고 명시했습니다. 마지막 글자인 '득(得)'자를 주희는 '탐하여 얻음(貪得)'이라

---

1 『論語』「季氏」: 君子有三戒, 少之時, 血氣未定, 戒之在色. 及其壯也, 血氣方剛, 戒之在鬪. 及其老也, 血氣既衰, 戒之在得.

풀이했습니다. 바로 물욕을 의미합니다.

미공이 인용하고 있는 왕소하(王少河)는 자를 사용하고 있는 것 같
으나 누구인지 확인할 수 없습니다. 아마도 공자의 말을 시대적 흐름
에 맞추어 재해석한 것으로 볼 때, 동시대인으로 보입니다. 공자는 색
(色), 투(鬪), 득(得)이 혈기(血氣)에 따라 좌우되는 것으로 말하고 있지
만 여기서는 더 구체적으로 호색함, 호전성, 흥미를 위한 살생에 대한
세태를 대변하면서, 적어도 군자라면 도모할 만한 것이 못 된다는 것
을 강조하고 있습니다.

"경계한다"는 말과 "기를 만한 것이 못 된다"는 표현은 절대적으
로 금지한다는 것을 말하지는 않습니다. 인간인 이상 색(色), 투(鬪),
득(得)을 추구하지 않을 수는 없을 것입니다. 그것은 본성 차원의 문
제이니까요. 다만 그 지나침을 일깨우는 말로 받아들여야 할 것입니
다. 진계유가 이 격언집에서 끊임없이 경계하고 있는 지나침은 언제
나 탈을 부르고 막다른 골목에 이르게 한다는 것을 새삼 경고하는 것
입니다.

80

주인

조용히 앉아 생각이 일어나는 곳을 살피는 것은 주인이 당에 앉아
누가 오는지를 보고 자연스럽게 말을 주고받는 것과 다름이 없다.

靜坐以觀念頭起處, 如主人坐堂中, 看有甚人來, 自然酬答不差.

제갈량(諸葛亮)은 「자식을 훈계하는 글(誡子書)」에서, "무릇 군자의
행동이란 조용히 몸을 닦고 소박하게 덕을 기르는 것이다. 담백[淡泊]
하지 않으면 뜻을 밝히지 못하고, 편안하고 고요[寧靜]하지 않으면 멀
리 나아갈 수 없다. 무릇 배움이란 고요하게 하여 배워야 한다. 배움
이 없으면 재능을 넓힐 수 없고 뜻을 두지 않으면 배움을 이루지 못한
다. 방탕하고 태만하면 정신을 가다듬어 힘쓸 수 없고, 위태롭고 조급
하면 성정을 다스릴 수 없다. 나이는 시간과 더불어 치달아가고 뜻을
둠은 하루하루 사라지고 마침내 시들어 떨어져 버려 나이가 들면 세
상에 닿을 수 없다. 슬퍼하며 궁벽한 오두막을 지킨들 어찌 다시 미칠

수 있겠는가."[1]라고 하면서 이 맛도 저 맛도 없는 '담백함', 마음이 편안하면서 고요한 '편안하고 고요함'을 배움과 수양에 있어 중요한 덕목으로 들고 있습니다.

"조용히 몸을 닦는다."는 말은 번잡하고 수시로 드나드는 마음의 손님들을 안정시키는 것이고, "소박하게 덕을 기른다."는 말은 어떠한 꾸밈이나 과장 없이 있는 그대로 눈에 보이지 않는 보편적 작용력을 기른다는 말입니다. 담박함은 싱겁고 엷다는 뜻인데, 어떻게 뜻을 밝힐[明志] 수 있을까요? 영정(寧靜)이란 안녕하고 조용하다는 의미인데, 어떻게 멀리 나아갈 수[致遠] 있을까요? 말하자면 명지(明志)하려면 담박해야 하고, 치원(致遠)하려면 영정해야 한다는 말입니다. 이렇게 양극단에 있는 표현들이 통할 수 있을까요? 담박하고 영정하지 않으면 과욕으로 치달아 환영을 실체처럼 간주하게 되니 일시적이며 두드러진 표상에 현혹되어 버립니다. 결국, 상호관계 속에 '나'는 단절되고 고립되어 스스로 이치로부터 버려집니다. 나감이 있어야 들어옴이 있다는 말입니다.

미공의 이 말은 성찰의 중요성을 언급하고 있는 것입니다. 무시로 드나드는 마음이 제멋대로 하도록 두지 말고 마음에 드는 손님들(그것이 좋은 것이든 나쁜 것이든)과 소통하라는 뜻입니다. "마음과 짝하지 말

---

1 諸葛亮, 「誡子書」: 夫君子之行, 靜以修身, 儉以養德, 非淡泊無以明志, 非寧靜無以致遠. 夫學須靜也, 才須學也, 非學無以廣才, 非志無以成學. 淫慢則不能励精, 險躁則不能治性. 年與時馳, 意與日去, 遂成枯落, 多不接世, 悲守窮廬, 將復何及.

라, 자칫 그에게 속으리니"라고 하는 말은 마음에 드는 것은 모두 허상일 수 있으니 그것과 짝하지 말라는 것입니다. 미워하든 싫어하든 모두 내 마음에서 나온 것이거늘 어찌 물리칠 수 있겠습니까? 그것은 먼 저편의 말이 아닐까요? 차라리 마음과 짝하여 마음에 든 손님들과 소통하는 것이 지혜가 될 것이라는 속삭임일 것입니다. 뒤에 나오는 "고삐 뚫린 사람"과 견주어 보면 좋겠습니다.

81

조화

새의 무리에 들어가도 비행을 어지럽히지 않고, 짐승들 속에 들어가도 무리를 어지럽히지 않는다는 것은 조화로움이 지극하기 때문이다. 사람은 같은 부류인데도 괴리됨이 많으니 어찌 된 것인가? 그러므로 주희는 "도리에 맞지 않는 것을 고집하는 자는 박명한 사람이다."라고 하였다.

入鳥不亂行. 入獸不亂羣, 和之至也. 人乃同類而多乖睽, 何與. 故朱子云, 執拗乖戾者, 薄命之人也.

장자의 이야기와 주희의 말로 구성된 이 격언에서는 '화(和)'자가 핵심어입니다. 먼저 『장자』「산목」편을 보면, 공자가 진(陳)나라와 채(蔡)나라에 포위되어 며칠을 굶는 상황에 대공임(大公任)이란 자가 공자를 위문하러 가서 죽지 않는 도리를 다음과 같이 일러줍니다. "동해에 사는 의태(意怠)라는 새는 느리고 높이 날지 못해 무능한 것 같은데도 [다른 새의] 도움을 받아 날고 무리에 끼여 서식합니다. 나아갈 때는 감히 앞으로 나서지 않고, 물러날 때는 감히 뒤로 처지지도 않습니다. 먹을 때도 감히 먼저 맛보지 않고 꼭 그 남긴 것을 먹습니다. 그러므로 행렬에서 배척당하지도 않고 외부인으로부터 갑자기 해를 입지도 않으므로 이 때문에 환란을 면할 수 있었던 것입니다. 곧은 나무는 먼저 베이고, 좋은 우물은 먼저 말라 버리는 것이오…… [공자는 그의 말이 훌륭하다고 답하고] 교유를 사양하고 제자들을 돌려보내고 대택(大澤)으로 도피하여 가죽털옷을 입고 도토리와 밤을 먹고 살았다. 짐승들 속에 들어가면 무리를 혼란스럽게 하지 않았고, 새떼에 들어가면 비행을 어지럽히지 않았다. 새와 짐승도 그를 싫어하지 않는데 하물며 사람에 있어서랴!"[1] 이 마지막 문장에서 진계유가 인용한 문장을 찾을 수 있을 것입니다. 이것을 자연과 완전한 조화로 보는 것이지요. 이처럼 조화는 두드러지지 않는 것을 전제로 하고 있습니다. 이러한 조화를 깨드리는 행위에는 처벌이 필요한데, 바로 주희의 말을 끌어와, 수명이 짧아진다는 것입니다.

정이(程頤)는 "희로애락이 발현되지 않은 것을 중(中)이라 한다. 중이란 고요하여 움직임이 없는 것을 말한다. 그러므로 천하의 큰 근본

---

1 『莊子』「山木」: 東海有鳥焉, 其名曰意怠. 其爲鳥也, 翂翂翐翐, 而似無能. 引援而飛, 迫脅而棲. 進不敢爲前, 退不敢爲後. 食不敢先嘗, 必取其緒. 是故其行列不斥, 而外人卒不得害, 是以免於患. 直木先伐, 甘井先竭. 子其意者飾知以驚愚, 修身以明汙, 昭昭乎若揭日月而行, 故不免也.……辭其交遊, 去其弟子, 逃於大澤. 衣裘褐, 食杼栗. 入獸不亂群, 入鳥不亂行. 鳥獸不惡, 而況人乎.

이다. 희로애락이 드러났으나 모두 절도에 맞는 것을 화(和)라 한다.
화란 감응하여 마침내 통하게.되는 것을 말하므로 천하의 달도(達道:
두루 통하는 도리)라고 한다.”고 하였습니다. 이에 대해 주희는 이렇게
풀어 설명합니다. “희로애락은 정(情)이다. 드러나지 않은 상태가 성
(性)이다. 치우치거나 기우는 바가 없으므로 중(中)이라 한다. [그 정이]
드러나서 모두 절도에 맞는 것은 정의 바름이다. [서로] 괴려(乖戾)됨
이 없으므로 그것을 화(和)라 한다. 큰 근본이란 천명(天命)의 성(性)이
자 천하의 리(理)로, 모두 이로부터 나오므로 도의 체(體)이다. 달도(達
道)는 성(性)에 따르는 것을 말한다. 천하와 고금이 함께 유래하는 바
이므로 도의 용(用)이다.”**2**

여기에서 주목해야 할 부분은 바로 화(和)에 관한 언급들입니다. 정
이는 모든 감정이 드러나 절도에 맞는 것으로 보았고, 주희는 감정들
이 괴려(乖戾: 어그러져 온당하지 않음)됨이 없는 것이라고 합니다. 사실
위의 격언에서 인용된 주희의 말은 주희가 남긴 문헌 자료에서 찾을
수 없습니다. 또한 '박명(薄命)'이란 표현도 주희와는 좀 어울리지 않
습니다. 다만『주자어류』에 보면, "괴려됨이 없는 것이 바로 생명력
이다."**3**라고 하였습니다. 이 말을 거꾸로 하면, 괴려 됨이 없는 것은

---

2 『近思錄』「道體」: 喜怒哀樂之未發謂之中, 中也者, 言寂然不動者也, 故曰天下之大
本. 發而皆中節謂之和, 和也者, 言感而遂通者也, 故曰天下之達道.……喜怒哀樂,
情也. 其未發, 則性也. 無所偏倚, 故謂之中. 發皆中節, 情之正也. 無所乖戾, 故謂之
和. 大本者, 天命之性天下之理, 皆由此出, 道之體也. 達道者, 循性之謂. 天下古今之
所共由, 道之用也.

262

조화이고, 그 조화가 바로 생명력이라는 말입니다. 그러므로 조화가 없으면 생명력이 없어진다, 타고난 명이 엷어진다는 말로 바꿀 수 있을 것입니다. 이로써 볼 때, 진계유는 사람들의 말을 인용하면서 글자 그대로 옮겨 놓지는 않았습니다. 물론 보는 판본상의 차이도 고려해 봐야겠지만, 진계유는 그물의 벼리처럼 하나의 대의로 모일 수 있도록, 자신의 철학에 따라 문장의 변화를 주고 있음은 분명합니다.

---

3 『朱子語類』「程子之書」1: 蓋無乖戾, 便是生意.

82

고삐
뚫린
사람

득의하여 기뻐하고 실의하여 분노하는 것은 순응과 거스름에 따라 나오는 것인데, 어찌 주인 노릇을 하겠는가? 말과 소는 사람에게 코에 구멍이 뚫려, 가고자 하면 가고 멈추고자 하면 멈춘다. 세상에 나오는 모든 것들이 자기를 잡고 있다는 것을 모르는 자는 모두 자신의 코에 구멍이 뚫린 사람이다. 아침에서 저녁까지, 젊은 이에서 늙은이까지 말과 소가 되지 않은 자 몇이던가? 슬프도다!

得意而喜, 失意而怒, 便被順逆差遣, 何曾作得主. 馬牛爲人穿着鼻孔, 要行則行, 要止則止. 不知世上一切差遣得我者, 皆是穿我鼻孔者也. 自朝至暮, 自少至老, 其不爲馬牛者幾何. 哀哉.

　먼저 이 격언은 중국에서 증국번(曾國藩, 1811~1872)이 말한 것으로 알려져 있는데, 『안득장자언』을 접하지 못한 사람들이 하는 말입니다. 이 불교적 성격의 이 소품은 비유가 매우 탁월합니다. 일이 뜻대로 되고 안 되고는 일의 이치에 달린 것으로, 순리라면 잘 풀릴 것이고 역리라면 운행되지 못할 것인데, 자신이 만들어낸 그 감정에 몰두하여 일희일비(一喜一悲)한다면, 자기가 그 마음의 주인임에도 외부의 자극에 조종되고 있다는 것이겠지요. 이로부터 벗어나는 것이 "스스로가 주인이 되는 것[作得主]"이라고 말하고 있습니다. '작득주'란 용어는 불가의 법어에서 많이 사용됩니다. 그렇다고 선진 유가에서도 그 실마리를 찾을 수 없는 것은 아닙니다.

「중용」에서 공자는 "진실함[誠]으로 [이치에] 밝아지는 것을 본성[性]이라 하고, [이치에] 밝음으로 진실해지는 것을 가르침[敎]이라고 한다. 진실하면 밝아질 것이고, 밝으면 진실해질 것이다. 오직 세상에서 지극한 진실함이 그 본성을 다하게 할 수 있다. 그 본성을 다 할 수 있으면, 남의 본성을 다하게 할 수 있다. 남의 본성을 다하게 할 수 있으면, 만물의 본성을 다하게 할 수 있다. 만물의 본성을 다하게 할 수 있으면, 천지가 [만물을] 낳고 기름을 도울 수 있다. 천지가 [만물을] 낳고 기름을 도울 수 있으면, 천지와 더불어 [도의 운행에] 참여할 수 있을 것이다."[1]라고 하였습니다. 요약하면 '진실함으로부터 밝아지는 것', 그로부터 진정한 자주(自主)가 나오고, 이러한 밝아짐으로부터 진실함이 나오므로, 진실함이 없으면 나 밖의 타물(他物)에 구속당하게 된다는 것입니다.

---

1 『禮記』「中庸」: 自誠明, 謂之性. 自明誠, 謂之敎. 誠則明矣, 明則誠矣. 唯天下至誠, 爲能盡其性. 能盡其性, 則能盡人之性. 能盡人之性, 則能盡物之性. 能盡物之性, 則可以贊天地之化育. 可以贊天地之化育, 則可以與天地參矣.

그러나 송나라로 접어들면서, 유가는 불교와 외래 종교 사상에 맞설 만한 사변 철학 체계를 완성합니다. 『근사록』에서는 '작득주'란 표현을 직접적으로 사용하고 있습니다. 여조겸(呂祖謙, 1137~1181)이 생각이 많아 몰아내 없앨 수가 없는 것을 걱정하자 정호는 이렇게 답해 줍니다. "그 문제는 마치 허물어진 집에서 도적을 막는 것과 같다. 동쪽에서 온 한 사람을 아직 몰아내지 못했는데, 서쪽에서 또 한 사람이 온다. 전후좌우에서 오면 몰아낼 겨를이 없어지는 것은 사방이 비고 허술하여 도적이 쉽게 들어오니 주인이 되어 안정할 방법이 없다. 또 빈 그릇에 물을 부으면 물이 자연스럽게 들어가는 것과 같으나, 만약 한 그릇을 물로 가득 채우면, 물속에 넣더라도 물이 어찌 들어올 수 있겠는가. 안에 주인이 있으면 꽉 차고, 꽉 차면 외부의 근심이 들어 올 수 없으니 자연히 아무 일도 없을 것이다."[2]라고 하며 내면의 주인이 되어야 외부의 자극에도 흔들림 없이 일정할 수 있음을 말하고 있습니다.

「십우도」를 기억할 것입니다. 소를 얻으면 사람들은 고삐를 뚫고 소를 사육합니다. 이제부터 소를 부리는 사람 마음대로 됩니다. 사람도 이렇게 고삐가 뚫리면 길든 소가 되어 외부의 자극에 조정되는 꼭두각시가 된다는 것입니다. 그렇게 조종당하지 않으려면 물이 꽉 찬

---

2 『近思錄』「存養」: 此正如破屋中禦寇, 東面一人來, 未逐得, 西面又一人至矣. 左右前後驅逐不暇, 蓋其四面空疎, 盜固易入, 無緣作得主定. 又如虛器入水, 水自然入, 若以一器實之以水, 置之水中, 水何能入來. 蓋中有主則實, 實則外患不能入, 自然無事.

그릇을 물속에 넣어도 변함이 없는 것처럼, 마음의 주인이 되어 내면을 가득 채우면 된다는 것입니다. 이 소품은 바로 명말청초 유불도 삼교의 통섭적 경향을 잘 보여 줍니다. 특히 유교와 불교의 사고를 특유의 비유법으로 조화롭게 섞어 놓은 것이라고 할 수 있을 것입니다.

83

군자

세상이 어지러울 때 충신과 의로운 선비들은 그래도 좋은 사람이 되려한다. 다행이도 태평한 시대를 맞아, 따뜻하고 배부르게 되었는데도 군자가 되지 않으려 한다면 또 무엇이 되겠는가?

世亂時, 忠臣義士尚思做箇好人, 幸逢太平, 復爾溫飽, 不思做君子, 更何爲也.

『채근담』에서 "봄이 되어 시절이 온화하면 꽃은 예쁜 색을 펼치고, 새들도 좋은 소리를 낸다. 사군자로서 다행히 두각을 드러냈고 또 따뜻하고 배부름을 만났는데도, 좋은 말을 세우거나 좋은 일을 행하려 하지 않는다면 비록 백 년을 세상에 있다고 해도 단 하루도 살지 못한 것과 같다."[1]고 하였습니다. 꽃이나 새들조차도 봄이 되면 꽃들이 만발하고 새들이 한껏 지저귀는데, 군자(君子)된 사람도 당연히 인생의

---

[1] 『菜根譚』: 春至時和, 花尚舖一段好色, 鳥且囀幾句好音. 士君子幸列頭角, 復遇溫飽, 不思立好言, 行好事, 雖是在世百年, 恰似未生一日.

봄이 되면 피어야 한다는 말입니다.

이 말은 진계유의 시대에도 있었을 것으로 보이지만 미공은 끊임없이 자신의 격언집에서 말에 대한 경계를 해왔기 때문에, 『채근담』에서 말하는 "좋은 말을 세우고"란 표현이 눈에 거슬렸던 것으로 보입니다. 그래서 그는 "군자가 되려는" 생각으로 바꾼 것으로 생각합니다. 결국, 두 격언을 종합해 보면 군자다운 행동, 또는 군자다운 것은 "좋은 말을 세우고 좋은 일을 행하는 것"이 됩니다. 과연 미공이 생각한 '군자'란 무엇일까요?

『주역』에 "'군자가 종일토록 부지런히 힘쓰고 저녁에는 두려운 듯이 하면 위태로워도 허물은 없다'라고 했는데, 무슨 말인가? 공자는 '군자가 덕으로 나아감에 학업을 닦는 것은, 충(忠)과 신(信)이 덕으로 나아가게 하기 때문이다. 말을 함에 그 진실함을 세우는 것은 학업을 할 수 있게 하기 때문이다. 그 공업을 닦을 수 있는 토대다. 이르고 이르게 할 줄 알아야 미세한 기미를 더불어 말할 수 있고, 끝내고 끝내게 할 줄 알아야 의(義)를 지킬 수 있다. 그래서 높은 자리에 있으면서도 교만하지 않고 낮은 지위에 있으면서도 근심하지 않는다. 그러므로 종일토록 부지런히 노력하여 그 때마다 조심하면 위태로워도 허물이 없을 것이다."[2]라고 하며 군자의 행동 지침을 제시하고 있습니다.

---

2 『周易』, 「乾卦·文言傳」: 君子終日乾乾, 夕惕若, 厲, 无咎. 何謂也. 子曰, 君子進德脩業, 忠信, 所以進德也, 脩辭立其誠, 所以居業也. 知至至之, 可與[言]幾也, 知終終之, 可與存義也. 是故居上位而不驕, 在下位而不憂. 故乾乾因其時而惕, 雖危无咎矣.

공자는 "군자는 아홉 가지 생각할 것이 있다. 볼 때는 분명하게 보았는가를 생각해야 하고, 들을 때는 잘 들었는지를 생각하며, 기색은 온화한가를 생각해야 하고, 용모와 태도는 공손한가를 생각해야 하며, 말에는 본심을 다했는지를 생각해야 하고, 일에는 집중하고 진지했는지를 생각해야 하며, 의심에는 물음을 생각해야 하고, 분노에는 그에 따르는 어려움을 생각해야 하며, 이득을 봤을 때는 의로움을 생각해야 한다."[3]고 하였는데, 이는 군자가 행동함에 고려해야 할 아홉 가지를 말하고 있습니다.

다시 「중용」을 보면, "군자는 그 자리에 처한 대로 행하고 그 밖의 것에 바라지 않는다. 부귀하면 부귀한대로 행하고, 빈천하면 빈천한 대로 행하며, 오랑캐면 오랑캐대로 하고, 환난이면 환난한대로 행하니, 군자는 어디를 들어가더라도 스스로 만족하지 않음이 없다. 윗자리에 있어도 아랫사람을 업신여기지 않고, 아랫자리에 있으면서도 윗사람에게 매달리지 않으며, 자신을 바르게 하여 남에게 요구하지 않으면, 원망이 없으므로, 위로는 하늘을 원망하지 않고 아래로는 남을 탓하지 않는다. 그러므로 군자는 바꿈 속에서 살며 운명을 기다리고, 소인은 위험 속에서 행동하여 요행을 바란다."[4]고 하며 군자와 소

---

3 『論語』「季氏」: 君子有九思. 視思明. 聽思聰. 色思溫. 貌思恭. 言思忠. 事思敬. 疑思問. 忿思難. 見得思義.

4 『禮記』「中庸」: 君子素其位而行, 不愿乎其外. 素富貴, 行乎富貴. 素貧賤, 行乎貧賤. 素夷狄, 行乎夷狄. 素患難, 行乎患難. 君子無入而不自得焉. 在上位不陵下, 在下位不援上, 正己而不求於人, 則無怨. 上不怨天, 下不尤人. 故君子居易以俟命, 小人行險以徼幸.

인을 비교하여 군자의 이미지를 그려놓고 있습니다.

왕안석(王安石, 1021~1086)은 「군자재기」에서 "천자, 제후를 '군'이라 이르고, 경과 대부를 '자'라 이르는데, 옛날에 이러한 명칭을 만든 것은, 천하의 유덕한 사람들에게 명했기 때문이다. 그러므로 천하의 유덕한 사람들을 두루 일컬어 '군자'라고 했다. 천자, 제후, 경, 대부의 지위에 있으면서 그에 걸맞은 덕이 없어도 그들을 군자라고 할 수 있는데, 대저 그 지위로 일컬은 것이다. 천자, 제후, 경, 대부의 덕이 있으면서 그에 걸맞은 지위가 없어도 이를 군자라고 할 수 있는 것은 대저 그 덕으로 말하는 것이다. 지위는 나의 밖에 있지만, 우연히 그것을 가지게 되면, 사람들은 그 명칭[겉]을 그에게 부여하고 겉모양에 따라 그를 섬긴다. 덕은 안에 있는 것이므로 구하여 가지면, 사람들은 그 실제[속]를 그에게 부여하여 마음으로 그를 따른다."[5]고 하며 내면과 외면의 일치를 주장하고 있습니다.

이상의 인용한 글들을 통하여 진계유가 생각한 '군자'가 무엇인지를 어림잡아 볼 수 있을 것입니다. 우리는 변화 속에 살며, 그 변화에 따라 만족하며 살고, 그렇게 살려고 노력하는 사람, 그 사람이 바로

---

5 王安石, 「君子齋記」: 天子諸侯謂之君, 卿大夫謂之子. 古之爲此名也, 所以命天下之有德. 故天下之有德, 通謂之君子. 有天子諸侯卿大夫之位而無其德, 可以謂之君子, 蓋稱其位也. 有天子諸侯卿大夫之德而無其位, 可以謂之君子, 蓋稱其德也. 位在外也, 遇而有之, 則人以其名予之, 而以貌事之. 德在我也, 求而有之, 則人以其實予之, 而心服之.

유덕한 사람이요, 군자라는 것입니다. 이 군자에게는 지위가 있을 수도 없을 수도 있는데, 지위는 밖의 것이므로, 지위의 유무를 우연한 것으로 받아들일 줄 아는 사람, 그 사람이 바로 군자임을 말하고 있습니다.

84

용서

무릇 나의 노비가 다른 사람에게 죄를 지은 경우는 용서할 수 없지만, 나에게 죄를 지었다면 용서할 수 있다.

凡奴僕得罪于人者, 不可恕也, 得罪于我者, 可恕也.

공자는 어느 날 애제자 증삼(曾參)에게 자신의 도가 하나로 관통하고 있음을 말해 줍니다. 그 말의 뜻을 묻는 문하생들에게 증삼은 "선생님의 도는 충(忠)과 서(恕)일 뿐"[1]이라고 설명해 주었습니다. 다시 「위령공」에서 공자는 "종신토록 행할 만한 한 마디 말이 있습니까?"[2]라고 묻는 자공에게 "그것은 서(恕)이다. 자신이 원하지 않은 바를 남에게 시키지 말라."[3]고 하며, 증삼에게 한 말을 확인시켜 주고 있

---

1 『論語』「里仁」: 夫子之道, 忠恕而已矣.
2 『論語』「衛靈公」: 有一言而可以終身行之者乎.
3 『論語』「衛靈公」: 其恕乎. 己所不欲, 勿施於人.

습니다. 이어서 공자는 "자기 자신을 깊이 책망하고 다른 사람을 적게 책망하면 원망을 멀리할 수 있다."[4]고도 하였습니다.

　이처럼 공자의 도가 매사에 마음을 다하는 것과 용서라면 왜 노비가 남에게 저지른 잘못은 용서할 수 없는 것일까요? 타인에게 잘못을 저질렀다는 것은 타인이 원하지 않는 일을 행하거나 시켰다는 말이므로 용서해서는 안 될 것입니다. 전통봉건 사회에서 자연의 번영과 인간의 행복은 동시에 군주의 복을 드러내는 것이기도 했습니다. 따라서 군주의 덕은 백성들의 삶에 그대로 투영될 수밖에 없다고 생각했던 것입니다. 그러므로 하인의 잘못은 주인 차원의 문제로 직결되었습니다. 결국, 하인이 다른 사람에게 잘못을 저지를 것은 자신의 책임으로 돌아오고 그 잘못은 다시 상하 조직사회의 질서를 무너뜨리는 원인이 되기 때문에 용서하지 못한다는 말로 보아야 할 것입니다. 하지만 주나라 무왕 치하의 백성과 은나라 주왕(紂王) 치하의 백성이 어찌 같은 마음일 수 있겠습니까? 어진 상관 밑에는 어진 하인이 있기 마련입니다. 안자(晏子)의 마부를 떠올리면 될 것입니다.

　한편 『채근담』에서는 좀 다른 각도에서 말하고 있습니다만, 유사한 취지를 보입니다. "남의 잘못은 용서해야 하지만 그 잘못이 자기에게 있다면 용서해서는 안 된다. (마찬가지로) 자기의 곤욕은 참아야 하지만 그 곤욕이 타인에게 있다면 참아서는 안 된다."[5]고 한 것입니

---

4 『論語』「衛靈公」: 躬自厚而薄責於人, 則遠怨矣.
5 『菜根譚』: 人之過誤宜恕, 而在己則不可恕. 己之困辱宜忍, 而在人則不可忍.

다. 자기 자신에게는 엄격하면서 남에게는 너그러운 사람이 있고, 남에게는 엄격하면서 자기 자신에게는 너그러운 사람이 있는가 하면, 자타 모두에게 엄격한 사람이 있고, 자타 모두에게 관대한 사람이 있습니다. 선택 속에서 분명한 것은 자신과 남에게 동일한 잣대를 적용해야 한다는 점일 것입니다.

85

권선

부귀한 사람에게는 다른 사람에게 관대하도록 권해야 하고, 총명한 사람에게는 다른 사람에게 도탑게 하도록 권해야 한다.

富貴家宜勸他寬. 聰明人宜勸他厚.[1]

이 격언은 『채근담』에서 더 자세하게 기술되어 있습니다. "부귀한 집안은 너그럽고 후해야 하나 도리어 각박하게 하는 것은 부귀하면서도 그 행동을 빈천하게 하는 것이니 어찌 (그 부귀를) 누릴 수 있겠는가? 잘 보고 잘 듣는 총명한 사람이라면 거두고 감추어야 하나 오히려 자랑하고 뽐낸다면 총명하면서도 그 병에 밝지 못한 것이니 어찌 (그 총명함을) 망치는 것이 아니겠는가."[2]라고 하였습니다.

---

1 『醉古堂劍掃』권1에는 "부귀한 사람은 너그러움을 배워야 하고, 총명한 사람은 두터움을 배워야 한다(富貴家宜學寬, 聰明人宜學厚.)"로 되어 있습니다.

『논어』「학이」에 보면, 가난하다 잘살게 된 자공이 자신의 소신대로 행동하고 있는 모습을 스승에게 인정받기 위해 가난하면서도 아첨하지 않고 부유하면서도 교만하지 않은 삶의 자세에 관해 묻습니다. 그러자 공자는 그렇지만 가난하면서도 즐기고 부유하면서도 예를 좋아하는 것만 못하다고 하면서 더욱 정진할 것을 일러줍니다.

가난하고 지위가 낮으면 비굴해지고 아첨하기 쉬우며 부유하고 지위가 높은 사람은 교만해지기 쉽습니다. 그러므로 '부유하면서 예를 좋아하는 것'이 중요하다고 합니다. 예를 좋아하면 결국 너그럽고 관대한 마음을 함양하게 된다는 것입니다. 또한, 총명한 사람은 사물을 잘 구분하고 행동이 민첩하여 이것을 보고 듣고 저것을 알기 때문에 재주가 많은 사람입니다. 이 사람은 자신의 재주와 머리만 믿고 매사에 자랑하고 뽐내면서 경망하게 행동하기 쉽습니다. 그러므로 모든 행동에 민첩함보다는 중후함을 길러야 하지요. 그래서 재주가 덕을 이기는 사람을 소인이라 부른 것이 아닐까요?

순자가 "천하를 복종시키는 마음을 갖춘 자는 아무리 높은 자리에 있어도 남에게 교만하지 않으며, 성현의 지혜를 잘 안다 해도 남을 곤궁하게 하지 않고, 통달하여 일에 민첩할지라도 남을 다투어 앞서지 않으며, 힘이 세고 용감해도 남을 해치지 않고, 모르는 것이면 묻고

---

2 『菜根譚』: 富貴家宜寬厚, 而反忌刻, 是富貴而貧賤其行矣, 如何能享? 聰明人宜斂藏, 而反炫耀, 是聰明而愚懵其病矣, 如何不敗.

능하지 못한 것이면 배우며, 비록 능하더라도 양보해야 한다. 그런 연후에 덕이 있다 할 것이다."[3]라고 한 것을 참고할 만합니다.

　　마지막으로 위의 격언에서 관(寬)자와 후(厚)자의 쓰임에 주목할 필요가 있습니다. '관'자는 재물을 넉넉하게 베푸는 것을 의미하고, '후'자는 마음 씀씀이가 각박하지 않고 도타운 것을 지칭하고 있는 것을 말입니다. 117번 "예(禮)"의 격언을 같이 보는 것이 좋을 것 같습니다.

3 『荀子』「非十二子」: 兼服天下之心, 高上尊貴, 不以驕人. 聰明聖知, 不以窮人. 齊給速通, 不爭先人. 剛毅勇敢, 不以傷人. 不知則問, 不能則學, 雖能必讓, 然後爲德.

86

정신
수습

천하에 오직 성현만이 정신을 수습할 수 있고, 그다음이 영웅이
요, 그다음이 수련하는 도사이다.

天下惟聖賢收拾精神, 其次英雄, 其次修煉之士.

『채근담』에서도 비슷한 말이 보입니다. "배우는 사람은 정신을 수
습하여 한 길에 귀의해야 한다. 만약 덕을 닦으면서 일의 공과와 명예
에 뜻을 둔다면 분명 실질적인 조예가 없을 것이다. 책을 읽으면서 시
문을 읊조리는 데에 흥을 두면 마음을 심화시키지 못한다."[1]고 하였
습니다. 여기에서 공통으로 쓰고 있는 "정신을 수습한다."는 말은 도
대체 무슨 뜻일까요?

---

[1] 『菜根譚』: 學者要收拾精神, 併歸一路. 如修德而留意於事功名譽, 必無實詣. 讀書而
寄興於吟咏風雅, 定不深心.

『안득장자언』과 『채근담』의 말은 육구연(陸九淵, 1139~1192)의 『상산어록』에서 근거한 것으로 보입니다. "사람의 정신은 밖에 있으면, 죽음에 이르러서도 어지럽다. 반드시 [정신을] 수습하여 주재해야 한다. 정신을 수습하여 안에 있으면, 측은해야 할 때 측은해하고, 부끄러워하고 싫어해야 할 때는 부끄러워하고 싫어할 것이다. 누가 당신을 기만할 수 있겠는가? 누가 당신을 속일 수 있겠는가? 네 가지 실마리[맹자의 사단]를 느껴 본 뒤에 꾸준히 함양한다면 이것이 어찌 그다음이겠는가?"[2]라고 한 것 말입니다.

또 이보다 더 구체적으로 한 문하생과의 대화를 통해 정신수습의 중요성을 언급하고도 있습니다. [육상산의 문인으로 자가 제도인] "주부(朱桴)가 말하기를 '전에는 그래도 용감하게 결단하고 지체하거나 의문이 없어 일을 해낼 수 있었습니다. 선생님을 뵙고 난 뒤로는, 일할 때 맞는지 안 맞는지 의구심이 들어서 일을 해낼 수 없습니다. 요사이 잘못을 후회하고 스스로 경계하려고 힘쓰고 있으나 도무지 뾰족한 것이 없습니다.'라고 하였다. 선생님께서 '존형은 당장 자립하여, 바르게 앉아 손을 모으고 정신을 수습하여 스스로 주재해야 합니다. 만물이 모두 나에게 갖추어져 있는데 무슨 모자란 것이 있겠습니까? 측은해야 할 때 당연히 측은해야 하며, 수오(羞惡)해야 할 때, 당연히 수오하고, 너그럽고 온유해야 할 때 당연히 너그럽고 온유하며, 강하고 굳

---

2 『象山語錄』卷4: 人精神在外, 致死也勞攘. 須收拾作主宰. 收得精神在內, 當惻隱即惻隱, 當羞惡即羞惡, 誰得欺你. 誰得瞞你. 見得端的後, 常涵養, 是甚次第.

세야 할 때, 당연히 강하고 굳세면 되지요."³라고 하였습니다.

　　이상을 통해 보면 "정신을 수습한다."는 말은 정신을 고요하게 안정시켜 외부의 자극에 영향을 받지 않는 것을 말합니다. 현재의 우리처럼 진계유도 이러한 정신 상태를 유지하는 것이 현실적으로 힘들다는 것을 방증하여 말하고 있는 것으로 보입니다.

---

3 『象山語錄』卷4: 朱濟道說, 前尙勇決, 無遲疑, 做得事. 後因見先生了, 臨事卽疑恐不是, 做事不得. 今日中只管悔過懲艾, 皆無好處. 先生曰, 請尊兄卽今自立, 正坐拱手, 收拾精神, 自作主宰. 萬物皆備於我, 有何欠闕. 當惻隱時自然惻隱, 當羞惡時自然羞惡, 當寬裕溫柔時自然寬裕溫柔, 當發强剛毅時自然發强剛毅.

87

호연지기

술 취한 사람이 담대해지는 것은 술과 더불어 융합되었기 때문이다. 사람이 능히 바른 도리와 천명과 함께 융합될 수 있다면, 호연지기가 자연히 가득 찰 것이니 두려워할 바가 뭐가 있겠는가?

醉人膽大, 與酒融浹故也. 人能與義命融浹, 浩然之氣自然充塞, 何懼之有.

한마디로 사람이 술이라는 구체적인 '반응기제'를 만나 그것과 융합되므로 대담해진다는 말입니다. 마찬가지로 사람이 하늘이 부여한 명(命)과 현실적이고 구체적인 덕목인 의(義)를 '반응기제'로 하여, 즉 천도와 인도가 융합되어 도를 이루는 것을 의미합니다. 본성이 곧고 바르게 발휘되어 '의(義)'와 '도(道)'에 합치되면, 마음에 호연한 기운이 저절로 가득 차게 되니 두려워할 것이 무엇이겠냐는 대의지요.

미공의 격언은 맹자의 '호연지기'를 사람과 술의 관계를 빌려 쉽게 설명하려 하고 있습니다. 인간의 타고난 본성은 선하지만 사회생활을 하면서 그 선한 본성이 손상되므로, 그 본래의 마음을 회복해야 한다고 맹자는 주장합니다. 맹자에 따르면, 기란 마음을 싣고 있는 바탕으로 몸에 가득 차 있으며 움직임을 가능하게 하고 생명을 유지시키는 것입니다. 호연이란 커다란 모양을 형용하는 표현으로, 종합해 보면 가득 차 있는 성대한 것을 말합니다.

"마음을 다하면 본성을 알 수 있고 본성을 알면 하늘을 알 수 있다."고 하였습니다. 결국, 마음을 다하면 천명을 알 수 있다는 말이고, 이를 곧고 성실하게 실천하면 하늘과 사람이 합일(合一)하는 경지에 이르게 되고, 게다가 지속적으로 의(義)를 모아 호연지기를 함양하면 천지와 일치하게 되므로 자연히 흔들리지 않는 마음[不動心]을 가지게 될 것이고, 당연히 세상사에 손상된 본성을 회복하는 첩경이 되는 것입니다.

맹자는 호연지기를 이루는 방법으로 '지언(知言)'과 '양기(養氣)'를 들고 있습니다. 이 둘은 상호보완적이라 순서를 따질 필요가 없지만, 맹자는 지언을 먼저 말했습니다. '지언'에 대해 주희는 "모름지기 지언을 해야 한다. 말을 잘 알아들으면 의리가 정밀해지고 이치에 밝아져 호연지기를 기를 수 있다. 지언이 바로 「대학」에서 말하는 격물치지이다."[1]라고 설명했습니다. 남의 말을 잘 알아듣는다는 것은 화자

---

1 『朱子語類』「孟子2」: 須是先知言. 知言, 則義精而理明, 所以能養浩然之氣. 知言正是格物致知.

의 마음을 읽는 것이요, 그 사람의 의(義), 도(道)를 안다는 말이 됩니다. 물론 이렇게 되기 위해서는 나의 주체가(올바른 가치 기준이) 확립되어 있어야 하는 것은 당연하겠지요. 타인의 말을 잘 알아듣는 것은 결국 자신의 주체가 확립된 것을 의미하므로 무엇을 의심하고 두려워하겠습니까? 여기에다 기(氣)를 기르고 지(志)를 기르는 것을 치우침 없이 병행하면, 부동심, 즉 어떠한 외부적 힘이나, 내적인 변화에도 흔들리거나 두려움 없는 초연한 마음을 이루게 된다는 것입니다. 이것이 바로 진심(盡心)이 존심(存心)이 되는 공리입니다.

88

군자를
만나고도

어진 사람과 군자를 만나보고 돌아와서도 여전히 이전 그대로의
'나'인 자는 그의 앎과 지향하는 바를 알 수 있을 것이다.

會見賢人君子而歸, 乃猶然故吾者, 其識趨可知矣.

　위(魏)나라 문후(文侯)가 전자방(田子方)과 함께 앉자 담소를 나누는
데, 전자방이 동네 사람인 계공(谿工)의 훌륭함만 말하면서 정작 자기
스승에 대해서는 일언반구의 말도 없었습니다. 이에 의아해한 문후
가 캐묻자, 전자방은 "그 사람됨이 진실하며, 사람의 모습을 하고 있
으나 하늘처럼 텅 비어 있고, 하늘을 따라 참됨을 길러 맑으면서도 사
물을 포용하십니다. 사물에 도(道)가 없어도 모습을 바르게 하시고 그
것들을 깨닫도록 하시며 사람의 의지도 사라지게 합니다. 족히 그를
이를 만한 무언가를 가려낼 수 없습니다."라고 말했는데, 문후는 이
렇게 간접적으로 전해 듣고도 감화되어 아무것도 하지 못하는 지경

에 이르렀었다고 합니다. 현인과 군자의 힘은 이와 같이 비가시적인 것으로 무한의 힘을 미치고 있음을 보여 주는 일화입니다.[1] 이러한 현인과 군자를 만나보고 돌아왔음에도 아무런 감흥이 없이 여전히 그를 만나기 전의 자신 그대로라면, 무엇을 말하는 것이겠습니까?

한편 장자는 공자와 제자 안연(顔淵)의 재미있는 대화를 설정하여 들려주고 있습니다. 안연은 선생님께서 말씀하시면 또한 자신도 말을 할 수 있고, 선생님께서 변설을 펼치시면 자신도 변설을 펼 수 있으며, 선생님께서 도를 말씀하시면 자신도 도를 말할 수 있는데, 선생님께서 말씀을 안 하셔도 (사람들이) 믿고, (사람들과) 친하지 않으셔도 친하게 따르며, 기(器: 권력)가 없으심에도 백성들이 앞에 굴복하니, 그렇게 되는 까닭을 알지 못하겠다고 합니다. 그러자 스승은 이렇게 말합니다. "무릇 마음이 죽는 것[心死]보다 큰 슬픔은 없고, 몸의 죽음[人死]도 그다음이다. 해는 동방에서 나와 서쪽 끝에서 들어가니, 만물은 그 도에 따르지 않음이 없다. 머리가 있고 발이 있는 것들은 이를 기다렸다가 (각자의) 공(功)을 완수한다. 해가 뜨면 존(存)하고 해가 들어가면 망(亡)하니, 만물 또한 그러하다. 무엇인가에 힘입음이 있어도 죽고, 무엇인가에 힘입음이 있어도 산다. 우리는 형체를 이룬 이상 변형시키지 않고 죽음을 기다리며 사물을 본받아 움직여야 한다. 밤낮으로 틈이 없으므로 그 다하는 바를 알 수 없다. 순리에 따라 형체를

---

1 『莊子』「田子方」: 其爲人也眞, 人貌而天虛, 緣而葆眞, 淸而容物. 物無道, 正容以悟之, 使人之意也消. 無擇何足以稱之.

이루었지만, 운명을 알아 미리 규정할 수는 없다. 그 때문에 나는 매일 나아간다. 우리가 평생 너와 팔을 끼고 살아도 서로를 잃을 것이니 슬프지 않겠느냐? 너는 나의 드러나는 것을 드러내려 한다. 그것은 이미 다한 것이다. 그러나 너는 그것을 추구하며 존재한다고 여긴다. 이는 텅 빈 시장에 가서 말을 사려는 것과 같다. 내가 너를 믿는 것도 쉬이 잊히고, 네가 나를 믿고 따르는 것도 쉬이 잊힌다. 그렇지만 네 어찌 걱정하겠느냐? 비록 이전의 나[故吾]를 잊는다 해도 우리에게는 잊히지 않는 것도 있다."²고 하였습니다.

여기 진계유가 마지막 문장에서 '식추(識趨)'라 쓴 표현은 바로 겉으로 드러나 자신이 인식한 행동을 좇아가는 것을 말합니다. 다시 말하자면 진정한 깨달음이 없이 가시적인 것만을 추구하려고 하니 비가시적인 무한의 힘을 체득하지 못한다는 말입니다. 그러므로 그는 언제나 '고오(故吾)'의 상태에서 변화하지 못하고 정체되어 있게 되는 것입니다. 그것은 바로 텅 빈 시장에서 말을 사려는 것과 같은 것이 되므로, 곧바로 남에게 읽힐 수 있다는 것을 경계하는 것이지요.

---

2 『莊子』「田子方」: 夫哀莫大於心死, 而人死亦次之. 日出東方而入於西極, 萬物莫不比方. 有目有趾者, 待是而後成功, 待晝而作. 是出則存, 是入則亡. 萬物亦然, 有待也而死, 有待也而生. 吾一受其成形, 而不化以待盡, 效物而動, 日夜無隙, 而不知其所終, 薰然其成形, 知命不能規乎其前, 丘以是日徂. 吾終身與汝交一臂而失之, 可不哀與. 女殆著乎吾所以著也. 彼已盡矣, 而女求之以爲有, 是求馬於唐肆也. 吾服女也甚忘, 女服吾也亦甚忘. 雖然, 女奚患焉. 雖忘乎故吾, 吾有不忘者存.

89

마음
손님

말을 함에 반드시 숙고하면, 생각은 주인이 되고 말은 손님이 되니 자연히 말이 적어진다.

出言須思省, 則思爲主, 而言爲客, 自然言少.

　진계유의 중심 화두인 말조심을 되새기는 격언입니다. 위의 문장대로 보면 손님은 말이 적어야 하고 주인이 접대하는 처지에서 말이 많아져야 하는 것이 인지상정입니다. 사람을 불러 놓고 주인이 과묵하다면 손님 처지에서는 그야말로 난감한 상황에 부닥치게 될 테니까요. 결국, 말하기 싫으면 손님을 맞아서는 안 되는 것입니다. 말하는 것도 이와 같습니다. 주인처럼 생각은 많이 하되, 손님처럼 말은 적게 하라는 말로 귀결됩니다.

　이 격언의 중심어는 '사(思)'입니다. 풀이는 서애 류성룡(柳成龍,

1542~1607) 선생의 말을 빌려오는 것이 적절할 것으로 보입니다. "「홍범(洪範)」에 '생각한다는 것은 예지를 말함이며, 예지란 성인(聖人)을 만든다.'라고 하였으니 숙(肅: 정중함), 예(乂: 어짊), 철(哲: 총명함), 모(謀: 책략)는 생각하지 않으면 이룰 수 없다…… 공자는 '배우기만 하고 생각하지 않으면 속고, 생각만 하고 배우지 않으면 의혹이 생긴다.'고 하였고,「중용」에 나오는 박학(博學)·심문(審問)·신사(愼思)·명변(明辨)·독행(篤行)이란 다섯 가지는 생각이 주가 되기 때문에 이들 중간에 있으며, 맹자는 '마음이란 기관은 생각하므로, 생각하면 얻고 생각하지 않으면 얻지 못한다. 이 마음은 하늘이 우리에게 준 것이다.'라고 하였다. 성현의 학문은 오로지 생각하는 것을 주로 한다. 생각하지 않으면 입과 귀로 하는 학문이므로, 많다 하더라도 뭐하겠는가. 어떤 사람이 다섯 수레의 책을 외웠지만, 그 뜻을 물었을 때 까마득히 모르는 것은 다름이 아니라 생각하지 않았기 때문이다. '사(思)'자는 '전(田)'자와 '심(心)'자를 따른다. '밭(田)'자는 갈아 다스린다는 뜻이니, 사람이 마음의 밭을 잘 갈고 다스리기를, 농부가 잡초들을 없애 좋은 곡식을 기르는 것과 같이한다면, 마음이 이로 말미암아 반듯해지고, 뜻이 이로 말미암아 성실해지니, 악한 생각이 물러가고 다스려져 천리가 자명해진다."[1]

---

1 『西厓集』卷15,「學以思爲主」: 洪範曰, 思曰睿, 睿作聖. 肅乂哲謀, 非思不立.……孔子曰, 學而不思則罔, 思而不學則殆. 中庸博學審問愼思明辨篤行五者, 思爲主, 故處其中. 孟子曰, 心之官則思, 思則得之, 不思則不得. 此天之所以與我者. 聖賢之學, 專以思爲主. 非思則口耳之學, 雖多奚爲. 今有人口誦五車書, 問其義則冥然莫知者, 無他, 不思故耳. 盖思字, 從田從心. 田者, 耕治之義, 人能耕治心田, 如農夫之去稂莠而養嘉穀, 則心由是正, 意由是誠, 惡念退聽而天理自明矣.

그러므로 관중(管仲)은 "생각하고, 생각하고, 또 거듭 생각하라. 생각해서도 통하지 않으면, 귀신이 통하게 할 것인데, 귀신의 힘이 아니라 정기(精氣)가 지극해져서이다."²라고 하였습니다. 따라서 진계유의 이 말은 생각을 주인으로 삼고 말을 손님으로 삼으라는 이러한 논의들을 하나로 꿰고 있는 가장 명확한 요약이라 할 수 있습니다.

『세설신어』에는 동진(東晉)의 저명한 서예가인 "왕희지(王羲之, 307~365)의 아들들인 왕휘지(王徽之), 왕조지(王操之), 왕헌지(王獻之) 형제가 사안(謝安)을 찾아뵈었는데, 휘지와 조지는 세상사에 말이 많았으나 헌지는 문안 인사만 했을 뿐이었다. 세 사람이 나간 뒤에 자리에 있었던 한 손님이 사안에게 '저 세 어진 선비 중에 누가 낫습니까?'라고 물었다. 그러자 사안은 '막내가 제일 낫습니다.'라고 하였다. 그러자 손님이 '어떻게 그것을 아셨습니까?' 하고 묻자, 사안은 '현명한 사람[吉人]의 말은 적고 조급한 사람[躁人]의 말은 많다고 하였는데, 이를 미루어 알았지요.'라고 했다. 휘지와 헌지가 일찍이 함께 한 방안에 앉았을 때 위에서 불이 났다. 휘지는 황급히 신발도 신지 못하고 황급하게 피했지만 헌지는 마음을 담담히 하고 천천히 좌우 사람들을 불러 담장을 따라 나옴에 평소와 다름이 없었다. 세상 사람들은 이로써 휘지와 헌지의 도량을 평가했다."³고 하는 일화가 실려 있습니다.

---

2 『管子』「內業」: 思之思之, 又重思之. 思之而不通, 鬼神將通之, 非鬼神之力也, 精氣之極也.

롤랑 바르트는 "사용하는 언어의 한계도 인식하지 못한 채, 사회에 대해 논의한다고 떠드는 것이 얼마나 어리석은 일인가. 그것은 늑대의 목구멍 속에 편안하게 들어앉아 늑대를 죽이려는 것이나 마찬가지다."라고 했다고 합니다.

---

3 『世說新語』「品藻」: 王黃門兄弟三人俱詣謝公, 子猷子重, 多說俗事, 子敬寒溫而已. 既出, 坐客問謝公, 向三賢孰愈. 謝公曰, 小者最勝. 客曰, 何以知之. 謝公曰, 吉人之 辭寡, 躁人之辭多, 推此知之. 王子猷子敬曾俱坐一室, 上忽發火. 子猷遽走避, 不惶 取屐. 子敬神色恬然, 徐喚左右, 扶憑而出, 不異平常. 世以此定二王神宇.

90

거친
마음

자기만이 옳다고 말하는 자는 그 마음이 거칠고 기운이 떠 있기 때문이다.

只說自家是者, 其心粗而氣浮也.

여기에서 '자가(自家)'란 자기 자신을 말하는 표현입니다. 나르키소스는 호숫가에 비친 자신의 모습이 너무 잘 생겨 그에 도취하여 결국 그 모습을 바라보다 죽고 말았습니다. 이 나무꾼의 이름에서 유래한 나르시시즘은 '우리'보다는 '나'를 선호하며 자신의 능력을 과대평가하여 자신이 다른 사람보다 뛰어나다고 생각하는 것을 지칭하는 정신분석학적 용어가 되었습니다.

왜 이렇게 생각하는 것일까요? 다른 사람이나 사물과 소통하지 않고 자기중심적으로 세상을 관찰하고 재단한 결과가 낳은 현상일 것입니다. 태양은 자신만을 위해 뜨는 것이 아니므로 그것은 유용할 수도 있고 유해할 수도 있습니다. 태양이 언제나 온화한 모습으로 만물을 길러내는 것만은 아닙니다. 저 달빛은 우리의 삶에 무익한 것 같지만 우리를 쉬게 합니다. 자기만 옳다고 하는 것은 그 자체로 이미 조화를 파괴하고 있는 것입니다. 우월감은 자긍심으로 이어지고 자신만만해 하는 반면 열등감은 무한히 자신을 나락으로 떨어뜨리게 되지요. 우월함과 열등함은 이처럼 동전의 양면과 같거늘, 한 면만 보고 희비의 감정을 반복하는 꼴입니다.

이러한 자기중심적 사고의 원인으로 진계유는 '거친 마음'을 들고 있습니다. 어떤 마음이 거친 마음일까요?   '조(粗)'자는 원래 도정하지 않은 쌀알(또는 곡식 알갱이)을 의미합니다. 말하자면 매끄럽게 정제되지 않아 거칠고 투박한 것을 말하는 것이지요. 본성은 무정형의 것으로 후천적인 교육으로 다듬어 정제됩니다. 결국, 바르지 못한 교육이나 수양으로 마음이 정제되지 않은 것이 '거친 마음'입니다. 자세히 이치를 끝까지 궁구하지 못하니 마음은 거칠고 원만하지 못한 것이 될 수밖에 없습니다.

한편 맹자에 따르면 '기'라고 하는 것은 몸에 꽉 차 있어 그것으로 사람은 움직인다고 합니다. 그것이 충만하지 않고 붕 떠 있으니[부(浮)] 행동함은 지성의 방향을 잃을 수밖에 없겠지요. 그러므로 마음이 정제(수련)되지 않으면 꽉 차 있어야 할 몸의 기가 떠 있게 되므로 자기중심적 사고로 귀결될 수밖에 없습니다.

마지막으로 주희는 "요즘 경의(經義)를 공부하는 자들은 경문을 온전히 돌아보지 않고 자신의 설을 세우는 데 힘쓴다. 마음이 거칠고 담대해지면 감히 신기하고 궤변적인 의론을 만들어낸다."[1]고 하였고, 또 이러한 거친 마음이 독서를 거칠게 한 탓으로 돌리며, "대개 책을 거칠게 보면 마음이 거칠어지고, 책을 세밀하게 보면 마음이 세밀해진다."[2]고 하였습니다. 이로써 이 격언의 연원을 짐작해 볼 수 있을 것입니다.

---

1 『朱子語類』卷111, 「朱子六·論取士」: 今人爲經義者, 全不顧經文, 務自立說, 心粗膽大, 敢爲新奇詭異之論.
2 『朱子語類』卷120, 「朱子十五·訓門人六」: 大凡看書粗, 則心粗, 看書細, 則心細.

91

즐거움은
함께

한 사람이 구석으로 향해 있으면 당의 모든 사람이 즐겁지 않다.
한 사람이 경솔하게 불합리한 말을 하며, 놀란 낯빛과 노기를 다
른 사람에게 뿜는데, 사람 중에 어찌 기쁜 자가 있겠는가?

一人向隅, 満堂不樂. 一人疾言, 遽色怒氣噴人, 人寧有怡者乎.

　이 말은 유향(劉向)의 『설원』에서 그 출처를 찾아볼 수 있습니다.
"『예기』에 '최상의 희생이 없으면 그 아래 희생을 쓰고, 최하의 희생
도 없으면 제사에 제물을 갖추지 않는다.'고 하였다. 그 때문에 그것
을 어기면 즐겁지 않게 된다. 그러므로 성인이 천하를 대는 것은 한
방안에서와 같았다. 방 가득히 술을 마시는 자들이 있다고 하자, 어떤
한 사람이 홀로 귀퉁이를 향해 울고 있다면, 방 안에 있는 사람들이
모두 즐겁지 않을 것이다. 성인이 천하를 대는 것은 한 방안에서와 같
았으니 어떤 한 사람이 자기의 자리를 얻지 못했다면, 효자라도 감히

그 제물을 올리지 못할 것이다."¹라고 한 것입니다. 오늘날 전하고 있는 『예기』에는 이 말은 전하고 있지 않습니다.

허당(虛堂)은 남송 지우(智愚, 1185~1269) 스님으로 그의 어록은 제자들에 의해 10권으로 만들어졌는데, "노여운 기색을 내뿜으면, 죽음도 범할 수 없다. 담낭을 덮은 털이 있더라도 눈으로 볼 수 없다. 옳음도 없애고, 틀림도 없애라. 이를 꽉 다물고, 일생을 등에 판자를 진 사람으로 살라."²고 하는 가르침이 보입니다. 등에 판자를 진 사람은 목을 돌릴 수 없겠지요. 따라서 이중적인 의미가 있습니다. 학문에 정진하는 사람은 등에 판자를 진 것처럼 한 곳만 바라보며 목적을 이루어야겠지만, 일상생활에서 이러한 모습을 하고 있다면 결국 나만 옳고 남은 그르다는 생각에 빠지기 쉽습니다.

아무리 태평성대의 좋은 세상이라고 하더라도 양지와 그늘은 있게 마련입니다. 모두 즐겁기 위해서는 주변을 살펴봐서 그 즐거움을 함께하도록 배려해야 합니다. 적어도 함께하지는 못하더라도 한 모퉁이에서 울고 있는 사람이 있다는 것을 알 필요가 있습니다. "우리는 모두 즐거운데, 왜 울고 있을까?" 우리 사회는 이러한 관심과 배려를 찾고 있습니다.

---

1 『說苑』「貴德」; 禮記曰, 上牲損則用下牲, 下牲損則祭不備物. 以其舛之爲不樂也. 故聖人之於天下也, 譬猶一堂之上也, 今有滿堂飮酒者, 有一人獨索然向隅而泣, 則一堂之人皆不樂矣. 聖人之於天下也, 譬猶一堂之上也, 有一人不得其所, 則孝子不敢以其物薦進.
2 『虛堂和尙語錄』卷10: 怒氣噴人, 殊不可犯. 雖有蓋膽毛, 且無驗人眼. 是亦剗, 非亦剗. 咬定牙關, 一生擔板.

92

공과
덕

사대부는 관직을 탐하지 않고 금전을 받지 않는다. 은택을 베풀어 타인에게 미치는 바가 조금도 없다면, 그것은 분명 하늘이 성현을 낳은 뜻이 아니리라. 대저 자기를 깨끗이 하고 잘 닦는 것이 덕이요, 남을 구제하고 사물을 이롭게 하는 것이 공이다. 덕이 있는데 공이 없는 것이 가능하겠는가?

士大夫不貪官, 不受錢. 一無所利濟以及人, 畢竟非天生聖賢之意. 蓋潔己好修, 德也. 濟人利物, 功也. 有德而無功可乎.

공자는 "뜻있는 사(士)와 어진 사람은 삶에 연연하여 인(仁)을 해치지 않고, 몸을 죽이는 일이 있더라도 인(仁)을 이룬다."[1]고 하였습니다. 내 몸을 죽여서라도 인을 이루겠다는 강한 의지의 표현입니다. 과연 공자는 인을 이루었을까요? 다음 이야기는 어떻게 설명해야 할까요?

---

1 『論語』「衛靈公」: 志士仁人, 無求生以害仁, 有殺身以成仁.

『예기』「단궁」에 따르면, 공자가 위(衛)나라에 갔을 때, 옛날에 알던 관사(館舍)를 관리하던 사람이 상을 당하자, 눈물만 흘리고 그에 상응하는 표시가 없는 것을 싫어하여, 자공을 시켜 곁말을 떼어 부조한 일을 기록하고 있습니다. 그런데 『논어』「선진」에는 애제자인 안연의 죽음과 공자의 처신을 기록하고 있는데, 공자의 말을 보면 안연의 죽음에 대해 몹시 애통해했던 것은 틀림없습니다. 그런데 안연의 집은 무척이나 가난했기 때문에 아비인 안로(顏路)가 공자에게 수레를 팔아 겉관을 마련해 달라고 요청하자, 공자는 대부를 지냈던 사람이 수레 없이 걸어 다닐 수는 없다고 거절합니다. 심지어 동료들이 도탑게 장례를 치러 준 것에 대해 꾸짖는 말도 보입니다. 분명 공자는 두 상사에 서로 다른 반응을 보입니다.

왕충(王充)은 이 두 처신에 대해 이렇게 꼬집어 말합니다. "이전에는 사(士)였는데, 뒤에 대부가 되었기 때문인가? 이전에 사(士)였다면 두 마리가 끄는 수레를 탔을 것이고, 대부였다면 세 마리가 끄는 수레를 탔을 것이다. 대부가 수레 없이 다닐 수 없다면 어째서 두 마리를 팔아서 겉관을 마련해 주고 한 필을 타지 않았던가? 사(士)였을 때, 타던 두 마리 중 하나를 떼어 옛날 알고 지내던 관사의 사람에게 부조했다면, 지금은 어째서 두 마리를 떼어서 그 성의에 부합하게 하지 않는가? 한 마리를 타고 걸어 다니는 것을 해결할 수 있지 않은가?…… 스스로 '몸을 죽이는 일이 있더라도 인(仁)을 이룬다.'라고 하였으면서, 지위에서 물러나 예를 이루는 것이 뭐가 어려웠던가?"[2]라고 말이죠.

주희는 외할아버지 축공(祝公)의 일화를 기록하면서, "그 해에 큰 역질이 돌았는데, 친구 중에 병들어 누워계신 분이 있었다. 공께서는 이른 아침이면 죽과 약을 가지고 그에게 가서, 다 먹는 것을 보고 돌아오셨는데, 매일의 일상사로 삼으셨다."[3]고 썼습니다. 주희라는 대학자의 탄생은 이러한 덕으로 거슬러 올라가는 것일까요? 덕은 이렇게 작은 것에서 한결같이 성실하게 행함으로써 이루어지는 것이 아닐까요?

그렇지만 『채근담』에서 "매사에 고민하고 부지런한 것이 미덕이지만, 지나치게 힘들면 본성에 따라 마음이 편안할 수 없다. (그렇듯이) 담백함이 높은 풍류이니, 너무 메마르면 사람을 구제하거나 사물을 이롭게 하지 못한다."[4]고 한 것은, 덕을 쌓는 데 있어서 지나침은 서로에게 좋지 않으니 담박함, 즉 중용을 추구해야 한다는 것입니다. 자신을 수양하는 것이 덕이고 남을 구제하는 것이 공이므로, 덕 없이는 공도 세울 수 없습니다. 덕을 쌓기 위한 최소한의 것은 있어야 한다는 의미입니다. 그렇다면 공자는 안연의 상에 왜 말을 내놓지 않았을까요? 남을 돕는 것이 미덕이긴 하지만 분수껏 해야 된다는 말일까요?

---

2 『論衡』「問孔」: 豈以前爲士, 後爲大夫哉. 如前爲士, 士乘二馬. 如爲大夫, 大夫乘三馬. 大夫不可去車徒行, 何不截賣兩馬以爲梯, 乘其一乎. 爲士時, 乘二馬, 截一以賻舊館, 今亦何不截其二以副恩, 乘一以解不徒行乎.……自云, 君子殺身以成仁, 何難退位以成禮.

3 「記外大父祝公遺事」: 歲大疫, 親舊有盡室病臥者, 公每淸旦輒攜粥藥造之, 遍飮食之而後返, 日以爲常.

4 『菜根譚』: 憂勤是美德, 太苦則無以適性怡情. 澹泊是高風, 太枯則無以濟人利物.

93

용병

무력을 사용하기 전에는 온전히 빈 마음으로 사람을 써야 하고,
이미 무력을 썼다면 진실한 마음으로 사람을 살려야 한다.

未用兵時, 全要虛心用人, 旣用兵時, 全要實心活人.

이 격언은 『삼략』이란 병법서에서 "용병의 요체는 예(禮)를 높이고
봉록을 중하게 하는 데 달려 있다. 예가 높아지면 지혜로운 사(士)들
이 이르고, 봉록이 중하게 되면 의로운 사(士)들이 죽음을 가벼이 여
긴다. 그러므로 현명한 자에게 봉록을 줄 때는 재물을 아끼지 않아야
하고, 공을 포상할 때는 때를 넘기지 말아야 한다. 그래야 아래 사람
의 힘이 합해져 적국이 약해진다. 무릇 사람을 쓰는 도는 작위로 높이
고, 재물로써 넉넉하게 해주는 것이다. 그리하면 선비들이 저절로 오
게 된다. 예로 대접하고 의(義)로써 장려하면 선비는 그에게 목숨을
바친다."[1]고 한 것에서 출발하고 있습니다.

무력을 쓸 때는 사리사욕을 위한 것이 아니어야 하고, 무력을 썼다면 사람을 살리는 것이 우선이라는 말은 결국 싸우지 않고 이기는 방법을 택하라는 것입니다. 유안(劉安)은 "그러므로 미록 같은 사슴들은 그물을 설치할 수 있고, 어별 같은 물고기는 어망을 쳐서 잡을 수 있으며, 홍곡 같은 조류는 주살로 잡을 수 있다. 단 형체가 없는 것은 어찌할 수가 없다······ 군사에 관하여 자세히 논해야 하는 것은 천도(天道)이고 구체적으로 그려내야 하는 것은 지형이요, 분명하게 말해야 하는 것은 인사(人事)이다. 그러므로 승리를 결정짓는 것은 요령과 형세이다. 그러므로 최상의 장수가 용병할 때, 위로는 천도를 알고, 아래로는 지리를 알며 그 가운데에서는 인심을 파악하여 기회를 타서 군사를 움직이고 형세에 따라 군사를 출동시키니 쳐부수지 못하는 군대가 없다. 보통 장수는 위로 천도를 알지 못하고, 아래로는 지리적 이점을 알지 못하며, 오로지 사람과 형세만을 사용하니, 비록 완벽히 하지 못하더라도 뛰어난 요령은 필시 많을 것이다. 최하의 장수가 용병하는 것은 널리 들어서 스스로 혼란에 빠지고, 많이 알아서 스스로 의혹에 빠지니, 머무르고 있을 때는 두려워하고, 출병해서는 우물쭈물하니 걸핏하면 사로잡히게 된다."[2]고 하며, 진계유의 격언을 보충

---

1 『三略』「上略」: 夫用兵之要, 在崇禮而重祿. 禮崇則智士至, 祿重則義士輕死. 故祿賢不愛財, 賞功不踰時, 則下力并而敵國削. 夫用人之道, 尊以爵, 贍以財, 則士自來. 接以禮, 勵以義, 則士死之.

2 『淮南子』「兵略訓」: 兵之所隱議者, 天道也. 所圖畵者, 地形也. 所明言者, 人事也. 所以決勝者, 鈐勢也. 故上將之用兵也, 上得天道, 下得地利, 中得人心, 乃行之以機, 發之以勢, 是以無破軍敗兵. 及至中將, 上不知天道, 下不知地利, 專用人與勢, 雖未必能萬全, 勝鈐必多矣. 下將之用兵也, 博聞而自亂, 多知而自疑, 居則恐懼, 發則猶

해 주고 있습니다. 용병과 인사의 중요성은 바로 진실함으로 마음을
얻는 것에 달렸다는 것입니다.

豫, 是以動爲人禽矣.……是故爲麋鹿者, 則可以罝罘設也. 爲魚鱉者, 則可以網罟取
也. 爲鴻鵠者, 則可以矰繳加也. 唯無形者, 無可奈也.

302

94

대인
大人

공자는 대인을 두려워했고, 맹자는 대인을 경시했다. 두려워하면
교만하지 않고, 경시하면 아첨하지 않으니 도에 맞는 것이다.

孔子畏大人, 孟子藐大人, 畏則不驕, 藐則不諂, 中道也.

공자와 맹자의 사고를 하나로 뭉쳐 놓고 있습니다. 먼저 공자는
"군자가 두려워하는 세 가지가 있는데, 천명을 두려워하고, 대인을
두려워하며, 성인의 말씀을 두려워한다. 소인은 천명을 알지 못해 두
려워하지 않고, 대인에게 친압(親狎)하며 성인의 말을 업신여긴다."[1]
고 했습니다. 공자의 말에서 '외(畏)'자의 대상은 천명, 대인, 성인의
말입니다. 앞서 세 가지를 두려워해야 한다고 했으므로, 적어도 이 세
대상에 대해서만큼은 하나의 의미로 쓰였다고 할 수 있겠습니다.

---

1 『論語』「季氏」: 君子有三畏. 畏天命, 畏大人, 畏聖人之言. 小人不知天命而不畏也,
狎大人, 侮聖人之言.

한편 맹자는 "대인에게 말할 때는 그를 가볍게 봐야지, 그 높은 모습을 봐서는 안 된다. 당의 계단이 수 인(仞)이고, 서까래가 수척이라도 내가 뜻을 얻었으면 하지 않겠다. 먹을 것이 앞에 몇 장(丈)이고 모시는 첩이 수백 명이라도, 내가 뜻을 얻었으면 하지 않겠다. 음주로 즐기고, 사냥으로 말을 내달리며, 따르는 수레가 천승이라도 내가 뜻을 얻었으면 하지 않겠다. 그에게 있는 것들은 모두 내가 할 수 없고, 나에게 있는 것은 모두 옛날의 법제이니 내가 왜 그를 두려워하겠는가.'라고 하였다."[2]고 하면서 공자가 보는 시각과 정반대 입장을 표명하고 있습니다. 여기의 '막(藐)'자는 당연히 '경시하다'라는 뜻으로 위의 격언은 맹자의 표현 그대로 살려 두고 있습니다.

그런데 공자가 말하는 '대인'과 맹자가 말하는 '대인'은 그 의미가 약간 다르다고 봐야 합니다. 공자의 대인에 대하여 하안(何晏)은 성인(聖人)으로 보았지만, 뒤이어 나오는 것도 성인의 말입니다. 따라서 하안의 설은 설득력이 떨어집니다. 양백준(楊伯峻, 1909~1992)은 맹자의 대인처럼 지위가 높은 사람으로 보았습니다. 그렇다면 공자가 두려워한 대상이 지위가 높은 사람이 되어 버립니다. 그러므로 하나의 대안이라면 공자의 대인은 '소인'의 상대가 되는 '대인', 즉 군자로 보는 것이 두루 적절할 것입니다. 진계유는 이러한 논의를 벗어나 둘 다를 취하여 '화(和)'하게 만들었습니다.

---

2 『孟子』「盡心下」: 說大人, 則藐之, 勿視其巍巍然. 堂高數仞, 榱題數尺, 我得志弗爲也. 食前方丈, 侍妾數百人, 我得志弗爲也. 般樂飮酒, 驅騁田獵, 後車千乘, 我得志弗爲也. 在彼者, 皆我所不爲也. 在我者, 皆古之制也, 吾何畏彼哉.

95

식견

어린 시절 매번 신선이 되고 부처가 되려 했는데, 살펴보면 단지
식견이 어렸기 때문일 뿐이다.

少年時每思成仙作佛, 看來只是識見嫩耳.

　누구나, 어떤 이유에서건 어린 시절부터 아니면 살아가면서 종교
인이 되려는 생각을 해보지 않은 사람이 있을까요? 이런 말이 있었던
것을 보면 이런 생각들이 보편적인 것이었나 봅니다. '성선(成仙)'이
란 신선이 된다는 말로 도가에서 이상처럼 여기는 것입니다. 불로장
생을 이룰 수 있으며 현실적으로 복(福)이나 녹(綠)을 추구하니, 어린
사람이 볼 때, 도술을 부리고, 세상과 초탈한 듯하면서도, 현실지향
적 성향을 가진 이 도교에 심취해 신선이 되려는 꿈을 가지는 것이 당
연했을 것입니다. 쉬운 예로 이백(李白)이 젊은 시절 도교에 심취하여
출세를 꾀하지 않았던가요?

'작불(作佛)'이란 부처가 되거나 성불한다는 의미입니다. 불교에서 말하는 고해의 바다에 태어난 중생으로서의 최고 목표입니다. 석가모니는 생사고락이 없는 바다를 넘어 해탈의 경지에 이르렀다고 합니다. 성불하여 고해의 바다에서 허덕이는 중생들을 구제하겠다는 꿈 역시 꾸어볼 만한 것입니다. 한편으로 불교는 도교와는 달리 성직자로서 버려야 할 것이 너무 많았지만, 도교와 마찬가지로 왕조의 후원 여부에 따라 성쇠를 거듭했습니다. 왕실의 우대를 받아 번성했을 때는 성직자로서의 현재적 부귀도 누렸으니 어린 사람의 눈에 승려가 되는 것이 출세의 첩경으로 보였을 수 있겠지요.

진계유의 말뜻을 곰곰이 생각해 보면, 보통 사람들은 신선이 되거나 부처가 된다는 것은 현실적으로 불가능하므로, 신선이 되거나 부처가 되려는 노력, 그 과정을 본받아 나와 사회의 삶을 성실하게 이끌어가는 하나의 방법론으로 취해야 한다는 데에 방점을 두고 있는 것으로 읽힙니다. 명말청초 유불도가 경합하는 과정에서 긍정적인 성과 이면에선 부정적인 추태들도 그만큼 많았을 것으로 짐작됩니다. 이것이 바로 이 격언의 배경이 아닐까 합니다.

96

각박함

박복한 자는 각박하기 마련인데, 각박하면 복이 더욱 엷어질 것이다. 복이 두터운 자는 너그럽고 후하기 마련인데, 너그럽고 후하면 복이 더욱 두터워질 것이다.

薄福者, 必刻薄, 刻薄則福益薄矣. 厚福者, 必寬厚, 寬厚則福益厚矣.

85번 격언에서 '관후(寬厚)' 두 글자에 대한 설명을 상기하면, 쉽게 이해가 됩니다. 사마천은 『사기』에서 "상군(商君)은 타고난 자질이 각박한 사람이다. 그가 효공(孝公)에게 제왕의 술(術)로 유세하려고 한 것을 추적해 보면, 비현실적 설을 견지하고 있지 그 실질이 아니었다. 게다가 총신과 연분이 있어 기용되었고, 공자 건(虔)을 처형하고, 위(魏)나라 장군 앙(卬)을 속였으며, 조량(趙良)의 말을 법으로 삼지 않은 것은 또한 상군이 은혜를 적게 베풀었음을 족히 증명해 준다. 내 일찍이 상군의 「개새(開塞)」, 「경전(耕戰)」 등의 글을 읽은 적이 있는데, 그 사람의 행적과 비슷하였다. 결국 진(秦)나라에 악명을 얻은 것은 이유가 있도다."[1]라고 하였습니다. 여기의 각박함에 대해, 『사기색은』에서는 "자질을 타고난 그 사람이 각박한 행동을 하는 것을 말한다. '각'은 형벌을 심하게 쓰는 것을 말하고, '박'은 인의(仁義)를 저버리고 성실하지 못한 것을 말한다."[2]고 풀이하고 있습니다.

각박했던 상군은 자신이 만든 법의 폐해가 심해져 결국 그 덫에 빠집니다. 어떤 나라에서도 상군의 망명을 받아 주지 않습니다. 결국, 진나라 혜왕에게 거열형(車裂刑)을 당해 죽습니다. 진계유의 말대로 상군은 각박한 삶을 살면서 자신에게 남아 있던 복을 깎아 먹었던 것입니다. 각박과 관후는 형용사적 술어이므로 주어가 무엇이냐에 따라 바뀝니다. 그런데 복은 '박'과 '후'라는 양면성을 내포하고 있습니다. 복이 두터워질 수도 엷어질 수도 있다는 것인데, 그것은 상앙의 경우에서처럼 바로 자신에게 달려 있다는 것입니다. 따라서 복은 스스로 짓는 것입니다. 한유(韓愈)의 "성인은 더욱 성스러워지고, 어리석은 자는 더욱 어리석어진다."[3]는 말이 떠오릅니다. 후덕한 자는 복이 더 두터워지고, 박덕한 자는 복이 엷어진다는 형식입니다. "복 많이 받으세요!"라는 말은 지상 최고의 덕담입니다. 반면 복을 짓지 않고 각박하게 굴면 도태될 수밖에 없다는 경고이기도 합니다.

---

1 『史記』「商君列傳」: 商君, 其天資刻薄人也. 跡其欲干孝公以帝王術, 挾持浮說, 非其質矣. 且所因由嬖臣, 及得用, 刑公子虔, 欺魏將卯, 不師趙良之言, 亦足發明商君之少恩矣. 余嘗讀商君開塞耕戰書, 與其人行事相類. 卒受惡名於秦, 有以也夫.

2 『史記索隱』: 謂天資其人爲刻薄之行. 刻謂用刑深刻, 薄謂弃仁義, 不惻誠也.

3 韓愈,「師說」: 聖益聖, 愚益愚.

97

마주
오는
배

좋은 말을 건네고 좋은 말을 받아들이는 것은 양쪽에서 오는 배와
같이, 서로 맞닿게 된다.

進善言, 受善言, 如兩來船, 則相接耳.[1]

　여기에서 말하는 '좋은 말[善言]'이란 『상서』 「고요모」에서 보이는
'창언(昌言)', 『사기』 「하본기(夏本紀)」에서 표현한 '미언(美言)'과 같은
말입니다. 진계유의 말을 거꾸로 해보면, 신하로서 나쁜 말을 올리거
나, 군주로서 나쁜 말을 받아들이면 어진 신하와는 결코 만날 수 없다
는 말이 됩니다. 초나라 회왕(懷王)은 나쁜 말을 받아들여 결국 충신
굴원을 잃었고 나라도 망국으로 이끌었습니다. 백이 형제는 무왕에
게 좋은 말을 올렸으나 무왕은 받아들이지 않았으니 이 둘은 물과 기

---

1 『취고당검소』 권1에도 그대로 실려 있습니다.

름이 되었습니다. 맹자의 표현을 빌리자면 "나쁜 사람의 조정에 서고 나쁜 사람과 말을 섞는 것은 예복과 예관을 입고 도탄(塗炭)에 앉은 것처럼"² 여길 정도로 혐오하였습니다. 이러한 백이와 숙제의 행동에 대해 맹자는 속 좁은 사람으로 평가하고 있지만 말입니다.

"자로는 자기의 잘못을 지적해 주면 기뻐하였고, 우임금은 좋은 말 [善言]을 들으면 절을 했다. 위대한 순임금은 이보다 더 위대하셨는데, 선을 행함에 다른 사람들에게 고루 나누었다. 자신을 버리고 남을 따랐으며 남의 훌륭한 점을 취하여 선을 즐겨 행하였다. 밭을 갈고, 곡식을 심으며, 그릇을 만들고, 고기를 잡는 것에서 왕이 되기까지 다른 사람에게서 취하지 않음이 없었다. 다른 사람들에게서 취하여 선을 행하는 것이 바로 다른 사람들과 더불어 선을 행하는 것이다. 그러므로 남과 더불어 선을 행하는 것이 군자에게는 가장 큰 것이다."³라고 맹자는 밝히고 있습니다.

자로는 자신의 잘못을 지적하는 좋은 말을 기꺼이 받아들였기 때문에 스승 공자를 만났고 그의 사랑을 받았습니다. 역시 우임금도 좋은 말을 들으면 절까지 올렸다고 하니, 위대한 순임금을 만났던 것이고, 순임금은 남에게서 좋은 점을 취했기 때문에 천하의 인재를 얻었

2 『孟子』「公孫丑上」: 立於惡人之朝, 與惡人言, 如以朝衣朝冠坐於塗炭.
3 『孟子』「公孫丑上」: 子路, 人告之以有過則喜. 禹聞善言則拜. 大舜有大焉, 善與人同. 舍己從人, 樂取於人以爲善. 自耕稼陶漁以至爲帝, 無非取於人者. 取諸人以爲善, 是與人爲善者也. 故君子莫大乎與人爲善.

으며 그를 통해 이상적인 세상을 만들었습니다. 여기에서 진계유의 비유는 탁월합니다. 좋은 말을 주고받는 것은 마주 보고 오는 배와 같다고. 그것이 어디에서 오건 간에 '선'으로의 만남이 필연적으로 이루어진다는 말입니다. 아래 99번 "좋은 말하기"의 격언과 이어 볼 것을 권합니다.

98

사람
알기

사람을 알기는 쉽지 않지만, 그러나 사람됨이 남이 쉽게 알도록 하
는 자는 세속을 초탈한 사람도 아니요 진정한 호걸도 아니다. 황하
의 맥은 땅속으로 1만 3천 리를 들어가 그 끝을 볼 수 없다. 그러나
도량이 짧고 얕으면 세상 사람들이 다 볼 수 있으니, 장부는 모름지
기 자신을 스스로 부끄럽게 여길 겨를도 없는데 남을 알 겨를이 있
겠는가?

人不易知, 然爲人而使人易知者, 非至人亦非眞豪傑也. 黃河之脉, 伏地中者
萬三千里, 而莫窺其際, 器局短淺, 爲世所窺, 丈夫方自愧不暇, 而暇求人知乎.

'지인(至人)'이란 도가에서 말하는 세속을 초탈하여 무아(無我)의 경
지에 이른 사람을 일컫습니다. 『세설신어』「덕행」편에 "곽태(郭泰)는
여남(汝南)에 이르러 원굉(袁閎)에게 갔지만, 수레를 멈추지도 않고 방
울은 멍에에서 쉼이 없었다. 황헌(黃憲)의 집에 이르러서는 다음날까

312

지 오래 묵었다. 사람들이 그 이유를 묻자, 곽태는 '황헌은 넓기가 만 경의 창파와 같아서 맑게 하려해도 맑아지지 않았고, 흔들어도 탁해 지지 않았소. 그 그릇이 깊고 넓어 헤아리기 어려웠기 때문이오.'라고 하였다."[1]는 이야기가 실려 있습니다. 곽태는 조실부모하고 가난한 여건에서 불굴의 의지로 배움의 즐거움을 포기하지 않았다고 합니 다. 후한말 문장과 서예로 유명했던 채옹(蔡邕, 133~192)은 곽태의 묘지 명을 지으며 "내 다른 사람에게 묘지명을 지어줄 때, 부끄러운 낯빛 을 하지 않은 적이 없었는데, 곽태를 위해 비문을 지을 때만 부끄러움 이 없었다."[2]고 할 정도였으니 곽태의 앎과 실천을 짐작할 만합니다.

조선후기 유학자 신체인(申體仁, 1731~1812)은 김성필(金聖弼)에게 보 낸 답장에서 "저는 여러 해 눈이 좋지 않아 책을 마음에 새겨 둘 수 없 었습니다. 문을 닫고 조용히 앉으니 옛것은 잊히고 새것에는 어두워 졌습니다. 스스로 부끄러워할 겨를도 없는데 어찌 여력이 있어 남에 게 입을 뗄 수 있겠습니까?"[3]라고 하였습니다. 이 표현은 겸손의 뜻이 지만, 진계유의 마지막 문장의 뜻을 잘 풀고 있습니다.

곽태는 원굉의 깊이를 금새 간파하고 잠시 머물다가 황헌을 찾아

---

1 『世說新語』「德行」: 郭林宗至汝南造袁奉高, 車不停軌, 鸞不輟軛. 詣黃叔度, 乃彌 日信宿. 人問其故. 林宗曰, 叔度汪汪如萬頃之陂. 澄之不清, 擾之不濁, 其器深廣, 難 測量也.

2 『世說新語箋疏』「德行」: 吾爲人作銘, 未嘗不有慙容, 惟爲郭有道碑頌無愧耳.

3 『晦屛集』卷5,「答金聖弼」: 體仁, 積年阿堵之證, 不得刻意文字間, 閉門悄坐, 舊忘 新昧. 方自愧不暇, 寧有餘力可以爲人開口耶.

간 것입니다. 곽태에게 원펑은 샘물이었고, 황헌은 헤아릴 수 없이 깊고 넓으며, 맑은 만경의 창파였습니다. 배움과 실천이 쌓여 질적 변화를 일으키면 그 깊이를 쉬 가늠할 수 없습니다. 그러므로 부지런히 자신을 스스로 부끄럽게 여기며 정진해야지, 다른 사람을 쉬 평가하거나 판단하려 들지 말라는 말이 아닐까요?

99

좋은
말하기

좋은 말을 잘 받아들이는 것을 시장 사람들이 이득을 구하여 조금
씩 쌓아 절로 부자가 되듯이 하라.

能受善言, 如市人求利, 寸積銖累, 自成富翁.[1]

이 격언은 "선을 쌓는 집안에는 반드시 좋은 일이 넉넉하고, 불선
함을 쌓는 집은 반드시 재앙이 넘쳐난다. 신하가 그 군주를 시해하고,
자식이 그 아비를 시해하는 것은 하루아침의 까닭이 아니라 그것이
유래한 것이 점점 쌓인 것이다. 분별할 것이 일찍 분별 되지 않은 이
유이다. 『역』에 '서리를 밟으면 딱딱한 얼음이 이른다.'고 한 것이니
대저 순리를 말하는 것이다."[2]라고 한 『주역』의 말에서 시작하는 것
이 좋겠습니다.

---

1 『취고당검소』 권1에도 그대로 실려 있습니다.

말은 인격과 운명을 좌우합니다. 기원전 5세기 노나라는 서쪽으로 형님의 나라인 위(衛)나라와 접경하고 있었고, 남쪽으로는 백부(伯父)의 나라 오나라를 접하고 있었습니다. 『춘추좌전』 애공12년 기록에 따르면, 위나라 사람이 오나라 외교관을 살해한 문제로 오나라 경내인 운(鄖)이란 곳에서 회합하게 되는데, 오나라는 위나라 군주[출공(出公)으로, 위나라 영공(靈公)의 손자]를 연금하는 외교적 결례를 범하게 됩니다. 이에 노나라의 대부였던 자복경백(子服景伯)이 위나라와 노나라를 오가며 부호가 된 자공(子貢)에게 중재를 요청합니다. 자공은 뛰어난 언변으로 오나라 태재(太宰) 비(嚭)를 만나 위나라 군주의 연금을 풀어주는 일이 있었습니다. 이렇게 풀려난 위나라 군주가 본국으로 돌아와서는 오랑캐 말[夷言, 즉 오나라 말]을 따라 하자, 위나라 영공의 막내아들 영(郢)의 아들인 공손미모(公孫彌牟)가 나이는 비록 어렸지만, "군주께서는 오랑캐[夷]에게 죽는 것을 면치 못할 것이다. 그곳에 잡혀있었건만, 그런데도 그 나라의 말을 하는 것을 보면 저들을 따름이 굳어진 것이다."[3]라고 하였습니다. 이를 근거로 프랑스의 저명한 중국학자 마르셀 그라네는 말(언어)이 가지는 힘에 대해 "각자의 인격과 운명은 자신이 사용하는 어투와 선호하는 건축물(또는 의례나 가무)에 따라 좌우된다. 기타 모든 상징체계는 언어가 갖는 효능성을 동일하게 지닌다. 즉 이 모든 것은 어떤 문명의 질서를 시사하고 있

---

2 『周易』「坤卦·文言傳」: 積善之家, 必有餘慶. 積不善之家, 必有餘殃. 臣弑其君, 子弑其父, 非一朝一夕之故, 其所由來者漸矣, 由辯之不早辯也. 易曰, 履霜堅冰至, 蓋言順也.

3 『左傳』哀公12年: 君必不免, 其死於夷乎, 執焉, 而又說其言, 從之固矣.

다."[4]고 풀이하였습니다.

앞서 본 77번 격언의 "한마디 말로도 천지의 조화를 상하게 하고, 한 가지 일로도 평생의 복을 꺾을 수 있으니 반드시 절실하게 점검해야 한다." 그러므로 "좋은 말을 잘 받아들임을 시장 사람들이 이득을 구하여 조금씩 쌓아 스스로 부자가 되듯이 하라."고 읽으면 그 흐름을 이어갈 수 있을 것입니다.

---

4 마르셀 그라네 지음, 유병태 옮김, 『중국사유』, 51쪽 주7.

100

덕불고
德不孤

살기를 일소하여 생기를 맞이하고, 못난 덕을 닦아 다른 사람을 오게 하라.

掃殺機以迎生氣, 修庸德以來異人.

「중용」에서 공자는 이렇게 말합니다. "'도는 사람에게 멀지 않으니 사람이 도를 행하면서(추구하면서) 사람을 멀리하는 것은 도라고 할 수 없다.'고 하였고 『시』에서는 '도낏자루를 베고 도낏자루를 자름에 그 법칙은 멀리 있지 않네.'라고 하였다. 도끼의 자루를 잡고 도낏자루를 베면서, 비스듬하게 보면서 살피고는 오히려 [그 법이] 멀리 있다고 생각한다. 그러므로 군자는 사람으로 사람을 다스리다가 고쳐지면 그친다. 충서(忠恕)는 도에서 멀리 있지 않다. 자신에게 베풀어 보아서 원치 않는 것이라면 또한 다른 사람에게 베풀지 않는 것이다. 군자의 도는 넷인데, 나는 한 가지도 능히 하지 못했다. 자식에게 바라는 것으로 부모를 섬김에 능하지 못했고, 신하에게 바라는 것으로 군주를 섬김에 능하지 못했으며, 아우에게 바라는 것으로 형을 섬김에 능하지 못했고, 친구에게 바라는 것으로 그들에게 베푸는 것에도 능하지 못했다. 평소 덕을 행하고 평소 말을 삼가며, 부족함이 있으면 감히 힘쓰지 않을 수 없고, 남은 것이 있더라도 감히 다하게 하지 않는다. 말은 행동을 돌아보고, 행동은 말을 돌아보니, 군자가 어찌 독실하지 않겠는가?"[1]

진계유는 다시 '살기(殺機)'라는 단어를 사용하고 있습니다. 마음속에 들어 있는 나쁜 마음 또는 기미를 말한다고 언급했습니다. 이 살기를 나에게서 제거하면 삶의 기운[생기]을 얻는다는 말로, 살기만 제거하면 산 사람이라는 것입니다. 그렇게 살아만 있어서는 안 되고 부지런히 당신의 못난 덕을 닦으라, 즉 수양하라는 것이지요. 그러면 후덕해지고, 후덕해지면 사람들이 다가오고, 그것은 복을 이룰 것이며, 조화를 이루게 되는 것이지요.

---

1 『禮記』「中庸」: 道不遠人. 人之爲道而遠人, 不可以爲道. 詩云, 伐柯伐柯, 其則不遠. 執柯以伐柯, 睨而視之, 猶以爲遠. 故君子以人治人, 改而止. 忠恕違道不遠, 施諸己而不願, 亦勿施於人. 君子之道四, 丘未能一焉. 所求乎子以事父, 未能也. 所求乎臣以事君, 未能也. 所求乎弟以事兄, 未能也. 所求乎朋友先施之, 未能也. 庸德之行, 庸言之謹, 有所不足, 不敢不勉, 有餘不敢盡. 言顧行, 行顧言, 君子胡不慥慥爾.

101

재물과
사랑

재물이 많은 것은 바로 많이 얻은 것이다. 죽을 때 자손들의 눈물
이 적어지고, 다른 것은 몰라도 다툼이 있음을 알 따름이다. 재물
이 적은 것도 바로 크게 얻은 것이다. 죽을 때 자손들의 눈물이 많
아지고, 또한 다른 것은 몰라도 사랑이 있음을 알 뿐이다.

金帛多, 只是博得. 垂死時, 子孫眼淚少, 不知其他, 知有爭而已. 金帛少, 只
是博得, 垂死時, 子孫眼淚多, 亦不知其他, 知有親而已.[1]

여기에는 재미있는 표현이 있습니다. 바로 '박득(博得)'으로 재물이

---

1 『취고당검소』 권1에도 똑같이 수록되어 있습니다. 강경범, 천현경이 번역한 『취고
당검소』(동문선, 2007, 56쪽)에서는 "金帛多, 只是博得垂死時, 子孫眼淚少, 不知其他,
知有爭而已 ; 金帛少, 只是博得垂死時, 子孫眼淚多, 亦不知其他, 知有哀而已."라
고 구두하고 있습니다. "只是"는 '바로', '곧'이란 접속사로 쓰였습니다. 문장은 재물
이 많은 것과 적은 것이 모두 박득(博得)이라고 하고 있으므로, "박득"뒤에서 구두하
는 것이 순조로워 보입니다.

많은 것도 박득이요, 재물이 적은 것도 박득이라는 것입니다. 북송과 남송의 육유(陸游, 1125~1210)가 "오래 가난에 몸의 강건함을 얻었으니, 조물주를 탓하는 마음 없어진 지 오래되었네."²라고 읊조린 것과 비슷한 취지입니다.

재산이 많으면 크게 얻은 것이지만 죽을 때 결국은 자손들의 유산 싸움이 벌어지곤 합니다. 물론 부유함을 자신이 누렸을 수도 있겠지만 자손들의 다툼은 결국 쓰지 않고 많이 긁어모은 재산에서 비롯되었습니다. 즉 재물로 자손들의 불화를 사버린 셈입니다. 반대로 재산이 적다는 것은 많이 축적하지 않았다는 말입니다. 물론 상대적인 비교겠지만 욕심 없이 만족하며 살았다는 말로도 풀이될 수도 있고, 그렇게 근면하게 자식들을 길러냈다는 말도 됩니다. 비록 유산은 적지만 그 자식들이 이제 어버이의 죽음에 눈물을 흘리며 서로를 사랑하며 그리워합니다. 결국, 적은 재산으로 자손들의 우애를 얻은 것입니다. 진계유는 어떤 삶을 살 것인가를 묻고 있는 것입니다.

말하자면 재물이 많은 것도 얻은 것이요, 재물이 적은 것도 얻은 것이라는 겁니다. 그러므로 재물이 많은 것과 적은 것은 음양의 움직임과 같다는 것이지요. 고대사회에서 재물이 많다는 것은 귀한 신분으로 많이 하사받았거나 백성들에게 많이 거두어들였기 때문입니다. 왕자가 여럿이면 왕위싸움도 치열한 것처럼, 왕이란 자리가 없었으면

---

2 陸游, 「春雨」: 長貧博得身強健, 久矣無心咎化工.

적어도 그 자리를 두고 형제들이 싸우지는 않았을 것일 테니 말이죠.

청나라 말기 정치가 증국번(曾國藩, 1811~1872)은 "관리의 집에서는 은전을 축적하지 않아, 자식들이 믿을 만한 것이 조금도 없으므로 하루라도 근면하지 않으면 추위와 굶주림의 우환이 있을 것을 알게 한다. 그러면 자식들은 점점 근로하며 자립할 방법을 꾀할 줄 알 것이다."[3]라는 훈계를 남겼다고 합니다.

모두들 지속 성장을 추구하지만, 성장만 있을 수는 없습니다. 성장의 정점에서는 분배만큼 상책도 없습니다. 나누고 다시 성장하고 다시 나누고 이것이 자연의 이치입니다. 그렇듯이 긁어모아 부를 축적했다면, 그만큼 많이 나누어 함께하면 모두가 즐겁습니다. 그들만의 풍족함이 되어 버리니 자손들의 다툼뿐만 아니라 공공연한 지탄의 대상이 되어 버립니다. 음과 양이 그렇듯이, 많음이 있으면 항상 적음이 있기 마련입니다. 많은 것이 항상 많을 수 없고 적은 것이 항상 적을 수 없습니다. 지나치게 많으면 그것은 조화롭지 못하니 다툼으로 귀결됩니다. 그러므로 가장 좋은 치부는 나눔이라는 말이 나오는 겁니다. 그래서 맹자는 양혜왕에게 "백성과 함께 즐기시오[與民同樂]."라고 하였던 것입니다. 현인 은자들이 세속에서 족적을 감추고 산속으로 들어간 이유는 세속의 욕심을 끊기[息心] 위해서였을 것입니다. 하지만 그 욕심이란 것이 결국은 나눔의 문제였는데 말입니다.

---

3 『曾文正公家訓』: 仕宦之家不蓄積銀錢, 使子弟自覺一無可恃, 一日不勤, 則將有饑寒之患, 則子弟漸漸勤勞, 知謀所以自立也矣.

102

감정에
따른
말

기쁠 때의 말은 신뢰를 잃는 경우가 많고, 노여울 때의 말은 체통
을 잃는 경우가 많다.

喜時之言多失信, 怒時之言多失體.[1]

　자신이 기쁘다고 남도 기쁜 것은 아닙니다. 기쁨에 들뜬 말은 종잡
을 수 없이 흘러나옵니다. 복권에 당첨된 사람의 기분에 무엇인들 못
할 말이 있겠습니까? 그렇게 남발한 백지수표는 믿을 수 없는 사람이
란 낙인으로 되돌아옵니다. 말은 인간들의 약속기호로 믿음을 전제
하고 있는 것입니다. 그 믿음이 무너질 때 더불어 살아가지 못하고 유
령이 되어 버립니다.

.1 『취고당검소』 권11에도 수록되어 있습니다.

반면 '실체(失體)'란 신분이나 지체에 걸맞은 체면(체통)을 잃는다는 말입니다. 건안칠자(建安七子)의 한 사람으로 알려진 서간(徐幹, 170~218)은 "잘못을 듣고서도 고치지 않는 것을 상심(喪心)이라 하고, 잘못을 생각만 하고서 고치지 않는 것을 실체(失體)라고 한다. 상심(喪心)하고 실체한 사람에게는 화란(禍亂)이 이른다."[2]고 하였습니다.

'노(怒)'란 글자는 밖으로 기운이 튀어나온다는 뜻으로 화내는 것을 말합니다. 분노가 마음에 차 있을 때는 세상 모든 것이 화풀이 대상이 되지요. 모든 것이 좋게 보일 리가 없습니다. 그 때의 말은 날카로운 병기가 되어 다른 사람을 해치기에 십상입니다. 홧김에 내지른 주먹에 상대가 다치는 것뿐만 아니라 자신의 뼈도 부러지기 마련이겠지요. 마음에는 희로애락이 들어 있는데 다만 노(怒)가 조화를 깨고 돌출하여 나온 것이니, 그것은 오래 갈 수가 없고, 그 순간이 지나면 평정한 상태로 돌아오게 마련입니다. 그런데 그 순간에 터져 나온 언행들은 이미 되돌릴 수 없고 그 무엇인가에 상처로 남게 됩니다. 결국 순간의 화냄으로 모든 체통을 잃은 결과만 남게 됩니다.

화가 났을 때 어떻게 말해야 할까요? 이인행(李仁行, 1758~1833)이 1802년 2월 2일 강세륜(姜世綸)에게 탄핵당하여 평안도 위원(渭原)으로 귀양 가면서 쓴 일기인 『서천록(西遷錄)』에는 "사람이 서로 다투는

---

2 『中論』「貴驗」: 夫聞過而不改, 謂之喪心. 思過而不改, 謂之失體. 失體喪心之人, 禍亂之所及也.

것은 본디 각기 자기의 의견이 옳다고 하는 데서 비롯한다. 화났을 때의 말은 매번 격함으로 잃게 되고, 또 자기 소리에 현혹되어 남의 말을 듣지 않으니 어디에서 시비를 구별하겠는가? 다음 날을 기다려 말하면 화가 풀리고 기운이 평온해지며, 말은 그 실마리를 얻어 곡직이 저절로 드러난다.”[3]고 하나의 방법을 제시해 줍니다.

부연하여 대만 승려인 성운대사(星雲大師, 1927~)의 『불광채근담』을 보면 “기쁠 때의 말에는 실언이 많고, 분노했을 때의 말에는 실례(失禮)가 많으며 슬플 때의 말에는 평상심을 잃는 경우가 많고 즐거울 때의 말에는 모양새를 잃기 쉽다.”[4]고 한 것과 일맥상통합니다. 앞서 본 격언에 ‘슬플 때’와 ‘즐거울 때’를 넣어 만든 격언이라고 할 수 있습니다. 요컨대 말에는 감정이 실리므로 말을 할 때는 평상심에서 하되 그 필요성을 따져봐야 하는 것을 경계하고 있습니다.

---

3 『新野集』卷12,「西遷錄」上: 人之相競, 本由於各是己見, 兩不相下也. 怒時之言, 每失於激, 且眩於己聲, 不聞人語, 何由別是非. 若待明日而說則怒解氣平, 語得其序而曲直自見矣.

4 『佛光菜根譚』: 喜時之言多失言, 怒時之言多失禮, 哀時之言多失常, 樂時之言多失態.

103

그래도
군자

온 세상 사람들이 모두 믿을 만한 자는 결국 군자요, 온 세상 사람들이 모두 의심할 만한 자는 결국 소인이다.

以擧世皆可信者, 終君子也, 以擧世皆可疑者, 終小人也.

공자는 "오직 군자만이 그 바름을 좋아할 뿐 소인은 그 바름을 해친다. 그러므로 군자의 친구들에게는 (일정한) 지향이 있고 그 미워함에는 방향이 있으니 가까이 있는 자는 미혹되지 않고 멀리 있는 자도 의심치 않는다."[1]고 하였습니다. 군자들의 행동에는 일정한 지향점이 있으므로 군자는 멀리 있으나 가까이 있으나 한결같이 흔들리지 않는 모습을 보인다는 것입니다. 따라서 그를 대하면 자연스러운 신뢰

---

1 『禮記』「緇衣」: 唯君子能好其正, 小人毒其正. 故君子之朋友有鄉, 其惡有方. 是故邇者不惑, 而遠者不疑也.

감이 생겨나는 것입니다. 하지만 소인은 그 반대로 예측할 수 없이 행동하므로 모두에게 의혹을 사게 된다는 것입니다.

구양수(歐陽修)는 「춘추론」 첫머리에서, 세상에 여러 설이 있다면 어떤 설을 취해야 할 것인가를 자문자답합니다. "믿을 만한 것을 따라야 한다. 그렇다면 믿을 만한 것을 어떻게 알고 따를 것인가? 말한 그 사람에 따라서 믿는 것이 좋다. 일반인의 설이 저러하고, 군자의 설이 저러하면 일반인의 설을 버리고 군자의 설을 따라야 한다. 군자는 널리 배우고 많이 들었으나 실수가 없을 수 없다. 군자의 설이 저러하고, 성인의 설이 저러하면 군자의 설을 버리고 성인이 설을 따라야 한다."[2]고 하며 성인의 설이 가장 믿을 만하다는 것은 온 세상 사람들이 당연하게 여기는 바라고 했습니다. 그런데 성인이 없다면, 어떻게 해야 할까요? 군자를 믿을 수밖에 없다는 말이 됩니다. 다시 공자는 "군자는 의(義)를 바탕으로 삼고, 예(禮)에 따라 [의리를] 행하며 겸손으로 [의리를] 표출하고 신의로 [의리를] 이루면 군자로다!"[3]라고 했습니다. 이처럼 군자는 모두가 공인하는 규범과 덕목에 따라야 하므로, 군자는 보편화되어 있습니다. 그래서 어느 사회, 어느 환경에서도 군자는 군자 본연의 모습을 연출해낸다는 것입니다. 따라서 궁극적으로 믿을 만한 자는 군자밖에 없다는 말입니다.

---

2 歐陽修, 「春秋論」: 從其一之可信者. 然則安知可信者而從之. 曰, 從其人而信之, 可也. 眾人之說如彼, 君子之說如此, 則舍眾人而從君子. 君子博學而多聞矣, 然其傳不能無失也. 君子之說如彼, 聖人之說如此, 則舍君子而從聖人.

3 『論語』 「衛靈公」: 君子義以爲質, 禮以行之, 孫以出之, 信以成之. 君子哉.

구양수의 말에 따라 이렇게 말해볼 수 있겠습니다. 어떠한 잘못에 대하여, 모두가 자신의 짓이 아니라고 합니다. 그럼 소인, 군자, 성인 중에서 누구를 지목하고 의심하겠습니까? 구양수와 진계유의 말대로라면 보나 마나 소인입니다. 이렇게 소인으로 낙인이 찍히면 치명적이므로 부지런히 못난 덕을 닦아 군자가 되라는 말로 읽지 않는다면, 문제 삼을 만한 여지를 남기고 있습니다.

104

청렴하면서
유능함

한나라 사람들이 관리를 뽑으며 이르기를 "청렴하고 공평하며 가혹하지 않음"이라고 했는데, 공평하면 그 가운데 있을 수는 있을 것이다. 그러나 청렴하고 유능한 것은 후세인들이 경술의 방법론으로 익히지 않았다.

漢人取吏曰, 廉平不苛. 平則能在其中矣, 廉能者, 後世不熟經術之論也.

삶의 대부분을 동한(東漢)의 시대를 살아간 주읍(朱邑, ?~기원전 61)은 안휘성 동성(桐城)의 소송(訴訟)과 부세(賦稅)를 담당하는 말단 관리였습니다. 사람됨이 청렴하고 공평하며 모질지 않아 자신의 이득만을 좇아 남을 힘들게 하지 않았고, 늙고 외로운 사람들을 잘 보살펴 주민들의 사랑과 존경을 받았다고 합니다. 이후 주읍은 졸사(卒史)로 승진하였고 소제(昭帝) 때에는 현량(賢良)으로 천거되어, 중앙 조정의 대사농승(大司農丞)이 되었고 선제(宣帝) 때에는 북해군(北海郡)의 태수를 지내다가 다시 전국의 조세와 염철 그리고 재정을 담당하는 중신인 대사농(大司農, 이후 호부상서)이 되었습니다. 기원전 61년 주읍이 죽자, 천자는 조서를 내려 다음과 같이 칭송했다고 합니다. "대사농 주읍은 청렴하고 절개를 지켰으며, 먹는 것을 줄여가며 공사(公事)를 돌봤고, 강역 밖의 교유에서, 보내 주는 예물도 받지 않았으니 가히 숙인(淑人) 군자로다."[1]라고 말입니다.

『주례』에 따르면, 당시 관리들을 평가하는 여섯 덕목을 기록해 두고 있습니다. "[소재(小宰)는] 관부의 육계(六計, 관리를 고과하는 6가지 덕목)에 따라서, 관리들의 치적으로 평가한다. 첫째 청렴하고 선함, 둘째 청렴하고 유능함, 셋째 청렴하고 공경함, 넷째 청렴하고 올바름, 다섯째 청렴하고 적법함, 여섯째 청렴하고 변별력이다."[2] 여기에서 보는 바와 같이 여섯 덕목 중에 모두 '염(廉)'자가 들어 있는 것을 확인할 수 있습니다. 관리는 무엇보다도 청렴성을 강조하고 있는 것이지요.

이제 공평무사함과 청렴함은 공직자의 자질을 판단하는 중요한 기준이 되었음을 알 수 있습니다. 그런데 '청렴하고 유능함'의 덕목은 후세인들이 경술(經術: 경전을 토대로 한 통치술)의 방법론으로 중시하지 않았다는 말로 끝을 맺고 있습니다. 청렴만 해서는 안 되고 거기에다

---

1 『漢書』「循吏傳」: 大司農邑, 廉潔守節, 退食自公, 亡彊外之交, 束脩之餽, 可謂淑人君子.
2 『周禮』「天官冢宰」: 以聽官府之六計, 弊群吏之治.一曰廉善, 二曰廉能, 三曰廉敬, 四曰廉正, 五曰廉法, 六曰廉辨.

유능함을 갖추어야 한다는 것이지요. 따라서 여기서는 유능함에 방
점을 두어야 할 것입니다. 비록 청렴하더라도 무능하다면 국가 경영
에 아무런 도움이 될 수 없다는 것을 진계유는 역설하고 있는 것으로
보입니다. 아무래도 명말청초에 청렴을 내세우며 무능한 관리들이
꽤 많았던 것으로 짐작할 수 있겠습니다.

105

명예와
절개

옛사람들은 의협의 마음과 불굴의 풍골을 중시하면서도 "창자와 뼈가 쨍쨍한 것이 아니라 입과 혀를 놀려 의기를 솟아나게 하는 것뿐이다."라고 했다. [하지만] 곽해와 진준에 대한 의론은 언제나 명예와 절개에 따랐다.

古人重俠腸傲骨, 曰, 腸與骨非霍霍, 簸弄口舌, 聳作意氣而已. 郭解陳遵議論長依名節.

'협장(俠腸)'이란 의로움을 보면 용기 있게 행하고 사리사욕을 버리고 남을 돕는 마음을 의미하는 상징적 표현이고 '오골(傲骨)'이란 자존심이 강해 굽힐 줄 모르는 성격을 인체에 비유하는 말입니다. 『취고당검소』에는 "자존심 강한 사람, 의로움이 있는 사람, 세상에 잘 영합하는 사람은 백골이라도 천금이 나갈 수 있다."[1]는 말이 있는 것으로 보아 옛사람들이 이러한 기질을 중시한 것을 알 수 있습니다.

진계유는 '협장'과 '오골'에 대한 옛사람들의 평가를 벗어난, 명예와 절개로 이름난 두 사람을 거론하고 있는데, 모두『한서』「유협전」에 실린 인물들입니다. 먼저 곽해(郭解)는 한나라 무제 때의 협객으로 신체가 왜소하였으나 호협(豪俠)을 좋아하여 기분 내키는 대로 사람에게 위해를 가하는 못된 행실을 저질렀지만, 나이가 들면서 이전의 원한을 덕으로 갚으며 후하게 베풀며 의협심을 발휘했다고 합니다. 낙양에 서로 원수로 여기면서 화해하지 않는 두 사람이 있었다고 합니다. 고을의 현자들이 가서 화해를 권했으나 듣지 않자 곽해에게 중재를 부탁했던 모양입니다. 결국, 곽해는 두 사람을 한 자리에 불러 화해를 시키고, 아무도 모르게 자리를 나오며, "우선 내 말에 따르지 마시고, 내가 간 뒤에 고을 현자들의 권유에 따른 것으로 하시오."[2]라고 말했다고 합니다. 곽해는 자신의 공을 타인에게 돌렸고, 그것은 자신의 명예로 돌려받은 것입니다. 곽해의 고향 지현(軹縣) 출신인 한 유생이 "곽해는 공공의 법을 범하는 사람인데 어찌 어질다고 하는 것인가?"[3]라고 묻자, 곽해를 따르던 누군가가 그 유생을 죽여 혀를 잘라버렸다고 합니다. 이 사건으로 곽해는 결국 대역무도죄로 처형되었으니, 그의 명예가 자기 죽음을 초래한 꼴이 되었습니다.

진준(陳遵)은 전한 말 원종(元宗)과 왕망(王莽)의 신(新)나라 시기를 산 인물입니다. 반고(班固)의 말에 따르면, 그는 곽해와는 달리 8척의

---

1 『취고당검소』 권3: 傲骨俠骨媚骨, 即枯骨可致千金.
2 『漢書』「游俠傳」: 且毋庸, 待我去, 令洛陽豪居間乃聽.
3 『漢書』「游俠傳」: 解專以姦犯公法, 何謂賢.

신장에 당당한 용모를 가졌으며, 서예에 뛰어났고, 술을 좋아하며, 자유분방한 성격의 소유자로 보입니다. 반고는 여기서 말하고 있는 명예나 절개에 관한 직접적인 일화는 소개하고 있지 않습니다. 동한의 대문호였던 양웅(揚雄)의 술로 훈계한 글인 「주잠(酒箴)」을 인용하여, 진준과 그의 절친이자 풍부한 학식을 갖춘 장송(張竦)을 비유한 대목이 진준의 성격과 기상을 잘 대변하고 있는 것으로 보여 소개합니다.

"그대는 병(瓶)과 같습니다. 병의 자리를 살펴보면, 우물가에 있거나 높은 곳에 있으며 깊은 곳을 향해 있어 움직이면 항상 위험해집니다. 술이나 탁주를 입에 넣지 않아도 물이 가득 담겨 있으니 좌우로 움직이지도 못하고 밧줄에 묶여 있습니다. 일단 밧줄이 엉키면, 동이는 부딪히게 되어 몸은 황천에 내던져지고, 골육은 진흙이 되어 버립니다. 이러한 쓰임으로 보면 가죽으로 만든 치이(鴟夷)보다 못합니다. 치이는 옛날 술그릇인 골계(滑稽)처럼 술이 끊임없이 흘러나오고, 배는 항아리처럼 커서 종일 가득 찬 술을 다 마시면, 다시 사 오면 됩니다. 그래서 언제나 나라의 그릇이 되어 부속된 수레에 실려 왕궁과 왕실을 왕래하며 공후(公侯)의 집에서도 씁니다. 이를 두고 말하자면 술에 무슨 잘못이 있겠습니까?"라는 문장을 진준은 무척 좋아했다고 합니다. 친구인 장송에게 "나와 당신도 이와 같소. 그대는 경서를 외우면서 자신을 힘들게 하며 단속하여 실수하려 하지 않습니다만, 나는 마음대로 행동하면서 세간에서 부침하고 있는데도 관작과 공명은 그대보다 못하지 않소. 독락(獨樂)에는 미치지 못하지만, 오히려 넉넉하지 않소?"라고 했다고 합니다. 친구인 장송은 뭐라고 답했을까요?

"사람은 각기 타고난 성품이 있어 그 장단은 스스로 재단하는 것입니다. 그대는 내가 되고자 해도 될 수 없고, 나는 그대를 닮고자 해도 안될 것이오. 그렇다면 나를 배우는 자는 유지하기 쉽겠지만 그대를 따라 하는 자는 행하기 어려운 것이니 내가 상도(常道)라오."⁴라고 말했다고 합니다. 왕망이 패하고 장송은 적병에게 죽었고, 진준은 신나라 마지막 왕이었던 경시제(更始帝) 조정에 천거된 뒤에, 흉노에게 사신으로 나가 흉노의 회유와 강요에도 담대함을 보여 주고 돌아왔지만, 결국에는 삭방성에서 술에 취해 도적에게 살해되었다고 합니다.

---

4 『漢書』「游俠傳」: 子猶瓶矣. 觀瓶之居, 居井之眉, 處高臨深, 動常近危. 酒醪不入口, 臧水滿懷, 不得左右, 牽於纆徽. 一旦貼礙, 爲甆所轠, 身提黃泉, 骨肉爲泥. 自用如此, 不如鴟夷. 鴟夷滑稽, 腹如大壺, 盡日盛酒, 人復借酤. 常爲國器, 託於屬車, 出入兩宮, 經營公家. 繇是言之, 酒何過乎.……吾與爾猶是矣. 足下諷誦經書, 苦身自約, 不敢差跌, 而我放意自恣, 浮湛俗間, 官爵功名, 不減於子, 而差獨樂, 顧不優邪.…… 人各有性, 長短自裁. 子欲爲我亦不能, 吾而效子亦敗矣. 雖然, 學我者易持, 效子者雖將, 吾常道也.

106

청복
清福

유유자적하는 복은 상제도 아끼는 것인데, 망각을 익히면 그 복을
없앨 수 있고, 아름다운 명성은 상제도 시샘하는 것인데, 비방을
얻으면 그 명성을 없앨 수 있다.

淸福上帝所吝, 而習忘可以銷福, 淸名上帝所忌, 而得謗可以銷名.[1]

한유는 「원훼(原毁)」에서 "그러므로 일이 이루어지면 비방이 일어
나고, 덕이 높으면 훼손이 온다. 아 선비가 이 세상에 살면서 명예가
빛나고 도와 덕이 행해지기 어렵구나!"[2]라고 하며, 명성을 지키며 사
는 것이 어렵다는 것을 토로하고 있습니다.

---

1 『취고당검소(醉古堂劍掃)』 권1에도 그대로 수록되어 있습니다.
2 韓愈, 「原毁」: 是故事修而謗興, 德高而毁來. 嗚呼. 士之處此世, 而望名譽之光, 道德
  之行, 難已.

'청복(淸福)'이란 '한가하고 편안함을 누리는 복'을 뜻하고, '청명(淸名)'이란 '맑고 아름다운 명성'을 의미합니다. 이 두 가지는 상제조차도 아끼고, 시샘하는 것이라면 여기 '청(淸)'자에는 아무런 부정적인 뜻이 없습니다. 최선의 것임은 분명합니다. 이 최선의 복과 미명을 망치는 것이 있는데, 그것은 '습망(習忙)'과 '득방(得謗)'이란 것입니다. 비방을 당한다는 뜻의 '득방(得謗)'은 문제가 될 것이 없는데, 주목해야 할 단어는 바로 '습망(習忙)'입니다. 이 두 글자의 조합은 어디에도 찾아보기 힘듭니다. 아마도 '습망(習忘)'으로 읽어야 할 것으로 보입니다.

'망(忙)'은 마음이 급한 것을 뜻하는 말로 매사에 분주한 것을 의미하고, '망(忘)'은 망각, 잃어버림의 뜻입니다. 『이정외서(二程外書)』에 사량좌(謝良佐)가 "나는 일찍이 망각하는 것을 익히면 양생할 수 있다고 들었다."는 말에 관하여, 정명도(程明道)는 이렇게 말하고 있습니다. "망각하는 것을 익히면 양생은 가능하겠지만, 도에서는 해로움이 있다. 습망하여 양생할 수 있는 것은 감정을 남기지 않기 때문이다. 도를 배우는 것은 이와 다르다. [호연지기를 기르기 위해서는] 반드시 해야 할 일이 있으니 기약하지 말라고 왜 말했겠는가? 또 출입하고 기거함에 어찌 일이 없을 수 있겠는가? 마음에 기약하고 기다리면 일에 앞서 맞이하게 된다. 잊는다는 것은 생각에서 삭제하는 것에 관계되고, 돕는다는 것은 감정을 남기는 것에 가깝다. 그러므로 성인은 마음이 거울과 같다고 한다. 맹자가 부처와 다른 것은 이점이다."[3]라고 하였습니다. 진계유의 격언은 바로 여기서 말하는 습망(習忘)을 염두에 두고 있다고 보는 것이 무난합니다.

　하지만 바쁠 망(忙)자로 풀어도 이해는 됩니다. 습망(習忙), 즉 분주한 것에 익숙해진다는 의미로 말이죠. 방향성 없이 매사에 분주하게 왔다 갔다 하는 것에 익숙하면, 결국 하늘도 아끼는 청복을 없애는 결과가 된다는 것이지요. 이리저리 분주하게 오가다 보면, 우리의 주변에 있는 고마운 것들을 간과하기가 쉽습니다. 심지어 자신이 숨 쉬고 있는 공기에도 고마움을 당연한 것으로 받아들이고 살게 됩니다. 두 콧구멍으로 시원하게 몇 분 만이라도 숨 쉬어 봤으면 하는 것이 소원인 사람도 있습니다. 분주하면 마음이 급하다는 뜻이고 마음이 여유롭지 못하다면 수없이 고마운 것들이 느껴질 리가 없습니다. 그것은 결국 지고의 복을 내팽개치는 결과가 되는 것입니다.

---

3 『二程外書』卷12: 吾嘗習忘以養生.⋯⋯施之養生則可, 於道則有害. 習忘可以養生者, 以其不留情也. 學道則異於是. 必有事焉而勿正, 何謂乎. 且出入起居, 寧無事者. 正心待之, 則先事而迎. 忘則涉乎去念, 助則近於留情. 故聖人心如鑑, 孟子所以異於釋氏, 此也.

107

자기
용서

사람은 자기를 용서할 수 없고, 또한 사람들이 나를 용서하도록
해도 안 된다.

人不可自恕, 亦不可使人恕我.

　맹자는 제후와 공경대부들이 "인(仁)하면 영화롭고, 불인(不仁)하면
욕될 것이다. 요즘 제후와 공경대부들은 욕됨을 싫어하면서도 불인
(不仁)에 산다. 마치 습함을 싫어하면서도 낮은 곳에 사는 것과 같다.
욕됨이 싫다면 덕(德)을 소중히 여기고 선비를 존중하며 현명한 사람
이 자리에 있게 하고 능력 있는 사람이 직책에 있게 하는 것이 최고이
다. 국가가 한가할 때에 나라의 정치와 형벌을 밝게 한다면 대국이라
할지라도 그 나라를 두려워할 것이다. 『시』에 '하늘이 장맛비를 내리
지 않을 때는 저 뽕나무 뿌리를 벗겨두어, 문과 창에 감아 두었네. 이
제 이 하민(下民)들이 어찌 감히 나를 업신여기겠는가!'라고 하였다.

이에 공자께서는 '이 시를 지은 사람은 도를 알고 있구나! 자신의 나라를 다스릴 수 있다면 누가 감히 그 나라를 업신여기겠는가!'라고 하였다. 지금 나라가 무사하고 한가한 틈에 태만함을 즐기고 있다. 이는 스스로 화를 구하는 것이다. 화와 복은 자기 스스로가 구하지 않는 것이 없다."고 하였습니다.

　여기 맹자가 인용한 공자의 말을 보면 화와 복은 자신이 만드는 것이라고 합니다. 화와 복의 주체가 그 주체를 비난할 수 없습니다. 타인이 나를 용서한다는 것은 나의 불인(不仁)함에서 기인한 것이므로 타인이 나를 용서하게 하는 일을 지어서도 안 되는 것입니다. 사회 속의 '나'는 스스로를 용서할 수 없습니다. 그것은 조화를 이룰 수 없는 성격의 것이기 때문입니다. 팔은 안으로 굽으니 '나'를 나무람은 너그러울 수밖에 없겠지요. 따라서 자신을 스스로 용서함은 자위일 뿐입니다. 자신에 너그러운 마음이 타인에게 그대로 베풀어져야 하지만, 언제나 타인에게는 혹독한 것이 세태입니다. 자신에 엄격하면 타인이 자신을 용서할 일을 만들지 않게 되는 것입니다.

　『채근담』에도 "남의 잘못은 용서해야 하지만, 그 잘못이 나에게 있

1　『孟子』「公孫丑上」: 仁則榮, 不仁則辱. 今惡辱而居不仁, 是猶惡濕而居下也. 如惡之, 莫如貴德而尊士, 賢者在位, 能者在職. 國家閒暇, 及是時明其政刑. 雖大國, 必畏之矣. 詩云, 迨天之未陰雨, 徹彼桑土, 綢繆牖戶. 今此下民, 或敢侮予. 孔子曰, 爲此詩者, 其知道乎. 能治其國家, 誰敢侮之. 今國家閒暇, 及是時般樂怠敖, 是自求禍也. 禍福無不自己求之者.

다면 용서해선 안 된다. 나의 심한 모욕은 견뎌내야 하지만, 그 모욕이 남에게 있다면 참아선 안 된다."[2]고 하며 자신의 잘못에는 엄중하게 인식해야 할 것을 권고하고 있습니다.

---

2 『菜根譚』: 人之過誤宜恕, 而在己則不可恕. 己之困辱宜忍, 而在人則不可忍.

108

정치가
혼탁하면

문중자가 말했던가. "태희(290) 이후, 역사를 기술하는 자들이 얼마나 욕했던가?"라고. 아! 오늘날의 상주서 또한 그러하다.

文中子曰 : 太熙之後述史者幾乎罵矣. 嗚呼. 今之奏疏亦然.

'태희(太熙)'란 서진(西晉)의 황제 사마염(司馬炎)의 마지막 연호로 290년 1월~4월까지를 말합니다. 사마염은 그 4월에 죽었습니다. 수많은 후비를 거느린 것으로 알려진 사마염과, 황후로서 37세의 나이로 죽은 양염(楊艷) 사이에서 낳은 둘째 아들인 사마충(司馬衷)이 왕위에 오르게 됩니다. 이미 그의 즉위는 많은 후궁의 자식들과의 갈등을 예고하였는데, 바로 팔왕의 난이 그것입니다. 사마충은 결국 6년 동안 재위하다 꼭두각시 신세로 전락했고, 307년 이복동생에게 독살됩니다. 나라의 멸망은 약 10년을 앞두고 있었습니다. 결과적으로 사마염이 죽은 이후 서진(西晉)은 이미 멸망의 수순을 밟고 있었던 것입니다. 당시 역사를 기록하는 사관들의 운명은 말하지 않아도 충분히 짐작할 만합니다.

문중자(文中子)란 사람은 수(隋)나라의 대유학자 왕통(王通, 584~617)의 시호(諡號)이자 그가 쓴 『중설』이란 책을 가리키기도 합니다. 동생은 초당의 시인이었던 동고자(東皐子) 왕적(王績)이고, 손자는 초당사걸의 한 사람인 왕발(王勃, 560~676)이며, 당태종 초기의 명신이었던 위징(魏徵, 580~643)은 그의 제자였습니다. 그의 저술은 대부분 산실 되고 『문중자중설(文中子中說)』만 남아 전하고 있습니다. 이 책은 『논어』처럼 스승과 제자들의 대화로 구성되어 있습니다. 정치적으로 인정(仁政)의 실천을 중심으로 한, 왕도정치의 회복과 삼교(三敎: 유불도) 합일을 주장하며 시대적 흐름에 부합하는 진보적 성향을 지니고 있습니다. 아마도 이러한 성격 때문에 진계유가 직접 인용하고 있는 것으로 보입니다.

왕통은 당나라가 공식적으로 건립되는 1년 전(617)에 세상을 떠났습니다. 조국 멸망의 말기적 현상을 서진(西晉) 태희 이후와 동일시했던 것입니다. 이제 약 천년이 흐른 지금 진계유도 시공을 초월한 공감을 기술하고 있다고 볼 수 있습니다. 위의 인용문은 『중설』 「술사」에 나오는 것으로 원문은 "문중자는 말한다. 태희 이후에 역사를 기술하는 사람들이 얼마나 욕했던가. 그러므로 군자들은 그에 대해 이르지 않는다."[1]고 되어 있습니다. 마지막 문장을 명말청초의 시대로 바꾸

---

1 『中說』 「述史」: 子曰, 太熙之後, 述史者幾乎罵矣, 故君子沒稱焉.

어 놓은 것입니다. 당시의 상주문들이 모두 욕만 하고 있으니 군자들
이 언급할 것이 못 된다는 말일 것입니다.

109

소소익선

사람을 기용함에는 많아야 하지만 친구를 고름에는 적어야 한다.

用人宜多, 擇友宜少.

많으면 많을수록 좋다는 말을 다다익선이라고 하지요. 그러나 이렇게 양적으로 많다고 반드시 좋은 것은 아닙니다. 눈에 보이는 그 양적 많음이 보이지 않는 질적 의미를 가려 버리기 때문에, 그 많음으로 우리는 종종 외적 감각에 의지해 버리는 것입니다. 아무리 선택의 여지가 많이 있다고 하더라도 궁극적인 나의 선택은 질적인 어떤 것임은 틀림없으니 말입니다. 물론 질적으로도 우수하면서 그 양이 많다면 가장 좋겠지만 자연은 우리에게 이를 허락하지 않는 것 같습니다. 그것은 내 마음이 만들어낸 과욕일 뿐입니다. 그렇다면 친구를 고름에는 왜 적어야 할까요?

왕충(王充)은 "보통 사람의 행동거지로 말하자면, 벗을 신중하게 가리지 못하고, 그 친구와 같은 마음이면 정이 두터워지고, 마음이 다르면 정은 멀어지고 엷어진다. 멀어지고 엷어지면 원망하여, 친구의 행동에 상처를 내니 첫 번째 폐다. 사람 재주의 높낮이는 균등할 수 없다. 나란히 관직에 나아가서 재주가 뛰어난 자가 영예롭게 되면 재주가 낮은 자가 부끄러워하고 분노하니 이것이 두 번째 폐다. 사람의 교유는 언제나 즐거울 수 없다. 즐거우면 서로 친하게 여기지만 화를 내면 소원해지고, 소원해지면 원망하며 상대방의 행동에 상처를 낸다. 이것이 세 번째 폐다."[1]라고 하며 교유의 어려움을 말하고 있습니다. 정이 두터워지려면 시간이 필요합니다. 한정된 인간의 수명은 많은 친구를 사귀도록 허락하지 않으므로 선택할 수밖에 없습니다. 선택하는 데 있어서 많으면 그만큼 많은 시간이 소요될 것입니다.

오주(五洲) 이규경(李圭景, 1788~1863)은 "다만 보탬이 친구를 골라 수신에 도움이 되기를 바라지만 수신은 반드시 친구를 골라야 하고, 친구를 고르는 것은 반드시 수신이 필요하다. 수신하지 않으면 보탬이 되는 친구들이 오지 않고 손해되는 친구들이 절로 이르니 어려운 일이 아닐 수 있겠는가. 아! 사군자가 처세하면서 지기 한두 명이나 생사가 달린 다급한 어려움에 의지할 만한 자가 없다면 어찌 이러한 삶을 살 수 있겠는가. 그러므로 벗의 도리를 온전하게 하려면 먼저 또래

---

1 『論衡』「累害」: 凡人操行, 不能愼擇友, 友同心恩篤, 異心疎薄, 疎薄怨恨, 毁傷其行,
　一累也. 人才高下, 不能鈞同, 同時並進, 高者得榮, 下者慚恚, 毁傷其行, 二累也. 人
　之交遊, 不能常歡, 歡則相親, 忿則疎遠, 疎遠怨恨, 毁傷其行, 三累也.

와의 교제를 가리고, 그 행한 일과 마음 씀씀이가 환하여 의혹이 없
는 자를 살핀 다음 마음으로 받아들이는 것이다. 모양과 공적에 구애
되지 말고, 참소와 비방으로 빼앗지 말며, 부귀와 빈천에 따라 바뀌지
않으면 옛사람이 말하는 친구에 가까울 것이다. 친구를 고를 수 없으
면, 친구들이 뒤섞일수록 몸은 더 낮아질 것이다. 그러므로 '그의 말
을 듣고 그의 눈동자를 살펴라'라고, 또 '그 사람을 모르겠으면 그가
더불어 교유하는 사람들을 보라'라고 하였다. 이것이 친구를 고르는
지고의 비결이다.…… 친구는 둘이면서 하나요, 그이면서 나이고, 나
이면서 그이다. 소인의 교우는 장부를 펴는 것과 같아 이익이 얼마인
지만 헤아린다. '우'자는 '爻' 바로 두 손이다. '붕(朋)'자는 옛 전서로
우(羽), 즉 두 깃털이다. 사람에게 두 손이 없으면 온전한 몸이 될 수
없고, 새에게 두 날개가 없으면 조류가 될 수 없다."[2]고 했습니다. 친
구를 어떻게 골라 어떻게 사귈 것인가에 대한 하나의 지침을 제시하
고 있습니다. 요컨대, 친구를 사귀는 것은 자신의 수양에 있고, 수양

---

2 『五洲衍文長箋散稿·人事篇·儒行』「친구를 가리는 것을 스스로 경계한다는 것에
  관한 변증설[自警擇友辨證說]」: 惟願擇一益友, 以爲修身之補. 而修身必須擇友, 而
  擇友必須修身. 如不修身, 則益友不來而損友自至, 可不難哉. 噫, 士君子處世, 而無
  一二知己之人, 可托死生急難者, 則又安用此生爲矣. 故欲全友道, 須先擇交於等輩
  之中, 觀其行事心術灼然無疑者, 而後以心許之. 勿爲形跡所拘, 勿爲讒毁所敓, 勿爲
  富貴貧賤所移, 則庶乎古人之所謂友矣. 不能擇友, 友愈雜而身愈下矣. 故曰, 聽其言
  也, 觀其眸子. 又曰, 不知其人, 視其所與遊. 此擇友之至訣也.……友者, 雙又耳, 彼
  又我, 我又彼. 小人交友如放帳, 惟計利幾何. 友字, 古篆作爻, 卽兩手也. 朋字, 古篆
  作羽, 卽兩羽也. 人無兩手, 則不得爲全身. 鳥無雙翼, 則不可爲飛禽. 여기 원문에서
  '爻'자는 손모양의 두 전서체가 위아래로 있는 모양이나, 해당하는 글자가 없어 대
  용한 것임을 밝혀 둡니다.

이 없으면 친구를 고를 수 없다는 말은 교우관계에서 자신의 수양이 선행되어야 한다는 것을 역설하고 있는 것입니다.

110

세상과
함께

'도'를 추구하는 마음이 없을 수 없으나, 도의 모습에 빠져서도 안
되며, 세속의 정을 가져서는 안 되지만 세태를 홀시해서도 안 된다.

不可無道心, 不可泥道貌. 不可有世情, 不可忽世相.

주희가 「중용」의 서문을 대신하여 쓴 글을 보면, "그러나 사람은
이러한 형체가 없을 수 없으므로 매우 지혜로운 사람이라도 인심(人
心)이 없을 수 없고, 또한 이러한 본성이 없을 수 없다. 그러므로 아주
어리석은 사람이라도 도심(道心)이 없을 수 없다. 이 두 가지는 아주
가깝게 섞여 있어 다스리는 바를 알지 못하면, 위태로운 것은 더 위태
로워지고, 드러나지 않은 것은 더 감추어져서 천리의 공정함이 끝내
욕심의 사사로움을 이길 수 없게 된다. 정밀하면 둘 사이를 살펴 섞이
지 않을 것이고, 한결같으면 본심의 올바름을 지켜 벗어나지 않을 것
이다. 여기에 힘쓰며 약간의 끊어짐도 없이, 도심이 항상 한 몸을 주

재하도록 하여, 인심이 매번 명령을 듣게 한다면, 위태로운 것은 편안해지고 감춰진 것은 드러나며, 동정, 언행이 스스로 지나치거나 미치지 못하는 어긋남이 없을 것이다."[1]라고 하여 이 격언의 배경을 제시하고 있습니다.

강희(康熙, 1662~1772)초에 섬서성(陝西省) 봉현(鳳縣) 지현(知縣)을 지냈다고 하는 주소(周召)의 『쌍교수필』에 "책을 많이 읽더라도 그 책에 구애되지 않는다면 도리의 투명함을 얻을 수 있고, 세상을 잘 살아가더라도 세속의 기심(機心)에 간섭되지 않으면 인정을 잘 알 수 있게 된다. 사람은 도를 추구하는 마음이 없을 수 없지만, 도의 모습을 지으면 안 된다. 사람은 세속의 정을 가져서는 안 되지만, 세속의 정을 홀시할 수도 없다. 이 말은 이치를 밝혀 주는 말보다 참으로 심오하다."[2]고 하며 진계유의 생각을 이어가고 있습니다.

미공과 동시대를 살았던 장대복(張大復, 1554~1630)은 "왕성해는 신분이 관리로, 운서주굉(雲棲袾宏, 1535~1615) 선지식을 참견하고 곧바로 고행을 시작했다. 물을 지고, 땔나무를 베며 대중들과 일했는데,

1 朱熹,「中庸章句序」: 然人莫不有是形, 故雖上智不能無人心, 亦莫不有是性, 故雖下愚不能無道心. 二者雜於方寸之間, 而不知所以治之, 則危者愈危, 微者愈微, 而天理之公卒無以勝夫人欲之私矣. 精則察夫二者之間而不雜也, 一則守其本心之正而不離也. 從事於斯, 無少閒斷, 必使道心常爲一身之主, 而人心每聽命焉, 則危者安, 微者著, 而動靜云爲自無過不及之差矣.
2 『雙橋隨筆』, 卷3: 多讀書而不受書障, 方得理路透明, 老涉世而不參世機, 方得人情爛熟. 人不可無道心, 不可作道貌, 人不可有世情, 亦不可忽世情. 此眞深於明理之言.

이 또한 근성이 아주 예리한 것이었다. 항상 「계살문(戒殺文)」을 지어 교화했는데, 그 말들이 미숙하지만 이해하기 쉽고, 통달했지만 막힘이 없어 장사치나 어린아이들도 이해할 수 있었다. 그러나 원소수(袁小修, 袁中道, 1570~1624)는 다른 사람에게 '정진결재하며 염불하는 것에 뭐 기특한 것이 없는데, 성해는 정진결재와 염불로 천하에 이름을 날렸으니 한 무리로서 부끄럽다.'고 하였다. 이 말에 깨우쳐 수행에 있어서 더욱 내실 있게 했다. 설랑홍은(雪浪洪恩, 1545~1608) 스님은 '도심(道心)이 없을 수 없지만, 도의 모습에 빠져서도 안 되며, 세속의 정을 가져서는 안 되지만, 세태를 홀시해서도 안 된다.'라고 하였으니, 오호라! 다하였도다!"[3]라고 하며 당시 지식인 사이의 병폐를 지적하고 있습니다. 여기에 등장하는 인물들은 모두 진계유와 교유를 하고 있다는 점에 주목하시기 바랍니다.

성직자든, 학자든, 산속에서 살든, 아파트에 살든 모두 같은 사회 속에 살고 있습니다. 고상한 도학자인 척하면서 세상 물정을 홀시하거나 속된 것이라며 훈계하는 사람을 많이 접할 수 있습니다. 그런 부류의 사람들은 화(和)를 지향하지 않고 차별을 추구하는 사람들입니다. 마테오리치가 중국 물정을 무시했다면 포교에 성공할 수 있었을까요?

---

3 『聞雁齋筆談』卷5, 「王先生」: 王性海, 現身宰官. 旣參雲棲, 便修苦行. 擔水斫柴, 和眾作務, 斯亦根性之最利者矣. 常作戒殺文以勸世, 其言淺而易曉, 通而無礙, 販夫稚子無不了知. 然袁小修語人曰, 吃齋念佛無甚奇特, 而性海乃以吃齋念佛聞天下, 亦屬可羞. 參透此語, 於修行更是著實. 雪浪師云, 不可無道心, 不可泥道貌, 不可有世情, 不可忽世相. 嗚呼, 盡矣. 또한 『梅花草堂筆談』卷2, 「王性海」에서도 찾아볼 수 있습니다.

111

미오
迷悟

마음이 사물을 좇아가는 것을 미(迷)라하고 법이 마음을 따르는
것을 오(悟)라 한다.

心逐物曰迷, 法從心曰悟.

이 격언은 선불교의 용어로 구성되어 있습니다. 허상에 지나지 않
은 사물에 미혹되는 것과 본성의 법을 깨우쳐 아는 것을 대조하여
'나' 밖의 외적 사물에 구애되지 말 것을 강조하는 말입니다. 이 설명
으로 『채근담』에 나오는 말을 풀어보면 "마음이 사물을 좇어가면[迷]
극락이 고해가 되니, 물이 얼어 얼음이 되는 것과 같다. 법이 마음을
따르면[悟] 고해가 극락이 되니, 얼음이 녹아 물이 되는 것과 같다. 고
락에 두 경계가 없고, 미오(迷悟)에 두 마음이 없으니 그것들은 잠깐
돌려 생각하는 데 있음을 알 수 있다."고 하였습니다.

순자는 "의지를 닦으면 부귀에 당당해지고, 도의(道義)를 무겁게 하면 왕공(王公)들이 우습다. 안으로 성찰하면 밖의 사물은 가벼워진다. 그래서 '군자는 사물을 부리고 소인은 사물에 부림을 당한다.'고 한 것은 이를 말함이다. 몸이 수고로워도 마음이 편안하면 그것을 할 것이요, 이득이 적어도 의(義)가 많으면 그것을 할 것이다. 폭군을 섬겨 출세하는 것은 작은 나라의 군주를 섬기며 도리를 따르는 것만 못하다. 그러므로 훌륭한 농사꾼은 수재나 한발 때문에 경작하지 않는 것이 아니고, 훌륭한 장사꾼은 팔리지 않는다고 해서 장사하지 않는 것이 아니며, 사군자(士君子)는 가난하다 해서 도(道)를 게을리하지 않는다."[2]고 하며 안으로 성찰하면 바깥 사물들의 무게가 줄어든다고 하였습니다.

장공(莊公)은 부인 애강(哀姜)의 요청에 따라 환공(桓公)의 묘 서까래에 단청과 조각 장식을 했습니다. 이에 대부 어손(御孫)은 "검약함은 덕의 공손함이요, 사치함은 악(惡)의 큼이다."[3]라는 말로 만류했습니다. 그러므로 검소하다는 것은 덕이 큰 것이고, 사치스럽다는 것은 악하다는 것입니다. 또한 '사정(邪正)'이 무엇이냐는 질문에 회양선사(懷讓禪師, 677~744)는 "마음이 사물을 따르면 사(邪)이고 사물이 마음을

---

1 『菜根譚』: 迷則樂境成苦海, 如水凝爲冰. 悟則苦海爲樂境, 猶冰渙作水. 可見苦樂無二境, 迷悟非兩心, 只在一轉念間耳.

2 『荀子』「修身」: 志意脩則驕富貴, 道義重則輕王公. 內省而外物輕矣. 傳曰, 君子役物, 小人役於物, 此之謂矣. 身勞而心安, 爲之. 利少而義多, 爲之. 事亂君而通, 不如事窮君而順焉. 故良農不爲水旱不耕, 良賈不爲折閱不市, 士君子不爲貧窮怠乎道.

3 『左傳』莊公 24年: 儉, 德之恭也, 侈, 惡之大也.

따르면 정(正)이다."[4]라고 대답했다고 합니다.

'검소하다'함은 물욕이 적은 것이고, 사치스러움은 사물에 대한 욕심이 많은 것입니다. 덕이란 당연히 검소함에서 나옵니다. 사물에 욕심이 적으면 사물에 구속될 기회가 그만큼 줄어들 것이고, 욕심을 부리게 되면 한도 끝도 없이 사물에 사로잡혀 버립니다. 소유는 또 다른 소유를 낳는다지요. 많아지는 만큼 그 사물의 쓰임을 잃게 되니, 기회만 되면 뇌물을 받을 수밖에 없고 훔칠 수밖에 없습니다.

---

4 『景德傳燈錄』 卷6: 心逐物爲邪, 物從心爲正.

112

유불
儒佛

유자와 불자가 서로 시비를 다투어 가리는 것은 유자가 불경을 읽지 않는 잘못 때문만이 아니요, 불자가 유가경전을 읽지 않은 잘못 때문에도 아니다. 그러므로 양쪽 모두 교류는 얕지만 각자 하는 말은 깊다.

儒佛爭辨, 非惟儒者不讀佛書之過, 亦佛者不讀儒書之過, 故兩家皆交淺而言深.

　부처의 가르침이 중국에 전입된 이후로 중국 고유의 유가와 도가는 민감한 방어 자세를 취할 수밖에 없었고, 그에 따라 불교도 중국적으로 적응하지 않을 수 없었습니다. 이러한 유불도 삼교의 대립과 교섭은 중국 사상의 중심을 이룬다고 할 수 있습니다. 특히 유교와 불교가 서로의 자양분들을 공유하면서 빚어지는 쟁론들은 그 양상이 유난히 두드러졌습니다. 마테오 리치 이후 천주교의 가세로 진계유의 시대는 대립보다는 통섭의 분위가 크게 조성되고 있었습니다.

우리는 중당시기 「불골표」를 올리며 불교 배척에 앞장섰던 유학자 한유라는 사람을 기억합니다. 하지만 역설적으로 그는 승려들과 상당히 긴밀한 교유관계를 유지하고 있었습니다. 당시 중국인들의 정체성이 외래 종교 사상에 의해 흔들리고 있다는 현실이 그를 배불(排佛)로 나아가는 명분을 제공했던 것일 뿐입니다. 유가와 불가는 이처럼 표면적으로 대립하는 모습을 취했지만, 그 내면은 깊은 소통이 자리하고 있었다고 말할 수 있습니다.

불교는 유가와 도가의 도움 없이는 중국에 자리할 수 없었습니다. 다시 말하면 부처의 가르침이 중국인들의 가슴에 뿌리를 내리기 위해서는 중국식으로 해석되어야 했고, 그것은 이미 인도의 것과는 상당한 거리 두기를 생각해야 했습니다. 마테오리치가 포교하던 16세기 말처럼 말입니다. 이러한 외래 종교의 문화적응주의적 자세는 중국 전통 사유와의 차별성을 희석했고, 그 출발점은 소실되었습니다. 그래서 진계유는 그 외적 교유는 얕지만, 그 내적 교리는 연관성이 깊다고 말하고 있는 것입니다.

유구한 사고의 대립과 교섭의 수레바퀴는 긴장된 반복 속에서 그 양상을 달리해 왔습니다. 결국, 하나의 무엇인가를 놓고 바라보는 시각이 달랐을 뿐인데, 문화적 패권 다툼은 그 차이를 인정하지 않았던 것입니다. 특히 유교와 불교의 경합은 정조가 중국의 종교 갈등과 관런하여 제기한 질문에 잘 나타나 있습니다. "유교와 불교로 말하자면, 피차간의 논쟁은 둘 다 상대를 제압하지 못하고, 맞수와 보루를 마주하고 대치하듯, 수천 년이 지나도 서로를 굴복시키지 못하는 것은 무엇 때문인가? 어찌 우리 유교와 이단이 과연 우열이 없어서 그런 것이겠는가."[1]

---

1 『弘齋全書』卷115, 「經史講義·梁敬帝」: 以儒佛而言之, 則彼此爭辨, 兩不相下, 眞如敵手之對壘, 歷幾千年而未有能屈之者何歟. 豈吾道與異端, 果無優劣而然歟.

113

교우와
독서

젊은이의 마음이 의기(意氣) 두 글자에만 매몰되면 교유해도 반드시 힘을 얻지 못할 것이고, 소아(騷雅) 두 글자에만 매몰되면 책을 읽어도 분명 마음을 심화시키지 못할 것이다.

後生輩胸中, 落意氣兩字, 則交游定不得力, 落騷雅二字, 則讀書定不深心.[1]

  여기에서 말하는 '의기(意氣)'란 표현은 지향하는 바와 기개, 정신, 취향, 정서, 정의(情誼) 등등의 뜻이 있습니다. 이 격언은 상하가 대구로 짝을 이루고 있으므로 뒤의 소아(騷雅)가 「이소」와 『시경』을 의미하는 것이라면 이 표현도 하나씩 독립되어 있을 것입니다. 그렇다면 의(意)는 마음이 지향하는 바이고 기(氣)는 기상과 절개를 의미하는 기개(氣槪)로 보는 것이 좋겠습니다. 순자는 "타인들과 교유하려면 유

---

1 『취고당검소(醉古堂劍掃)』 11권에 수록되어 있는데, 앞의 '후생배' 세 글자만 빠져 있습니다.

(類)에 따라 의(義)가 있어야 한다."²고 하였습니다. 친구의 유(類)는 서로가 지향하는 뜻에 따라 나뉘게 될 것입니다. 이렇게 사귐이 형성되더라도 그에 따른 의리가 있어야 한다는 것이지요. 그러나 의기(意氣) 이 두 글자가 중요하긴 하지만 여기에 매몰되면 교제를 지속시키는 힘이 없어진다는 말입니다.

문제는 '소아(騷雅)'라는 조어(造語)입니다. '소'는 굴원의 「이소(離騷)」임을 알겠지만, '아(雅)'는 바로 『시경(詩經)』의 대아와 소아, 즉 상징적으로 『시경』 전체를 지칭하고 있는 것인지는 확실하지 않습니다. 그렇다면 왜 풍(風), 아(雅), 송(頌) 중에 왜 하필이면 '아'를 선택했을까요? 또한, 일반적으로 '풍소(風騷)'라고 하며 『시경』을 앞에 두었는데, 왜 여기서는 그 위치를 바꾸었을까요? 이러한 문제에 억측은 해보겠지만 그럴듯한 답은 없습니다. 억측하자면, 풍은 민간의 노래요, 송은 황실의 노래지만, 아는 사대부 군자의 노래이기 때문에 가운데 위치한다는 것이지요. 그것은 양극단의 목소리를 모두 수렴하고 있다고 생각했을지도 모릅니다. 한편 '의기'와 짝을 이루는 표현이 바로 '소아'인데, 그렇다면 '소아' 역시 특정한 책이 아닌 지향하는 바와 기개처럼 독서에 필요한 정신자세를 말하고 있는 것은 아닐까요? 그러나 '소'에는 「이소」를 지칭하는 것 이외에는 아무런 긍정적인 뜻을 내포하고 있지 않습니다. 따라서 「이소」는 우국충정의 의미에서 『시경』의 '아'는 군자들의 고상한 노래라는 의미에서 취한 것이라고 보

---

2 『荀子』「君道」: 其交遊也, 緣類而有義.

는 수밖에 없을 것 같습니다.

　마지막으로 왜 『시경』을 앞세우지 않았을까요? 미공은 「이소」에
더 큰 비중을 두고 있는 것인가요? 아마도 이에 대한 해답은 두보에
게 물어보아야 하는 것은 아닌지 모르겠습니다. 두보는 진자앙(陳子
昻)의 옛집을 지나면서 5언의 고시를 지었는데[陳拾遺故宅], "그의 재
주는 이소와 시경을 계승하여, 뛰어난 문인이라도 그와 견줄 수 없을
것이네(有才繼騷雅, 哲匠不比肩.)"라고 하며 '소아'라는 표현을 쓰고 있습
니다. 이처럼 『시경』과 「이소」는 중국 문학의 출발이자 마르지 않는
샘물이었지만, 그렇더라도 이것에만 매몰되면 독서를 통한 심성의
함양은 깊어지지 않을 것이라고 말하는 것입니다. 말하자면, 당시 유
행했던 의고주의(복고주의) 문학사조에 대한 경계로 읽힙니다.

114

공사
公事

옛날의 재상은 공명을 버리고 공사를 이루었으나 지금의 재상은
공사도 탐하고 공명도 좋아한다. 옛날의 재상은 섭정처럼 얼굴을
더럽히거나 가죽을 벗겨내었는데, 오늘날의 재상은 형가로 진왕
을 겁주려는 뜻만 있으니 실패가 많다.

古之宰相, 捨功名以成事業, 今之宰相, 旣愛事業又愛功名. 古之宰相, 如聶
政塗面抉皮, 今之宰相, 有荊軻生劫秦王之意, 所以多敗.

섭정(聶政)은 살인을 하고 원수를 피해 어머니와 누이를 데리고 제
나라에서 개백정으로 숨어 살았습니다. 그는 한(韓)나라 애후(哀侯)를
섬겼으나 재상이었던 협루(俠累)의 위협을 받아 도망 다니며 복수할
기회를 찾는 엄중자(嚴仲子)라는 사람을 만나게 됩니다. 엄중자는 섭
정에게 많은 황금을 주면서 청부살인을 의뢰하지만, 섭정은 어머니
를 봉양해야 한다는 말로 거절합니다. 이후 섭정의 어머니가 죽자 미

천한 신분의 자신에게 예를 갖추어 준 엄중자에게 고마움을 느껴 그의 복수를 위해 한(韓)나라의 재상을 살해하러 떠납니다. 섭정은 혼자 관부로 쳐들어가 협루를 죽이고 수십 명을 찔러 죽인 뒤, 배후가 밝혀지지 않도록 "자신의 얼굴 가죽을 벗기고 눈을 도려내었으며, 자신의 배를 갈라 창자를 꺼낸 뒤 마침내 숨을 거두었다."[1]라는 이야기가 『사기』에 전합니다. 섭정은 이처럼 자신을 알아주는 주군을 위해 자신의 몸을 바쳤습니다. 이것이 바로 공명을 버리고 공사를 이룬 경우라고 보는 것입니다.

공명과 공사는 대상으로 하는 바가 다르므로, 중천에 해와 달이 동시에 떠 있을 수 없듯이, 다 이루려 하면 그것은 과욕입니다. 따라서 갖가지 변수들이 난무하게 됩니다. 자신의 안위를 돌보면서 어찌 공사에 전념할 수 있겠습니까. 나를 버리지 않고는 타인을 챙길 수 없습니다. 둘 다 돌보다 보면 겉치레가 생겨납니다. 섭정이 주군을 위해 그처럼 헌신하지 않았다면 후세에 이름이 남기는커녕 한갓 청부살인 업자에 지나지 않았을 것입니다. 어떠한 이유에서건 살인했고 그것도 자신의 원수도 아닌 남의 원수를 말이죠.

태자 단이 진(秦)나라에서 굴욕을 당하며 돌아왔을 때, 진나라 장군 번오기(樊於期)가 망명해 왔을 때도 그를 모셨던 태부(太傅)인 국무(鞠武)는 진나라의 눈치만 보면서 실질적인 대안을 내놓지도 못하고 위

---

1 『史記』「刺客列傳」: 自皮面決眼, 自屠出腸, 遂以死.

험을 감수하지 않으려 했습니다. 고작 한다는 것이 전광을 끌어들이는 것이었고, 연로한 전광은 진왕을 죽이려는 계획을 누설하지 말라 했으니 다시 형가(荊軻)를 끌어들이고 스스로 죽음을 택할 수밖에 없었습니다. 일은 이미 여기에서 어그러지고 있었습니다. 국무는 결국 자신이 져야할 책임을 형가에게 떠넘김으로써 빠져나갈 길을 마련해둔 셈입니다. 그들에게 남겨진 것은 실패였지요.

115

생명
존중

주옹이 하윤에게 주는 편지에 이르기를 "변화 중에서 삶과 죽음보다 큰 것이 없고, 삶에서 생명보다 무거운 것이 없습니다. 저들에게 생명은 절실한 것이지만, 나에게 입맛을 돋우는 것은 가벼운 것이오."라고 하였다. 그러므로 술과 고기의 일을 말하지 말고, 술과 고기의 품별을 많이 하지 말며, 술과 고기를 좋아하는 친구들을 가까이하지 말고, 술과 고기를 좋아하는 승려들과 만나지 말라.

周顒與何胤書云, 變之大者莫過死生, 生之重者無逾性命, 性命于彼甚切, 滋味在我可輕. 故酒肉之事莫談, 酒肉之品莫多, 酒肉之友莫親, 酒肉之僧莫接.

남제(南齊)의 주옹(周顒)은 유명한 변려문 「북산이문(北山移文)」에 나오는 인물입니다. 공치규(孔稚圭, 447~501)는 그가 북산(北山, 남경의 종산鍾山)에 은거하다가 벼슬에 나아간 것을 책망하는 취지의 글을 지었는데 바로 「북산이문」입니다. 동시대인 하윤(何胤, 446~531)은 양(梁)

나라 사람으로, 건안(建安) 태수를 지냈으며, 특히 유가 학문에 상당한 성취가 있었고 만년에는 회계산(會稽山)에 은거하면서 생을 마쳤다고 합니다. 하윤은 은거 생활을 하면서도 입맛이 까다로워 호사스러운 음식과 고기를 즐겨 먹었다고 합니다. 이에 주옹은 하윤에게 채식을 권하면서 다음과 같이 말했다고 합니다.

"당신께서 은거하며 멀리까지 나아가지 못한 것이 혹 완전한 채식을 가까이하지 않아서가 아닌지 모르겠습니다. 자르고 베어 솥과 도마에 올리는 것, 그물로 [사냥하는] 것에 관한 흥취는 서책에 실려 있습니다. 그 유래가 실로 오래되었으니 누가 감히 간섭할 수 있겠습니까? 그렇지만 성인들이 음식과 고기를 마련한 것을 보면, 거듭하여 품(品)에 따라 절제하셨습니다. 털을 먹고 피를 마시는 것은 사람이 나면서부터 시작되어, 제멋대로 절제하지 않은 것이 한도 끝도 없었습니다. 좋은 선비 된 자가 어찌 자기의 마음으로 생각하지 않을 수 있겠습니까? 이것이 각기 영역을 깨끗하게 하고 서로 침범하지 않는 것입니다. 하물며 변화 중에서 삶과 죽음보다 큰 것이 없고, 삶에서 생명보다 무거운 것이 없음에랴! 생명이 저들에게는 매우 절실하고, 입맛을 돋우는 것은 내게서 멀리할 수 있으나 종신토록 아침마다 고기를 먹고 그에 힘입어 영원히 살고자 하니, 저것들의 원한과 가혹함을 일일이 나열할 수 없습니다……"[1]라고 하였습니다.

---

1 『廣弘明集』卷26: 丈人所以未極遐蹈, 惑在於不全菜耶. 到折之升鼎俎, 網罟之興載冊. 其來寔遠, 誰敢干議. 觀聖人之設膳羞, 乃復爲之品節. 蓋以茹毛飲血與生民共始, 縱而勿裁將無崖畔. 善爲士者豈不以恕己爲懷. 是各靜封彊罔相陵轢. 況乃變之

이 편지는『남제서』권41,「주옹열전」과『광홍명집』권26에 수록되어 있습니다. 그러나 원문의 글자 출입이 좀 많습니다. 여기서는『광홍명집』을 따라서 대략 번역해 보았습니다. 진계유가 이 편지 내용을 인용한 것은 생명의 중요성을 환기하고 있는 것입니다. 생명을 중히 여기지 않는 사람은 상생의 틀에서 벗어나 자기만을 위한 극단적인 치우침이므로 그런 사람들과는 어울리지 말라는 뜻으로 읽힙니다.

주옹 편지의 결말은 진계유의 마음을 대신하고 있는 것 같습니다. "당신은 혈기가 있는 부류로, 몸도 쇠잔하지 않았는데, 나는 오리, 잠겨 있는 잉어에 이르기까지 모두 푸줏간에 갖추어 두지 않음이 없습니다. 재물로 사와 한 손을 거쳤다 하더라도 청렴한 선비가 버릴 바입니다. 산 생명이 온통 칼에 잘리는데, 자애로운 마음으로 어찌 견딜 수 있겠습니까? 추우(騶虞)는 굶어 죽더라도 저절로 죽은 풀만 먹습니다. 그 소리를 듣고 어찌 사람이 몹시 부끄러워하지 않겠습니까?"[2]

大者莫過死生, 生之所重無過性命. 性命之於彼極切, 滋味之於我可賒. 而終身朝脯資之以永歲, 彼就殘酷莫能自列.……

2 『廣弘明集』卷26: 丈人於血氣之類, 雖不身殘, 至於晨梟沈鯉, 不能不取備屠門. 財貿之一經盜手, 猶爲廉士所棄. 生性之一啟鸞刀, 寧復慈心所忍. 騶虞雖飢, 非自死之草不食. 聞其風豈不使人多愧.

116

중용
中庸

특이한 맛을 좋아하는 자는 반드시 특이한 병을 얻고, 괴팍한 성격을 가진 자는 반드시 괴팍한 증후를 얻는다. 음모에 익숙한 자는 반드시 암암리에 화를 얻는다. 기이한 태도를 짓는 자는 반드시 기이한 궁함을 당한다. 장자는 평생을 자유분방하게 살면서도 오히려 '우제용(寓諸庸)'이라 했는데, 본디 중용 두 글자를 벗어나지 못한다.

嗜異味者, 必得異病. 挾怪性者, 必得怪證. 習陰謀者, 必得陰禍. 作奇態者, 必得奇窮. 莊子一生放曠, 却曰, 寓諸庸, 原跳不出中庸二字也.

이규경(李圭景)은 「세상 물정에 어둡고 괴이한 것과 결벽에 관한 변증설(迂怪潔癖辨證說)」에서 "나는 일찍이 경계하여 '특이한 맛을 좋아하는 자는 반드시 그에 해당하는 병을 얻고, 괴팍한 성격을 가진 자는 반드시 나쁜 대가를 받으며, 결벽함을 좋아하는 자는 반드시 더러운

빌미를 얻는다. 나는 후세사람들이 중용을 기준으로 삼기를 바란다.'
라고 하였다."[1]라며 위의 격언과 비슷한 말을 인용하고 있습니다. 그
리고 이 경계의 말의 출처를 『진미공비급』이라 밝히고 있습니다. 보
는 바와 같이 오주 선생이 인용한 말의 원본은 여기의 이 격언으로 보
는 것이 좋겠습니다.

　별다른 맛을 추구하다 보면 끝이 없습니다. 참으로 믿기 어려운 일
이지만, 춘추시대 제나라 환공(桓公)이 별난 맛을 좋아하여, 심복 역아
(易牙)에게 "아이를 삶아 먹어보지 못했다."고 하자 역아는 자기 아들
을 삶아 바쳐 맛보게 했다는 이야기가 『포박자』에 전합니다. 결국, 별
난 맛을 추구하는 취미가 잔인한 일로 이어지게 된다는 상징적인 사
건으로 보아도 될 것입니다. 그렇듯이 괴상한 성격을 가진 자는 괴상
한 증후를 드러낼 수밖에 없습니다. 그래서 『논어』에서 "선생님께서
는 괴(怪)·력(力)·난(亂)·신(神)을 말하지 않았다."[2]고 했는데, 이들 괴
이함, 폭력, 작난, 귀신은 바른 이치가 아니기 때문입니다.

　"진평(陳平)이 말하기를 '내게 음모가 많았는데 이는 도가에서 금
하는 것이오. 우리의 세상이 무너지고 또한 없어질 것이고 결국 다시
일으켜 세우지 못할 것인데, 이는 나에게 음화(陰禍)가 많기 때문이

---

1 『五洲衍文長箋散稿·人事篇·心性理氣』,「迂怪潔癖辨證說」: 愚嘗有誡曰, 嗜異味
　者, 必得其疾. 挾怪性者, 必得惡報. 好潔癖者, 必得穢祟. 竊有望於後人, 以中庸爲準
　可也. 陳眉公祕笈.
2 『論語』「述而」: 子不語怪力亂神.

오.'라고 하였다."³고 하는 말이 『사기』에 보입니다. 이로부터 우리는 음모가 드러나지 않는 화[陰禍]로 이어지는 사례를 찾아볼 수 있을 것입니다.

"자연의 쓰임 또는 일상에 맡긴다[寓諸庸]"고 하는 표현은 "무릇 사물에는 이루어짐과 망가짐이 없어 다시 통하여, 하나가 된다. 오직 도를 터득한 사람만이 통하여, 하나 됨을 아니 이 때문에 (아집이나 편견을) 사용하지 않고 자연의 일상[庸]에 맡긴다. 용(庸)이라는 것은 곧 쓰임을 말하고, 쓰임이란 것은 두루 통한다는 것이고, 두루 통한다는 것은 (도를) 얻는다[得]는 것이다. (그러므로) 깨달음[得]으로 나아가면 (도에) 가깝게 된다."⁴고 한 『장자』「제물론」에서 나왔습니다. 곰곰이 생각해 보면 이러한 장자의 생각도 유가에서 말하는 중용의 의미를 크게 벗어나지 않음을 진계유는 말하고 싶었던 것인가 봅니다.

결국, 고소한 참기름 냄새가 우리의 주린 배를 채워줄 수 없듯이, 별난 말, 행동, 모습들은 일시적인 호기심을 자극할 수는 있겠지만 그 지속성, 진실성. 실체성을 보장해 줄 수는 없습니다. 평범하고, 단순하며, 있는 그대로의 일상이 바로 진정성을 보장한다는 말입니다. 언제나 절로 그러한 자연은 결코 두드러짐을 표현하지 않습니다. 그래

---

3 『史記』,「陳丞相世家」: 始陳平曰, 我多陰謀, 是道家之所禁. 吾世即廢, 亦已矣, 終不能復起, 以吾多陰禍也.

4 『莊子』「齊物論」: 凡物無成與毀, 復通爲一. 唯達者知通爲一, 爲是不用而寓諸庸. 庸也者, 用也. 用也者, 通也. 通也者, 得也. 適得而幾矣.

서 공자도 별난 짓을 하지 않겠다고 단언한 것이 아니겠습니까?

한편 진계유의 시대는 유불도가 서로 자양분을 공유하고 있었다고는 하지만 보는 바와 같이 선진 이전의 중국 사고들을 서양식 분류방법에 따라 정확하게 구분 지어 정리하기는 불가능합니다. 이러한 분류방식이 작위적이고 무의미한 노력임에도, 장자의 말대로 자연의 쓰임이 아님에도 불구하고 보란 듯이 행해져 왔습니다.

117

예
禮

부귀한 사람을 대함에 예를 갖추기는 어렵지 않으나 체면을 가지
기는 어렵다. 빈천한 사람을 대함에 은혜로운 마음을 가지기는 어
렵지 않으나 예를 갖추기는 더 어렵다.

待富貴人, 不難有禮, 而難有體. 待貧賤人, 不難有恩, 而又難有禮.[1]

처음에는 가난했으나 열심히 돈을 번 제자 자공(子貢)은 "가난해도
비굴함이 없고, 부유하나 교만함이 없다면 어떻습니까"라고 물으며
자신이 비록 돈은 벌었으나 소신 있게 노력하고 있음을 스승인 공자
에게 인정받고 싶었습니다. 그러자 공자는 그러한 점을 인정하면서
도 더 높은 경지를 자공에게 펼쳐 줍니다. "괜찮지. (그러나) 가난하면

---

1 『취고당검소』 권1에도 그대로 실려 있는데, 마지막 구에 '우(又)'자가 없이 "而難有
禮"로 되어 있습니다.

서도 즐거워하고 부유하면서 예를 좋아함만은 못하느니라."[2]라고 답했다고 합니다.

일반적으로 가난하면 비굴해지고 부유하면 교만해지는 것이 인지상정입니다. 비굴해지므로 체면을 세우기 어렵습니다. 또한, 생존의 법칙에 따라 강자는 약자 위에 군림하려 합니다. 강자로서 스스로 몸을 낮추어 약자에게 예를 갖추기는 힘듭니다. 따라서 가난하면 원망이 생겨나고 부유하면 교만해지기 쉬운 것입니다. 이에 공자는 "가난하면서 원망이 없기는 어렵고 부유하면서 교만이 없기는 쉽다."[3]고 말합니다. 이에 대해 주희는 "가난하게 살기는 어렵지만, 부자로 살기는 쉽다. 이것이 사람들의 상정(常情)이다. 그러니 사람들은 어려운 일에 힘써야 하지만 쉬운 일에도 소홀히 해서는 안 된다."[4]고 하였습니다. 말하자면 '갑'은 '을'이 되기 어려워도 '을'은 '갑'이 될 수 있다는 것입니다.

이 말을 『채근담』에서는 이렇게 표현하고 있습니다. "소인을 대함에 엄하게 하는 것은 어렵지 않으나 악하지 않게 하기가 어렵다. (반대로) 군자를 대함에 공경하기가 어려운 것이 아니라 예를 갖추기가 어렵다."[5]

2 『論語』「學而」: 貧而無諂, 富而無驕, 何如.……可也. 未若貧而樂, 富而好禮者也.
3 『論語』「憲問」: 貧而無怨難, 富而無驕易.
4 『四書集註』: 處貧難, 處富易, 人之常情. 然人當勉其難, 而不可忽其易也.
5 『菜根譚』: 待小人, 不難於嚴, 而難於不惡. 待君子, 不難於恭, 而難於有禮.

118

인재
人才

나는 재능 있는 사람을 아끼라는 두 글자를 듣고 싶지 않다. 재능 있는 사람이 타인을 어여삐 여겨야지 어찌 사람들에게 사랑을 받아야 하겠는가? 소옹은 "천하를 잘 다스리는 것을 일러 재(才)라 한다."고 하였다.

憐才二字, 我不喜聞. 當憐人, 寧爲人所憐. 邵子曰, 能經綸天下之謂才.

사마광(司馬光, 1019~1086)은 재(才)를 덕(德)의 한 부분으로, 재가 덕을 이기는 사람을 소인에 비유하였습니다. 반면에 북송오자(北宋五子) 중의 한 사람인 소옹(邵雍, 1011~1077)이 수리(數理)로 천지만물의 생성 변화를 설명한 『황극경세서』에서는 "하늘과 땅을 경륜(經綸)하는 것을 재(才)라 하고 원대한 계획을 세워 반드시 이루어 내는 것을 지(志)라고 하며 한곳에 아우르고 받아들이는 것을 양(量)이라 한다."[1]고 했습니다. 소자(邵子)는 소옹으로 그 말의 출처를 확인할 수 있습니다.

따라서 진계유가 말하는 재(才)는 천지(天地)를 경륜하는 재능으로 보았습니다. 이는 다른 그 어떤 재주보다 큰 능력으로 하늘이 부여한 것입니다. 그러므로 이러한 재주를 가진 사람은 천하의 사람들을 아끼고 사랑해야지, 다른 사람의 아낌이나 사랑을 받을 대상이 아니라는 말입니다.

보통 사람은 재능 있는 사람보다 뒤떨어지는데, 어떻게 그 사람의 재능을 알아보고 아껴 주겠습니까? 오히려 그 반대가 되어야 하는 것이 지당합니다. 당나라 저명한 시인 두보(712~770)는 「만나지 못함(不見)」이란 시에서 이백(701~762)을 간절히 그리워하고 있습니다.

이생(李生, 이백)을 오랫동안 만나지 못했더니,	不見李生久,
미친 사람처럼 참으로 슬프네.	佯狂眞可哀.
세상 사람들이 모두 죽이려 했지,	世人皆欲殺,
내 마음만은 그대의 재주 사랑하네.	吾意獨憐才.

이처럼 두보는 이백의 재능이 사장되는 것을 안타까워하고 있습니다. 시에서 말하는 것처럼 누구나 이백의 커다란 재능을 알아주지 못했고 설령 알았더라고 하더라도 시기를 당했습니다. 그로써 이백은 어려운 일들을 감내해야 했습니다. 두보쯤 되니 이백의 재능을 알아

---

1 『皇極經世書』, 卷6, 「觀物 外篇 下」: 經綸天下之謂才, 遠擧必至之謂志, 幷包含容之謂量.

본 것입니다. 그러므로 물이 아래로 흐르듯이 덕이 있는 사람이, 덕 없는 사람을 포용하듯이, 재능을 갖춘 사람은 사랑받으려 하지 말고 재능이 없는 사람들을 아끼고 사랑해야 한다는 말입니다. 요즘 '공황 장애'라는 증상은 여기에서 치료법을 찾아야 하지 않을까요?

119

정토
淨土

문을 닫으면 바로 깊은 산이요, 책을 읽으면 곳곳이 정토이다.

閉門即是深山, 讀書隨處淨土.[1]

문을 닫으면 다른 사람의 방해나 간섭을 받지 않으므로 깊은 산에 사는 것과 같다는 것입니다. 여기서 말하는 '심산(深山)'은 시끄러운 도심이나 시장을 멀리 벗어난 심산유곡을 말하는 것이 분명 아닙니다. 명리(名利)와 세속의 들렘을 잠재운 청정한 마음속의 심산입니다. 깊은 산속으로 들어간다고 세속의 정을 끊을 수가 있겠습니까? 여기 있으나 저기 있으나 그것은 마음먹기에 달려 있다는 말입니다. 마음이 가지 않으면 사물이 있을 리 만무하지요.

---

1 『취고당검소(醉古堂劍掃)』 권4에도 수록되어 있습니다.

'정토(淨土)'란 불교 용어로 부처나 보살들이 사는 청정한 세계로 그곳에는 세속의 고통에서 벗어난 극락세계를 말합니다. 첫 문장의 심산과 마찬가지로 여기의 정토는 불국토가 아니라 마음에 들어 있는 깨끗한 땅을 의미합니다. 마음이 어수선하면 독서는 이루어지지 않습니다. 그러나 일단 독서가 이루어지면 가는 곳마다 정토가 된다는 것입니다. 백거이(白居易)는 「문 밖으로 나가지 않음(不出門)」이란 시에서 이렇게 노래합니다.

문을 나서지 않은 지 수십 일이 되니,	不出門來又數旬,
어찌 소일하고 누구와 친교하리오.	將何銷日與誰親.
학 기르는 장을 열 때마다 군자를 보고,	鶴籠開處見君子,
책 두루마리 펼 때마다 옛사람을 만나네.	書卷展時逢古人.
스스로 마음을 안정시키면 수명을 늘리고,	自静其心延壽命,
사물에서 구함이 없으면 정신이 자라네.	無求於物長精神.
능이 행할 수 있는 것이 참된 수도리니,	能行便是眞修道,
마구니를 항복시키려 몸, 입, 마음을 조화시킬 필요야.	何必降魔調伏身.

조용히 집안에 앉아 마음을 안정시키고 독서를 하면 사물에 구애되지 않을 것이니, 수명이 늘어나고 정신이 자라니 그것이 정토가 아니냐는 말입니다.

고대 그리스 철학자 헤라클레이토스가 "신은 낮과 밤, 전쟁과 평화, 배부름과 배고픔이다."라고 말한 것처럼 모든 것은 대립된 짝으로 이루어져 있다는 말입니다. 즉 땅이 있기에 하늘이 있고, 이승이 있기에 저승이 있으며, 세속이 있기에 정토가 있는 것으로, 하나는 다른 하나에 의해 존재하며 의미를 지닐 수 있습니다. 깊은 산과 정토가 좋은 곳이고 시끄러운 이 속세가 나쁘다는 우열을 말하는 것이 아님을 알 수 있습니다. 물론 저 '이데아'를 들고 나온다면 다른 문제가 되겠지만, 인간으로서 접근할 수 있는 심산과 정토는 모두 마음속에 있는 것입니다. 이러한 이치로 『채근담』에서는 "고요함 속의 고요함은 진정한 고요함이 아니다. 움직임 속의 고요함을 얻어내는 것이 바로 본성의 진정한 경지이다."[2]라고 하였습니다.

---

2 『菜根譚』: 靜中靜非眞靜, 動處靜得來, 才是性天之眞境.

120

한거

閑居

사서를 읽을 때 잘못된 글자를 감내해야 한다. 마치 산에 오를 때 험한 길을 감내하고, 눈을 밟으며 갈 때 위험한 다리를 감내하며, 조용하게 지낼 때 속인들을 감내하는 것처럼.

讀史要耐訛字, 如登山耐亥(仄)路, 踏雪耐危橋, 閑居耐俗漢.

이 격언은 『취고당검소』 권4에도 실려 있는데, "사서를 읽을 때는 잘못된 글자를 감내해야 한다. 마치 산에 오를 때 험한 길을 감내하고, 눈을 밟으며 갈 때 위험한 다리를 감내하며, 조용하게 지낼 때 속 인들을 감내하고, 꽃을 볼 때 허드레 술을 감내하듯이. 이렇게 해야 힘을 얻을 것이다."[1]라고 되어 있습니다. 그리고 진계유의 또 다른 격

---

1 『취고당검소』 권4: 讀史要耐訛字, 正如登山耐仄路, 踏雪耐危橋, 閑居耐俗漢, 看花 耐惡酒, 此方得力. 마지막 두 구가 추가되어 있습니다. 등산에 비탈길, 눈길에 위태 로운 다리, 한거함에 속인의 비유는 필연성이 강해 보이지만, 꽃 감상에 허드레 술

언집인 『암서유사(巖棲幽事)』란 책에는 『취고당검소』와 완벽하게 동일한 문장을 보여 주고 있습니다. 따라서 원문의 '해(亥)'자는 '측(仄)'자로 바로 잡아야 할 것입니다. 동일인의 손에서 나온 두 책의 원문이 다릅니다. 하나가 부족하여 나중에 보탰거나, 하나가 느슨하여 이후에 줄였거나 둘 중 하나일 것입니다.

한편 이와 비슷한 말이 『채근담』에도 실려 있는데, "옛말에 '산을 오름에 가파른 길을 견뎌내야 하고 눈길을 가는데 위험한 다리를 감내해야 한다.'고 하였습니다. 내(耐)라는 이 한 글자에 들어 있는 의미가 큽니다. 예컨대 기울고 험한 인정과 울퉁불퉁한 세상살이에서 내(耐)자 한 글자를 꼭 쥐고 지나가지 않는다면 어찌 가시밭과 구덩이에 빠지지 않겠는가."[2]라고 하였습니다. 진계유는 이러한 말의 이치를 독서에 연관 지은 것입니다.

배움의 길을 가는 데 어려움이 없을 수 있겠습니까? 춥다고 불을 지피면 잠이 오고, 덥다고 냉방기를 틀면 졸음이 찾아오기 마련입니다. 산길을 가다 보면 걷기 편한 길만 있는 것이 아니지요. 마찬가지로 온 세상이 눈으로 덮여 있을 때는 다린지 강인지 알 수가 없는 위험도 도사리고 있습니다. 그러나 목적지에 가고자 하는 의지만 있다면 이러

(맛없는)은 더욱 느슨한 관계를 보여 줍니다. 또한, 마지막 구는 부연된 느낌을 지울 수 없습니다.

2 『菜根譚』: 語云, 登山耐險路, 踏雪耐危橋. 一耐字極有意味. 如傾險之人情, 坎坷之世道, 若不得一耐字撑持過去, 幾何不墜入榛莽坑塹哉.

한 숨은 어려움은 문제가 되지 않을 것입니다. 더러운 물에 빠져 허우적거리는 사람이 물이 더럽다고 생각할 겨를이 없듯이 말입니다.

역사는 현실의 문제를 해결하고 미래를 대비할 수 있는 인간들의 유용한 수단입니다. 뒤를 돌아보는 것은 적어도 나아가기 위함이지 거꾸로 돌아가고자 함은 아닐 것입니다. 따라서 나아가고자 하면 적절한 돌아보기가 필수적이라는 뜻이지요. 특히 한자의 경우 표의문자이고, 대부분이 필사본에 기초하고 있으므로 오자를 피해갈 수는 없습니다. 그 한 글자는 우리의 원활한 독서를 저해할 엄청난 힘을 가지고 있습니다. 그러나 역사책을 읽는 근본 목적은 나아감에 있으므로 당연히 감내해야 할 대상인 것입니다. 조용히 물러나 살아감에 그러한 삶을 이해하지 못하는 보통 사람들의 반응을 감수해야만 하는 것이지요.

이백이 20대 후반 처가가 있는 백조산(白兆山)에 머물며 교우와 저술에 힘쓴 것으로 알려졌는데, 그 때 「산중문답」이라는 우리에게 잘 알려진 작품을 남겼습니다. 너무나도 싱거운 대답으로 끝나는 그 시는 속인(俗人)이 이백에게 왜 이런 산속에 사느냐고 묻는 말로 시작합니다. 사람이 사람을 피해 살 수는 없습니다. 정말 아무런 발길이 닿지 않는 곳에 숨어 사는 사람이라면 세상에 그렇게 수많은 은자의 이야기가 어떻게 전해지겠습니까. 글을 쓰니 오자가 생겨났고, 산을 오르니 비탈길이 있는 것입니다.

121

글공부

공자께서 이르기를 "하늘이 덕을 나에게 주었는데, 환퇴가 나를 어떻게 하겠느냐"고 하셨다. 대저 성인의 기운은 군대의 기운과 부합하지 않으므로 환퇴가 해하지 않을 것을 아셨을 것이다. 요즘 사람들이 글공부를 게을리하는 것은 그 기가 천지의 기운, 그리고 성현의 맑은 기운과 부합하지 않기 때문이니 게으르지 않을 수 없다.

孔子云, 天生德于予, 桓魋其如予何. 蓋聖人之氣不與兵氣合, 故知其不害于桓魋. 今人懶習文字者, 由其氣不與天地之氣及聖賢之淸氣合, 故不得不懶也.

여기 공자의 말은 『논어』「술이」편에 보입니다. 여기서 언급하고 있는 '환퇴(桓魋)'는 송(宋)나라 군대의 일을 주관하는 사마(司馬) 상퇴(向魋)로, 송나라 환공(桓公)의 후손이므로 환퇴라고 불렀다고 합니다. 그는 사치스러워 자신이 죽은 후에도 영생을 꿈꾸며 들어갈 석관을 노비들과 장인들에게 만들도록 한 것을 공자가 비난한 적이 있는데 이에 불만을 품고 있습니다. 공자가 조(曹)나라를 떠나 송(宋)나라로 가는 도중에 제자들과 나무 아래에서 예를 가르치고 있었는데, 송나라 사마 환퇴가 공자를 죽이려고 나무를 뽑아버렸습니다. 그 때 제자들이 빨리 떠날 것을 재촉하자 공자가 한 말입니다. 이 말에 대해 형병(邢昺)은 공자께서는 "근심하고 두려워하는 마음이 없었다."고 풀었고, 포함(包咸)은 "하늘이 부여한 덕[天生德]이란 성인의 성품을 주었음을 말한다. 그 덕이 천치에 부합하니 길하고 이롭지 아니한 것이 없으므로 나를 어찌할 수 없다고 말한 것이다."[1]라고 하였습니다. 또 주희는 "분명 하늘을 어기고 자신을 해할 수 없음을 말한 것이다."[2]라고 하였는데, 이들을 종합해 보면 하늘에게 덕을 부여받은 공자 자신을 해치는 것은 하늘의 뜻을 거스르는 것이 되고 그것은 결국 환퇴 자신에게 해로 돌아갈 것을 확신하고 있는 말입니다.

이 외에도 공자가 위(衛)나라에서 진(陳)나라로 가면서 송나라 광(匡)을 지나게 되었을 때 양호(陽虎)로 오해받아 안전에 위협을 당한 기록이 전해지는데, 그 때 공자는 「자한」편에서 하늘을 끌어와, 이와 유사한 말을 합니다. "문왕(文王)께서 돌아가신 뒤로 문화전통이 내 몸에 있지 않은가? 하늘이 이 문화를 없애려 했다면 이 문화전통을 부여받지 못했을 것이다. 하늘이 아직 이 문화를 잃게 하지 않았으니

---

1 『四書集註』: 天生德者, 謂授我以聖性, 德合天地, 吉無不利, 故曰其如予何.

2 『四書集註』: 言必不能違天害己.

광 사람들이 나를 어찌하겠는가?"[3] 이처럼 하늘의 뜻을 지키고 있는
자신을 그 누구도 해하거나 위협할 수 없다는 믿음을 가지고 있었던
것입니다. 이러한 믿음으로, 공자는 다급한 상황에서도 여유롭게 일
상처럼 행동한 것으로 볼 수 있습니다. 공자가 하늘을 믿고 처신했던
것과는 달리, 하늘의 이치를 알지도 못하고 그 기운에 부합하지도 못
하니 불안하고, 두려우며, 갈팡질팡하게 되고 공부는 남을 위한 것이
되거나 게을러 질 수밖에 없다는 것이 미공의 생각입니다.

---

3 『論語』「子罕」: 文王既沒, 文不在玆乎. 天之將喪斯文也, 後死者不得與於斯文也. 天
之未喪斯文也, 匡人其如予何.

발문

심덕선

진계유는 매번 언어와 문자로 후학들을 인도하려 했기 때문에 뜨겁고 요란한 속에 한 마디 시원한 말을 던졌고, 냉담함 가운데 뜨거운 말을 던졌으나 사람들 모두 그의 연마하는 망치를 받고도 깨닫지 못했다. 이 책은 집에 전해지는 요령, 물이나 불 그리고 식량 같은 정령, 일상을 여는 물정에 뛰어나니, 면모를 갖춘 자라면 모두 필요한 것이다. 사람 중에는 역시 제나라에서 말을 배우고 한단에서 걸음걸이를 배우는 자가 있지만, 자신의 손으로 한번 엮어 시비를 따져보는 것만 못하니 오늘 당장 진계유의 울타리에서 노니는 것이 좋겠다. 심덕선 씀.

跋

陳眉公每欲以語言文字, 津梁後學, 故熱鬧中下一冷語, 冷淡中下一熱語, 人都受其鑪錘而不覺. 是編尤其傳家要領, 政如水火菽粟, 開門日用之物, 具眉目者所竝需也. 人亦有學語于齊, 學步于邯鄲, 固不若手一編閒閒下捷, 即日游眉公轂中可也. 沈德先識

이 발문의 작자는 저본인 총서집성본에는 '심덕선'으로 되어 있지만, 1922년 상하이 문명서국에서 영인한 『보안당비급』에는 '元發張昞識'으로 되어 있습니다. 여기의 장병은 비급에서 교열자로 이름을 올리고 있습니다. 적어도 발문을 쓸 정도라면 진계유와 교유 흔적을 드러낼 법하지만, 그의 사적에 대해서는 수수(秀水) 사람이며 호가 원발이라는 것 외에는 알려진 것이 아무것도 없습니다. 반면 심덕선(沈德先)은 자(字)가 천생(天生)이며 수수(秀水, 오늘날의 가흥嘉興) 사람입니다. 만력(萬曆) 37년(1609)에 거인(擧人)이 되었고 형부(刑部)의 주사(主事)를 지냈습니다. 진계유(陳繼儒)와 교유하며 학문을 갈고닦았습니다. 특히 집안이 부유하여 대대로 전해오는 장서(藏書)가 많았고, 두루 유람하며 비급(秘笈)들을 많이 수집하고 다녔으며, 이렇게 소장한 책들을 동생 심백생(沈白生)과 편집하여 간행에 힘썼다고 합니다. 진계유의 총서인 『보안당비급초집(寶顔堂秘笈初集)』은 이들의 힘으로 간행된 것이므로, 이 두 사람의 교유관계를 잘 짐작할 수 있습니다. 그러므로 본 발문의 작자는 심덕선일 가능성이 커 보입니다.

부록

『열조시집소전列朝詩集小傳』
「진계유陳繼儒」

『명사』
「은일열전隱逸列傳」

『열조시집소전列朝詩集小傳』
「진계유陳繼儒」[1]

전겸익
錢謙益, 1582~1664

진계유는 자(字)가 중순(仲醇)이고 화정(華亭) 사람이다. 젊어서부터 재
주가 뛰어난 유생으로 동기창(董其昌, 1556~1636), 왕형(王衡, 1561~ 1609)
과 명성을 같이하였다. 30세도 되지 않아 유생의 의관을 불태워 버리
고, 유생 서익손(徐益孫)과 함께 소곤산(小崑山: 상하이에 위치하며 우두산
牛頭山이라고도 함)에서 은거하였다. 중순의 사람됨은 믿음직하고 지략
이 뛰어났으며, 마음 씀씀이가 매우 착했고 황로의 학문에 조예가 있
었다. 누동(婁東)의 네 왕씨[2]들이 중순을 매우 중시하여 두 집안의 자
제들이 구름같이 몰려와 중순과 교유하면서 그와 어울리지 못할까 걱
정했다. 동기창은 오랫동안 한림원(翰林院)에 있으면서 서화로 천하에
으뜸이었으나, 입이 마르게 중순을 추천했다. 온 나라의 사람들이 동

---

1 전겸익(錢謙益), 『열조시집소전(列朝詩集小傳)』, 중화서국, 1959, 637~639쪽.
2 왕시민(王時敏, 1592~1680), 왕감(王鑒, 1598~1677), 왕휘(王翬, 1632~1717), 왕원기(王原祁,
1642~1715).

기창의 추천을 받은 것을 알고, 모두 중순에게 달려갔다. 또한, 중순은 오월(吳越) 지역의 궁핍한 유생 중에 노련하고 근면하되 굶주림과 추위로 고생하는 사람들을 불러 모아 문장을 찾고 분류토록 하여, 알려지지 않은 이야기를 기록한 쇄언(瑣言)과 보기 드문 사건들을 발췌하여 책으로 만들자, 멀리까지 유행하게 되었다. 식견이 짧고 견문이 적은 사람들이 다투어 사서, 침상에 두는 비급으로 삼았다. 이리하여 미공(眉公)의 이름이 세상을 뒤흔들었다. 멀리 오랑캐의 추장과 토관(土官: 소수 민족의 수령)들이 모두 그의 시문을 구걸했으며, 가까이는 술집과 찻집에 모두 그의 화상(畫像)을 걸었고 심지어는 궁벽한 시골의 작은 고을에서 떡을 팔거나 된장을 파는 자까지도 모두 '미공'이라는 이름을 갖다 붙이는 것에 시달렸다. 암행어사들이 관할 지역을 돌아다니면서 그를 허투루 천거하지 않으니 천자도 그의 이름을 듣고 여러 차례 조서를 내려 불러들이려 했다. 80여 세에 다산(茶山: 佘의 오자로 보임)의 정사에서 죽었다. 스스로 유언을 남겨 자세하게 다 갖추어 주니, 죽은 뒤에 그의 시문에 신령이 내려와 시일을 미리 정해 대나무 상자 속에 저장하니 이처럼 원래의 모습을 갖추게 된 것이다. 중순은 통찰력이 뛰어나 짧은 문장들에는 모두 풍치(風致)가 있고 지혜는 수레의 기름통 같아 써도 다함이 없었다. 교유는 현달 존귀하고 접대는 빈약했으나 삼키고 뱉음, 고저 경중에 두루 조리가 있었다. 중순의 재주와 기량 때문에 일찍이 좌절을 겪었고 당시 운명에 꺾였지만, 명성과 영화로움이 떠올라 높은 명성과 최상의 복을 누렸으니, 옛날에 광달한 은사라고 했는데, 거의 그에 가깝다. 하사품의 형편과 상주문이 관청에 가득한 것이 종종 강재(康齋) 오여필(吳與弼, 1391~1469) 백사(白沙) 진헌장(陳

獻章, 1428~1500)에 비견되건만, 본조의 정사에서 헛되이 자리를 차지하고 있어 지워질 것이라 한다. 이러한 거짓 소문이야 가소로운 것이지만, 한두 유생들이 기필코 경사(經史)의 연원 있는 학문으로 바로잡고자, 내용의 허술함을 지적하고 그 착란됨을 고치는데, 이 또한 어찌 통달한 사람의 의론이겠는가. 나는 그의 시를 발췌함에 아름답고 빼어난 것을 골랐으니 그런대로 산림(山林)을 장식하고 풍아(風雅)에 붙일 만하다. 중순을 품평하는 자들이 있다면 또한 이처럼 볼 것이니 그것은 시를 논한 것만이 아니다.

繼儒, 字仲醇, 華亭人. 少爲高才生, 與董玄宰、王辰玉齊名. 年未三十, 取儒衣冠焚棄之, 與徐生益孫, 結隱于小崑山. 仲醇爲人, 重然諾, 饒智略, 精心深衷, 妙得老子陰符之學. 婁東四王公雅重仲醇, 兩家子弟如雲, 爭與仲醇爲友, 惟恐不得當也. 玄宰久居詞館, 書畫妙天下, 推仲醇不去口. 海內以爲董公所推也, 咸歸仲醇. 而仲醇又能延招吳越間窮儒老宿隱約飢寒者, 使之尋章摘句, 族分部居, 刺取其瑣言僻事, 薈蕝成書, 流傳遠邇. 款啟寡聞者, 爭購爲枕中之秘. 於是眉公之名, 傾動寰宇. 遠而夷酋土司, 咸丐其詞章, 近而酒樓茶館, 悉懸其畫像, 甚至窮鄕小邑, 鬻粔籹市鹽豉者, 胥被以眉公之名, 無得免焉. 直指使者行部, 薦擧無虛牘, 天子亦聞其名, 屢奉詔徵用. 年八十餘, 卒于茶山之精舍. 自爲遺令, 纖悉畢具, 歿後降乩詩句, 預刻時日, 貯篋衍中, 其井井如此. 仲醇通明俊邁, 短章小詞, 皆有風致, 智如炙輠, 用之不窮. 交遊顯貴, 接引窮約, 茹吐軒輊, 具有條理. 以仲醇之才器, 早自摧息, 時命折除, 聲華浮動, 享高名食淸福, 古稱通隱, 庶幾近之. 玄纁物色, 章滿公車, 動以康齋、白沙爲比, 謂本朝正史, 當虛席以待筆削. 耳食承譌, 斯固可爲一笑, 而一二儒者, 必欲以經史淵源之學, 引繩切墨, 指摘其空疎, 而糾正其踳駁, 亦豈通人之論哉! 余摘錄其小詩, 取其便娟輕俊, 聊可裝點山林, 附庸風雅. 世有評騭仲醇者, 亦應作如是觀, 不徒論其詩也.

『명사』
「은일열전隱逸列傳」[1]

진계유(陳繼儒), 자(字)는 중순(仲醇), 송강(松江) 화정(華亭) 사람이다.
어려서부터 재능이 출중했고 문장에 뛰어나 군내(郡內)의 서계(徐階,
1503~1583)가 특별히 그를 중시했다. 태학(太學)의 생원(生員)이 되어 동
기창(董其昌, 1555~1636)과 이름을 나란히 했다. 태창(太倉)의 왕석작(王
錫爵, 1534~1614)이 그의 아들 왕형(王衡, 1564~1607, 서법가)과 함께 불러
지형산(支硎山)에서 독서를 시켰다. 왕세정(王世貞) 또한 진계유를 중시
하여 삼오(三吳)의 명사들이 그와 다투어 사우(師友)가 되고자 하였다.
계유는 명철하고 고상하여 나이 29세에 유복(儒服)을 불 질러 버렸다.
곤산(崑山)의 남쪽에 은거하며 사당을 만들어 이륙(二陸, 육기와 육운)의
제사를 지내며, 서까래 몇 개로 초당을 지어 향을 사르고 좌정하여 뜻
이 광달하였다. 당시 무석산(無錫山)의 고헌성(顧憲成, 1550~1612)이 동

---

1 장정옥(張廷玉) 등이 찬(撰)한 『명사(明史)』, 권 298, 중화서국, 1974, 7631~7632쪽.

림서원(東林書院)을 열고 강학(講學)하면서 계유를 초빙했으나 사양하고 가지 않았다. 부친이 죽자 신산(神山) 기슭에 묻고 동사산(東佘山)에 거처를 만들고 두문불출하며 저술하였으니 종신토록 안락하게 보내겠다는 뜻[終焉之志]이 있었다.

시문에 뛰어났고, 소품문과 소사(小詞) 모두 풍치가 지극하며 회화에도 능했다. 또한, 박학다식하여, 경사(經史), 제자(諸子), 기술, 패관 그리고 불·도(佛·道)의 학설들을 비교하여 따지지 않은 것이 없었다. 자질구레한 말들과 벽사(僻事)들을 골라 엮어 책으로 만드니 도처에서 다투어 사본을 사고자 했다. 시문을 주고받는 일로 세월을 허비하지 않았다. 성품이 사대부들을 즐겨 받들고 칭송하여 신발들이 언제나 문밖에 가득했고 수응(酬應)을 몇 마디 말로 하여, 뜻이 흩어지지 않게 하였다. 틈이 나면 도사, 노승들과 함께 산 호수의 명승을 찾아다니며 [산수를] 음유함에 돌아감을 잊기도 했지만, 성내에는 거의 족적을 들이지 않았다. 동기창이 내중루(來仲樓)를 지어 그를 초대했다고 한다. 황도주(黃道周, 1585~1646)가 상소하여 "뜻이 고상함과 박학다식함에 계유만한 사람이 없습니다."라고 할 정도로 존중받았다. 시랑(侍郞) 심연(沈演, 1592년 진사)과 어사(御史), 급사중(給事中), 여러 조정의 고관들이 앞뒤로 그를 천거하며 계유는 도(道)가 높고 나이가 젊어 오여필(吳與弼, 1391~1469)을 초빙했던 일과 같다고 하였다. 여러 차례 부름을 받았으나 모두 병을 핑계로 사양했다. 82세의 나이로 죽었고 스스로 유언을 남겨 자세함을 다 갖추었다.

陳繼儒, 字仲醇, 松江華亭人. 幼穎異, 能文章, 同郡徐階特器重之. 長爲諸生, 與董其昌齊名. 太倉王錫爵招與子衡讀書支硎山. 王世貞亦雅重繼儒, 三

吳名下士爭欲得爲 師友. 繼儒通明高邁, 年甫二十九, 取儒衣冠焚棄之. 隱居崑山之陽, 搆廟祀二陸, 草堂數椽, 焚香晏坐, 意豁如也. 時錫山顧憲成講學東林, 招之, 謝弗往. 親亡, 葬神山麓, 遂築室東佘山, 杜門著述, 有終焉之志. 工詩善文, 短翰小詞, 皆極風致, 兼能繪事. 又博文強識, 經史諸子、術伎稗官與二氏家言, 靡不較覈. 或刺取瑣言僻事, 詮次成書, 遠近競相購寫. 徵請詩文者無虛日. 性喜獎掖士類, 屨常滿戶外, 片言酬應, 莫不當意去. 暇則與黃冠老衲窮峯泖之勝, 吟嘯忘返, 足跡罕入城市. 其昌爲築來仲樓招之至. 黃道周疏稱志尚高雅, 博學多通, 不如繼儒, 其推重如此. 侍郎沈演及御史、給事中諸朝貴, 先後論薦, 謂繼儒道高齒茂, 宜如聘吳與弼故事. 屢奉詔徵用, 皆以疾辭. 卒年八十二, 自爲遺令, 纖悉畢具.

진계유
연보
年譜[1]

1588년, 1세 · 진계유(陳繼儒)는 가정(嘉靖) 37년(1558), 11월 7일 출생.

1563년, 6세 · 중순(仲醇)'이란 자를 받고 『소학(小學)』에 입문.

1566년, 9세 · 주운정(周雲汀)에게 수학.

1573년, 16세 · 하삼외(何三畏)에게 수학.

1577년, 20세 · 관례를 올림.

1578년, 21세 · 하삼외 등과 같이 동자시(童子試)에 응시하여 박사제자가 됨.

1579년, 22세 · 위(衛)씨와 결혼.

· 범윤임(范允臨)의 집에 가정교사로 기숙.

---

[1] 본 『연보』는 다음과 같은 자료를 중심으로 정리하였음을 밝힙니다.

『陳眉公先生全集』, 明崇禎吳震元刻本, 年譜卷(陳夢蓮).

高明, 『陳繼儒硏究: 歷史與文獻』, 復旦大學, 박사학위논문(2008), 부록, 『연보』, 86~172쪽.

李菁, 『晚明文人陳繼儒硏究』, 上海師範大學, 석사학위논문(2006), 부록, 「生平簡表」, 72~80쪽.

馬蹦非, 『董其昌硏究』, 南開大學出版社, 2010, 부록, 『연보』, 221~254쪽.

1580년, 23세 ·왕익명(王翼明) 집에 가정교사로 들어감.
·동기창(董其昌, 1555~1636), 당문각(唐文恪) 등과 교유함.

1581년, 24세 ·이일화(李日華, 1565~1635)가 『모시(毛詩)』를 배우기 시작함.
·요(姚)의 집에 가정교사로 기숙.

1582년, 25세 ·누강(婁江) 왕석작(王錫爵, 1534~1614)의 아들 왕형(王衡)과 교유.
·8월 남경 과장에 응시.
·23일 첫째 아들 몽련(夢蓮)을 낳음.

1583년, 26세 ·왕석작의 집에 가정교사로 들어가 기숙.
·낭야(琅邪)와 태원(太原)의 네 선생에게 수학.
·당시 문단의 맹주였던 왕세정(王世貞, 1520~1590)을 종유함.
·이부(李釜)와 바둑 이론을 논함.
·왕세정과 왕석작이 모두 남성정려(南城靖廬)에 있어서 양가의 자제들이 함께 결사하여 어울림.

1584년, 27세 ·진치등(陳穉登)과 교유.
·과록(科錄)에 들지 못해 향시에 응시하지 못함.

1585년, 28세 ·왕형과 함께 지형산(支硎山)에서 독서하며 왕석작에게 수학.
·9월 동기창, 왕형 등과 함께 응천부(應天府)의 향시에 응시했으나 모두 낙방하고 왕형과 함께 항주(杭州)를 유람.[2]
·윤9월 왕세정의 엄원(弇園) 술자리에 불려감.
·11월 서익손(徐益孫)과 송방예(宋邦乂)를 병문안.

1586년, 29세 ·서익손과 서곤산(西崑山)을 유람하다가 향로(鄕老) 진(陳) 아무개

---

2 馬蹓非, 『董其昌硏究』, 南開大学出版社, 2010, 223쪽을 참고하시오.

의 집을 얻어 걸화장(乞花場)이라 이름을 지음(왕세정이 그에 대한 기문을 씀).

1587년, 30세 · 동기창(33세)이 진계유를 위해 「산거도축(山居圖軸)」을 그림.
· 사산(余山)에 띠집을 짓고 한거를 시작함.
· 천태승려가 지팡이를 보내줌.
· 「수상해현지서(脩上海縣志序)」를 지음.

1588년, 31세 · 중추에 동기창이 남경 향시에 급제.
· 동기창이 「산거도」를 보내 줌.
· 심시래(沈時來)의 황폐한 텃밭[荒圃]에 학당을 엶.
· 이일화 등이 가화(嘉禾)에서 내방함.
· 방응선(方應選)이 내방.
· 송강(松江)에 기근이 듦.

1589년, 32세 · 서익손(徐益孫)과 만나 진치등(陳穉登)을 찾아감.
· 고헌성(顧憲成)이 내방함.
· 양계례(楊繼禮)의 집에 가정교사로 들어감.
· 동기창이 진사 급제함.

1590년 33세 · 고헌성(顧憲成)이 초청하여 함께 배를 타고 수주(秀州)에 감.
· 왕세정이 죽어 조용현(趙用賢)을 대신하여 그의 묘지명을 씀.

1591년, 34세 · 서익손과 함께 왕진경(王晉卿)의 「연강첩장도권(烟江疊嶂圖卷)」,
저수량(褚遂良, 596~658)의 「난정권(蘭亭卷)」을 감상함.
· 동기창이 휴가를 내어 송강(松江)에 내려왔을 때, 왕우군(王右軍)의 「월반첩(月半帖)」 진본, 오도자(吳道子)의 「관음변상도(觀音變相圖)」, 송나라 판본인 『화엄경(華嚴經)』, 『존숙어록(尊宿語錄)』을

가지고 가 보여줌.
- 「죽소당전집서(竹素堂全集序)」를 지음.
- 둘째아들 몽송(夢松)을 낳음.

1592년, 35세 · 2월 3일 왕석작, 동기창과 함께 당나라 안로공(顔魯公: 안진경)이 쓴 「주거천고(朱巨川誥)」를 감상함.
- 9월 동기창과 함께 가화(嘉禾)에 들려 저수량(褚遂良)이 모인한 「난정서(蘭庭序)」를 봄.
- 서익손이 죽어 왕형과 함께 문상감.
- 서택부(徐澤夫)가 죽고 고아를 맡김.
- 화정(華亭)의 지현(知縣)이었던 항응상(項應祥)이 이임하자 아우를 보내 「마원수(馬遠水)」 1축을 보냄.

1593년, 36세 · 봄에 설랑(雪浪) 선사가 소곤산(小崑山)에 머물며 강경하는 자리에 참석.
- 천대(天臺)를 유람하며 영가(永嘉)에 있는 왕숙고(王叔杲)를 찾아감.

1594년, 37세 · 3월 맹직부(孟直夫)를 찾아감.
- 부운산(浮雲山) 도사의 『선사(仙史)』 32권을 읽고 맹직부와 함께 산정하여 『향안독(香案牘)』 1권을 지음.
- 5월 6일 북암(北庵) 『능엄경(楞嚴經)』 강의에 참석함.
- 남경을 유람하며 당인(唐寅)의 「몽초도(夢草圖)」를 얻음.
- 7월 28일 셋째아들 몽초(夢草)를 낳음.
- 가을에 남경에서 노닐며 보은사(保恩寺)에 있는 설랑(雪浪)을 찾아감.
- 주리정(周履靖)이 보안당(寶顔堂)에 내방함.
- 11월 왕석작의 집에서 짐승 가죽을 봄.
- 겨울 송계명(宋啓明)이 내방함.

- 『벽한부(辟寒部)』 4권을 지음.
- 하백(何白)이 내방.

1595년, 38세
- 정월 『향독안』에 왕형이 발문(跋文)을 씀.
- 무당(武塘) 시장에서 서법 「통석한림요결(通釋翰林要訣)」 초본을 얻음.
- 6월 4일 항덕신(項德新)의 집에 찾아가 서첩(書帖)과 서권(書卷)을 감상함.
- 7월 12일 항현도(項玄度)가 소장한 소동파의 「도우첩(禱雨帖)」 등을 봄.
- 8월 15일 진치등(陳穉登)이 가흥(嘉興)으로 찾아옴.
- 8월 25일 항현도의 집에서 자기(瓷器) 여러 개를 봄.
- 가을에 풍감지(馮鑑之) 등과 함께 추담(秋潭)을 찾아감.
- 10월 4일 오백도(吳伯度) 집에서 백유백옥치(白乳白玉觶)를 봄.
- 동지에 『태평청화(太平淸話)』 4권을 완성함.
- 전사승(錢土升, 1575~1652), 전사진(錢土晉), 전계등(錢繼登)과 함께 포정방(包檉芳) 집에 우거함.

1596년, 39세
- 생모 주씨(朱氏)의 상을 당함.
- 5월 15일 우전국(于闐國) 승려를 만남.
- 송나라 화책(畵冊) 100폭을 봄.
- 「수수현지서(秀水縣志序)」를 지음.
- 「소곤산주중독서도(小崑山舟中讀書圖)」를 그리자, 동기창이 제화시를 씀.
- 동기창이 호북(湖北) 「적벽도」를 받음.
- 현양동(玄陽洞)을 유람.
- 「건문사대(建文史待)」를 지음.

398

1597년, 40세 ・봄에 수주(秀州) 포씨(包氏)에게 경전을 강의함.

・서교(西郊)에 있는 은중춘(殷仲春)을 찾아감.

・3월 15일 동기창과 소주(蘇州)를 유람하고, 한세능(韓世能)을 찾아가 서법과 명화를 감상함.

・6월 8일 고극공(高克恭)의 「설산(雪山)」을 봄.

・6월 23일 학질을 앓기 시작할 때, 왕치등(王穉登)이 내방하여 『호원(虎苑)』을 받음.

・「이정초서(移情草序)」를 지음.

・고정심(顧正心)의 송나라 화책(畵冊)을 빌림.

・10월 동기창이 소곤산(小崑山) 독서대(讀書臺)에 내방하여 「완련초당도(婉變草堂圖)」를 그렸고 동지에 그 그림을 가지고 답방함.

・겨울 장빈초(張賓樵)가 동정(洞庭)에서 병문안을 옴.

・육기(陸機) 육운 형제의 독서터에 완련초당(婉變草堂)을 세움.

1598년, 41세 ・송계명(宋啓明)이 『벽한부(辟寒部)』의 발문을 씀.

・4월 당문헌(唐文獻)이 독서대에 찾아옴.

・5월 「원사은일보서(元史隱逸補序)」를 지음.

・6월23일 학질이 떨어짐.

・『호회(虎薈)』를 황정봉(黃廷鳳)에게 보여 주자 칠석에 그 발문을 써 줌.

・5월 송강부(松江府) 추관(推官) 필자엄(畢自嚴)이 형부주사로 승진하여 축하함.

・「독서십육관(讀書十六觀)」을 고헌성에게 보냄.

・『견문록(見聞錄)』를 완성함.

1599년, 42세 ・봄에 친구 진치등(陳穉登)이 죽음.

・11월 동기창과 황포강(黃浦江)에서 뱃놀이를 하고 동기창이 「산

수권(山水卷)」그림.

· 섣달에 조자앙(趙子昻)의 「서두타사비권(書頭陀寺碑卷)」을 봄.

· 왕사기(王士騏)의 집에 우거함.

· 아들 몽련이 맹(孟)씨 집에 장가듦.

1600년, 43세 · 조숙도(趙叔度)와 교유함.

· 겨울에 『독서경(讀書鏡)』 10권을 완성.

· 고헌성이 동림서원에 초빙을 받았으나 병으로 사양함.

1601년, 44세 · 봄에 동기창과 창화함.

· 중양절에 누강(婁江)에서 도여령(陶與齡)을 만남.

· 동기창과 수주(秀州) 항덕명(項德明)의 재사에 가서 양소사(楊少師)의 「구화첩(韭花帖)」을 감상함.

· 왕세정의 엄원(弇園)에서 독서하며 조맹부(趙孟頫)의 「수촌도(水村圖)」에 발문을 씀.

· 왕형이 진사에 급제함.

· 수주(秀州)에 가서 은중춘(殷仲春) 부친을 축수함.

· 장손이 죽음.

· 『일민사(逸民史)』를 판각함.

1602년, 45세 · 부친 염석공(濂石公)이 죽음.

· 봄에 동기창의 「풍경방고도(楓涇訪古圖)」에 발문을 씀.

· 10월 풍몽정(馮夢禎)이 찾아왔으나 만나지 못함.

· 허자창(許自昌) 집에 있는 『와운고(臥雲稿)』의 서문을 씀.

1603년, 46세 · "요서안(妖書案)"이 발생하여 달관(達觀), 자백(紫柏) 대사가 고문으로 죽음.

· 왕형이 『일민사』의 서문을 씀.

· 가을에 왕형, 동기창과 뱃놀이를 하며 노닒.

· 10월 30일 동기창 등과 함께 「제황궤도문권(祭黄几道文卷)」을 봄.

1604년, 47세 · 가을에 고례초(顧禮初)가 내방함.

· 8월 12일 장대복(張大復)을 찾아감.

· 섣달에 채충혜(蔡忠惠: 채양)의 「사사어시표권(謝賜禦詩表卷)」을 감상함.

· 유사충(兪思沖)을 위해 「와유청복편서(臥遊淸福編序)」를 지음.

· 복순년(卜舜年)을 알게 됨.

· 무림(武林)에서 장여림(張汝霖)을 만났는데, 그의 손자 장대(張岱)는 8살임에도 불구하고 망년지교를 맺음.

· 「중수 범문정공 사당기(重修范文正公祠堂記)」를 지음.

1605년, 48세 · 장여림이 사슴뿔을 선물하자 기뻐 미공(麋公)이란 호를 가짐.

· 항씨(項氏)에게 경전을 가르침.

· 육수성(陸樹聲)이 죽음.

1606년, 49세 · 가을에 무림(武林)을 유람하며 황여형(黃汝亨)이 초빙하여 서법과 명화를 평가함.

· 서호(西湖)에서 심사창(沈師昌)을 만남.

· 겨울 심사효(沈思孝)의 쾌설당(快雪堂)에서 은중춘(殷仲春), 요사린(姚士粦), 왕숙민(王叔民)과 창화함.

· 「사서고동고재집서(史書考童羧齋集序)」를 지음.

1607년, 50세 [지인들의 부모들을 위해 축수하는 글을 지어주는 일과 서신왕래가 많아짐]

· 봄에 비원록(費元祿)을 위해 『갑수원집(甲秀園集)』의 서문을 지음.

· 종미(鍾薇)와 교유함.

· 「진세기서(秦稅紀敍)」를 지음.

· 2월 묘교(泖橋) 징감사(澄鑒寺)를 찾음.

· 3월 직예순안(直隸巡按) 양정균(楊廷筠, 1562~1627)의 천거를 받음
(『신종실록(神宗實錄)』에도 기록되어 있음).

· 11월 12일 동기창과 청포(青浦)에서 유람.

· 9월 주지식(朱之軾)이 오강(吳江)에서 찾아옴.

· 항맹황(項孟璜)의 만권루(萬卷樓)에서 「조문민화사유여구학도(趙
文敏畵謝幼興丘壑圖)」를 봄.

1608년, 51세 · 8월 23일 동기창과 보정재(寶鼎齋)에서 조맹부(趙孟頫)의 자화상
인 「소상(小像)」(고궁박물관 소장)을 감상함.

· 송강(松江)에 기근이 들어 『자죽조의(煮粥條議)』를 지음.

· 「요숙상 집에 소장하고 있는 호부첩에 제함(題姚叔祥家藏戶部帖
詞)」을 지음.

1609년, 52세 · 정월, 『채화상책(菜和尙冊)』에 제함.

· 정월 29일 왕형(王衡)이 죽음.

· 남직예독학(南直隸督學) 양정균(楊廷筠)이 방효유(方孝孺)의 사당
을 건립하는 일로 방문함.

· 6월 26일 동기창, 오정(吳廷)과 왕희지의 「행양첩(行禳帖)」을 봄.

· 동소궁(洞霄宮)을 유람하고 대척동(大滌洞)을 탐방함.

1610년, 53세 · 3월 동기창과 당서(塘栖)에 유람.

· 11월 묘교(泖橋) 승거(僧居)에 우거하며 오중규(吳仲圭)의 「묵죽권
(墨竹卷)」을 봄.

· 12월 욱가경(郁嘉慶), 동기창이 내방함.

· 동짓날 구충서원(求忠書院)을 낙성함.

· 징감사(澄鑒寺)에 우거하며 「묘교징감사를 중수한 기문(重修泖橋
澄鑒寺記)」을 씀.

- 왕사임(王思任)이 청포(靑浦) 현령이 되어 자주 왕래함.
- 왕석작이 죽음.
- 「내장당기(來章堂記)」를 지음.

1611년, 54세
- 허자창(許自昌)이 내방하여, 배를 사서 함께 낚시를 하자고 함에, 동기창이 「강저수륜도(江渚垂綸圖)」를 그려 줌(진계유가 제화시를 씀).
- 「야태선사전(野台禪師傳)」을 지음.
- 송강(松江) 지부(知府) 장구덕(張九德)의 명을 받들어 「구충서원기(求忠書院記)」를 지음.
- 금명사(金明寺) 승 추담(秋潭)이 천마산(天馬山) 묘전병사(墓田丙舍)에 내방함.
- 11월 이일화(李日華)가 내방함.
- 섣달에 범윤임(范允臨), 양시위(楊時偉)와 음주함.
- 「청위정 벽에 제함(題靑徽亭壁)」, 「방양곡상찬(方暘谷像讚)」, 「왕문숙공상찬(王文肅公像讚)」을 지음.
- 『왕문숙공연보(王文肅公年譜)』를 교정함.
- 묘교(泖橋) 징감사(澄鑒寺)에 우거함.

1612년, 55세
- 5월 당계도(唐季陶)가 내방함.
- 10월 동기창이 「노향추기(鱸鄕秋墓)」를 그려 줌.
- 11월 이일화가 내방하여 서화를 찾아 봄.
- 목면가격이 폭등함.
- 고헌성(顧憲成), 종미(鍾薇), 왕치등(王稺登)이 죽음.

1613년, 56세
- 동정(洞庭)의 막리(莫釐)에 들러 취봉사(翠峰寺)에서 하안거를 행함.
- 왕문숙공(王文肅公) 유고를 산정함.
- 욱가경(郁嘉慶), 추담(秋潭)이 내방하여 서동정(西洞庭)을 유람함.
- 장빈초(張賓樵), 갈일룡(葛一龍), 정충재(鄭忠材)가 내방함.

- 오정방(吳鼎芳)이 내방하여 그를 위해 「시서(詩序)」를 씀.
- 「제오회도발(題五會圖跋)」을 지음.
- 10월 왕사임(王思任)과 유람.
- 「당나라 열부 양원의 묘지명(唐烈婦楊媛墓誌銘)」을 지음.

1614년, 57세
- 동기창이 환갑이 되어 축수하는 글을 지음.
- 추순오(鄒舜五)가 산중에 있는 나를 찾아옴.
- 봄에 왕시민(王時敏)이 사은숙배를 떠남.
- 12월 오정릉(吳廷陵)의 소쾌재(疏快齋)에서 소동파의 편지 5종을 봄.
- 용담(龍潭)에서 강경(講經)을 듣고, 설두(雪竇), 명생(明生)과 함께 백석산(白石山)에 들어가 시를 이야기하고 「삼개사시서(三開士詩敍)」를 지음.
- 수변임하(水邊林下)를 세움.

1615년, 58세
- 봄에 심사창(沈師昌)을 위해 묘지명을 지음.
- 6월 아미산 승려가 완선려에 찾아와 「서촉 철암도인 화권에 제함(題西蜀鐵庵道人卷)」을 지음.
- 입추에 장도추(蔣道樞)가 산중으로 찾아옴.
- 가을에 「여고현학중건문창각기(如皋縣學重建文昌閣記)」를 지음.
- 겨울에 왕몽학(王夢鶴)을 위한 행장을 지음.
- 「덕성당기(德星堂記)」를 지음.
- 손여법(孫如法)을 위해 묘지명을 지음.
- 암자에서 동안거를 행함.

1616년, 59세
- 「만향당소첩(晚香堂蘇帖)」을 판각하여 유통시킴.
- 셋째 아들 몽초(夢草)가 여(余)씨와 결혼함.
- 9월 24일 「만향당소첩」을 들고 이일화를 찾아감.
- 동기창의 「수석산수화고권(樹石山水畵稿卷)」을 감상함.

- 전사승(錢士升)이 부름을 받아 가는 길에 내방함.
- 완선려(頑仙廬)에서 『왕형문집』의 서문을 씀.
- 동기창의 본부인 공(龔)씨을 축수하는 글을 써 줌.

1617년, 60세
- 목광윤(穆光胤)이 내방하여 그를 위해 「강남유고서(江南遊稿序)」를 지음.
- 5월 5일 동기창, 장추(張丑) 등과 소주(蘇州)에서 이공린(李公麟) 조맹부(趙孟頫)의 서화를 완상함.
- 8월 석문(石門)에 있는 종성(鍾惺)을 내방함.
- 전좌사(錢座師), 오도남(吳道南)이 내방함.
- 60세가 되어 원중도(袁中道)와 전겸익(錢謙益)등이 축수의 글을 써 줌.

1618년, 61세
- 장가대(張可大)를 위해 『사설재집(駛雪齋集)』의 서문을 씀.
- 5월 완선려(頑仙廬)에서 문징명(文徵明)이 쓴 「반곡서(盤谷序)」를 감상함.
- 가을에 동기창이 완선려에 내방하여 「산거도권(山居圖卷)」을 그림.
- 시소신(施紹莘)이 별장을 새로 낙성하여 시를 지음.
- 송무징(宋懋澄), 갈성(葛成)이 내방함.
- 「화엄묵해각기(華嚴墨海閣記)」를 지음.
- 백일 동안 앓아누움.
- 노시암(老是庵)을 지음.

1619년, 62세
- 7월 7일 동기창이 「동사산거시(東佘山居詩)」를 써서 줌.
- 중양절에 허자창(許自昌)을 위해 「용재시서(榕齋詩敍)」, 「허비서원기(許秘書園記)」를 지음.
- 하중식(賀仲軾)이 해서사(海瑞祠)를 중수하고 기문을 부탁함.
- 동기창이 아내 위(衛)씨의 환갑을 축수하는 글을 지어 줌.

・함예당(含譽堂)을 지음.

1620년, 63세 ・봄에 동기창과 비를 소재로 시를 지음.

・5월 백석산에서 오중문(吳中文)의 글「이십오원통책(二十五圓通冊)」을 봄.

・11월 왕수미(王修微)가 백석산으로 찾아와 창화할 때 시소신(施紹莘)도 산장에 있다가 왕수미를 만남.

・무당(武塘)에 유람하며 전사승(錢士升)을 찾아가「수매화도인묘기(修梅花道人墓記)」를 지음.

・새집에 다섯 기둥을 세움.

1621년, 64세 ・「회복학림기(恢復鶴林記)」를 지음.

・「해상고씨절효전(海上顧氏節孝傳)」을 지음.

・왕유도(王幼度), 오군걸(吳君傑)과 함께 동기창의 집에서 정계백(程季白)이 소장하고 있던 왕유(王維)의「설계도(雪溪圖)」를 감상함.

・「서산거(書山居)」를 지음.

1622년, 65세 ・봄에 교원각(交園閣)에서「조영록수촌도(趙榮祿水村圖)」를 봄.

・가을 추순오(鄒舜五)와 태호(太湖)를 유람하고 그림을 그리고 시를 지어 그 일을 기록함.

・12월 백석산에서 연문귀(燕文貴)의「추산소사도권(秋山蕭寺圖卷)」을 봄.

・동기창이 완선려를 찾아와「부람난췌도권(浮嵐暖萃圖卷)」을 그림.

・「금산위의(金山衛議)」를 지음.

・장복(張復)을 위해『찬하어(爨下語)』의 서를 지음.

・「포촌낙선암기(飽村落仙庵記)」를 씀.

1623년, 66세 ・3월에 어떤 벗이 백토(白兔)를 데리고 내방함.

- 어사 오신(吳甡)의 천거를 받음.
- 모기종(冒起宗)이 시를 보냄.
- 여름 「육처사전(陸處士傳)」을 지음.
- 호지(扈芷), 창설(蒼雪), 광운(匡雲)과 함께 산속에서 90일 동안 산중에서 여름휴가를 보냄.
- 「건주(建州)」를 지음.
- 아내 위(衛)씨가 죽음.
- 감산(憨山) 스님이 죽음.

1624년, 67세
- 2월 이일화가 찾아옴.
- 4월 24일 완선려에서 구영(仇英)의 「모려도(募驢圖)」을 봄.
- 5월 소서에 처음으로 서하객(徐霞客, 1587~1641, 홍조弘祖)을 알게 되어 그의 모친 팔순 축수문을 지어 줌.
- 여박(旅泊)선생이 내방하여 동기창이 여백선생에게 준 「무산우의도축(巫山雨意圖軸)」에 제함.
- 「운간지략서(雲間志略序)」를 씀.
- 「가사기(袈裟記)」를 지음.
- 하삼외(何三畏)가 죽음.

1625년, 68세
- 5월 허도관(許道琯)이 쓴 『대방광원각수다라료의경(大方廣圓覺修多羅了義經)』을 봄.
- 8월 시소신(施紹莘)의 초청을 받고 백화를 감상함.
- 9월 누문(婁門)에 있는 요희맹(姚希孟)을 찾아가 그의 조모를 조문함.
- 아내 위씨와 손부 맹씨를 장례함.
- 겨울 심덕부(沈德符)가 내방함.
- 백석산에서 소추암(笤箒庵)을 지음.

- 11월 동기창이 보안당(寶顏堂)에 내방함.
- 「진동량진고서(陳銅梁眞稿序)」, 「필중승천진소초서(畢中丞天津疏草序)」를 지음.
- 서하객(徐霞客) 모친이 죽어 제문을 지어 줌.

1626년, 69세
- 봄에 정원훈(鄭元勳)이 내방함.
- 4월 13일 동기창이 찾아와 완선려에 묵음.
- 서홍택(徐弘澤)의 아들 백령(栢齡)이 내방하여 「완선려도(頑仙廬圖)」를 줌.
- 진자룡(陳子龍, 1608~1647)과 교유하기 시작함.
- 수변임하(水邊林下)에 제방을 만듦.
- 원중도(袁中道)가 죽음.

1627년, 70세
- 원단에 『금강경』을 씀.
- 4월에 수주(秀州) 주치한(朱治㵼)과 함께 산중에 『상생집(上生集)』을 읽고 서문을 지음.
- 4월 7일 동기창과 왕시민(王時敏)을 찾아가 유숙하며 시를 지음.
- 4월 15일 누강(婁江)에 유람함.
- 4월 30일 황묘석(黃卯錫)이 왕진경(王晉卿)의 「영창호상시접련화사권(穎昌湖上詩蝶戀花詞卷)」을 가지고 완선려로 찾아옴.
- 6월 감세(憨世), 호지(扈芷) 두 승려가 백석산거(白石山居)로 찾아옴.
- 「진개문고서(陳塏文稿序)」를 지음.
- 「휴녕엽씨사속고서(休寧葉氏四續稿敍)」를 지음.
- 동기창, 정원훈(鄭元勳)과 수창함.
- 「중수방학정기(重修放鶴亭記)」를 지음.
- 봉황산(鳳皇山)에서 양씨(楊氏)의 폐허를 얻어 즙래의당(葺來儀堂)을 개수함.

- 칠순에 진인석(陳仁錫), 서이현(徐爾鉉), 정가수(程嘉燧), 누견(婁堅) 등의 축수를 받음.

1628년, 71세
- 2월에 동기창이 완선려에 찾아와 송나라 고종(高宗)이 쓰고 마화지(馬和之)의 「빈풍도(豳風圖)」, 「후적벽부도권(後赤壁賦圖卷)」을 보여줌.
- 항주를 유람하다가 황종희(黃宗羲)가 신원을 위해 북경으로 가는 길에 만나 「송원소(頌冤疏)」를 고쳐줌.
- 여름에 배에서 문진맹(文震孟)과 이별함.
- 칠석에 오미생(吳眉生)이 남경에서 산중으로 찾아와 「만유초서(漫遊草序)」을 지음.
- 서홍조(徐弘祖)와 시소신(施紹莘)의 별장에 찾아감.
- 정원훈(鄭元勳)이 내방하여 「문오록서(文娛錄序)」를 지음.
- 입동에 「송호방형차자기(宋胡邦衡箚子記)」를 지음.
- 모종기(冒宗起)가 진사에 급제하여 서신을 주고받음.
- 「요태사풍수당기(姚太史風樹堂記)」, 「사인당기(四印堂記)」, 「요좌(遼左)」, 「최락편서(最樂編序)」, 「양충렬유집서(楊忠烈遺集序)」, 「제청월운유권(題聽月雲遊卷)」 등을 지음.

1629년, 72세
- 봄에 동기창, 왕시민 등과 함께 창설(蒼雪) 대사를 청하여 송강(松江) 백룡담(白龍潭)에서 『능가경(楞伽經)』 강의를 들음.
- 창설 대사가 동사산(東佘山)으로 찾아와 창화함.
- 6월 호장(湖莊)에 있는 동기창을 찾아감.
- 가을에 황종희, 허자흡(許自洽) 등이 내의당(來儀堂)에 찾아옴.
- 제석에 「송손지한척독기(宋孫之翰尺牘記)」를 지음.
- 정흠현(程欽絃)을 위해 「성성당기(成性堂記)」를 지음.
- 『서한문기(西漢文紀)』에 서문을 지음.

· 직지(直指) 왕공(王公)의 천거를 받음.

1630년, 73세 · 4월 광록시경(光祿寺卿) 하교원(何喬遠)의 천거를 받음.

· 7월 「용대집서(容臺集敍)」를 지음.

· 군지(郡志)를 편수함.

· 하무경(夏茂卿)에게 『소갈집(消暍集)』 서문을 써 줌.

· 「보타낭철선사묘장엄로기(普陀朗徹禪師妙莊嚴路記)」를 지음.

· 정빈(丁賓)의 치사(致仕) 문제를 상의함.

1631년, 74세 · 봄에 조훈(曹勛)이 산중으로 찾아와 동기창을 초청하여 창화함.

· 4월 공부시랑(工部侍郎) 심연(沈演)의 천거를 받음.

· 9월 심등(心燈)이 사산(佘山)을 찾아와 손자와 조사(祖師)들의 화
상을 보고 「조사화상기(祖師畫像記)」를 지음.

· 가을에 「홍무정운전보서(洪武正韻箋補序)」를 지음.

· 급사중(給事中) 오영순(吳永順)의 천거를 받음.

· 오진원(吳震元)이 『송상안책(宋相眼冊)』을 판각하는 모금 활동에,
동기창, 정만(鄭鄤), 요희맹(姚希孟) 등과 함께 참여함.

· 『송강부지(松江府志)』가 편찬되어 「수지시말(修志始末)」를 지음.

· 「주씨 세은도에 제함(題周氏世恩圖)」를 지음.

1632년, 75세 · 4월 이부상서(吏部尙書) 민홍학(閔洪學)의 천거를 받았으나 나가
지 않음.

· 5월 16일에 왕경휘(王景暉)와 함께 완선려에서 송나라 승려 온일
관(溫日觀)의 「포도권(葡萄卷)」, 「가화팔경도(嘉禾八景圖)」를 봄.

· 진자룡(陳子龍)이 만수기(萬壽祺), 이문(李雯)을 데리고 산속으로
찾아옴.

· 섣달에 이탑회(李塔滙)에서 설중태(薛仲台)를 제사 지냄.

· 입동에 설정평(薛正平)이 백하(白下)에서 완선려(頑仙廬)로 내방

410

하여 화권을 봄.

- 백룡담(白龍潭)에서 배에 머묾
- 12월 설중평, 장사마(張司馬)가 배로 찾아옴.
- 오위업(吳偉業)이 회시에 장원을 하고 사산(佘山)에 찾아와 함께 있던 단순(單恂)과 시를 지어 줌.
- 조문민(趙文敏)의 「욕마도권(浴馬圖卷)」을 봄.
- 정만(鄭鄭)이 산중으로 다시 찾아와 시를 지음.
- 「혜계이왕록미의(惠桂二王祿米議)」를 지음.

1633년, 76세 · 공유덕(孔有德)이 남침하여 「제심첩(齊心帖)」을 써서 성토함.
- 주택민(周澤民)의 「혼륜도권(渾淪圖卷)」을 봄.
- 「학고적용편서(學古適用編序)」를 지음.
- 전사승(錢士升)이 입각(入閣)하여 전별함.
- 주이현(朱二玄)이 백석산(白石山)으로 찾아옴.

1634년, 77세 · 입추 전에 화양왕(華陽王)에게 「삼원기(三園記)」와 「오악도(五嶽圖)」를 부침.
- 봄에 왕손지(王遜之)가 내방하여 팔순의 동기창을 축수하는 글을 지어주고, 황전(黃荃)의 설토(雪兎) 그림을 드려 축하함.
- 여름에 이여해(李與解)가 내방하여 「옥봉인서서(玉峯人瑞序)」를 지어 줌.
- 4월 21일 진정혜(陳貞慧)가 산중으로 찾아옴.
- 윤 중추에 자손들, 동기창과 함께 조맹부(趙孟頫)의 「화조등도권(畵租燈圖卷)」을 감상함.
- 9월 동기창과 왕시민(王時敏)의 서려재(西廬齋)를 찾아감.
- 하만화(何萬化)가 밤에 내방함.
- 12월 21일 왕사록(王士祿), 왕서국(王瑞國) 부자가 내방했고, 다음

날 동기창, 동리(董履) 부자가 와서 왕보인(王寶仁)의 「누수문징
(婁水文徵)」을 봄.

- 동지 이후에 설정평(薛正平)이 「만력육도인상(萬曆六道人像)」을
  가지고 찾아옴.
- 「양충렬유집서(楊忠烈遺集序)」를 지음.
- 송징여(宋徵輿)가 내방함.
- 「소문육군자문췌서(蘇門六君子文萃序)」를 지음.
- 위사장(魏士章)의 천거를 받음.

1635년, 78세 ·봄에 왕지도(王志道)의 글씨를 얻음.
- 『금강심경(金剛心經)』의 말에 크게 깨달음.
- 5월에 완선려(頑仙廬)에서 「송휘묘모위협고사도(宋徽廟模衛協高
  士圖)」를 감상함.
- 소장하고 있던 조세량(曹世良)이 해서로 쓴 『산해경』에 동기창이
  발문을 지음.
- 7월 보름에 양문총(楊文聰)이 만향당(晚香堂)에 찾아와 「조자앙이
  쓴 두타사비권(趙子昂書頭陀寺碑卷)」을 봄.
- 풍원양(馮元颺)이 산중으로 내방함.
- 이일화가 죽음.

1636년, 79세 ·봄에 장국신(張國紳)이 동기창과 함께 산중으로 찾아옴.
- 2월 동기창이 「증진징군미공시(贈陳徵君眉公詩)」 30수를 지음.
- 사산(佘山)에서 황공망(黃公望)의 필치를 모방하여 「봉만혼후도
  (峰巒渾厚圖)」를 그림.
- 오진원(吳震元)이 내방하여 부모의 묘지명을 지어 줌.
- 도여정(陶汝鼎)이 풍목공(馮木公), 장현객(莊玄客)을 초빙하여 산
  중으로 내방함.

- 5월 14일 왕정재(王廷宰)와 완선려(頑仙廬)에서 원나라 조선(曹善)이 쓴 『산해경』을 감상함.
- 5월 28일 「승유칙보설권(僧維則普說卷)」을 봄.
- 6월 3일 도여정(陶汝鼎)이 다시 완선려를 찾음.
- 6월 보름에 「모시고음고서(毛詩古音攷序)」를 지음.
- 7월 19일 완선려에서 「혈서『법화경』에 제함(題血書法華經)」을 지음.
- 중추에 동기창과 함께 천마훈탑(天馬薰塔)에 유람함.
- 9월 24일 서홍조(徐弘祖)가 정문(靜聞) 스님을 데리고 절동(浙東)에서 내방함.
- 9월 25일 서하객(徐霞客), 정문(靜聞)이 돌아감.
- 9월 28일 동기창이 죽음.
- 11월 6일 호구(虎邱)에 유람함.
- 겨울에 방악공(方岳貢)이 산에 들어와 이야기를 나눔.
- 왕용위(汪用威)가 산중으로 찾아와 동경(銅鏡)을 줌.
- 『모시고음(毛詩古音)』 판각하고 범경문(范景文)에서 서문을 구함.
- 「목려강전집서(木麗江全集序)」를 지음.
- 진무재(秦茂才)가 내방함.
- 「행서책(行書冊)」을 씀.
- 오진원(吳震元)이 『동서양고(東西洋攷)』를 민(閩)에서 가지고 돌아옴.
- 전사진(錢士晉)이 죽음.
- 진자룡(陳子龍)이 내방함.
- 선도(仙道)의 깨달음을 받음.

1637년, 80세
- 1월 3일에 범윤임(范允臨)의 손자가 아들을 얻어 시를 지어 줌.
- 1월에서 5월까지 앓아누움.
- 진자룡이 진사에 급제하고 편지를 써서 인삼 복용을 권함.

· 고향정원(古香庭院)을 낙성함.

· 윤 4월 19일 왕석곡(王石谷)이 임모한 「동향광권(董香光卷)」을 봄.

· 5월 24일 동기창의 「효경권(孝經卷)」을 봄.

· 6월 황도주(黃道周)가 상소하여 진계유를 송찬함.

· 가을에도 서문을 구하는 사람들이 줄지 않아 응대하는 데 힘듦.

· 10월 황도주(黃道周)가 다시 진계유를 천거함.

· 12월 왕용위(汪用威)의 세 아들이 찾아와 부친의 묘지명을 써 줌.

· 전사승(錢土升)에게 편지를 보내 응수(應酬)에 바쁜 것을 토로함.

· 『진서(晉書)』의 산보(刪補)를 명받음.

· 동기창이 임모한 「연강첩장도(煙江疊嶂圖)」를 봄.

· 양응식(楊凝式)의 「구화첩(韭花帖)」을 봄.

· 초당(初唐)을 새로 지어 서백창(徐伯昌)이 내방함.

· 하교원(何喬遠)에게 『경산전집(鏡山全集)』 서문을 지어 줌.

· 엄용회(嚴用晦)가 내방함.

· 「작비암일찬서(昨非菴日纂敍)」를 씀.

· 해학룡(解學龍)의 천거를 받음.

· 팔순에 형방(邢昉), 심덕부(沈德符), 진자룡(陳子龍), 전사승(錢土升), 전용석(錢龍錫), 하만화(何萬化), 단순(單恂) 등의 축수를 받음.

1638년, 81세 · 2월 11일 명나라 양용우(楊龍友)의 「설색산수권(設色山水卷)」을 봄.

· 3월 양백유(楊伯柔)가 산중으로 찾아옴.

· 송헌(宋獻)이 왕정재(王廷宰)와 함께 산중으로 내방하여 원나라 조선(曹善)이 쓴 『산해경』 4책과 황산곡(黃山谷)이 쓴 「왕사이공묘지명탁권(王史二公墓誌銘橐卷)」을 봄.

· 동기창이 해서로 쓴 「항묵림묘지명책(項墨林墓誌銘冊)」을 봄.

· 서하객(徐霞客)에게 편지를 보냄.

· 가을에 막엄고(莫儼皐)가 초당에 내방함.

- 『약언(藥言)』을 읽음.
- 방세수(方世壽)가 신안(新安)에서 산중으로 찾아와 조모와 모친
  의 묘지명을 받아 감.
- 「모호육일도에 제함(題珝湖六逸圖)」, 「주영공여자본초도에 제함
  (題周榮公女子本草圖)」을 지음.
- 『진서』 10권을 완성함.
- 동사산(東佘山)에 은거함.

1639년, 82세 · 봄에 전사승(錢士升)이 내방했다가 가을에 다시 찾아옴.
- 「미유각문오이집서(媚幽閣文娛二集序)」를 지음.
- 4월에 장지교(蔣之翹)가 『산보진서(刪補晉書)』를 완성하고 서문
  을 구함.
- 봄여름 사이 정신이 점점 혼미해짐.
- 황도주(黃道周)가 "석재강당(石齋講堂)" 글씨를 부탁함.
- 서홍조(徐弘祖: 서하객)가 편지를 보내와 답함.
- 천거를 분분하게 받음.
- 섭소창(聶紹昌)이 「사경도(四境圖)」를 그려 칠언절구를 씀.
- 9월 23일 신시(申時: 오후 3~5시)에 죽음.
- 진자룡(陳子龍), 전겸익(錢謙益), 전사승(錢士升) 등이 뇌문(誄文)과
  만사(挽詞)를 지음.